老谭 著

贵州出版集团
贵州人民出版社

《 1 》

空旷的山坳里，飘荡着还未散尽的硝烟。硝烟混合着雾气，在阳光的抚摸下，恍如蝉翼。

"呼呼……"突然，一阵巨大的轰鸣声从天空掠过，瞬间掀起阵阵疾风。疾风扫过，大片的野草哗哗地向四周倒去，大地中央划出道空白。

那是架飞机，准确地说，应该是轰炸机。轰炸机向着地面俯冲下来，蜻蜓点水似的，终于一头扎在草丛中停了下来，大地颤抖。

安静，可怕的安静。

草丛中现出两个人影，可全都躺在地上。轰炸机跌落时，其中一双手微动了下。那个人恍然睁开眼，抖落脸上的尘土，茫然中揉了揉眼，神志才稍微清醒。

他叫何政东，长着一张略显稚气的脸，脸上脏兮兮的。他跌跌撞撞地起身，又紧走了几步，却突然被什么东西刺了一下似的，猛地扭头望去，瞳孔随即放大。

"赵杰、赵杰，快醒醒，醒醒……"何政东摇晃着躺在地上的男子。男子被唤醒后，眼神同样茫然，好像刚做了一个漫长的梦。他神情紧张地四下观望了一番，这才舒了口气。

"快看，那是什么？"何政东不由分说便拉着神志不清的赵杰往那个庞然大物处飞奔而去，不久就看到了躺在草丛中正在冒烟的大家伙。二人趴在草丛中，远远地盯着飞机，可许久都没见半个人影。

赵杰沉声问："这家伙怎么掉下来的？"何政东却答非所问："小鬼子？还是国军？"

二人所处的位置在飞机后方，看不见机身上的标志。

赵杰睁大眼睛审视了半天，这才小心翼翼地说："这么久没见人出来，飞行员八成是死了。走，过去看看。"

何政东早就跃跃欲试，二人于是猫腰往机翼摸去，终于看清了机身上的标志：青天白日徽。当得知不是日本战机时，他们都松了口气，彼此对视了一眼，大踏步跑了上去。

机舱里有人，但一动不动，好像昏迷了。

"快想办法把机舱门打开。"赵杰大声喊道。何政东左右瞄了一眼，捡起块石头正要爬上去砸门，机舱里的人突然睁开眼，猛地推开罩在头顶的门，然后咳嗽着用力爬了出来，一翻身就滚到了地上。

何政东和赵杰被惊得倒吸了一口凉气，双双倒退了好几步。

这个国字脸的男人一手撑着机身，一手叉着腰，大口喘息了几下，这才摘下飞行帽，抬眼打量起二人，无力地问："你们是干什么的？"

"我……"何政东正要搭话，男子又挥手止住了他，直起身问："见着小鬼子的飞机了吗？"

"见、见过！"何政东忙不迭地点头。男子稳了稳情绪，眼神落到身后的飞机上，过去查看了一番，面色平淡地说："老天有眼，不然你们见着的就是我的尸体。"

何政东和赵杰又彼此对视了一眼，张口就问："你是被小鬼子的飞机打下来的？"

男子背朝着他们，好像微微愣了一下，但随即说："理论上是，但也不是。"他顿了顿，拍了拍手上的尘土，转身看着二人说："刚才不是跟你们说了吗？如果真是被小鬼子打下来的，那你们见着的也许是我被烧焦的尸体，所以说我的战机只是被击中，然后迫降在了这里。"

他们懂了，暗自叹服这个男人还真是福大命大。

"你们是学生吧？"男子又问。赵杰回道："你眼神儿还真准。"

男子重又进入机舱，笑道："眼神儿不好，敢在空中跟小鬼子交手？对了，你们二位从哪里来？要去什么地方？"

"从江城来，回恩市去。"何政东直言相告。男子停下了手中的活儿，探出头问："怪不得我听二位的口音像是恩市那边的，你们真是要回恩市去？"

何政东点头，也问："莫非你也是恩市人？"

"那倒不是，不过刚从恩市过来。"男子从机舱出来，咧嘴一笑，"这玩意儿一时半会儿是整不好了。我也回恩市，正好顺路，一块儿走吧。"

赵杰疑惑地问："那这大家伙……"

"飞不了也搬不走，稍后会有人来修理的。走吧。"男子说完移动了脚步，二人紧跟而上。

金黄的夕阳打在三人身上，衬托着远处的山峦，苍劲而又伟岸。

"怎么就你们俩学生，还有其他人吗？"男子在前面问。何政东说："遇到小鬼子飞机的轰炸，大家分开逃命，就散了。"

"好些人没来得及躲，被小鬼子的飞机炸死了。"赵杰声音低沉地加了一句。

男子陷入沉默，过了许久才说："我叫周志凯，比你们年长。大家都是中国人，咱们能在这种地方相识也是缘分，若不嫌弃，就叫我一声周哥吧。"

夜幕很快降临，凉风簌簌地抚摸着大地，夜色静谧。

三人走了很远，好不容易看到一座破败的房子，进去找了些干草垫上，打算睡到天亮再赶路。

"周哥，你杀过多少鬼子？"躺在干草上的何政东随意问道。周志凯半卧，双手垫在脑后，眯缝着眼说："不记得杀过多少小鬼子，可还记得击落过三架小鬼子的战机。"

何政东赞叹不已，却叹息道："小鬼子占了江城，打进夷陵，眼看就要向恩市进逼，我们还能往哪里退？山城吗？"

"看来你还知道不少。"周志凯嘿嘿一笑，"你们这些青年学生虽然关心时局，可整日读书，想问题把脑壳都想坏了吧。你想想，委员长在山城坐镇指挥，恩市作为山城的门户，必定是要全力保住的，所以啊，你们大可放心，小鬼子是无论如何也打不进恩市的。"

"要真是这样就太好了。"赵杰欣喜地接过话道，"我们从江城往恩市撤退，一路上到处是逃难的，尸首遍地，民不聊生……"

"是啊，都是小鬼子惹的……"

门外传来虫子此起彼伏的叫声，很快，三人就枕着鼾声入眠了。也不知过了多久，熟睡中的周志凯突然打了个寒战，睁开眼时，一丝光亮刺来，他不禁用手挡了一下，身上的每一根汗毛好像被电击了一般，瞬间就竖了起来。他来不及多想，快步冲到门口，透过门缝往外一看，顿时像见了鬼似的张大了嘴。

周志凯万万没想到一股日本兵会静悄悄地扑了过来，忙回身叫醒还在沉睡中的二人，说明情况，拔出两把枪，问："谁会用？"

何政东还在犹豫的时候，赵杰却想都没想就接了过去，很熟练地打开保险，做好了战斗准备。

何政东脸上微微有点发烫，尴尬地看着赵杰，赵杰沉声说："别看我，快想想怎么应付小鬼子，看看有没有别的出口。"

"别出声。"周志凯制止道，"小鬼子是循着我丢弃的战机找过来的，看来要找回飞机已经无望了。"

"这边可以走。"何政东找到了一个缺口，刚好能过一人。

三人陆续钻过缺口，可很快就被日本人发现，身后传来急促的枪声。他们边还击边撤退，日本人发现他们人少，更加疯了似的往前冲，但很快就被干掉几个。

子弹像在身后跳舞，又像追命似的，时而落在脚跟，时而又擦身而过。

三人在枪林弹雨中抱头奔逃，好不容易找了个小坑跳进去，然后匍匐在地还击，此时已经能清楚听见日本人嗷嗷的叫声。

"不好，快没子弹了。"周志凯万分焦急，他之前已经把最后一个弹夹给了赵杰。赵杰毫不犹豫地说："你们先走，我掩护。"

"不行，要走一起走。"何政东嚷道。周志凯抓着赵杰的胳膊说："把枪给我，你们俩先撤。"谁知赵杰拒绝，还推开他们，厉声喝道："来不及了，你们先撤，我掩护你们。"

眼看日本人越来越近，子弹也所剩无几。

周志凯想着再拖延下去恐怕三人都走不了，于是一把抓住赵杰喊道："兄弟，我们一起走。"

"好，一起走！"赵杰在起身的时候被子弹击中了大腿，腿一软就跌了回去。何政东和周志凯重新回到土坑里抓着他，要带他一起走，他痛苦地说："我中弹了，走不了，你们快走，再不走就来不及了。"

何政东本来很害怕被子弹击中，此时却不知怎么就不再怕，紧紧地抓着赵杰的手说："兄弟，要走一起走，我们不能丢下你。"

周志凯一抬手又撂倒了一个日本人，缩回头，目光坚毅地冲何政东喊道："快带他走，我掩护你们。"

"哥，我走不了了。"赵杰突然奋力掀开二人，使出浑身力气站起来，大叫一声，"快走！"愤怒的子弹挣脱枪膛射向敌人，敌人的子弹也射进了他身体，可他咬紧牙关屹立不倒，用尽最后一丝力气扣动着扳机。

何政东想要回头，却被周志凯拽着跑，在赵杰倒下的瞬间，泪水夺眶而出。就在此时，他多想拉着兄弟一起走，就算一起倒在血泊中，就算再回不去也无怨无悔。

一梭子弹迎着后脑勺射来时，何政东被藤草绊倒，周志凯也被他拽倒。倒在地上的二人都听到了子弹从耳边擦过去的声音，那是死神的声音，可是老天让他们躲过一劫。

枪声阵阵掠过旷野，越过丛林，响彻夜空。

"快起来！"周志凯厉声吼道，"你要是死了，赵杰的血就白流了。"

何政东撕心裂肺地哭出声来，全身的血液好像凝固，又好像在倒流。

就在二人慌不择路地在山谷中飞奔时，突然又一阵激烈的枪声从侧路传来，两人回头看到正被当成靶子射击的日本人，知道自己得救了。

何政东激动不已，飞奔回赵杰身边，搂着他，摇晃着呼叫他的名字。赵杰浑身上下都被鲜血染红，嘴里吐着血泡，颤抖着无力地说："兄弟，我回不去了，回去看看我娘，别告诉她我的事，就说我有时间就会回去……"

何政东噙着泪水连连点头，眼看着赵杰露出最后一丝笑容，在他怀里沉沉地闭上了眼，他从喉咙深处发出一声长啸。

恩市的天空同样弥漫着一层薄薄的烟尘。西线战区长官部秘要室此刻却笼罩着重重的阴云。

陈希平的两只眼睛像鹰似的，闪烁着锐利的光芒。他的目光落在桌面的照片上，久久没有动静。照片上是个目光比他还凶狠的男子，此人的简历很简单，只有几个字：山本一夫，日本陆军中尉。这短短的几个字却像针一样刺着陈希平的双眼，就在此时，外面响起敲门声，他头也不抬地应道："进来！"

"主任，山本一夫嘴太硬了，进来后不吃不喝，也不说一个字。"秘要室副主任叶成文毕恭毕敬地站在陈希平面前。陈希平合上山本一夫的资料，看着他，似笑非笑地说："成文啊，你也是久经沙场的老江湖了，这个山本一夫的资料虽然简单，但据可靠情报，此人是日军在华情报部门的重要成员之一，一定要好好利用此人，挖出日军接下来的行动计划。"

叶成文道："请主任放心，像山本一夫这样的老狐狸，不到最后一刻是不会开口的，我们有的是时间跟他耗。"

陈希平点头道："此事还没跟主席汇报，传达下去，山本一夫被捕的事暂时绝不许外泄。"

"是！"叶成文应道，"主任，您已经几天没合眼了，还是先回去睡会儿吧，有什么进展我会第一时间向您汇报。"

"不用，手头上事儿多。去吧，等你的好消息。"陈希平这话是打发叶成文走，可叶成文刚迈步到门口又被叫住，"培训班的事可要抓紧了。"

"正在抓紧时间筹备，您放心，很快就能开班。"

陈希平嘴里的"培训班"，指的是秘要室为壮大实力招募新人而组织的培训。说白了，秘要室就是西线战区司令官陈镜岳到恩市后组建的情报部门，此次招募新人也就是为其训练特务。

叶成文回到办公室，突然感到无比疲倦，连日来对山本一夫的审讯毫无进展，好像走进了死胡同，陷入了一种进退无门的境地。

突然有人推门进来，叶成文只用鼻子闻着气息便知道是谁。

机要室副主任张振轩大大咧咧地往他办公室的沙发上一坐，随手给自己倒了杯洋酒，跷着二郎腿抿了口，吧唧着嘴说："不错啊，有这种好货色，以后我可得常来坐坐。"

"怎么，闲着了？"叶成文问。张振轩摇晃着杯中酒说："闲个屁，你看我什么时候闲过？"

叶成文笑道："你这个机要室的副主任怎么着也比我闲。"

"要不咱俩换换？"张振轩嘴上这么说，其实哪肯换掉这块大肥肉？机要室怎么着也比秘要室吃香，至少是核心部门，上面仰仗，下面不敢得罪，而且军政部门没了他们就成了聋子，所以在很多人眼中都是块香饽饽。

叶成文听他这么一说，当即大笑道："那可是核心部门，哪像我，每天就是审讯、审讯、再审讯，磨完了嘴皮子还得用刑逼供，日复一日，累啊。"

"对了，审了这么些日子，那小鬼子到底吐了吗？"张振轩突然问起这茬。叶成文唉声叹气道："一无所获，山本一夫那张嘴太硬了，比茅坑里的石头还要硬。"

"是啊是啊，小鬼子的间谍都受过专业训练，反侦察、反审讯那可都是一套一套的，要撬开他们的嘴，可还真得花点功夫。"张振轩一口喝完了酒，放下杯子要走，却被叶成文叫住："别急着走啊，你来就是为了喝酒？喝完了酒就没什么说的了？"

张振轩提了提裤子，摸着肥胖的肚子说："没什么新动向，老样子，小鬼子占了夷陵，正打算向恩市方向推进，要是委员长再不积极支持恩市抗战，没有大把的钞票援助，恐怕山城也岌岌可危了。"

"这是上面关心的事，你我做好分内的事便够了。"叶成文知道陈镜岳主席为多要援助，拿恩市这块肥肉要挟老蒋，老蒋退守山城之后，也实在担心日军继续推进。一旦恩市失守，山城定然就像被脱了衣服似的全面裸露在敌人的枪口下。

何家在恩市可是大户人家，富甲一方。主家何寿亭更是大名鼎鼎，在当地是有头有脸的人物，虽然不参与政治，可对抗战非常支持，因此鄂北省政府迁到恩市之后，政府部门的很多办公场所都是何家无偿提供。

何政东的娘走得早，只留下他跟一个哥哥和父亲相依为命。他这次回来之前，何寿亭就一直担心他在途中的安全，见他满身狼狈地归来，心情也万分沉重，几度追问才得知实情，于是要他给赵杰的老娘送去一些钱财作养老之用。

"听说日本人已经打到夷陵，马上就要攻打恩市。政东，外面乱得很，那学堂咱们就暂且不上了，没啥事就待屋里，省得出去惹麻烦。"何寿亭六十开外，但精神矍铄，一把雪白的山羊胡子，说话时就抖个不停。

何政东却答非所问："爹，您是支持抗战的吧？"

"嗯，这个……"何寿亭有些迟疑，"万一小鬼子打进恩市，那咱们何家可是要受牵连的，爹把房屋借给政府，也算是出点匹夫之力吧。"

"这个无关紧要，紧要的是您跟政府那边有些相熟的人吧？"何政东眼巴巴望着父亲。何寿亭不解地问："倒是有些认识的，怎么了？"

"既然相熟，那就好办了。爹，反正暂时也上不成学，闲着也是闲着，要不您帮我在政府谋一份差使？"何政东此言一出，何寿亭当即反对："那可不行，爹送你上学堂，是希望你以后可以帮爹打理生意，可不是让你从政。"

"爹，这哪是从政，只是为抗战出点力。再说了，从政又有什么不好？升官发财……"何政东话未说完就被何寿亭严厉地打断："爹虽然不懂政治，但也不希望你走上这条路。孩子，听爹一句，好好帮爹打理生意，比干什么都强。"

何政东不快地说："我做不好生意，也不想做生意。"

"你……"何寿亭有些生气，但压住了火气，"算了，自己好好想想吧，爹年纪也大了，你大哥又在外求学，这几年音信全无，爹这身子骨一天不如一天。你说要是爹有个三长两短，咱们何家这么多生意该……"他说着说着就有些伤感，何政东不愿意看到父亲这样，一时心软，只好安慰道："好了，我这不是嘴上随便说说吗，又没有非要去……"

其实，何政东内心隐藏着一个巨大的秘密，至今未对任何人说起，虽然一开始决定的时候有些懵懂，可能只是为了寻求刺激、好玩，但直到亲眼看到赵杰死在自己怀里……他这些日子想了许多事情，内心的信仰变得越发坚定。

两天后的晚上，凉风习习，夜空还散落着几颗星星，那浩瀚的宇宙看上去如同一顶锅盖，将小城牢牢地罩起来，严严实实。

何政东回到恩市后，各种愁事缠身，心情十分苦闷，因此约了几个好友去喝酒，而且还喝多了些，连走路都有些摇摇晃晃。

平静的夜色让人无比心安，可这种感觉稍纵即逝，很快被一阵隆隆的轰鸣声惊扰。

醉眼蒙眬的何政东抬头望去，只见密密麻麻的黑影从头顶快速掠过。他头脑昏昏沉沉，不知那是什么，顿时有些不知所措。可就在此时，无数炸弹呼啸而下，在他身边疯狂地炸开，很多还在发呆的人瞬间就被轰上了天。

何政东的酒劲在爆炸声中挥发得无影无踪，被火焰照得通红的脸庞写满了惊恐，幸亏炸点都离他较远，给了他躲藏的时间，就在他刚离开原地时，一个炸弹就在身后炸开了。

轰炸机在城区绕了一圈后快速离去，只留下硝烟和弹坑，还有阵阵惨叫和哀号。

何政东有些耳鸣，使劲摇了摇头才稍微变得清醒，可眼前的情形令他的瞳孔瞬间放大，那些血染的惨景让他不敢再看，一路上慌不择路，总算是回到了家。

何寿亭抓着他的双臂，从头到脚仔细打量了一番，见他完好无损，这才舒了口气。

"遭天杀的小鬼子，有能耐去战场嘚瑟，冲咱们老百姓算啥本事啊！"何寿亭颤抖着咒骂起来，继而又怅然叹息道，"政东，你两次经历生死，可阎王爷都没收你，这说明你是个命硬的孩子，等打完仗，爹就将家里所有的生意都交给你，你可不能让爹失望啊。"

何政东听着父亲的话语，脑子里却半句话也没装进去，他在想另外的事，全身的血液如同波浪翻滚，每寸肌肤都被撕裂得支离破碎。大半夜躺在床上，他却毫无睡意，折腾了许久，突然想起这次在半道上结识的周志凯，顿时一阵兴奋，但又觉得自己想主动找到此人是万万不可能的，除非周志凯本人想见他。这一刻，刚刚燃起的火焰又灭了。

山本一夫被关在非常隐蔽的地方，因为是极度重犯，所以囚住他的除了一个大铁笼，还有绑住全身的铁链，稍微一动便发出刺耳的响声。

铁笼外面的看守荷枪实弹，丝毫不敢松懈。

也许是被囚禁得太久，山本一夫时会从鼻孔里发出低沉的喘息，不过看守都已经习惯，不像一开始时很惊慌，担心他出什么事，现在甚至都不再回头去看他。

陈希平刚进办公室，张振轩便急匆匆闯了进来，还没来得及喘口气就紧张地说："主任，这是刚刚截获的日军情报。"

陈希平只扫了一眼，立马双眼圆睁，紧张地问："什么时候截获的？"

"刚破译出来，马上就送到您这儿来了。"

陈希平的手微微有些颤抖，但他尽量保持冷静，起身说："叫上成文，我要亲自去看看……"

叶成文得知情报泄露时也大为吃惊，他能想象出陈希平刚刚得到这个消息时的表情。

三人面对眯缝着眼的山本一夫，心里凉飕飕的。

"你们说说，情报是真是假？"陈希平问。张振轩顿了顿，说："宁可信其真。"

叶成文也应道："我和张主任一个意思。"

"既然如此，那就按你们说的，马上安排人犯转移。"陈希平盯着山本一夫看了许久，然后拂袖而去。他把转移山本一夫的事交给叶成文去负责，叶成文绞尽脑汁，最终想到一个主意。

转移山本一夫的时间定在次日晚上，本来好好的天却突然开始下雨。

"这鬼天气！"叶成文坐在车里，心里仍不踏实，不过他相信自己的安排，看了一眼时间。此时铁门缓缓打开，几个手下押着锁住山本一夫的铁车从门里出来，然后径直推上了军用大卡车。

"出发！"叶成文一声令下，三辆车先后冲进雨中。

他们此行的目的地是位于龙洞河的天牢，该地关押着很多重刑犯，守卫森严，犯人一旦被关进这里，插翅也难逃。当然，这个隐秘之地表面上只是普通的军事驻地，很少被外人所知。

叶成文的表情很凝重，他知道从秘要室到龙洞河并不太近，要走半个时辰的路，所以在沿途也安排了一些手下，以便应付随时可能发生的危机，但因为下雨路滑，所以车行速度较平日缓慢。

耳边夹杂着雨水和车轮碾过泥地的声音，如同碾在叶成文心上。

突然，前面的车慢了下来，叶成文惊问道："怎么回事？"他们坐在最后面的车里，所以看不清前面车辆的情况。话音刚落，前面的车又开始正常行驶，他这才松了口气。

"叶副主任，您没事吧？"司机问。叶成文无言地摇了摇头，尽量让自己放松，可是越担心什么便越来什么，很快，一声枪响惊扰了所有人的神经。

叶成文大叫一声"不好"，紧接着又传来数声枪响。他安排在附近的手下迅速赶过来，将卡车严严实实地围了起来，但车厢里再没有传出枪响，所有人面面相觑，脸上全都写满了惊愕和迟疑，大家都在猜车里究竟发生了何事。

"都愣着干什么？快打开车门！"叶成文终于缓过劲来，一声怒吼，两个手下慌慌张张正要上前去，卡车后门却自己开了。所有的枪口齐刷刷地瞄着车厢，但随即出现的情景却令所有人目瞪口呆。

叶成文简直不敢相信自己的眼睛，因为卡车车厢里全都是血，自己的四个手下和山本一夫全都死了。

陈希平还在办公室等消息，外表平静如水的他，内心却正在饱受煎熬——山本一夫对他来说太重要了，一旦出了什么问题，上面要是怪罪下来，后果不堪设想。所以当他接到山本一夫死亡的消息时几乎窒息，立马就从座椅上弹起来，拿着电话半天没有呼吸。

山本一夫被射成了马蜂窝，跟车押送的四人都是秘要室的老成员了，问题究竟出在谁身上？当时车里到底发生了何事？这成了当下急切需要破解的谜题。

陈希平紧蹙的眉头拧得好像一条麻绳，他无法将这一连串的事理顺，可事情终究还是要给个说法，要不然不仅无法向上面交代，就连他自己也将寝食难安。

叶成文无比颓然，这件事虽然不能全怪他，可转移犯人的主意是他提出来的，而且具体事宜也都是他负责的。但最初的起因又是张振轩监听日本电台得到了情报，所以想来想去，还得从电台查起。

陈希平此时让人叫叶成文去办公室，叶成文到的时候，张振轩也刚到门口，二人对视了一眼，彼此心领神会，一前一后出现在陈希平面前。

"站着干什么，坐吧！"陈希平有气无力。

二人坐下，陈希平说："日本人在电报里说已经知道山本一夫被囚的地点，看来我们被骗了。出了事并不可怕，可怕的是找不出事情发生的缘由，这是我更担心的。"

张振轩欲言又止，叶成文当时是在现场的，所以他似乎更有发言权，可他也不知该说什么好，因为确实对车厢里发生的一切一无所知。

"主任，这是他们四人的资料。"张振轩将押送山本一夫的四个人的资料放在了陈希平面前。陈希平只瞄了一眼，然后盯着叶成文问："都是你的人，还是你亲口告诉我吧。"

叶成文不知道陈希平要张振轩搜集他手下的资料，按理说，这些事该由他来做，所以他有些不解。

陈希平好像看出了他的疑惑，沉重地说："你也不要多想，我让振轩替你来做这事，是因为他是局外者，所谓旁观者清，当局者迷，他搜集资料的时候会更加客观公正，不会掺杂任何私人情感。"

"是、是，我明白。"叶成文忙不迭地说。张振轩带着笑意说："叶副主任，你可别怪我跟你保密，不管咱们出于什么目的，可都是为了党国的利益……"

"我能有什么私心？跟你说的一样，还不都是为了党国利益！"叶成文虽然略微有些不快，但也跟着唱起了高调。

"行了行了，你们两兄弟别在我这儿瞎嘀咕，要是有这斗嘴的闲工夫，趁早查明真相，我也好睡个踏实觉。"陈希平打断他们二人，"这四人的材料我看了，表面上没什么问题，但要一个个细查，问题肯定出在他们中间。"

"是，主任！"二人异口同声地答道。

二人离开陈希平处，从张振轩办公室经过时，他叫住了叶成文："咱俩聊聊。"

叶成文极不情愿地跟着他进了办公室，反身关上门，还没坐下就开始发牢骚："老张啊，咱俩都这么多年了，有些事还是敞开了说好，没必要藏着掖着吧？"

"你说的是主任让我查你四个手下的事吧？"张振轩明知故问，讪讪一笑道，"老兄谅解谅解我吧，主任不让咱说，咱也是没办法。"

"那你就不能使个眼色，暗地里拐着弯提醒提醒我，也别让我在主任那里像个傻子什么都不知道吧？"叶成文脸上的不快有增无减。张振轩只好继续赔笑道："对对对，也都怪我没想这么周全，下次不会了，保证不会了。"

"那你说说，主任让你查的这四个人，有什么疑点吗？"

"确实从表面上看没什么疑点，不过有个人的身世我倒是有些看法。"张振轩高深莫测地说。叶成文催促道："别卖关子，还想不想去我那儿喝酒了？"

张振轩拿起其中一人的资料，说："其他三人基本可以排除嫌疑，可吕健就不好说了，这个人是鄂北仙桃人，曾在江城进行情报搜集工作，后来还参加了在湖南衡山举办的游击干部训练班，之后来到恩市，一直在秘要室干到现在。"

"这些我比你清楚，有什么问题吗？"叶成文见他打住，于是问道。

张振轩摇头道："我还没说完，此人什么都好，就是有个癖好，爱赌。"

"这个不光我知道，很多兄弟都知道，不是秘密。"叶成文没有否认。

张振轩却摇了摇头，接着说："你不知道的是此人赌瘾太大，我调查过，他输多赢少，每个月的俸禄根本入不敷出，可他好像从不为钱的事操心，经常光顾赌场，还有妓院，你不觉得奇怪吗？"

叶成文微笑道："不只我手下，你手下也有很多弟兄好这两口吧。"

"那可不一样。"

"如此说来，你是真打算把这个屎盆子扣在我头上了？"

张振轩满不在乎地说："话可不能这么说，我这个人做事，一是一，二是二。你也说了，咱们不都是为了党国利益吗？再说，这件事总归是要有人出来顶罪的，不是你就是我，如果有第三个人，你我兄弟岂不是可以明哲保身？"

"那你怎么就不从自己兄弟中找个人出来？"

"关键是我的兄弟没参加行动啊。"张振轩大笑道，"叶兄，别太固执了，这可都是为了你我好。"

叶成文陷入沉思中。

张振轩在叶成文出门后，刚从抽屉里取出另外一份材料，叶成文突然又推门而入，吓得他打了个激灵，神情慌乱地问："还有事？"

叶成文看着他的表情，坏笑道："本来还想问点事儿的，算了！"

张振轩这次是在叶成文离开后很久才重新拿起材料，这份材料记载的是他在山本一夫死后又截获的一份日军电文，主要内容是"刺杀任务成功"。看着电文的内容，他面如死灰，良久之后，一把火烧毁。

何政东第二天得知跟自己喝酒的几个兄弟被炸死两个，另外一个失去了一条腿，他整个人都不好受了。想着那些死去的人，对父亲要他帮忙打理生意的提议充满了敌意，终于忍无可忍，情绪像火山爆发，又冲出家门，喝得烂醉如泥，直到酒馆打烊才出来。

"为什么要逼我，为什么要逼我？"何政东醉意朦胧，靠在墙边摇摇晃晃地往前摸索，几次都差点摔倒，突然脚下一滑，终于支持不住，倒在地上昏睡了过去。

"这小子终于有了气儿。"也不知过了多久，有个惊喜的声音在耳边响起。何政东努力想睁开眼，可眼皮好像不听使唤，紧接着又传来一声刺耳的声响，像是开门的声音，但他不确定，这时候有个脚步声渐近，一个低沉的声音说道："不是说有气儿了吗？"

"是啊叶副主任，刚刚明明有了动静，两个眼珠子还到处转了转呢。"

"那就帮帮他。"叶成文话音刚落，哗啦一声，一盆冷水把何政东从头浇到了脚。

何政东睁大眼，这才慢慢恢复知觉，可四肢都被绑住，动弹不得。他看到了一张陌生的脸，那张脸不太让人害怕，可有点深不可测。他盯着那双眼睛，恼火地质问道："你们是什么人？为什么要抓我？"

"小子，说说你自己吧，叫什么名儿？什么来头？"叶成文问。

何政东挣扎了几下，满脸愤怒。

"不说是吧？嘴硬是吧？给我打。"叶成文冷冷地说。何政东不知道这些都是什么人，但为了免受皮肉之苦，只好如实回答。

叶成文听了他的话，却轻蔑地骂道："哪个何寿亭？我不认识，不过像你这样的软骨头，还没打就招了，怎么可能是日本间谍，又怎么可能是共产党？你们见过哪个日本间谍和共产党这么不经打吗？"

何政东耳边随即响起一片哄笑。

"看他这副嘴脸，八成是汉奸。"又有个声音说道。叶成文于是问："都这么晚了还在外面瞎逛，不知道宵禁了吗？"

何政东无奈地哀求道："长官，我真是良民，家住恩市，何寿亭是我爹，求你放了我吧。"

"我管你爹是谁，总之到了这儿，不死也得脱层皮。说吧，打算给自己安个什么罪名？"叶成文冷笑道，"不过就算你不承认也没关系，我有的是办法让你招供，等你到了生不如死的时候，一定会求着我认罪的。"

"我不是汉奸，不是共产党，也不是什么狗屁日本间谍。"何政东有气无力地骂道，"你们到底想干什么，想干什么？有本事就杀了我。"

"想死可没那么容易，不过看来你小子是不打算招了，给他点颜色瞧瞧。"叶成文转身离去，背后传来一声惨叫。

《 2 》

陈希平寝食难安，现在看来，恩市的对敌斗争形势比他想象中要复杂得多，当初主席陈镜岳要他接管秘要室，他本是信心满满，而且为了工作需要，主动提出将机要室也接管过来，从一个干文书工作的书生俨然变成了特务头子，其实他也是摸着石头过河。

身为鄂北省政府主席的陈镜岳委任一个干文书工作的人来干特务工作，这在很多人看来都很蹊跷。其实陈希平自己明白，陈镜岳看中的恰恰是他干净的身世：没有军方背景，也没有拉帮结派。让他这样一个背景简单的人负责秘要室的工作，至少陈镜岳不会担心给自己惹上麻烦。当然，还有微不足道的一点：一笔写不出两个"陈"字。

陈希平自从接管秘要室的工作以来，诸事还算顺利，当然了，最近接二连三出现的麻烦是他没有预料到的，但对他来说既是机遇也是挑战——办好了可以在陈镜岳面前邀功请赏，若处理不好，自己以后的工作自然也很难继续开展，所以他发誓要背水一战。

这两天陈希平实在是累极了，在办公室不经意间睡着了，而且鼾声连连。

"主任、主任……"陈希平隐隐约约听见有人叫他，恍恍惚惚睁开眼，见张振轩站在面前，于是长出了一口气，自嘲地说："迷糊了一会儿。"

"主任，您都几天几夜没合眼了，今晚还是回去歇息吧。"张振轩好心劝道。陈希平叹息道："看现在的情况，我走得开吗？说吧，什么事？"

张振轩的神情立即变得冷峻，说："刚刚找到的日军电台又静默了。"

陈希平想了想，说："也难怪，如此重要的情报被截获，当然会静默，我怀疑这个电台以后都不会再用，可惜了！"

张振轩缓缓点了点头，又说："我担心山本一夫一死，日本人定然会采取报复行动。"

陈希平却摇头道："你怎么就知道山本一夫不是日本人自己干掉的？"

"这个……"张振轩有些迟疑，"您有证据？"

"你好好想想，这个山本一夫是日军情报部门的一颗重要棋子，日本军方担心他扛不住泄露军情，故才杀人灭口。"陈希平的话获得了张振轩表面上的赞同，但张振轩又道："我还一直在想是不是共产党派人干的。"

陈希平摇头道："你呀，固化思想太严重，目前是国共合作的重要时期，要一致对外。你对共党有戒心是好的，但也不可锋芒太露，谨慎一些好，免得又引起不必要的矛盾。"

"是，是，主任教导的是。"

"共产党没那么傻，山本一夫在我们手里，还轮不到他们动手。再说，他们何必给自己头上扣屎盆子？"陈希平眯缝着眼说，"大动干戈，吃力不讨好的事，共产党是绝不会干的！"

外面传来温柔的敲门声，进来的是档案处的美女罗兰，她径直来到陈希平面前，毕恭毕敬地说："主任，这是您要的档案！"

"小罗啊，辛苦你了！"陈希平笑眯眯地说。罗兰温柔地回应道："主任太客气了，这都是小罗应该做的。"

张振轩回头盯着罗兰的背影渐渐离去，陈希平敲了敲桌子，带着戏谑的口吻问："还没看够吗？"

张振轩尴尬地收回眼神，陈希平又说："你跟成文都老大不小了，别整天吊着，也该找个人正正经经地过日子了。"

"谢谢主任关心，卑职保证尽快完成任务。"

"对了，罗小姐不也还是单身吗？如此说来，你确实还有机会呀。"

张振轩讪讪一笑，道："太熟了，不好下手。"

陈希平大笑道："太熟才好下手，知己知彼，多好！"他说完这话，示意张振轩出去。张振轩走后，他打开了两个档案袋，两份资料，是关于张振轩和叶成文的。

何政东昏昏欲睡时，又被一盆冷水泼醒。

今天的叶成文穿了一身笔挺的军装，他坐在对面冷冷地看着何政东，神情漠然地问："醒了？"

何政东没力气跟他搭话，心里空荡荡的。

"何少爷是吧，瞧你那么聪明的人，怎么就不识时务呢？"叶成文的声音低沉得要命，打在耳膜上像隆隆的鼓声，"要我说，你就认了吧，大不了一死，可总比整天待在这儿受苦受难强多了。"

何政东用力仰起脑袋，瞪着眼睛，像一头小绵羊，虽在任人宰割，却又如此倔强。

"我派人查了你的底细，知道了你很多事。你爹何寿亭确实是恩市的知名人物，你们何家在恩市的势力也确实根深蒂固，可现在我要让你知道，不管什么人，到了我这里可就变得一文不值了，就算你什么也不说，最后也就一个下场。"叶成文放下二郎腿，见他仍不吱声，于是拍了拍衣袖，整了整衣领，起身说，"既然如此，那就按规矩办吧。"

何政东不知道这"规矩"究竟是什么规矩，但心里隐隐有一种不祥之感。果不其然，当天晚上，他被人从大牢里带出来，然后蒙上眼睛扔上车，一路颠簸摇摇晃晃地走了。

他不知道自己会被带到哪儿去，可联想起叶成文的话，他感觉自己这次在劫难逃。这个在短时间内经历了两次生死关头的年轻人，一想到自己就要这样不明不白冤死，心里那个不服气啊，实在是难以言表。可他又不愿意苟且偷生，且就算承认自己是共产党或者汉奸，那到头来不也是一个死吗？

这是个阴风习习的夜晚，何政东被人从车里拖出来，有人为他解开了铁链，他身体终于能自由活动了，可全身的肌肉绷得紧紧的。

"何少爷，这儿就是你最后的归宿了，想睡多宽敞都行，自己动手吧。"叶成文看着何政东面前的铁锹说。何政东明白了他们的用意，可他迟迟没有拿起铁锹，叶成文的声音再次响起："赶紧动手吧，天色不早了，别浪费大家的时间。"

这话有点像"早死早投胎"的翻版，何政东看见叶成文掏出枪。

"这把枪里还有一颗子弹，本来是打算留给你的，但要是你不合作，那我只能送给何寿亭了。"叶成文这话声音很轻，可在何政东听来却如刀刺，他明白这人不是跟他开玩笑，为了家人，他拿起了铁锹。

叶成文安静地注视着这个年轻人，那种眼神，像在欣赏一件价值连城的宝贝。

坑挖好了，不太深，但足够躺下一个人。

何政东注视着自己的"归宿"，眼里突然露出一丝笑意，心里想着大难不死的自己不是死不了，而是死神一直在玩弄他，现在终于玩腻了，玩到头了。

叶成文看他在笑，也笑了笑，说："看来你已经做好了准备，还有什么话说？我会帮你带给何老爷。"

何政东仰望了一眼夜空，叹息道："我走了，只求你们别为难我爹。"其实，他这时候好像才懂了一些事，这些人如此对他，恐怕不只是想当他是共产党或者汉奸，而是他爹可能得罪了一些人，他只是牺牲品。

"放心，我们不会动何老爷，你安心去吧，下辈子投胎好好做人，最重要的是别再遇到我。"叶成文使了个眼色，有人拿枪逼着何政东走进了自己挖好的坑里。

何政东心中无限凄凉，无论有多么不舍得离去，可生在这个社会，面对一群蛮不讲理的土匪，妥协与不妥协终归都是死，所以他选择了清白死去。不管是什么原因，他都记得从小父亲教育他的话：要清清白白做人！

躺在自己挖好的坑里，何政东的视觉被局限在一个很小的世界里，可这个世界没有一颗星星，没有一丝光亮，也没有一个来为他送行的人。他就这样躺着，等待那些持枪者为他盖上厚厚的一层土。

"何少爷，再给你最后一次机会，招吗？"叶成文看了一眼时间，探过头去问。

"我什么都不是，也什么都没干，你们到底想让我招什么？"何政东无力地问。叶成文嘿嘿一笑，说："看来是虎父无犬子，就算是马上要死也绝不服软，很好，我喜欢你这样的年轻人。看你是条好汉，今儿就暂且放你一条生路。"

何政东大惑不解，还以为自己听错了什么，可很快就有人把他从土坑里拖出来，然后又什么都不说地把他塞进车里直接带回了大牢。

如此戏剧性的一幕发生了，除了叶成文，没人知道原因。当然，最想知道原因的还是何政东，可没人告诉他答案，失去自由的他也根本无从找到答案。

第二天上午，陈希平突然召集叶成文和张振轩开会，因为昨晚忙活了大半夜，早上多睡了会儿，叶成文到达会议室时张振轩已在。

"听说你昨晚有行动？"陈希平直截了当地问。叶成文知道瞒不过他，只好坦白地笑道："抓到个嫌疑人，那小子嘴太严，就想法子杀杀他的威风。"

陈希平"嗯"了一声，接着说："今天一大早召集你们过来，是有件事要跟你们通个气。主席已经知道了山本一夫的事，责令我们尽快找到凶手，查明真相。"

叶成文不自主地看了张振轩一眼，张振轩恰好也看到了他，陈希平的目光在二人脸上来回游离，不快地问："你们二位有什么话想说就直说吧，不要在我面前眉来眼去的。"

他们听见这话都情不自禁地笑出了声。

"没这么好笑吧？"陈希平骨子里也算半个文人，对自己的冷幽默全然没有在意。他们二人此时听他如此一说，竟然都不知该说什么好了，但又不敢再笑，只好面色尴尬地等候他接下来的训话。

陈希平面部瘦削，没有一丝多余的肉，所以不苟言笑的时候总会给人一种威严的感觉，他见二人不再笑，也不再说话，自己却又笑了起来，笑得二人不明就里，疑惑丛生。

"我说你们俩啊，总喜欢跟我抬杠，我又没说不让你们笑。我的意思是现在还不是笑的时候。如果查明了山本一夫的事，我为二位摆庆功宴，到时候咱们再一起开怀大笑。"陈希平这番话说得极其平缓、轻松，可在二人听来，却压力重重，还得毕恭毕敬地应下。

开完会，张振轩一出门就问叶成文昨晚的事，叶成文反问："你也知道了？"

"你演那么一出闹剧，到底为什么呀？"张振轩不解地问。叶成文笑嘻嘻地说："就为了吓唬吓唬人，好玩，不行吗？"

"我说你……一个疑犯，既然看他不爽就直接毙了，值得你大动干戈？"张振轩不快地嘀咕道。叶成文却突然收敛笑容，神神秘秘地说："我在搞一个大计划，别跟人说。"

张振轩更是不解，诧异地问："什么大计划？快说来听听。"

"还不是时候，等时机成熟，一定专程向张副主任汇报。"

张振轩面露不悦之色，撇嘴道："不说算了，整天神神道道的，也真难为你了。"

叶成文又笑道："身份使然啊，我们这些个干特务工作的，不整天神神道道，怎么跟共产党、间谍、汉奸打交道？好了，去我办公室，有好东西。"

张振轩心照不宣，这才笑嘻嘻地说："真有你的，有好东西不忘兄弟。"

何寿亭因为儿子失踪的事一夜之间苍老了许多，到处托人打听，终于弄到消息，才知道儿子被秘要室的人抓走。这下可炸了马蜂窝，何寿亭领着何家的人就到秘要室静坐要人，弄得陈希平焦头烂额，把叶成文大骂了一顿，要他立马放人。

"主任，那姓何的什么来头？他要我们放人就放人？"叶成文明知故问。陈希平叹息道："说来话长，何家在恩市的地位可是不低，据说省政府迁到恩市，何寿亭主动拿出许多房屋供办公之用，你说你绑谁不好，怎么就偏偏绑了何寿亭的儿子？"

"那也是弟兄们在宵禁的时候抓回来的，没想到那小子嘴巴太硬……"

"所以你脸面上过不去，偏要在他身上安个罪名？"陈希平了解他部下的做事方式，"别人可以，但这个人不行。"

"就因为他是何寿亭的儿子？"

"是，关键是你没有证据证明他是共产党，或者是其他乱七八糟的东西，弄不好何寿亭去上面告我们一状，我们可不好下台。"陈希平摆了摆手，"去吧，放人。我答应如果人在我们手里，明天一定会放人。"

叶成文一听这话，谄笑着问道："您不是说明天吗？还好，我们还有时间。"

陈希平明白他的意思，却皱着眉头说："快去吧，别丢了秘要室的脸。"其实他这话也说得很坦白，秘要室现在被推到了风口浪尖，倘若不能让上面满意，恐怕很难说得过去。

叶成文让人把何政东带到了自己的办公室，何政东面对这个已经见过多次的人，却仍没有一丝熟悉感。

"坐！"叶成文客气地说。何政东却站着不动，一声不吭，心里在想：这家伙到底又想耍什么阴谋？

叶成文笑了笑，看着门口说："现在你有两条路选择，一是坐下来好好跟我说话，我给你指条明路；二是马上从这儿走出去。当然，从今以后你就再也没有机会回去跟你爹相见。"

何政东对眼前这个人越来越充满好奇，但听他这样说，只好极不情愿地坐了下来。

叶成文顺手倒了杯酒，问："来点？"

何政东摇了摇头，叶成文喝了口酒，吧唧着嘴问："何少爷，知道为什么单独见你吗？"

何政东无动于衷地看着叶成文，虽然没吱声，但他的眼神出卖了心思：他很想知道答案。

叶成文微微一笑，继续说："很简单，何老爷找上门来了，要我们放人。"

何政东闻言，先是一喜，继而却把这种情绪压在了心底。

叶成文看在眼里，又轻描淡写地说："经过这么久的观察，我现在终于知道你是无辜的，可我不想就这么轻易放你回去。"

"为什么？"何政东终于说话了，"早说过你们抓错了人。"

"我相信你已经知道这是什么地方，好进不好出。"叶成文话音刚落，何政东就急切地问："你到底要怎么样才肯放了我？"

"别急，我的话还没说完。"叶成文道，"有个两全其美的办法，就看你愿不愿意。"

何政东无法从他眼里读懂任何含义。

"你是条汉子，面对严刑拷打却宁死不屈，说明你跟我一样，天生就是干这个的料。"叶成文笑容可掬，"想必你也听说了一些事，日本人已经占了夷陵，目前正在逼近恩市。作为一个中国人，作为一个恩市人，我们是不是都应该为抗日做点事？"

何政东好像不认识面前这个人了似的，像叶成文这种人，怎么可能说出这番话？

叶成文似乎看穿了他的心思，忍不住笑道："你的眼神出卖了你的心，其实你是很赞同我刚才那番话的，可又无法与我之前的样子联系起来。不好意思何少爷，我只能告诉你，不管我做什么，都只是为了民族大业，有朝一日你会明白的。"

何政东心里突然亮堂起来，想起自己肩负的使命，还有他爹极力阻拦他想做的事，心里有种跃跃欲试的冲动，可想想之前所受的委屈和折磨，嘴上却问："如果我不答应呢？"

"秘要室从来不会抓错人，换句话说，只要是秘要室带回来的人，那就是已经定了性的。不管你是或者不是我们的目标，最后随便给你安一个罪名，你那天晚上挖的坑可就派上用场了。"叶成文这番话带着恐吓的味道，却也不是危言耸听，在这个关键时刻，上面给他们下达的指令是宁可错杀也不放过。

何政东道："我明白了！"

"明白就好，你是聪明人，无须我多说。既然是我让你加入的，以后自然会罩着你，前途就更不用我多说了，好好想想吧。"叶成文再次举起酒杯问，"来一杯？"

何政东迟疑了一下，接过酒一饮而尽。回到家，管家开门见到他，顿时兴奋得眉飞色舞，大声冲屋里嚷道："老爷，少爷回来了，少爷回来了！"

何寿亭正愁眉苦脸地苦等消息，此时听见管家的叫嚷，整个人精神大振，和下人纷纷奔出门来迎接，可一见到伤痕累累的儿子，便心疼地骂道："那些混账东西，下手可真够狠啊！"

"爹，我没事，都是轻伤。"何政东反过来安慰，心里却在想该如何跟何寿亭摊牌，如何把自己加入秘要室的事说清楚。

何寿亭叹息道："要不是爹到处托人找到你，那些混账哪肯这么快放人？"

何政东摸着脸上的伤痕，咬着腮帮子，痛得直嘘嘘。何寿亭心疼地问："还疼吗？爹这就去给你找大夫。"

"不用了爹，都是皮肉伤。"何政东说，"对了爹，这些日子有人到家里找过我吗？"

何寿亭不明所以地问："你朋友？"

何政东想着周志凯，虽然只是一面之缘，可那也算是自己的朋友了，于是点了点头。

"这些日子爹在为你的事到处奔波，不过也没听说有人找你。"何寿亭说，"早跟你说了，没事少在外面乱晃，你偏不听，现在出事了吧。"

何政东已经很久没好好睡觉，本来以为今晚回家可以睡个安稳觉，可没想到怎么也无法合眼。想着自己已经答应加入秘要室，也就是说，自己即将成为一名秘要室的特务，他的心竟然有些莫名的激动。可又想起不知该怎么跟父亲开口，而且父亲一定会极力反对他这么做，他的心情又沉到了谷底。

何政东安全回来之后，何家一扫之前的阴霾。何寿亭笑容可掬地坐在大堂里看大伙儿忙碌，自个儿正拿着水烟袋吧唧吧唧地吞云吐雾时，何政东从背后欢快地叫他，他欣慰地问："怎么不多睡会儿？"

何政东穿着一身中山装，还戴了顶帽子。

何寿亭看见他这身装扮，有些迟疑地问："又要出门？"

何政东点了点头，何寿亭语重心长地说："又出去干什么呀？外面乱得很……"

"我跟朋友约好了见面的，您放心，不会再出什么事。"何政东的话却没能宽慰何寿亭的心。何寿亭见拦不住他，只好说："你一定要出去的话，我让人陪你一块儿。"

"不用，我很快就回。"何政东很固执，何寿亭拗不过他，只好叮嘱了又叮嘱，最后眼巴巴地目送他出了门。

何政东出了门后没有任何停留，径直去了秘要室。叶成文万万没料到他会这么快就回来，自然是无比高兴。

这次二人见面时的气氛大不一样了，叶成文向他伸出手，友好地说："欢迎你的加入！"

何政东握着那双手，本来以为这双手会无比冰冷，却感到一丝温暖。

"何老爷居然同意了？"叶成文问。何政东沮丧地说："我还没告诉爹。"

叶成文笑了笑，道："不要紧，我相信何老爷也是通情达理之人，最后不会不同意的。"

何政东只是笑了笑，问："我什么时候可以开始工作？"

叶成文也笑了，摆了摆手说："不要心急，哪有这么快？既然你已经答应加入，接下来我们就谈谈具体的事……"

"什么，还要训练？"何政东惊讶不已。叶成文点头道："是的，要想成为一名合格的秘要室情报人员，必须参加我们定期举办的训练班。在这之前，已经办过两次，所以你要参加的是第三期训练班。"

何政东又追问道："在什么地方？多长时间？"

"特殊时期特殊处理，本来之前的训练班都是好几个月，但第三期不同。情势如此紧急，我们没有多少时间，所以训练时间可能会短一点。"

叶成文回答道，"至于地点嘛，到时候你就知道了。还有，本期训练班三天后开始，赶紧回去跟何老爷把事情说清楚吧。"

何寿亭得知何政东准备参加第三期秘要室情报人员培训班时，还以为自己耳聋了，又问了一遍才确信自己没听错，他直直地盯着何政东的眼睛，一字一句地问："是他们逼你答应的？"

何政东用摇头告诉他答案，他却又说："告诉我实话，如果真是他们逼你，我去找他们的长官，我绝不允许自己的儿子成为那样的人。"

"既然如此，那您为什么还要把房屋借给政府？"何政东反问道。何寿亭语气沉重地说："爹虽然老了，但心不糊涂，爹这样做是为了支持抗战，为了帮国家赶走小日本鬼子。"

何政东不依不饶地说："我这样做也是为抗战出力。"

"可咱们家有钱有房，国家需要什么我出什么，政府需要什么我给什么，你大哥这么多年杳无音信，你要是再有个三长两短，爹该怎么办？何家该怎么办？你就不能替爹想想？"何寿亭苦口婆心的说教却未能动摇何政东的心，何政东不想再据理力争，只在心里默默地说："爹，总有一天您会明白我在干什么，我不会给何家丢脸。"

何政东就这样离开了家，这一次，何寿亭没出门送他。他站在门口，心里五味杂陈。

秘要室第三期训练班的地址选在凤凰山上，整座山都被封锁了起来，山上茂林丛生，房子掩映在丛林中，从远处根本看不见里面的情况，所以是一处绝佳的开展秘密训练的场所。

何政东一直在猜想参加训练班的会是些什么人，但他没想到其中还有一名女学员。

"同学们，欢迎你们加入秘要室，这是你们的荣幸，同样也是我们的荣幸，希望各位在有限的时间里努力掌握各种技能，将来这些技能不仅会彰显你们的工作能力，还会成为你们的救命本领……在这里，你们不用知道彼此姓甚名谁，也不用知道大家的职业，但是有一点，当训练班结束之后，你们将回到自己原本所在的职业岗位，各司其职，为党国效力。"开班讲课的人便是秘要室主任陈希平，一场热情洋溢的讲话之后，训练正式开始。

每个人心中都疑虑重重，但每个人都是经过层层选拔才被录取的，自打进了这里就很难出去，否则一旦泄密，后果无法估量。所以每个人都有备案，一旦出事，很快就会消失，至于为什么消失，怎么消失，谁都不会知道。

训练班不仅训练内容特务化，就是训练方式也是特务化的。

"你们中间有的是理发店里的学徒，有的是百货商行的店员，有的是旅栈的招待，有的是茶座、饭馆的伙计，所以都要根据各自的特点化装作为掩护……"叶成文在讲跟踪和掩护课时这样告诉他们。在接下来的实际演练和操作过程中，学员们各自在自己的掩护住所解决食宿和工作，到了晚上则分别从各个地方按规定的时间、路线到训练班指定的地点，换上特制的衣服（这种服装笼罩全身，只有两眼露出，下颌有长长的假须）。他们不仅要在衣着上化装，就是说话也一样要"化装"，不准用原本的声音谈话。

对于这种训练，何政东既感到惊喜又觉得奇怪，想着自己将来的工作，有一种说不清道不明的感觉。

当然，训练班少不了射击训练，射击训练有专门的射击教练，基本上每个学员都是首次接触到枪支，自然十分兴奋。

叶成文几乎每天都会亲自到凤凰山巡视，前两天有要事缠身没空，这天他刚上山就听见激烈的枪声，所以循声就过来了，看到大伙儿正聚精会神地展开射击训练，而且每个人的成绩都还不错，心里也很高兴，现场找了一些学员谈话。

"121，出列！"教官命令道。121是何政东的代号，代名叫"雷汞"。在这里每个人都用代号称呼彼此。何政东收回枪，跑步来到教官身边，一眼就看到了叶成文，随即报告："长官好！"

叶成文已经在背后悄悄看了他许久，见他很是用心，所以就没打扰，此时才问道："成绩不错嘛121，我看你对射击训练很是上心，那我问你，知道我们为什么要开展射击训练吗？"

何政东声音洪亮地答道："为了情报工作需要。"

"具体点！"

"杀人！"何政东脑子里闪现出赵杰拿枪射击日本人时的情景。

叶成文笑道："杀人只是一方面，作为一名情报人员，最重要的可能不是杀人，而是自保，因为你们的任务本就不是杀人，而是搜集情报。当遇到敌人时，手中的武器有助于你们顺利逃脱，将情报安全送回去！"

"明白了长官！"何政东大声应道。叶成文扫了一眼其他还在训练的学员，突然有一种奇怪的感觉，又问何政东："你都打哪里呢？"

"教官让我们打敌人的脑袋。"何政东道。叶成文微微一愣，继而问射击教官："为什么每个人的枪口都瞄着标靶的脑袋而不是心脏？"

教官回道："这是美国人告诉我们的原理，心脏可以骤然停止跳动，但这不是死亡的真正标志，有时候心跳停止还能救活，只有脑死亡才是真正的死亡。"

"还有这么个说法？"叶成文吃惊不已。但这一刻，他陡然明白了些什么，急忙转身离去，带人来到山本一夫被杀的车厢，按照当时的场景还原，然后亲自上车，拿枪瞄准当时山本一夫的脑袋、心脏，还有手臂所在位置，这三个部位恰巧就是山本一夫三处中弹的部位。

叶成文试了一遍又一遍，终于按照四个手下所处的位置和死亡后倒地的方位重新梳理了大致思路，可结果让他感到错愕：凶手居然不是吕健，而是肖炳海。

叶成文想不明白自己错在哪里，如果吕健不是凶手，肖炳海为什么要杀山本一夫？回去查了肖炳海的资料，表面上仍旧看不出什么疑点。

肖炳海是江苏人，在江城被招录到国民党情报部门，一直跟随叶成文到恩市，中间从来没出过什么差错。

叶成文一遍又一遍地将这两人的资料在脑海里交错、揉捏，然后综合，又分开解读，可是越理越乱。

几天之后，一个消息从天而降：何政东病倒了。

叶成文匆忙赶到恩市南门外47号兵站医院，隔着门看一眼躺在床上的何政东，回头问训练班的课长秦祖勋发生了什么事，秦祖勋说："医生检查说是急性胃炎，幸好送来及时，否则会有生命危险。"

"一个胃炎能要人命？"叶成文也有胃炎，但从未感觉如此严重。

"已经没事了，医生说像这种急性病，只要发作当时控制住就不会有问题。"秦祖勋的解释令叶成文慢慢释然，在心里骂道：臭小子，赶紧给我站起来！

陈希平突然接到个电话，然后匆匆忙忙就出了门，张振轩正好从大门进来，随口问道："主任，您要出去？"

陈希平神情凝重，只是点了点头便一头钻进了车里。张振轩望着快速消失的汽车，在心里嘀咕起来。

国民政府西线战区党政工作总队队长刘培原打过仗，受过伤，还曾担任军统鄂北站站长，后来受陈镜岳重用才跟随来到恩市，在西线战区算是德高望重。陈希平就是被他打电话叫来的，一进门就迫不及待地问："刘队长，您刚才在电话里说的事千真万确？"

刘培原不苟言笑，铁青着脸说："山城方面发来急电，这个代号'沉睡者'的共产党已经打入西线战区内部，主席相当吃惊，也异常愤怒，要求你秘要室彻查，务必尽快把这个人找出来，否则后果不堪设想啊。"

陈希平很是紧张，急问道："除了知道代号，还有其他线索吗？"

刘培原缓缓地摇头道："这个线索源于一名叛变的共产党，只可惜'沉睡者'级别太高，他也无从知道更多消息，而且几天以后，这个叛徒就被暗杀了。"

陈希平更是吃惊，感到脊背上凉飕飕的。

刘培原本来就干过特务工作，很理解陈希平此时的心情，所以接着说："虽然目前是国共联合抗日，我们的主要敌人是日本人，但在此基础上，也不能忘了次要矛盾，共党分子可真是狡猾，妄想从我们背后插一刀。此事已经上报给委员长，委员长会跟共党高层对话交涉，不过在此之前，我们也不能松懈，一定要尽最大努力将此人挖出来。"

"是、是，卑职明白！"陈希平额头上都渗出了汗珠，谁想刘培原又追问起山本一夫的事，他更是无从答起，擦了擦汗水，小心翼翼地说："属下正全力调查，一定尽快拿出结果。"

刘培原叹息道："一个日本情报人员，一个共党间谍，看来咱们西线战区成了热馍馍，谁都想咬上一口。老兄啊，你我肩上的担子太重了，主席经常问起你的工作，你可不能让主席失望啊。"

陈希平对"沉睡者"一事的紧张程度甚至比山本一夫被杀一事更甚，在对待共产党的态度上，他和老蒋是高度一致的，"攘外必先安内"，内部不安全，如何对付外敌？所以他一回去就积极投入了搜寻"沉睡者"的大案中。

《 3 》

张振轩很快就被通知去陈希平办公室开会，想起两个小时前见他急匆匆出门的样子，便知道出了大事。

"散会之前，所有电话不接，所有人不见！"陈希平吩咐工作人员，"出去，关门！"然后正襟危坐，盯着二人。

叶成文和张振轩被盯得心里发麻。

"知道为什么让你们来吗？"陈希平沉声问道。张振轩早就按捺不住，问道："是不是与您上午匆忙出去有关？"

陈希平道："你猜对了。"

叶成文没吱声，做出一副洗耳恭听的样子。

"党政工作总队的刘队长告诉我一件事，此事不仅关系到秘要室今后的发展，也关系到整个西线战区的安危。"陈希平此言一出，二人面面相觑。

陈希平的眼神依然如刀锋般犀利，他抽了抽鼻子，接着说："最近山城方面传来消息，声称有个代号叫'沉睡者'的共党特工秘密潜伏在西线战区，这个人的存在，会直接危及西线战区的安定。也就是说，咱们的队伍不纯洁了，所以二位肩上又多了一份重任，除了继续开展之前的工作，还要尽快把这个'沉睡者'找出来。"

"沉睡者？"叶成文眉头紧锁，"男的还是女的？"

"不确定，也许是男人，也许是女人……"陈希平道。张振轩笑了起来："这个人也许睡得太久，睡过头了。"

"直觉告诉我，这个'沉睡者'也许快要醒了。"叶成文顺着他的玩笑说道。陈希平打断了他俩的话："二位，现在可不是说笑的时候啊，上面催得紧，咱们任务重，这个共党高级特工身份特殊、神秘，可能已经潜伏了多年，也许是几年，也许是十几年，总之你们要调查每一个怀疑对象。记住，我说的是每个人。"

"也包括我们自己？"张振轩不失时机地接下了这句话，没想到陈希平从抽屉里丢出一沓材料，二人打开一看，居然正是他俩的，顿时就傻了眼。

陈希平冷冷一笑，说："别担心，你们俩的材料我已经亲自审核过，没什么问题，要不然这个重要任务就不会交给你们俩了。"

"主任英明啊。"张振轩笑嘻嘻地奉承道，"我跟成文兄跟随主任您鞍前马后这么多年，如果我俩也有问题，那估计整个党国都不纯洁了。成文兄，你说是吗？"

"是、是！"叶成文端详着自己的资料，好像在思索什么，又好像什么都没想。

陈希平瞪着眼睛说："你们也别怪我，为了党国的纯洁，这只是例行公事的审查。当然了，你们也可以审查我。"

张振轩和叶成文听了这个貌似笑话的话，果然也笑了起来。陈希平审视二人的眼神也带着笑意，可这双眼睛背后，却藏着谁也猜不透的心思。

叶成文回到办公室时，电话正急促地响着，他拿起听筒："我是叶成文。"

"不好了叶副主任，121 不见了。"电话那头是课长的声音。叶成文惊问道："不见了，怎么回事？好，你等着，我马上过来。"

叶成文赶到医院，病床上空空如也，何政东已不知去向。他简单问了问情况，随即若有所思地对课长说："你先回吧，我知道那小子去了什么地方。"

何政东果然是回了家，他离家很长一段时间了，刚刚病好复原，趁着没人注意的时候溜了出去。这不，回去吃了顿好的，还没来得及抹嘴，叶成文就亲自登门拜访来了。

何寿亭不认识叶成文，所以不让他带走何政东。可是叶成文一眼就认出了何寿亭，所以直截了当地说："我这次是带何政东回去的，希望您高抬贵手，不要让我难做。"

"爹，这是叶副主任，也是我的上级，我这次回来主要就是想看看您，现在也该回去了。"何政东好像全然没意识到自己的错误，大大咧咧地说。何寿亭这才放行，还冲叶成文作揖道："麻烦您了。"

叶成文在回去的路上质问何政东："知道自己这是什么行为吗？"

"我知道，不假外出，可我这不是病了吗？又不是在训练班。"何政东强词夺理。叶成文骂道："目无纪律，成何体统？你当秘要室是什么地方？你现在是一名情报人员，私自外出，你的所作所为就是泄密行为，泄密行为的罪有多严重，恐怕你还不清楚吧？看来你没把我说的话当回事，既然敢做就不要怕担当，回去后再跟你算账。"

何政东明白自己又要受到惩罚了，可他没料到这次的盲目行为会带来如此严重的后果。

回到凤凰山，叶成文先是当着所有学员来了一堂批判课，何政东跑出医院与家人来往之事遂成为破坏纪律的典型教材。

第二天，叶成文下达了一道上级的命令："奉层峰指示，121号学生'雷汞'在受训期间，破坏纪律泄露秘密……着即绑赴刑场，执行枪决，以儆效尤，此令！"

何政东还以为自己听错了，几乎昏厥，其他学员也都瞪大眼睛，但他们知道叶成文不是在开玩笑，纷纷心惊胆战。

之后，何政东越想越觉得自己罪不至死，所以想见叶成文，可叶成文根本不见他。他心想自己这次是真的完蛋了，甚至想跟家里人告别都没有机会，忍不住滚落两行热泪。

这是何政东在这个世界上的最后一夜，坐在黑暗中，想起很久前自己挖的坑，没想到这么快就真的派上了用处。他后悔自己太任性，为何就没忍住从医院偷偷溜回了家。

天亮后，有人看见121被一辆汽车带走，车上有两名荷枪实弹的士兵。学员们都知道121被带出去秘密枪决了，所以一时间更加人人自危。

每个人都在极度不安中熬过了漫长的一天，翌日开班的时候，他们还是将121的位置空了出来。

叶成文脸色冷峻地出现在大家面前，看见那个空缺的位置，顿时就明白了大家的意思，但他仍然没有表情，声色俱厉地说："121因为破坏纪律泄露秘密，不遵守秘要室的规定而受到了应有的处罚，他就是你们的前车之鉴。对他的惩罚也是为了以儆效尤，希望各位好自为之，不要再做出此等违纪之事。

"虽然各位都不知道彼此的名字，但我相信在这段日子里，各位形同战友，相处得非常融洽，不过你们要知道一点，而且是非常重要的一点：你们付出的感情越多，对你们将来的行动就越不利，一旦某个人出现问题，势必将影响整个团队。所以我再次奉劝各位，在这里，你们是相对独立的个人，感情只会让你更快接近死亡。"

叶成文这番话明显是针对大家为121留出空位而言的，所以他们很快就补上了缺口。

"现在我宣布一件事：昨天已经对'雷汞'执行枪决，代号121从此以后从秘要室消失。"叶成文审视着面前年龄各异的脸，顿了许久才又接着说，"我们的队伍少了个人，所以就要补充一个进来，下面我为大家介绍一位新同人，他的代号是010。"

听到这里，每个人都在猜测这位新人是谁，可他们看到了什么？一双双眼里都充满了惊讶、疑惑，甚至恐惧。没错，叶成文嘴里的新人便是何政东，何政东没有任何改变，只是身上的布罩代号变成了010。

叶成文拍了拍手，把大伙儿的注意力吸引到了自己这边，再次大声说道："从今天起，121已经死了，让我们用掌声迎接新的010。"

何政东面无表情地站进了队伍，但不是他原来的位置，而是最右边。

"我希望你们从此次事件中吸取教训，不要把训练仅仅当成训练，这是真正的战场，你们现在的努力是为你们将来能活下来争取更大的可能。"叶成文声情并茂，"接下来，让我们忘记121，投入到新的训练中去吧。"

何政东在叶成文的讲话声中，思维飘回到了刑场。他被人从车上推下来，面对天际跪下，清晨的天空有一丝白光，他知道那是晨曦，证明新的一天就要开始了。

这次是真的要离开这个世界了。他在心中微微叹息，他不相信奇迹会再次降临到自己身上，一而再，再而三的侥幸，只能证明他运气好，现在好运用光了，没有谁能救得了他。

叶成文走到他面前，盯着他看了一会儿，又转身去望着天边，问："很舍不得吧？"

晨曦在何政东眼中越来越亮，一缕朝霞从地平线喷射而出，映红了他的脸。

"后悔吗？"叶成文又问，"晚了吧，早告诉过你，这世上很多事不是你能掌控的，如果换作是我，自己挖好了坑，是等着别人埋葬你呢还是自己埋葬自己，心里应该早就有数了吧？"

何政东仍然没有说话，叶成文叹息道："我会给何老爷带话，就说你被派去很远的地方执行任务，让他不要记挂。当然了，我的这个谎言可能掩盖不了多久。如果你爹长命百岁，有生之年，他还能再次看到自己的儿子吗？"

这句话触到了何政东内心最柔软的部分，当然也是他最痛的位置，可他不想让人看到自己的眼泪，泪水在心底放纵奔流，鼻腔里涌起一股苦涩的味道。

叶成文背着手往前走了几步，望了一眼下面的沟壑，像是自言自语道："这下面不知埋葬了多少尸骨，为什么要做这伤天害理、折尽阳寿的事啊？"再次回头的时候，他大声喊道："时辰已到，行刑。121，你可别怪我，要怪就怪你自己没有听我的话。"

何政东明白自己的双脚马上就要迈进鬼门关，终于开口了："叶副主任，帮我给我爹带句话。"

"怎么着，终于想说话了？想说什么？说吧。"

何政东盯着他的眼睛，重重地咽了口唾沫，嘴唇动了动，想说什么，最后却又什么都没说。

叶成文不解地问："怎么，又没话想说了？"

何政东面色苍白，闭上了眼睛。

"好，那就行刑吧，准备，预备……"叶成文一声令下，一声枪响，何政东感觉全身的肌肉瞬间萎缩，闷声栽倒，这一刻，全身的血液好像都停止了流动，变得冰冷、麻木！

"臭小子，起来！"

迷迷糊糊的何政东以为自己死了，却突然被人提了起来，当他看到那张熟悉的面孔时，瞳孔瞬间放大了数倍……

何政东从回忆中回到现实，想起叶成文两次放过自己，不知道对此人是该恨还是该感激，不过他清楚不是每次都能这么幸运。他告诉自己，是该警觉的时候了。

何政东再次从鬼门关走了一趟回来，心情自然有些压抑。

"010，吃了吗？"015——就是此次训练班上唯一的女性，她好像不经意间走过来问。

何政东瞟了她一眼，没搭理。

015干脆在他身边坐下，撇了撇嘴，笑着说："大家都在议论，说阎王爷跟你是亲戚，不收你。"

何政东心里一乐，嘴上却说："你是来看我笑话的吧？"

"不，不是。"她忙解释，"其实我是想说，大家都是朋友……"

"别，少跟我套近乎。主任说了，在这里，只有代号，没有朋友！"何政东满脸不屑。015却伸出手说："那好，010，我是015，咱们做个朋友吧。"

何政东微微一愣，正想说什么，见课长往这边走来，于是说："不想被惩罚，就离我远点。"

015起身，拍了拍手说："日子还长着呢，好自为之。"

何政东扭头看着她离去的背影，眼中渗出一丝无奈的笑容。

一切按部就班地进行，眼看就要到结业的时候，叶成文给大家布置了一次结业考试。

"假设日军在进袭远安、南漳之后，将进叩山城门户，夺据恩市，为了解国民党军队在鄂西的军政动态，由华中派遣军联络部鄂西支部派出大批间谍、汉奸在恩市地区活动。"叶成文喃喃地说，"现在我命令，你们每个人都假设自己是日军派到鄂西搜集情报活动的特务，我会给你们每人发一个日军华中派遣军联络部鄂西支部印制的证件，你们务必秘密随身收藏，每三天凭证领取生活费一次，限期打入各机关潜伏活动，并逐日派人联络。我要你们在这次行动中活下来，这也将成为你们的毕业成绩。当然了，如果你们谁在此过程中被捕，可别指望我来救人。"

叶成文最后这句话明显是玩笑，因为所有人都知道这只是测试。

何政东失去了很久的自由，这次终于回到城里，本来想想回家去看看，但想起之前所犯的错误，于是收敛了心思。他早就想好了，自己是恩市本地人，可能会有很多人认识他，所以他决定选择离城区较远的红庙地区潜伏。

红庙离恩市城区也不算太远，只能说是稍微偏僻了一些。

何政东穿着一身普通老百姓的衣服，衣服上还打着补丁，加上一顶破草帽，乍一看，还真是无人会注意到他的存在。

白天的红庙街上也很热闹，因为是进出恩市的门户，南来北往的客商都要从此经过，可是一到晚上，街上就冷清了许多。

何政东最迫切需要解决的是住宿问题，但他不能住旅店，因为经常会有警察不定时查房，一旦被发现很可能被捕，那他的潜伏计划也将会宣告破产。

今晚的天气不错，不热也不冷，偶尔还有凉风拂过。

何政东尽量往人多的地方凑，在一个拐角处看到个正在收摊的老人，于是故意过去搭讪，老人却根本不搭理他，径直挑着担子急匆匆地走了。

"难道我长得像坏人？"何政东自言自语道。其实他不太了解当下人们的内心，谁愿意在大晚上跟一个陌生人搭讪？因为谁也不知道跟自己搭讪的人是什么身份。

何政东突然眼前一亮，想起附近有个防空洞，于是往前摸去，可刚走不远，前方出现两个警察，吓得他慌忙往黑暗中躲去。

防空洞里居然还有亮光，这令何政东始料不及，他没想到还有跟自己一样无家可归的人，走近才看清，原来都是叫花子。

何政东站在洞口，已经能闻到洞里散发出的恶臭味，顿时进退两难，可就算不进去，也没有比这里更好的地方去了。他在洞口徘徊了许久，最后还是决定今晚就在此借宿。

洞里的味道更重，熏得他根本无法呼吸，捂着鼻子慢慢挪到角落，然后蹲下身偷偷打量起周围的人。

这一整天弄得何政东实在是太累了，精神高度紧张，好不容易找到这么个地方坐下来，很快就困得睁不开眼了。可就在他极度疲乏时，一个声音从洞外传来，他被惊得打了个寒战，睁眼一看，只见两个警察正拿电筒往洞里面扫来扫去，其中一个骂骂咧咧地说："臭死了，赶紧走吧。"

何政东听见脚步声渐渐远去，这才松了口气，心想着今晚总算是安全了，于是决定好好睡一觉，但问题又来了，他突然发现自己藏在鞋底的证件丢了，一下子慌了神，睡意全无，慌慌张张地跑出洞子，面对着茫茫夜色，却不知所措。

证件到底是什么时候丢的，丢在了什么地方，何政东完全没有任何头绪，也没有任何记忆，但他非常肯定一点，那就是证件肯定是丢在他走过的地方，所以他决定沿着来路找回去。

回去的路并不遥远，也很顺畅，之前遭遇的警察也没再出现，但证件也没找到。

　　何政东想着任务这么快就失败，心里很难受，也很懊悔，责怪自己太不小心。可转念一想，虽然证件丢失，但只要没被人捡到，或者就算有人捡到，但他没被抓到，那也应该不算任务失败吧？想到这里，他又恢复了自信，决定暂且回防空洞。

　　"站住，再跑我就开枪了。"何政东跑得气喘吁吁，终于被逼进了死胡同，追赶他的人举起了枪，慌乱之下，他伸手去摸腰间的枪，这才想起根本没带，可是枪突然响了，子弹打在他心脏上……

　　满身汗水的何政东从噩梦中醒来，望着外面浓浓的夜色，心脏还在狂跳。

　　拂晓时分，清洁工突然发现一块硬纸板，拾起一看，是一本不明证件，跑到邻街，将证件交给了保队附（保长的助手，主管治安和兵役）。保队附见了证件上的字和印章也是十分惊讶，以为在红庙这个小地方出现了汉奸，非同小可，又立即把证件交给红庙警察局局长宋柏民。

　　宋柏民拿着证件看了又看，又详细询问了清洁工当时发现证件的情况，随即决定严密检查旅栈，调查可疑住户。

　　整个红庙地区立即戒严起来，进出的路都给封了。

　　何政东也发现了这个情况，于是大白天又被迫躲回到了防空洞。

　　宋柏民觉得这是个好机会，如果真在自己的辖区内找到日本特务，那上峰还不奖赏他？所以他在此事上竭尽全力，几乎出动了全部警力，每个角落都不放过。

　　何政东见整个红庙如临大敌，才庆幸自己找了个藏身的好地方。可丢了证件始终是他的心事和死穴，因为上面有他的照片。想来想去，突然冒出个好主意，他丢弃了之前的身份，扮成个叫花子来到街上瞎逛。

　　何政东刚离开防空洞不久，昨晚巡逻的两个警察就来了，这次他们进了洞里，然后让所有叫花子都站起来。

　　"我问你们，这两天有可疑的人来过这里吗？"一个警员威严地问。一个叫花子颤巍巍地反问道："什么叫可疑的人啊？"

　　"就是生人，以前没来过这儿的。"

　　"有、有……"

"对、对，就有一个！"

大家你一言我一语地议论起来，警员呵斥道："到底是谁？"

"老总，是有一个，也不知是哪儿来的，这不你们进来之前刚走一会儿……"

两个警员一听这话，立马两眼放光，再详细问询了一阵，然后赶紧回去跟宋柏民汇报。宋柏民兴奋地说："太好了，看来这个特务隐藏得够深，你们俩可是立了大功，等找到特务，我给你们请功。"

宋柏民下达了秘密命令，让所有警员留意叫花子。

何政东装成叫花子在街上闲逛，两只眼睛谨慎地搜寻着类似证件的东西，可他没想到自己早就被人盯上了。

宋柏民听手下警员一汇报，摸着脑袋说："看来这就是我们要找的人，一个叫花子在街上闲逛，但又不伸手向人乞讨，这不明摆着心里有鬼吗？"一个主意浮上心头，他让人继续盯住目标。

夜幕降临之时，何政东仍没找到证件，他哪肯死心？所以也没想回防空洞歇息。

突然，一阵马蹄声由远及近而来，何政东被吓得赶紧缩回到了黑暗中，马蹄声过后，他探出头来一看，似乎发现了新大陆，简直不敢相信自己的眼睛，因为有个好像证件的东西正在不远处的空地上。他再仔细看了一会儿，才敢确定那真的就是自己丢失的，心里一阵激动。

何政东没有马上去捡回证件，他是受过反侦察训练的，在原地观察等候了许久，确信安全后才小心翼翼地走过去，拿起证件一看，却傻了眼，因为那只是个封皮，里面什么都没有。也就是说，他发现的这个证件……他刚厘清头绪，突然感觉有什么地方不对劲，抬头一看，只见周围全都是警察，一个个黑色的枪口全都对着他，惊得他倒吸了口凉气。

说时迟，那时快，何政东趁着自己还没被抓住，突然把证件封皮一把塞进嘴里，准备嚼烂吞进肚里，可纸质太硬，他一下没吞进去，被人从口里抠了出来。

何政东被哽得差点呕吐，眼泪水都差点流出来。

"怎么着，想毁灭证据？"宋柏民面对着这个叫花子，满脸冷笑，"这就是你一直在找的东西？"

何政东长出了一口气，明白自己任务失败了。

审讯室，何政东再次闻到了熟悉的味道，可这次心态不一样，因为他知道有人会来救他出去。

"说吧，叫什么？哪里人？"宋柏民亲自审问，何政东闷声不语。宋柏民敲了敲桌面："问你话，没听见吗？别以为不说话我就拿你没法子。告诉你，在这儿不交代清楚，到了另外的地方可有你好受的。"

何政东不明白宋柏民指的另外的地方究竟是什么地方，可他相信叶成文一定会很快知道他被捕的消息，所以闭上了眼。

宋柏民被气得破口大骂，一气之下对何政东用了酷刑，"压杠子""老虎凳"等全用上了。何政东晕过去好几次，最后差点就醒不过来。宋柏民担心闹出人命，坏了大事，于是不敢再动他，想来想去，决定向专门负责特务的机构汇报此事，于是电话就打到了叶成文那里。

叶成文跟宋柏民一起执行过任务，当他接到宋柏民的电话时丝毫没感到意外，而是戏谑道："宋局长，好久没听见你的声音了，怎么会想起给我打电话？"

宋柏民跟何政东对峙了一整夜，不仅毫无进展，而且把自己折腾得够呛，此时疲惫不堪地说："成文兄，这次摊上大事儿了，看来还得麻烦您出山才搞得定。"

叶成文一愣，忙问发生了何事，宋柏民如此这般一说，他立即便明白了怎么回事，但装作很吃惊地说："真的？那人现在怎么样了？"

"还在大牢里。哎呀，您看是您亲自过来一趟，还是我把人给您送过去？"宋柏民问。叶成文想了想说："我看还是我过去一趟吧，你送来送去的，路上也不怎么安全。"

"好、好，我等您！"宋柏民挂上电话，心里还是忐忑，担心人犯出问题，于是又亲自去审讯室查看了一番。

何政东自从被抓以来，一直在考虑该如何向叶成文交代自己的失败，换一种说法，是该为自己的失败找什么样的借口，可他找不到借口，失败就是失败。接下来该想想如何面对叶成文吧。他安慰自己。因为几天来没吃好，也没休息好，加上今晚的刑讯，所以他的脸色越发苍白。

叶成文第一时间赶到了红庙警察局，宋柏民一见到他，惊喜地说：

"哎呀成文兄，不愧是干事儿的人，您这来得也太快了。"

"你这是在怪我来早了吗？"叶成文开玩笑道。宋柏民笑着说："哪里哪里，我这还以为叶副主任至少天亮后才会到呢。"

叶成文看了看何政东丢失的证件，阴沉着脸问："人呢？"

"在审讯室呢，我马上带您过去。"

叶成文隔着玻璃看见了无精打采的何政东，回头问宋柏民："问出什么了吗？"

宋柏民摇头道："那小子嘴太严了。"

"用刑了吗？"

"十八般武艺全都用上了，可那小子比茅坑里的石头还硬。"

叶成文点了点头，说："日本特务可不是省油的灯，不用刑是绝不会主动交代的。"

"是、是，我知道这个理儿，可我这不是怕给弄死了吗？"

叶成文虽未亲眼看到宋柏民对何政东用刑的过程，但他知道任何人进了这个地方，就算不死也得脱层皮。现在看见何政东虽已遍体鳞伤，可仍死不松口，内心对这小子又高看了一分。

"叶副主任，您也看到了，这个特务是宁死也不松口，大刑也用了，毫无用处。"宋柏民灰心丧气。叶成文沉默了一会儿说："看来这个特务身上隐藏着更大的秘密，咱们虽然一时半会儿拿他没办法，但总会想到法子让他开口。"

宋柏民叹息道："我已经是黔驴技穷，您是做特务工作的，我看人还是您亲自带回去审问吧，您想怎么处置、想怎么用刑都随便您了。"

宋柏民的心思叶成文很清楚，不就是自己收拾不好，想把这个摊子推到他身上吗？

叶成文笑道："宋局长能抓到这个特务，功不可没啊，我该怎么谢你？"

"没什么，分内之事嘛，那这个特务您就带回去，权当送给您的一份礼。"宋柏民笑着说。叶成文于是说："那我却之不恭，不过还得麻烦你帮忙把人送过去。"

"没问题。"

"路上小心。"

"放心吧，百分之百安全送到。"

叶成文先行离开后，宋柏民就亲自把人送了过去。

何政东对这儿的环境非常熟悉，知道自己回到了秘要室，可为什么叶成文还不来见他？因为受过大刑，所以他很快就沉沉地睡了过去，也不知什么时候被一个声音叫醒，睁开眼，只见叶成文坐在面前，阴阳怪气地说："睡得还挺香啊。"

何政东用力坐起来，带着歉意说："对不起，任务失败了！"

"我知道，要不然你现在也不会在这儿。"叶成文说，"你刚刚受了大刑，还好吧？"

"能挺得住。"

"那你为什么不告诉他们你的真实身份，或者把我搬出来，这样不就可以少受皮肉之苦了吗？"叶成文故意问。何政东喃喃地说："我丢了证件，已经不可原谅，但只要我不松口，他们就拿我没办法，要是再把您给搬出来，那我不是更加失败吗？"

叶成文赞同道："你很坚强，没有屈服在大刑之下，所以虽然你任务失败，但这次我不怪你。"

何政东听了这话，立即来了精神，惊喜地问："那我可以顺利结业了？"

"不过在结业之前，还要执行一项任务。"叶成文说。何政东毫不犹豫地说："请指示，保证完成任务！"

"任务很简单，赶紧回家去看看你爹，休息两天，然后回来向我报到。"

何政东突然回家，何寿亭还以为自己在做梦，当然也是非常高兴，问长问短，想知道他在秘要室到底干什么。

何政东记着叶成文的叮嘱，轻描淡写地说："都是日常性的工作，就是帮忙处理一些文件。"

何寿亭突然在他颈部发现了伤痕，惊问道："你这是怎么了，谁打你了？"

"没、没什么，自己挠的。"何政东平静地掩饰着内心的慌乱。何寿亭却不依不饶地说："不行，你不给我说清楚，我就去找你上级。"

"哎，可别。爹，我不都说了没事吗？"何政东安慰道，"我这次回来看看您，跟您说说话，很快又要走。"

何寿亭不解地问："怎么这么急？"

"忙呗，秘要室太忙了，好多事。上级就是看我工作认真，这才给我准假回来看看您。"何政东正说着，管家过来说："少爷您可算回来了，老爷是一天到晚念叨你，每天都巴望着你回来。少爷，这次回来就不走了吧？"

何政东笑着说："还要走呢，回来看看就走。"

"还要走？怎么又要走呢？"管家问。何政东说："忙着呢，不过可能过一段时间又会回来。"

何寿亭叹息道："孩子大了，我说什么都没用了。"

"爹，这段时间还是没人来找过我吗？"何政东又问起这事，但得到的答案是否定的。他在家待了一天就回去跟叶成文报到去了，叶成文没想到他会提前回来，从办公桌后站起来，惊讶地看着他问："怎么这么快就回来了，不是给你两天假期吗？"

"休息够了就回来了。"何政东说，"反正待家里也没什么事，我爹也让我尽快回来跟您报到。"

叶成文疑惑地问："你爹现在总算是同意了？"

"我爹这个人就这样，想当年我坚持要去江城求学，一开始我爹也不答应，但是后来拗不过我，不也还是应下了吗？"何政东说完这话，接着要叶成文给他安排工作。

叶成文其实早就想好让他做什么，但还是问："你想让我给你安排什么工作？"

"我可说不好，听您的安排。"

"那好，早就跟你们说过，你们以前是干什么的，结业后还是干什么去。你来这里之前是干什么的？"叶成文问。何政东想了想说："刚从江城回来，学校也停办了，所以就什么事都没做。"

"如此说来，你现在的身份仅仅就是何家少爷？"叶成文问。何政东垂下眼皮，他的表情告诉叶成文他不知该怎么接受这个称谓。

叶成文见他半天不吱声，笑了笑说："站着干什么，坐吧。"

何政东感觉自己越来越捉摸不透眼前这个人了，一会儿亲切过人，一会儿又冷漠无比。

叶成文接着说："你们何家在恩市大名在外，所谓树大招风，如果让你回去以何家少爷的身份执行任务，恐怕不怎么方便。所以我想好了，从今天起，你就留下来做我的副手吧。”

何政东闻言当即愣住，叶成文问：“怎么着，不愿意？难道做我的副手委屈你了？”

“不、不是，我只是、只是没想到您会让我做您的副手。”何政东惊喜不已。叶成文接着说：“但是你要有心理准备，做我的副手可没你想的那么简单。”

“是，我一定不辜负您的栽培。”何政东信心十足地说。

两天过后，所有学员都通过了结业考试，叶成文去跟陈希平汇报工作，陈希平高兴地说：“恭喜你，又培养了一批精英，已经都分散下去了吧？”

“是，基本上都已经分散下去了。”叶成文说。陈希平不解地问：“为什么是基本上？难道还有人没被分散下去？你不是说全都顺利结业了吗？”

叶成文笑了笑，说：“我这不正要跟您汇报嘛。”他顿了顿，“有个代号010的人，我留了下来，做我的副手。”

“010？010不就是当初违反纪律，差点被你给枪毙的那个吗？”陈希平更加诧异。叶成文说：“是啊，010经过上次那件事之后，可能是接受了教训，在以后的时间里可是再没惹事了。”

“这样说来，你现在对010很满意了？要不然也不会独留下他做副手。”陈希平缓缓说道，“既然是你的决定，我相信你的眼光，好好培养吧。”

叶成文信誓旦旦地说：“主任，您放心，留下010是我经过深思熟虑的，而且也暗地里考察了无数次，最后才做出这个决定。秘要室需要他这种人，您等着瞧吧，010一定会为秘要室立下汗马功劳。”

《 4 》

　　张振轩这几天一直待在机要室，已经连续几个晚上没有合眼，今儿一大早正迷迷糊糊快要撑不下去时，叶成文突然出现。他进门看到张振轩双眼迷糊的样子，桌上烟灰缸里又全是烟屁股，便扫了一眼机要室里另外还在忙碌的人，带着戏谑的口吻说："哟，又是一夜没合眼吧，张副主任这是怎么了？看样子是遇到事儿了？"

　　张振轩无力地挥了挥手说："你就别再来消遣我了，没力气跟你瞎叨叨，让我眯会儿。"

　　"还真让我猜对了？"叶成文显得很兴奋，"透露点儿，什么事？"

　　张振轩揉了揉眼睛，打了个呵欠说："还没到透露的时候，我说叶兄，你到底有事没事？没事儿就别在这儿添乱……"

　　叶成文却一屁股坐了下来，凑近去问："振轩兄，透露点呗，跟我还藏着掖着？"

　　"哎，我说老兄，你今儿……"张振轩话没说完，叶成文忙笑呵呵地说："不跟你开玩笑了，今儿来找你有点正事。"

　　"那就赶紧说吧，我这手头还忙着……"

　　"共产党还是小鬼子？"叶成文不失时机地又问了一句，张振轩两眼一瞪，叶成文忙赔笑道，"我多嘴、多嘴。那个振轩兄，事情是这样的，你也知道，第三期培训班刚结束不久，我在里面发现个干侦听的好苗子，想送你这儿来实战实战，你看成吗？"

　　张振轩还以为他有什么大不了的事儿，可这事儿再小他也是不能做主的，还需要跟主任汇报。

　　"我知道，机要室嘛，重要信息的汇集处，一般的人可不是轻易能进来的，更何况是个新人。按照程序，肯定是要先跟主任请示的。"叶成文说，"所以我这才先过来跟你通个气，要不然先跟主任说了，主任一发话，你这边弄得措手不及，也显得我太不仗义了吧。到时候你还说我拿上面压你，我可真就跳进黄河也洗不清了。"

"我说你这种事干的还少吗？"张振轩丢给他一支烟。他接过烟，起身说："那就说好了，我尽快把人给你送过来。"

叶成文给机要室送来的人代号015，叫苏晓蔡，就是第三期培训班里唯一的女性。

在张振轩办公室里，叶成文带苏晓蔡来见他，他盯着她打量了一番，眯缝着眼睛说："不错啊，看来还挺有潜质的。"

"那就看张副主任如何培养了。"叶成文看了苏晓蔡一眼。苏晓蔡忙说："我一定不会让二位主任失望。"

"好了，你先出去吧。"叶成文示意道。她离开后，张振轩忙谄媚道："不错。"

叶成文笑着反问："真不错？"

"真不错！"

"那就好，人我可是交给你了，以后能不能为党国效力，那可就全靠你了。"叶成文起身，背转身后挥了挥手。张振轩在后面喊道："这就走了，不再聊会儿？"

"找主任汇报呢！"

何政东觉得自己天生就是为秘要室而生的，因为他刚进来不久就上手了所有的工作，就连叶成文也觉得奇怪，暗地里观察着这小子的行为，很高兴自己没看错人。

"叶副主任，刚才档案室的人来找过您，我说您出去了。"叶成文刚才出去了一会儿，刚回来就接到何政东的报告。

"说了什么事吗？"

"没有！"

叶成文沉吟了一会儿，说："有句话你得给我记住了，在秘要室，你必须睁大眼睛，每个人都是你的朋友，每个人也都可能是你的敌人，所以你的一言一行一定要小心谨慎，不该问的不要多问，千万不可乱说话。"

"记住了。"何政东点头道。叶成文想起张振轩这几天正在忙碌的事，然后拉开抽屉，取出一个盒子说："把这个给张副主任送过去。"

何政东想问是什么，但想起叶成文说的"不该问的就不要问"，只好又咽了回去。

张振轩收到叶成文送来的香烟，笑着说："好东西啊，好他个叶成文，还真有几把刷子，非常时期，连这种货色也能弄到手。"

何政东正要走，张振轩却叫住了他："小何啊，你等等。"

"张副主任还有事吗？"何政东收回脚步。张振轩笑着说："也没什么事。哦，对了，叶副主任这两天忙什么呢？怎么老是不在办公室？"

"这个我还真不知道，上面的事，我也不好问。"何政东吞吞吐吐地说。张振轩大笑道："叶成文他把你培养得够好啊，对我也嘴这么严。"

何政东讪讪地笑起来，张振轩挥了挥手说："没什么事了，去吧。"

一大清早，恩市屯堡老街还沉浸在寂静中，一切看上去都是那么祥和，薄薄的雾气萦绕在屋顶，恍如轻纱。

这次行动是行动队的廖楚山亲自带队，他的手下冲进老屋二楼踢开其中一扇门时，一个身穿旗袍的女人正在忙乱地收拾东西，面对冲进来的这伙人，她刚举枪就被包围了。

廖楚山进门的时候，女人已经被缴械，面对着这伙突然闯进来的人，脸上流露着轻蔑的笑。

"你的同伙呢？"廖楚山问。女人冷冷地偏过脸去根本不看他，他走到她面前，一把抓住她的下巴，恶狠狠地笑道："模样儿还不错，只可惜很快就要变成另外一种模样了。"

女人紧咬着嘴唇，倔强地瞪着眼。

廖楚山冷喝道："带回去！"

叶成文很快就知道行动队抓了个女共产党，他很惊讶之前怎么没有嗅到一丝风声。

廖楚山抓了个女共产党的消息很快就传遍了整个秘要室，这个人好大喜功，所有的欣喜都写在脸上，也很坦然地接受着每个人的祝贺，可所有人都忽略了张振轩的存在，这个行动能如此顺利，还得归因于张振轩之前的侦听工作。

"可恶，廖楚山倒是风光了，功劳全归他一个人，到头来我所有的事都白做了。"张振轩跑到叶成文面前发牢骚。叶成文挖苦道："谁让你嘴这么严，连我都瞒着，主任那里你也没提前汇报，现在好了吧，功劳全归行动队了。"

"我呸，我为了追查共党的电台，几天几夜没合眼。行动队那帮小子算什么玩意儿？尤其是廖楚山，在主任面前居然提都不提我，看来下次再有这样的好事，我得叫上你一块儿，咱们兄弟俩合作。"张振轩的话让叶成文明白，他那几天加班加点，正是为了此事，所以笑着说："怪不得要瞒着我。对了，女共党开口了吗？"

"身份倒是查清楚了，名字叫刘慧沁，不过跟很多共党一样，嘴硬，审了很久，到现在为止除了知道她的名字，我们一无所获。"张振轩说。叶成文又笑着说："抓人是行动队的强项，但要说审讯，那可就差远了。"

"那群武夫就知道用武力，我得赶紧去跟主任汇报汇报，免得最后又让那些废物把人给整死了。"张振轩说完立即去找了陈希平，陈希平问他的意思，他推荐了叶成文。

叶成文带着何政东来到审讯室时，何政东盯着全身上下血淋淋的刘慧沁，一开始还以为自己看花了眼，但是很快就明白是怎么回事，顿时觉得整个世界变得漆黑一片，眼前的一切都显得那么虚幻，或者是虚无。

叶成文看了何政东一眼，以为他是第一次见到这种场景有些受不了，于是低声安慰道："慢慢就习惯了！"又盯着被抽得皮开肉绽的刘慧沁看了许久，然后故意大声说："下手可真狠啊，也不知道怜香惜玉。"

何政东聚精会神地注视着女犯人，他确实是第一次看到这种场面，心中隐隐有些作痛。

"看来伤得不轻，我们先走吧，让她先冷静冷静，我们明天再来。"叶成文说。出得门外，在外面等候的张振轩不解地问："怎么还没审就走了？"

叶成文说："你没看人都快被打死了，我们步步紧逼不是办法，你不也担心人被我们整死了吗？那之前的工作就白干了。"

张振轩想想也是，于是没再白费口舌。

何政东回去后脑子里一直是女犯人的影子，突然间又想起赵杰的死，他的心紧紧地揪在了一起。

叶成文今夜也难以入眠，他没有结婚，所以家里常常是一个人，理所当然，房屋里不怎么整齐。他喝了好几杯，脑子已经微微有些犯迷糊。他喝酒不是因为无聊，更不是孤独，也不是想忘记一些事情，而是内心充满了懊恼。为了更清楚地记起一些事情，为了让自己以后不再犯错，他要更加警觉。

第二天一早，何政东便跟着叶成文再次来到了审讯室。审讯室的灯光不怎么亮，女犯人低垂着脸，好像还在沉睡中。其实，在那种环境中，身受重伤的刘慧沁如何睡得着？她听见了铁门打开的声音，也听见两个脚步声在慢慢走近自己。她知道是昨天来过的那两个人。

何政东望着这个女人，从她虚弱的脸上看不出一丝表情，他在想她此时应该是什么心情，悲伤、痛苦，抑或是一心赴死？

叶成文也盯着那个女人的脸看了许久，才终于说："刘小妇，咱们好好聊聊吧。"他的声音好像是在跟朋友对话，完全没有审讯者的强势，更别说像敌对关系了。

刘慧沁微微睁开眼，看着面前的两个男人，突然现出一丝笑容，但因为面部浮肿得厉害，笑的时候两只眼睛好像都没有睁开似的。

叶成文转动了一下微微有些酸痛的脖子，颈椎处的骨头发出清脆的声响。

"如果你打算继续用沉默对抗下去，结果将会对你很不利。"叶成文柔声说道。刘慧沁终于开口了，可是给他的答案是，她什么都不知道，要杀便杀，何须多问。

何政东转动着手中的笔，这是用来记录审讯问答的，他在纸上写下了她的话，但又感觉哪里不对劲，忙草草划去。

叶成文听见她给出的答案，笑了笑，起身走到她面前，弯腰看了一眼她的脸，她扭过头去不看他，他直起身说："咱俩做个交易吧，告诉我你所知道的一切，我保证给你个痛快。"

刘慧沁慢慢回过头，他把耳朵凑了上去，但就在这一刻，她狠狠咬住了他的耳朵，他痛苦地号叫起来，等她松开血淋淋的嘴时，他的耳朵几乎被咬掉，血顺着耳根流到了脖子里。

何政东反应过来时，这一切都已经结束。

门外的守卫听见叶成文的惨叫也冲了进来，叶成文捂着耳朵，在混乱中离开了审讯室，身后传来了她近乎疯狂的笑声，紧接着又发出一声声被皮鞭抽的惨叫哀号。

何政东站在门口，回头望了一眼铁架上的刘慧沁，听见皮鞭落在她身上的声响，感觉双腿像灌了铅似的沉重。

何政东陪叶成文去医务室简单包扎了一下，然后回到办公室，何政东跟着进去，问："叶副主任，您伤成这样，要不先回去休息吧？"

叶成文摇了摇头，叹息道："那个女共党下嘴还真狠，差点把我这只耳朵给咬下来。"

"她是不是很快就会被枪毙？"何政东顿了半晌才怯怯地问道。叶成文看了他一眼，问："怎么，看她模样儿不错，心疼了？"

何政东忙讪讪一笑说："哪里，我只是在想他们到底为什么这么倔强，到底为了什么事居然连死都不怕。"

"那不是倔强，是固执。你刚来，跟共党分子接触不多，以后就会明白，这共产党可比小鬼子难对付多了。我一开始也跟你一样犯迷糊，老是想，他们怎么就不怕死呢？"叶成文仰靠在沙发上，双眼紧闭，身心万分疲倦，"这个叫刘慧沁的女共党分子比我之前见过的很多共产党都要硬，看来是没办法从她嘴里挖出更多东西了。"

何政东明白了他最后这话的意思，眼中闪过一道阴影。

会议室，叶成文和张振轩正在等主任开会，张振轩盯着叶成文缠着纱布的耳朵看了许久，突然笑出了声，还揶揄道："不知道的还以为你想占共党的便宜，结果便宜没捞着，反而差点被咬掉了耳朵，可悲又可笑啊！"

叶成文没好气地反驳道："我就算变成了一只耳，那也是你惹的。"

"看你这话怎么说的？怎么又跟我扯上关系了？当初是你自己请命要去审讯女共党，现在倒又怪我了。"张振轩说这话的时候还在笑。陈希平推门进来，到会议桌中间坐下，目光也落到了叶成文的耳朵上，问："没什么大碍吧？"

"好多了！"叶成文答道。

陈希平的目光又转向张振轩，张振轩见他眼里带着一股凛冽的杀气，忍不住问："主任，我、我……成文的耳朵是真不关我的事儿啊。"

叶成文也不知陈希平为何这种表情，陈希平顿了很久，才冷冷地说："我问你，这次找到共产党的电台，为什么没第一时间跟我汇报？"

张振轩觉得奇怪，这件事在抓捕结束之后不是已经给他汇报了吗？怎么又追究起责任来？

"就是你的自大导致了任务的失败。"陈希平话里充满了硝烟味，"我本来以为抓了个女共党，行动还算是有成效的，可你知不知道，要是你提前跟我汇报，我会亲自领导这次抓捕行动，共产党的血刺行动队成员一个也别想逃脱。"

两人听了这话全都瞪大了眼睛，因为他们都听说过共产党血刺行动队的名号。这支行动队以渗透任务为主，就像一把把带血的刺刀，直直地插进国民党的心脏部位，之前国民党在江城的情报机构就遭到过渗透，而后进行了"大清洗"，可是收效甚微。

"主任，您是说这个女共党分子也是血刺行动队的成员之一？"叶成文讶异地问。陈希平叹息道："暂且还不知道，不过可以肯定的是，共产党的血刺行动队已经渗透进恩市，这与我们之前获悉的'沉睡者'情报相互吻合，这个代号叫'沉睡者'的，很有可能就是血刺行动队的成员。"

张振轩这才明白自己的刚愎自用造成了多严重的后果，当即请罪道："主任，都怪我，我负全责。"

"哼，你负得起这个责任吗？"陈希平冷冷地骂道，"这个叫刘慧沁的女共党肯定知道很多东西，你们要给我好好地审，尤其是关于血刺行动队的情况，一丝一毫都不许放过。"

"是，我马上组织新一轮审讯。"张振轩慌忙起身。陈希平对叶成文说："这个女共党相当重要，千万不能有任何差池，为了保险起见，还是你们俩一块儿去吧。"

叶成文从张振轩眼中看到了一丝失落感，但他装作没看见似的，跟在张振轩身后一起往门口走去，可就在此时，会议室的门被人从外面撞开，那人差点跟他们撞个满怀。

"慌慌张张的干什么？"叶成文见是何政东，当即就呵斥起来。何政东气喘吁吁地说："不好了，女共党死了！"

"你说什么？再说一次！"叶成文抓住他厉声呵斥道。此时，陈希平已经被惊得站了起来，张振轩也质问道："你刚才说谁死了？"

"女共党死了，刘慧沁死了！"何政东满脸惊恐，其他人听到这个消息也仿佛遭了雷击，纷纷不知所措。

"到底怎么回事？"陈希平简直是在咆哮，众人急忙赶往大牢，只见刘慧沁耷拉着脑袋，一动不动。

陈希平脑子里一片空白，这件事对他来说发生得太突然了，他还指望能从她身上弄到更多关于共产党血刺行动队的情报，没想到她突然就这么死了。

每个人心中都有各种所想，刘慧沁的死好像给了他们致命的打击，全都傻站着，像在观看一具人体标本。

"马上查清楚人是怎么死的。"陈希平浑身无力，满脸阴沉地离开了大牢。

张振轩突然转向大牢的岗哨，询问之前有什么人接触过女共党。岗哨回答说没有任何人来过，但其中一人突然指向何政东，何政东忙辩驳道："我来的时候她人已经死了。"

"是这样吗？"张振轩问。岗哨给了肯定的答复，他于是质问何政东为何要来大牢，何政东满脸通红地说："我就是过来瞧瞧……"他支支吾吾的，叶成文摸着受伤的耳朵，接过话道："是我让他来看看女共党的，每天早上我都会派他来给我做一份视察报告，我要知道这个女共党分子的所有情况。太可恶了，都是她，害得我这两天都痛得没怎么睡好觉。"

张振轩有眼线，其实知道何政东每天早上都来大牢，刚才只是故意那么问罢了。

"赶紧查明死因吧，要不然主任那里可没法交代。"叶成文提醒道。此时，刘慧沁的尸体已经被送去解剖。

陈希平回到办公室却无法落座，他不知该怎么向上峰汇报刘慧沁的死讯，上面对这个女共党非常重视，要他务必从她嘴里弄到共产党血刺行动队的情报，可是现在……他不敢往下想，之前山本一夫被杀一案还没解决，突然又蹦出这件事，这可是会要了他的命啊！

刘慧沁的尸体解剖结果当天晚上就出来了，她是中毒而死。

经过连夜取证，矛头指向一个叫乔云峰的厨师，因为当天是他在负责伙食，刘慧沁的饭菜也是他准备的。

乔云峰的家离秘要室仅两里地，可是张振轩带人赶到他家时，他已经死亡几个小时。张振轩破口大骂，却又束手无策，只悔恨自己来晚了。

今夜，何政东难以入眠！

而在今夜，叶成文也懒散地躺在沙发上，听着音乐，喝着香槟，脸上却毫无表情。

陈希平又是一夜无眠，他感到有一张巨大的网正紧紧地缠着自己，勒得他越来越难受，越来越难呼吸。

何政东在浑浑噩噩中度过了一整夜，他一大早来到办公室，却看到一切正常，好像什么事都没发生。他站在叶成文办公室门前，正想敲门却又放弃了这个念头，想走的时候，叶成文的声音在背后响起："有事？"

"叶副主任早！"何政东强颜欢笑，转过身来面对他，"也没什么事，就想跟您汇报汇报思想！"

"进来吧！"叶成文开门，何政东进了屋，叶成文示意他关上门，"说吧，找我什么事？"

何政东欲言又止，叶成文满脸不经意地问道："你是想知道那个女共党是怎么死的吧？"

何政东被人猜中心思，忙说："什么事都瞒不过您！"

"你的好奇心太重了。"叶成文叹息道，"不过，像你这样的新手，对什么事都好奇是正常的。如果你不好奇，我倒是觉得不正常了。"

"对对对，您说得对，我就是好奇，以至于昨晚都在想这事。您说守卫那么森严，人到底是怎么死的？"何政东顺着他的话往下说。他疲倦地笑了笑，说："厨师在饭菜里下了毒。"

何政东惊问道："那下毒的厨师抓住了吗？"

"死了！"

"也死了？"何政东更为大惊，陷入沉思。叶成文问他怎么了，他连忙摇头说："那您忙，有什么事叫我。"

"你等等！"叶成文叫住了他，"按常理，发生这种事，每个人都会有嫌疑，也可能会被暗地里调查……"

何政东愣了愣，感激地说："谢谢您，我知道了！"离开这个屋子，他的心脏开始狂跳，实在想不明白那个厨师怎么会死，至于之前的事，在他脑海中已经烙下了深深的印记，想起那些，仍然心有余悸。

两天前，何政东跟随叶成文去大牢提审刘慧沁，中途叶成文出去接了个重要电话，趁着这个空隙，他终于跟刘慧沁说上了话。其实，这个刘慧沁就是共产党血刺行动队的成员之一，当初他就是在机缘巧合的情况下认识了她，然后被她迷住，因为这个才被她拉进了组织，她也因此而成了他的上线。虽然两人从未在一起过，但何政东心里毕竟是生了爱恋之情，所以对这个上级的感觉很是复杂，想亲密又不敢造次，只能将爱意深深地藏在心底，希望将来有机会再表白。

那天在大牢里，刘慧沁让他去找一个代号叫"沉睡者"的人，此人是他的新上线，也是血刺行动队的成员之一。

"夜猫，我不行了，实在是挺不住了，我要你帮帮我。"夜猫是何政东在行动队的代号，而且为了安全起见，何政东只跟她单线联系。刘慧沁已经被折磨得求生不得求死不能，只能求他帮忙，希望他能给自己一个痛快。他了解她的现状，就算想给她一个痛快，那也不是件随便能做到的事，要不然很快就会曝光自己。正在想办法，没料到厨师在饭菜里下毒毒死了她，最后厨师居然也死了。

心痛的何政东从回忆中醒悟过来，却怎么也理不清其中的一些事，突然脑袋里闪过一道灵光，他在心底问自己："难道我身边还有自己人？"想到这里，不禁一阵激动，如果真是这样的话，那自己就不是一个人在战斗了，但那个人到底是谁？自己怎样才能找到他？

"难道是'沉睡者'？"他此时除了毫无边际地猜测之外别无他法，因此又陷入了没有止境的僵局。

陈希平来到叶成文办公室时，叶成文正闭目养神，听见脚步声才赶紧睁开了眼。

"昨晚没睡好？"陈希平问，见他眼睛通红，又说，"喝酒了吧？"

"是、是。"叶成文没有否认，"女共党被杀，我是百思不得其解她死之前究竟发生了什么事。想得头都大了，又睡不着，不知不觉就喝多了点。"

陈希平"嗯"了一声，接着说："你跟我出去一趟。"

"好！"叶成文没问原因，这么多年他已经习惯了这种生活，不该问的话绝不会多问。

汽车驶过拥挤的街道，街道两边是不绝于耳的叫卖声。

陈希平隔着车窗玻璃打量着外面，叶成文不明白他在看什么，但没问，他知道陈希平会主动告诉他。

"好了，就这儿！"陈希平说。叶成文不知他为何要突然来理发店，但看样子他还真是来理发的。

"站着干什么？坐呀。"陈希平喊道："师傅，给我们俩理个发。"

叶成文笑着说："我就不用了吧，刚理不久。"

"我请客，别客气。师傅，动手吧。"陈希平的话让叶成文无法拒绝，只好坐下，可他不明白陈希平今儿到底是怎么了，怎么会无缘无故拉他出来理发，而且秘要室刚刚发生了如此大的事。

陈希平微闭着眼，很享受地接受服务。

"主任，您是该偶尔出来放松放松，看您几天几夜不睡觉，身体哪里受得了？"叶成文无话找话。陈希平应道："你说得对，这日子啊，可不能这么过。"

"要是您以后忙，抽不开身出来，我就让人来把师傅给您接过去。"叶成文说。陈希平道："那就不用了，让我待在办公室理发，太夸张了，要是被某些别有用心的人说我一个小小的主任理个发都弄得如此高调，影响不好嘛。"

叶成文忙说："是我想得不够周到。"他其实也很累，趁着这个工夫歇息了一会儿，但好像突然意识到了什么，再也无法静下心来。

下班后，叶成文坐了一辆人力车，让车夫拉着他在白天去的理发店周围转了一圈，突然发现一个小小的细节，这个发现更加坚定了他的猜测。

这个地方紧靠清江河边，后面是一片房子，房子里住着各种各样的人，但他们有一个共同的特点，那就是全都不是本地人。

叶成文发现这一点后，悄然回到了家中。刚进门，电话响了，张振轩在电话里约他出去坐坐，他没有拒绝，转身又出门，来到了约见的小酒馆。

"挺快呀！"张振轩早到了大半会儿。叶成文一屁股坐下，扫了一眼狼藉的桌面，问："等着急了吧？"

"不急，急什么？漫漫长夜，夜生活这才刚开始呢。"张振轩给他倒满了酒，他喝了一口，问："说吧，找我什么事？"

"哎哟成文兄，我这不是孤家寡人，想找你出来喝点小酒谈谈心嘛。"张振轩说这话的时候很明显是虚情假意。叶成文不用猜就知道他别有用心，果不其然，几杯酒下肚，他就收不住口风了，眯缝着眼睛说："兄弟，有句话不知当讲不当讲。"

"跟我还客套？"叶成文已经喝了不少，但他酒量好，这点酒还拿他无可奈何。

张振轩趁着酒劲说："那我可就说了啊。你看兄弟我单身这么多年，一个人苦闷啊，是不是也该找个媳妇儿了？"

叶成文一时间没明白他的话，说："你今儿请我喝酒，难不成是想让我当你的红娘？"

"今儿这顿酒不算，事成之后，兄弟我定有重谢。"张振轩笑眯眯地说，那表情，好像正想起什么美好的事物。

叶成文问："哪家的姑娘啊？我认识？"

"就是晓蔡嘛。"张振轩说出这个名字的时候还真把叶成文吓了一下，但他很快反应过来，笑着说："原来是小苏啊，说实话，什么时候看上人家姑娘的？"

"说实话吗？第一眼就看上了。到了这把年纪，还从未见识过什么叫一见钟情，不过自从看到她，我信了。"张振轩突然之间好像变成了情圣。叶成文指了指他，揶揄道："既然看上了，那就自个儿去跟人家姑娘说嘛，躲这儿喝什么闷酒？回吧，明儿一早见到她人，直接告诉她你的意思不就完了？"

张振轩半醉半醒地说："晓蔡姑娘就像一朵纯洁的百合花，我可不敢……"当晚，张振轩喝得烂醉，叶成文不得不亲自把他送了回去。

叶成文没把张振轩的话当回事儿，第二天在秘要室遇到他，正要跟他搭讪，却被他拉进了办公室，关上门神神秘秘地说："哎呀，多亏你把我弄回去，要不就丢人丢大了。"

叶成文斜眼打量着他，笑问道："酒醒了？"

"头还痛呢。"张振轩揉着太阳穴，却又半天不说话了。叶成文等着他开口，他却反问道："有什么好看的，不就多喝了点吗？对了，也够丢人的，你可别给我讲出去。"

"不记得自己昨晚说什么了？"

"什么？"张振轩好像什么都不记得，叶成文嘿嘿地笑道："不记得算了，我记得就行了。"

"哎，我到底说什么了？该不是泄露机密了吧？"张振轩瞪着眼珠子。叶成文不置可否地说："也算机密。"

廖楚山上次抓捕刘慧沁，以至于让血刺行动队其他人听到风声逃走，自己在陈希平面前丢了颜面。他消沉了几天，之后为了发泄内心的不平，又派人把那所房屋监控了起来，可是一连几天都没有任何发现，正打算把人全都撤走的时候，一个可疑的人出现了。

那是个穿着青色长布衫的中年男子，男子戴着一顶黑色的帽子，从上面看不见脸，但可以看见他到门口后鬼鬼祟祟地往四周扫了一眼，又在门口站了一会儿，然后却什么都没做，转身走了。

长期以来的工作性质导致廖楚山都有些神经质了，他见男子要走，立马命令手下跟了上去，当天手下回来报告说男子在城里转了几圈，然后突然就消失得无影无踪。

廖楚山怒喝道："饭桶，连个人都盯不住，都干什么吃的？"

手下战战兢兢不敢吱声。

"人在什么地方不见的？"

"后山湾的棚户区！"

"后山湾？"廖楚山知道那里的地形很复杂，因为房屋多，里面又四通八达，一个人进去很容易藏身。他听手下如此一说，更坚信该男子有嫌疑，于是命令手下乔装打扮，增加人手，将后山湾的棚户区严密监控了起来。

廖楚山担心先斩后奏又惹陈希平不快，于是提前做了汇报。可他突然有种不好的感觉，总觉得会有什么不好的事发生，本来还以为与自己的行动有关联，却没想到半夜时分被一群轰炸机的轰鸣声惊醒，紧接着无数颗炸弹从天而降，将周围的世界炸得支离破碎，所有人都在哀号逃窜。

恩市城里响起了防空警报，在这样的夜里震彻人心。

廖楚山在敌机的轰炸中受了轻伤，一检查，手下也死了两个，不禁愤然骂道："该死的小鬼子！"

被廖楚山跟踪的男子叫陈英达，英山人，确实是共产党血刺行动队的副队长。其实刘慧沁的住处是他们的一个联络点，他们还在这个联络点对面的房屋里设置了一个观察哨，一旦联络点被发现或者被破坏，观察哨的人就会在窗台上挂一件红色的衣服予以警示。

陈英达那天就是在刘慧沁家门口发现了对面窗户上的红色衣服才离开的，后来又发现自己被跟踪，于是闯入了后山湾的棚户区。他知道这片区域肯定会被监控，所以一连两天都没有出门。不过当晚敌机的轰炸间接帮了他大忙，他趁着混乱逃出去，终于甩掉了尾巴。

陈英达出现在一家裁缝铺门外，敲开裁缝铺的门，一个人探出头来，四下打量了一番才把门关上。

"小鬼子又出动了。"陈英达说。裁缝铺的老板姓屈，听说了刘慧沁出事的消息，顿时觉得天旋地转，喃喃地说："慧沁姑娘看来是凶多吉少了。"

"联络点已经被敌人监视，观察哨也发出了警报，说明慧沁姑娘已经被捕。"陈英达说，"这个消息明日再核实清楚，命令所有人在接到新的行动命令之前，全都不许动作。"

遭到日军轰炸的恩市满地狼藉，死伤不少，不过幸好雾大，敌机投弹不准，很多炸弹偏离了方向，否则会有更多人受伤死亡。

何政东昨晚听见轰炸时，第一反应就是找地方躲避，幸好炸弹没落到他住的位置。天亮以后他急匆匆回到家里，看到家人都安然无恙，这才安了心。回到秘要室，叶成文好像正在等他，要带他出去转转。

"昨晚没吓着吧？"叶成文问。何政东确实被吓着了，但嘴上说没有，叶成文笑道："没吓着才怪，你说你正睡得迷迷糊糊，突然一颗颗炸弹在身边响了，你能当什么事都没发生？"

何政东不好意思地笑起来，又叹息道："小鬼子隔三岔五出来轰炸一番，每次轰炸都会导致老百姓死亡无数，要是能弄到日军每次轰炸的准确时间，那可以减少多少损失啊。"

叶成文看了他一眼，笑言道："很有想法，不过做起来挺麻烦！"

《 5 》

何政东跟随叶成文进入理发店，也许是天还早，或者是因为昨晚敌机的轰炸，店里没有客人。老师傅看到叶成文时一眼就认出了他，很客气地把他们迎了进去。

"师傅，给他理个发。"叶成文冲老师傅喊道。何政东还以为叶成文要理发，此时见他看着自己，也不好推托，只好坐了下去。

叶成文有一句没一句地跟老师傅搭讪起来，问他怎么今天就一个人在店里，老师傅说大清早的也没什么生意，学徒还没过来。

"您对学徒还真好啊，哪能让师傅起早，学徒睡懒觉呢？"叶成文笑道。老师傅自嘲地说："那不只是学徒，还是我不成器的儿子。"

"怪不得！"叶成文若无其事地大笑起来，何政东却从他眼神中看出了另外一些门道，虽然在跟理发的老师傅讲话，但那双眼睛却一刻不停地到处张望。

老师傅的手艺还真不错，何政东觉得理发后的自己变得更加精神了。理完发，叶成文给了钱，说是请何政东，何政东不好意思地说："哪能让您请我，还是我请您吧。"

"下次你请我。"叶成文边说着边往外走，老师傅在后面喊道："二位客官，下次再来！"

叶成文站在门口停下了脚步，望着街对面的方向，眼里藏着一丝极度深邃的神情。

何政东几欲问点什么，却又不敢贸然开口。

"走，去对面裁缝店看看！"叶成文突然说。何政东更是不解，问他是不是要做衣服，叶成文道："是做衣服，但不是给我自己做。"

一进裁缝店，叶成文就对老板说："给他量量！"

何政东还没缓过劲，师傅就拿尺子靠了过来，他只好张开双手。

叶成文的两只眼睛快速扫过裁缝店的每一个角落，待师傅给何政东量完后说："三天后我们过来取，有劳师傅了。"

何政东越来越糊涂，他感觉今天的叶成文太奇怪，最后实在没忍住，看似无话找话道："叶副主任，小鬼子刚刚轰炸了恩市，您看这大街上到处乱糟糟的……"

"你是想说我怎么有闲心带你到处乱逛是吧？"叶成文抢白道，"早知道你小子憋不住。实话跟你说吧，今儿可不仅仅是带你出来闲逛，那裁缝店有问题。"

"什么？"何政东大惊，还忍不住回头望了一眼。叶成文忙喝住他："别看，镇定点。"

何政东紧紧地跟在后面，好奇地追问道："您是怎么发现裁缝店有问题的？"

"怎么知道的你就不用管了。"叶成文说，"如果我猜得没错，这里很可能是小鬼子的情报点。"

何政东被说得一愣一愣的，叶成文接着说："今儿就让你长长见识吧。前两天，主任带我到这儿来理发，我就觉得奇怪。秘要室附近不是有理发店吗？主任是个很念旧的人，喜欢去同一家理发店，自己熟悉的地方从不轻易更换，所以我就觉察出了主任的用意。一开始我还以为是理发店有问题，但后来观察过好几次，才明白主任是利用理发店做掩护，监视对面的裁缝店。"

何政东心里还有很多疑团，不安地问道："主任怎么不跟您明说？"

"主任这是在考我呢，而且为了不打草惊蛇，故意跟我摆龙门阵。"叶成文老谋深算地说，"我今天带你过来做了两件事，理发和量体裁衣，我知道你会感觉很奇怪，其实也没什么好奇怪的，因为我今天做的两件事都是在向你表示抱歉。"

何政东傻笑起来："主任，您别逗我……"

"还记得之前我有两次要置你于死地吗？让你受委屈了。但我的目的就是磨炼你，考验你，幸好你过关了。"叶成文今儿对何政东说出了真相，何政东瞪着眼睛，不知所措。

叶成文继续深沉地说道："还有你亲手为自己挖的坑，记着地方，干我们这一行的，运气差的，也许很快就能用得着。"

何政东沉默了许久才说："我不怪您，怪我自己太笨了。"

叶成文大笑道："不是你笨，你很聪明，因为你知道，在那种情况下，当懦夫的结果会比死更惨。"

何政东在心底微微叹息了一声，感觉自己今天上了一堂大课，这是很多人永远也学不来的，所以对叶成文充满了感激。

"想知道裁缝店到底是共产党的据点还是小鬼子的据点吗？"叶成文又问。何政东连连点头，但叶成文说："其实我还没查清楚，这个任务就交给你了，但是切记，不管发生什么事，都不能私自行动，一定要向我汇报。"

叶成文回到秘要室，张振轩一看到他就急不可耐地说："你这是去哪儿了？主任让我到处找你，打你家里电话也没人接，可急死人了。"

"出去转了转，看看小鬼子的杰作。"叶成文轻描淡写地说。张振轩摆了摆手，无奈地说："快，一块儿见主任去。"

二人进门的时候，陈希平正在接电话，又说了一会儿才挂断，然后看着叶成文说："到处找不着你，还以为小鬼子的炸弹把你给炸了。"

叶成文开玩笑道："我命大着呢，小鬼子那三板斧差远了。"

"我再找不着你，就要想是不是该给你准备追悼会了。"张振轩不怀好意地打趣道。陈希平接过他的话说："还没到办追悼会的时候。"正说着，廖楚山也来了，陈希平这才转到正题："廖队长的行动队发现了共党刘慧沁的同伙，本来已经咬住，却没想到共产党太狡猾，昨晚趁着小鬼子轰炸时逃跑了。"

"那太可惜了。"叶成文叹息道。张振轩也指责道："廖队长，既然已经发现了共产党的行踪，怎么没直接把人给抓了呢？"

廖楚山不快地哼了一声，好像不屑于回答这个问题。

陈希平从中说和道："还不是追究责任的时候，廖队长的行动是我授权的，是我让他暂时不抓人，没想到小鬼子把计划打乱了。不过，现在有个好消息，我的人又发现了共产党的另一个联络处。"

"主任，我不明白！"张振轩不明白的是陈希平嘴里说的"我的人"

到底指的是什么人。

"不明白的事以后慢慢会明白，当务之急是要赶紧将这个联络点监控起来，看能不能捞着大鱼，如果引起了警觉，务必在他们逃跑之前抓人。据可靠情报，之前从咱们眼皮底下逃脱的共产党很可能也在那里。"陈希平又冲叶成文说："这次的行动就交给你负责，振轩和楚山在外围支援你。"

叶成文毫不犹豫地点了点头，张振轩带着醋意说："叶副主任，看来你又要立大功了。"

"冲锋陷阵的事儿你干的还少吗？"叶成文反唇相讥。

"好了，马上布置行动方案。"陈希平摊开地图，在图上画了个圈，又画了个叉，"就这个区域，目标就在这儿。"

叶成文脱口而出："三岔口，理发店？"

"不是理发店，而是对面的裁缝店！"陈希平老谋深算地说，和叶成文对视了一眼。叶成文笑道："原来您盯这儿很久了。"

"也不是很久，不过你别误会，那天去理发店的目的就是理发！"陈希平说。叶成文心领神会地笑道："理解、理解！"

"你跟小何早上过去有无发现？"陈希平又问。叶成文说："表面一切正常，可是我已经付了钱，总得先让我把衣服取回来吧？"

"去吧，顺便再侦察侦察店内的环境。"陈希平叮嘱道。

回到办公室，叶成文沉思了一会儿，然后叫来何政东，让他马上回裁缝店一趟，还让他照着原样把上次的衣服再订一件，但是要加一个码。何政东十分不解，叶成文说："让你去就去，我自有用途。同样三天时间，但要他们把货送到土桥街38号。"

"我住的地方？"何政东问。叶成文毫无表情地点了点头，何政东不明所以，但不敢再追问，只好又去了趟裁缝店。老板见到他也很是惊讶，问："小兄弟，不是说好三天后过来取吗？这才半天……"

"是这样的，早上跟我一块儿来的那人还要另做一套一模一样的，只是尺寸要大一码。"何政东说。老板眉开眼笑道："成，没问题，保证按时交货。"

"三天后把衣服送到这个地点！"何政东递给他一张字条，老板接过字条看了一眼，脸上的肌肉瞬间变得有些僵硬，但很快就笑着说："您就回去等着吧，三天后保证送货上门。"

何政东离开后，裁缝店屈老板转身上了楼，把字条交给陈英达，陈英达脸色阴沉地说："这儿暴露了，必须马上撤退！"

"看来裁缝铺已经被监控。"屈老板沉闷地说，"老陈，你先走。"

"不行，裁缝铺已经暴露，说不定外面全都是国民党特务，等天黑咱们找机会一块儿走。"陈英达作为血刺行动队的副队长，在恩市的工作才刚刚展开，却没料到短短的时间里，居然暴露了两个联络站。问题出在哪里？他不由得深思起来。

屈老板定定地说："正是因为暴露了，所以我不能跟你一起走，你的命比我的重要，假如我们一起走，敌人就会产生怀疑，说不定我们一个也别想走。"

陈英达怎能不明白这个道理？可是老屈留下来肯定是死路一条，他不能眼睁睁看着同志为了掩护自己而牺牲。老屈心意已定，固执地说："我死不足惜，小鬼子的轰炸越来越频繁，国民党却依然视我们为眼中钉。老陈，行动队必须迅速开展工作，必须像尖刀一样插进敌人的心脏，等打跑了小鬼子，老蒋的枪口必定会对准人民群众，到时候，咱们行动队就能派上大用场了。"

"我怀疑队伍中出了叛徒。"陈英达说出了心中的疑虑，"两个联络点相继暴露，太突然了。"

老屈心中猛地一震，好像想起了什么，但又什么都没说。

陈英达紧握住老屈的手，目光炯炯地问："我们还有一起战斗的机会吗？"

老屈重重地点头道："一定会有的。"

不久之后，陈英达装扮成一个老太婆从裁缝铺撤离，临走前握着老屈的手说："保重！"

裁缝铺一般都是晚上九点钟才打烊，可是今晚一直过了十点，店铺依然没有关门。

到了晚上，监控裁缝铺的人回去把这个情况跟陈希平一汇报，陈希平也按捺不住了，这条线他花了很多功夫才追到，万一被发现，那就功亏一篑了。想到这里，他决定命令叶成文即刻实施抓捕。

何政东参加了今晚的行动，他站在叶成文身边，心中平静如水，因为早上已经从叶成文嘴里得知裁缝铺有问题。

此时，廖楚山已经跃跃欲试，虽然陈希平命令他做后援，但他哪肯让煮熟的鸭子飞了？张振轩可不一样，他躲在远处的车里，做出一副作壁上观的样子，似乎事不关己。

"主任命令立即行动！"回去跟陈希平汇报的人跑过来转告叶成文，叶成文看了那小子一眼，问："你确定？"

"是，主任亲口说的。"

叶成文一挥手，一群持枪的人开始向裁缝铺慢慢围拢，可就在到达离裁缝铺两米远的位置时，突然从里面传出一声枪响，紧接着传来一个苍老的叫声："你这个叛徒，今天我要与你同归于尽。"

叶成文立马示意停止行动，自个儿慢慢凑近大门，然后喊道："里面的人听着，你们已经被包围了，不想死的话赶紧放下武器出来。"

"狗日的，有本事去打小鬼子呀。"紧接着又是两声枪响，叶成文命令手下冲了进去，可看到的是两具尸体。他怔了半晌，然后命令手下对整个屋子进行搜查。

"人呢？其他人呢？"廖楚山听见枪声带人冲了过来，看到地上的两具尸体中没有他要找的人时，便扯着嗓子叫了起来。

叶成文提着枪，回头冲先前那小子骂道："你们是怎么监视的？还有其他人呢？"

"没，没了！"此人是陈希平亲自安排盯梢的人，相当于"御前侍卫"，也就是陈希平之前嘴里所说的"我的人"！

叶成文心里憋得慌，突然提枪指着他的脑袋，冷冷地骂道："是你们放走了共产党，是你们这些没用的东西放走了共产党，你说我是不是该一枪毙了你？"

廖楚山冷眼盯着叶成文，突然他们身后传来陈希平的声音："收起来。"

叶成文回头看到陈希平，当即告状："主任，共产党从这小子眼皮底下溜了，把您好不容易盯上的线……"

"行了，跟我进去看看。"陈希平毫不客气地打断了他，进去看了一眼，说，"这个老家伙是裁缝铺的老板，姓屈，这个年轻人是学徒，不仅是他儿子，也是我的线人。看来共产党里面也不尽是不怕死的，也有爱财之人。"

叶成文懂了他的话，他就是收买了这个年轻的共产党，所以才找到共产党的这个联络点。

"可惜又让一个重要的共党给跑了。"廖楚山不快地说。陈希平不屑地说："没关系，只要我们有耐心，猎物就一定会再出现。"

何政东的目光久久停留在死去的老人身上，想起不久前他还跟自己说过话，此刻却已经阴阳两隔，不禁黯然神伤。可他又不能将这些悲楚的情绪写在脸上，一直回到那间小屋，才终于忍不住大哭起来，用泪水宣泄完自己的情绪，然后开始冷静回归理性。

陈希平毫无睡意，连夜把参与行动的三个人叫进办公室，一进门就说："我已经派人秘密监视了这个联络点很久，为什么就在我们行动的当天会一无所获？"

"主任您是怀疑有人告密？"叶成文问。陈希平点头道："这不是巧合，一定是共党事先知道了我们的行动。"

张振轩说："共党一向都很狡猾，他们能事先洞悉我们的行动，一点也不奇怪。"

"不，我也同意主任的话，一定是有人通风报信。"廖楚山说这话时突然盯着叶成文。叶成文回击道："你什么意思，你这话什么意思？你看我又是什么意思？难道怀疑我是内奸？"

"我可没说，不过你的助理下午确实去过裁缝铺。"廖楚山说。叶成文冷冷一笑，转向陈希平说："这事儿我跟主任汇报过，我派他过去只是行动需要，让他再次熟悉一下环境，这应该也不会引起共党的怀疑嘛。"

陈希平承认了他的话："这个是我批准的，不过我想会不会是这样：你们早上去过一趟，下午又去，共产党疑心很重，弄不好还是这上面出了问题。"

这次的事让叶成文心有余悸，想起种种，头痛不已。

何政东再一次亲眼看见自己的同志死在面前，自己却一点办法都没有，这是多么心痛的事。也许当初只是因为一腔激情和偶然的巧合才加入血刺行动队，但现在的他不这么想了，他发现有一种叫作信仰的东西正在内心发芽，而且急剧膨胀。

今天晚上，何政东强迫自己入睡，可突然间一跃而起，思维变得异常清晰。对于今晚的行动，他好像想起了什么，可一切又都恍恍惚惚、迷迷糊糊，脑子里蹦出一个疑问："叶成文到底是什么人？"他觉得这个人在自己心中越来越神秘莫测，就像一团迷雾，看得见，摸不着，更拨不开。

谁也没想到，日军的再一次轰炸会在几天以后突然降临，间隔时间之短，让军方和百姓都毫无防备，因此伤亡更大。

这种频繁的轰炸行动让陈镜岳坐立不安，随即给山城方面发电，请求反击。

驻扎在恩市机场的中美混合飞行大队在接到山城方面的指令后，面对日军无休无止的空袭，开始了反击作战，给日本空军以沉痛打击。

"太好啦，日本人以为实施频繁的高空轰炸就能吓到我们，可他们大错特错，就在昨晚，我方在新塘上空击落了两架敌机。哈哈，看小鬼子还敢嚣张！"叶成文早上一去秘要室，张振轩就兴致勃勃地跟他唠叨上了。其实他早上来上班的路上就听见了百姓的议论，开心不已，何政东跟在后面附和道："外面都已经传开了。"

"是啊，你们昨晚听见爆炸声没有？恐怕就是敌机被击落后发出来的。"张振轩啧啧不已，得意道，"小鬼子的高空轰炸阴谋失败，接下来看他们还有什么能耐。"

"别高兴得太早，战斗还远远没有结束。"叶成文担心地说，"日本人折了两架战机，势必会有更疯狂的报复，不信就等着瞧吧。"

果不其然，不久之后，日军的行动就验证了叶成文的话。

何寿亭派人到秘要室找何政东说家里有事让他尽快回去一趟，何政东想着日军连续几天的轰炸，也早想回去看看，于是跟叶成文告了假。回到家，见一切安好，这才问父亲到底何事找他。何寿亭笑眯眯地说："爹给你张罗了一门亲事，这是让你回来看看人家姑娘。"

因为事情发生得太过突然，何政东没有一点心理准备。

"看把你紧张得。爹见了人家姑娘，不错，样貌好，也懂礼数，是个好姑娘。"何寿亭一个劲地向儿子推销，何政东却打不起精神。

何寿亭看他的样子，皱着眉头说："你也老大不小了，是该说门亲事了吧？再怎么着，你也得先跟人家姑娘见上一面。"

何政东无奈，只好在家静候，不多时，就听见外面有人喊道："老爷，雅婷姑娘到了！"

"雅婷？"何政东一听这个名字，当即就站了起来，内心有一种莫名其妙迫切想要见到姑娘的冲动。当他出门跟姑娘一打照面，顿时万分惊讶，脸上流露出欣喜的笑容。二人就这样对面而立，彼此眼中含笑看着对方。

周围的人看二人是如此表情，纷纷露出诧异的目光。

"爹，我应下了！"何政东突然说。何寿亭一愣，随即眉开眼笑："快，快进屋去说。"

原来，这个叫顾雅婷的姑娘，跟何政东是师范的同学，而且更巧的是，俩人在学校关系还不错，也互有好感，当初要不是何政东先遇到刘慧沁，恐怕俩人就在一起了。所以这二人一见面，还用其他人从中撮合吗？

"哎呀，太好了，没想到政东跟雅婷姑娘如此有缘，看来咱们也不用多操心了。"何寿亭高兴地说道。顾雅婷的父亲顾开尧是江城大兴米行的掌柜，父女俩是不久前从江城躲避战乱才逃到恩市的，此时听他们把情况一讲，当即说："这俩孩子缘分不浅，如果何老爷您不嫌弃咱闺女高攀……"

何寿亭忙摆手道："哪里话，咱们这叫门当户对，我看择日不如撞日，干脆让俩孩子今儿就把婚事办了。"

"哈哈，是不是太仓促了？"顾开尧大笑起来。

这边两个老人已经在谋划婚事，何政东和顾雅婷在院子里聊起了往事。

"真是做梦都没想到会在这儿遇到你，什么时候来恩市的？怎么也不提前说一声？"何政东嘴上责怪，心里美滋滋的。

顾雅婷低垂着眼说："其实我也不知道你是恩市人。"

"都怪我，都怪我。"何政东忙自责起来，"江城和夷陵都被小鬼子占领，看来以后你跟你爹要长期待在恩市了。"

"是啊，要回去恐怕得等打完仗。"

何政东想起以前在学校时的情景，忍不住笑了起来。她看了他一眼，问他笑什么，他乐不可支地说："我笑老天爷有时候还是挺开眼的。"

她听懂了这话，也不好意思地笑了起来。

"我听何老爷说了你的事，现在到处都在打仗，你留着家里的生意不做，怎么偏偏要去外面工作呢？"顾雅婷突然问起这个。何政东说："别尽听我爹乱说，我出去工作可是经过他老人家答应的。"

"多危险啊。"

"没你们想象的那么可怕，又不用去战场冲锋陷阵。你要说危险，现在哪儿不危险？说不定哪天晚上睡得真香，突然小鬼子的炸弹落床头了。"何政东也被自己的笑话逗乐。顾雅婷咯咯地笑了，撇嘴道："说不过你！"

两家人一起吃了顿饭，就在饭桌上，两位老人把他们的婚期给定了，问他们二位的意思，两人脸颊都微微有些发烫，但他们就算是认同了，气氛变得更加融洽。

何政东只请了半天假，当天下午就要回去，临走前，竟然已经依依不舍，但想到婚期将近，也就顾不得儿女情长了。回到秘要室，他第一时间把喜讯告诉叶成文，叶成文惊讶不已，但很替他高兴，又问他是哪家的姑娘。

何政东一五一十地把顾家的情况说了出来，叶成文此时才说："姑娘家世清白倒是最好的，不过还得走程序。"何政东这才明白，秘要室成员的结婚对象必须通过组织的政审，如果对方身上有疑点，那么这桩婚姻不能成立。何政东相信顾雅婷的身世绝对没有问题，所以非常支持叶成文去调查。

陈希平发现自己的失眠症越来越严重，躺在自家床上根本难以合眼，只有坐在办公室才能眯会儿，所以每天都感觉特别疲倦。这天早上刚起床就接到电话，陈镜岳要亲自见他。这可把他吓得不轻，主席亲自接见非同小可，他慌忙穿戴整齐就出发了。

原来，两天前日军开始进攻五峰，一旦攻破，恩市将告急。

陈镜岳今日召见的是几个重要部门的负责人，陈希平回来后迅速召集开会，传达陈镜岳的会议精神。他还沉浸在陈镜岳的讲话中，直到叶成文最后一个进办公室，他才睁开眼，用异常缓慢的语速说："今天上午，主席召集我们开了个会，询问了秘要室的情况，对我们最近的工作不怎么满意。同时，传达给我一个信息：日本空军在恩市空军的反击中损失不小，为了报复，展开了一个叫蜂鸟计划的行动，蜂鸟计划的具体内容就是妄想找到恩市机场，以求对机场展开轰炸。"

在座之人全都面面相觑。

"你们都是秘要室的顶梁柱，同时也是党国的栋梁之材，现在是该你们发挥力量的时刻了。"陈希平说完这话，目光从每张脸上一一扫过，"日本人究竟会怎样实施蜂鸟计划，我们还不得而知，所以在接下来的工作中，如何粉碎该计划，必然是重中之重。"

突然有人问："主任，咱们恩市机场不就在北门外吗？小鬼子要想弄到机场的地图不是轻而易举？"

陈希平似笑非笑，摇头道："北门外的机场只是供普通飞机起降之用，其实还有个隐形机场，那里是空军的主要停机场。至于在什么位置，我也不清楚，你们就更没必要知道了，这也是小鬼子想找到的答案。"

叶成文从来没听说恩市还有个隐形机场，觉得好生奇怪，可陈希平已经有言在先，自己也不好多问。

因为处于战乱这个特殊时期，加上何政东的工作性质，在他的要求下，婚礼布置得很简单，也没请多少客人，就把顾雅婷娶进了门。当然，秘要室他也就邀请了叶成文，叶成文特意给他放了两天假，就当是新婚假期。何政东感激不尽，跟新婚妻子温存了两日才依依不舍地回去工作。

叶成文在档案室查阅完资料，刚回办公室，何政东就进来了。他看到何政东，说："跟我过来，我给你看一些东西。"

何政东从他手里接过的是关于山本一夫的资料，快速看完后，叶成文才说："杀害山本一夫的凶手还没找到，在没有新线索的情况下，该案暂时封存了，不过日本人最近针对恩市又要有新的动向，所以我想重开案卷。"

何政东看完这些案卷也觉得山本一夫死得蹊跷，到底谁才是真正的凶手？

"说说你的看法！"叶成文道。何政东无奈地说："每个人都有嫌疑。"

"他们四个都是我的人。"叶成文补充了一句。何政东一愣，但随即说："我需要他们四个的资料。"

"全都在这里。"叶成文拍了拍桌上的一沓材料。何政东说："我想全部看看。"

叶成文说："希望你能有所发现，不过有一点要记住，所有的案卷都不能离开秘要室，每天晚上离开之前都要交回档案室。"

其实，叶成文重开山本一夫的案卷，是希望能从中找到与蜂鸟计划相关的线索，他让何政东查看案卷，并非期盼他能找到什么有用的线索，只是为了看看这个年轻人会不会给自己惊喜。

何政东虽然新婚燕尔，但接过山本一夫的案卷后马上把儿女情长抛到了脑后，他明白这是叶成文对他的信任，同时也是对他的考察，所以决定很用心地去做这件事，一定要让叶成文对自己更加刮目相看。

"我还要向您申请件事。"何政东接过案卷后又说。叶成文道："别婆婆妈妈的，说吧。"

"我、我想申请回家去住。"

叶成文顿了一下，问："打算什么时候搬回去？"

"看您什么时候批准！"何政东笑道。叶成文点了点头说："什么时候搬走告诉我一声。"

何政东现在住的地方是叶成文为他安排的，当时他还因为领导的特别关爱很是受宠若惊，此时感激地说："我爹托朋友弄了些好东西，到时候给您带过来。"

"跟我不用这么客气，去吧。"叶成文说。何政东走后，他盯着门的方向，眼中流露出一丝笑意。

何政东带着厚厚一摞卷宗出来，却被廖楚山撞见，当即去向陈希平告状。陈希平本想让人去叫叶成文，想了想，还是决定亲自过去一趟，刚好也在办公室坐了太久，能趁机活动活动筋骨。

叶成文见主任亲自前来，忙起身，用带着玩笑的口吻问："您怎么有空出来转转？"

"这不是在办公室待久了，出来喘口气。"陈希平坐下，叶成文给他倒了杯洋酒，他喝了口，问，"去档案室借了很多卷宗？"

叶成文心里咯噔跳了下，但随即说："我想把山本一夫的案卷再看看，兴许能找到些线索。"

"你是打算从中找到与蜂鸟计划相关的线索？"陈希平问。叶成文道："真是什么都瞒不了您。"

陈希平淡然一笑，接着说："小何是个不错的年轻人，很有能力。"

"是啊，还不错，不然我也不会让他当我的助理。"叶成文不知他为何突然提起这茬。果然，他又道："不过年轻人终归是年轻人，山本一夫的案卷可都在保密期，虽然不是一级保密，但级别也不低，你可不能马虎啊。"

叶成文这才明白陈希平来找自己的真正用意，心想：他是如何知道此事的？但叶成文立马拍着胸脯打包票："您放心，既然您信任我，那就应该放心我做的事，绝不会给您添乱。"

"那就好，那就好，记得档案条例，每天离开秘要室之前可都是要归还的。"陈希平又喝了杯才走。叶成文却百思不得其解了，这件事怎么突然就传到了陈希平耳朵里？想起自己好像随时都处于被监控状态，内心又加了一道警戒。

何政东正在仔细翻看每个人的身份介绍时，突然有人敲他的桌子，他看见来者，忙合上卷宗，笑着说："找我有事？"

苏晓蔡捕捉到了他这个小动作，撇嘴道："一个人偷偷地看什么秘密呢？连我都防着！"

"哪里，叶副主任交代的日常工作而已。"何政东满脸笑容。她说："气色不错嘛，看样子跟新娘子相处得不错。"

"你不也一样？"何政东打趣道，"你这朵机要室的室花，怎么有空来我这儿转转？"

苏晓蔡凑近他低声问："叶副主任在吗？"

"在啊，怎么了？"何政东不明所以地看着她。她神秘兮兮地说："我进去找他。"

可就在这时，叶成文突然出来，苏晓蔡忙站直身问："叶副主任，您要出去？"

"对，出去办点事儿！"叶成文说，"怎么，有事儿？"

她点了点头，于是他转身回到办公室："进来说吧。"

关上门，她才说："张副主任已经有两天没办公室了。"

"什么？！"叶成文听闻此言相当吃惊，忙问，"也没打过电话？"

她摇头。

"之前也没说去哪儿吗？"

"没有。"

他沉吟了一下，又问："那你最后一次见到他是什么时候？"

"就两天前的下午。"

"有发现什么不对劲的地方吗？"

"好像没有，看起来都挺正常的。"

叶成文于是说："好，你去吧，我马上跟主任汇报。"他急急忙忙地敲开陈希平办公室的门时，却发现张振轩居然坐在那里，顿时就惊讶地说："你这失踪了两天，我正要跟主任汇报，怎么会……"

张振轩只是耸了耸肩，笑着看他，却什么都不说。

"坐吧！"陈希平开口了，"振轩出了趟门，帮我办了点事儿，不是失踪。"

叶成文责怪道："晓蔡姑娘都急死了，要不是她跑来跟我说你两天没来办公室，我还真不知道这事儿。"

"真是晓蔡姑娘跟你说的？"张振轩眉宇之间藏着深深的渴望。叶成文随口说："那还有假？要不然我哪会来跟主任汇报。"

张振轩心花怒放，喜形于色。

"振轩，你这是怎么了？什么事这么开心？"陈希平问。张振轩忙收敛了过分的笑容，叶成文开玩笑说："张副主任这是春天到了。"

陈希平一下就听出了弦外之音，却说："你们年轻人的事我可管不了，何况是你们自己的私事，我看晓蔡姑娘还行，咱们振轩也配得上她，但在交往中要把握原则。现在是抗战时期，什么该说，什么不该说，可一定要心里有数。"

"是、是，您放心，这点原则性还是有的。"张振轩喜不自胜，还冲叶成文做了个鬼脸。叶成文无奈地笑道："看来张副主任这次是真的动了春心啊。"

《 6 》

　　何政东从叶成文给他租的房屋中搬走之后，叶成文并未将房子退掉。那天中午，他独自站在空荡荡的房子里，透过窗户，望着远处的风景沉默了许久。

　　何政东搬回家里住，一家人自然十分开心，尤其是何寿亭，成天都想抱孙子，儿子一回来住，突然之间精神也好多了。

　　晚上，顾雅婷趴在何政东怀里，甜蜜地说："你不在的时候，爹整天都唉声叹气。你一回来，爹就像变了个人似的，说话的声音也大了，脸上也有笑容了。"

　　"知道为什么吗？"何政东问。她说："爹这是担心你呢。"

　　"有什么可担心的，我看爹这是想抱孙子想疯了。"他坏笑着把她抱住。她问："那你想要几个孩子？"

　　"两个、三个，越多越好！"他贫道。她甜蜜地说："想得美！"

　　在她的笑声中，何政东的眼神突然之间变黯淡了，因为想起了自己的亲大哥。她看出了端倪，他没有对她隐瞒这件事。她不解地问："大哥出去这么多年都没跟家里联系吗？"

　　他叹息道："是啊，这是爹的一块心病，我都不敢在他面前提大哥的事。"

　　顾雅婷沉默了一会儿才说："没有消息也许就是最好的消息，说不定大哥哪天突然就回来了。"

　　"那敢情好，我大哥要是真的还活着，那该多好啊。"何政东从思绪中回到现实，吻着她的额头说，"对不起，又让你听到了不开心的事。"

　　顾雅婷的小嘴儿凑了上去，两人如胶似漆，不多时，房屋里传出浅浅的笑声和急促的喘息声。

陈英达在安全屋见到了血刺行动队的队长龙波，龙波得知老屈也已为革命工作献出了宝贵生命时，举起酒碗，将酒洒在面前，心痛地说："我们一起敬老屈！"

酒是热辣的，心里却是苦涩的。

陈英达向龙波传达了裁缝铺被国民党捣毁的事后，龙波满脸诧异地问："你说有人向你通风报信，这样你才有机会撤离？"

"是的，送信的是个年轻人，但我认为他只是个什么都不知情的传信者。"陈英达说。龙波沉吟了许久，若有所思地说："这个人如何知道秘要室会有行动？"

陈英达一顿，接着说："你的意思是秘要室内部有人在给我们传达消息？"

"很有这个可能。"龙波站了起来，兴奋不已，"如果真是这样，说明我们的同志已经打入了秘要室内部。"

"会不会是行动队的人？"

"不会。如果有，我应该会知道。"龙波叹息道，"如果有同志比我们先行打入了秘要室，那我们以后的行动也许就会容易些了。"

陈英达脑子里浮现出无数种可能，但所有的可能最后都被他自己给否定了。

这天晌午，何寿亭刚睡了会儿午觉起床，外面突然传来管家的惊叫声："老爷，老爷，您快看谁回来了。"

何寿亭不急不忙地打开门，问："一惊一乍的，谁回来了？"

"老爷，您自己看吧！"管家异常激动。何寿亭跟着来到大堂，当他看到面前的男子时，刹那间还以为自己在做梦，但很快就清醒了过来，颤巍巍地小跑上去，紧紧地抱着男子，老泪纵横地嚎道："正豪啊，是你吗正豪？你可回来了，爹还以为这辈子再也见不到你了。"

何正豪正是何寿亭的大儿子，何政东的亲大哥，他也激动地说："爹，是我，我是正豪，对不起，这些年让您担心了。"

何寿亭抹去泪水，上上下下好好打量着儿子，不可思议地说："儿啊，爹还能活着看到你，就算马上闭眼也没有遗憾了。"

所有人似乎都忽略了何正豪带回来的女孩，何正豪此时才介绍道：

"爹，这是子淇，您的儿媳妇！"

何寿亭直愣愣地看着女孩，更加激动，又唉声叹气道："我何寿亭这辈子没白活。老天爷，你待我何家不薄啊。"

闻言之人全都受到感染，纷纷悲从心起。

何正豪自然而然地问起了二弟何政东，何寿亭忙说："你看我一高兴就把这事儿给忘了，你们两兄弟这么多年未见，政东也常念叨你呢。快了，等他下班就回来了。"

"下班？"何正豪不明所以。何寿亭笑着说："你弟弟他不想在家帮忙打理生意，自个儿在外面谋了份差使，每天早出晚归。"

何正豪这才说："也好也好。"

"这些年你到底干什么去了？怎么也不跟家里联系？"何寿亭问。何正豪笑着说："您别急，说来话长，我以后会慢慢说给您听！"

顾雅婷和安子淇是妯娌关系，虽然是初次见面，但女人毕竟是女人，很快就打得火热。顾雅婷带她到房间，还亲自给他们铺床，安子淇亲切地说："没想到老天不仅给了我一个好丈夫，还给我送来一个好妹妹，真好！"

顾雅婷笑嘻嘻地说："那以后我也多了个好姐姐。"

"对了，妹妹哪里人？"安子淇问。顾雅婷说："江城人，姐姐你呢？"

"我呀，东北人。"安子淇道。顾雅婷接着说："那姐姐来这边恐怕会有些不习惯呢，不过日子一长就好了。"

何政东的眼睛跳了一整天，俗语说得好，"左眼跳财右眼跳灾"，他总感觉今儿会有好事发生，没想到下班刚回家就验证了自己的猜想。当他站在门口，看到给他开门的人时，一刹那还以为自己进错了门，但他很快就认出了眼前人，顿时惊喜地叫嚷起来："大哥，真的是你吗大哥？我是不是眼花了？"

俩人紧紧地抱在一起，久别重逢的喜悦溢满心间。

何家这段日子简直就是双喜临门，何政东刚搬回家住，他失踪多年的亲大哥突然回来，而且还给他带回来一个漂亮的嫂子，这让全家人喜不自胜。

晚饭特别丰盛，一家人围坐在一起，谈笑风生，气氛和悦，好不开心。

"爹、弟弟、弟妹，这么多年，我在外面让你们担心了。子淇，我俩一起敬大家一杯吧。"何正豪提议道。何政东抢着说："大哥、嫂子，你们能回来就是最好的了，这杯酒，我们一起喝。"

这人一上了年纪，很多事就身不由己，比如说太开心也不见得是好事。何寿亭就是因为高兴过头，所以血压上升了许多，头脑昏昏沉沉的。

何寿亭睡下后，哥儿俩来到外面院子，皎月当空，他们一时间想起许多往事，好似历历在目。

"这些年，大哥不在，多亏了你照顾爹。"何正豪深沉地叹息道，"其实早就想回来看看你们，但东北那边的生意太忙，一直脱不开身，这些年走南闯北的也累了，听说日军快要逼近恩市，放心不下你们，所以才回来了。"

何政东有些疑惑，不解地问："日军不是已经占领东北了吗？生意还好做？"

何正豪笑了笑，说："生意都是人做的，子淇她爹，也就是我的岳父，是东北的药材大王，跟政府、日本人和共产党都有交际，所以夹在中间也好，没人敢轻易乱来。"

"爹还一直以为大哥你……"何政东欲言又止。何正豪接过话道："是啊，都怪大哥，让爹和你担心了，不过东北的局势也是越来越乱，我跟你嫂子会住上很长一段时间，也许会等打完仗再走。"

何政东很理解他，说："日本人隔三岔五地轰炸恩市，其实恩市也不怎么安全，不过我想总比东北安全。哥，你们就安心住下，趁着在家的日子多陪陪爹他老人家。"

"对了，爹说你在政府那边工作？"

何政东点头道："学堂暂时停办了，我也就是待在家里无所事事，所以才过去打打杂，也没什么正经事。"

何正豪点了支烟，递给他。

"东北那边的生意越来越不好做，现在整个鄂北地区都在打仗，日本人又快要打进恩市，我这次回来，也想看看能不能在这边做生意。药材嘛，只要是打仗就用得上，你说是吧？"何正豪的话让何政东很是惊讶，问："哥，你是想把药材生意做到恩市来？"

"有这个想法，哥是个生意人，哪里有钱赚就去哪里，打仗不打仗的跟我关系不大，但能让哥赚钱。"何正豪重重地吸了口烟。何政东听了这话略微有些不能接受，但想想他的话也不无道理，于是笑着说："不谈政治是好事。"

"是啊，政治其实是很无聊的事，咱们小老百姓，有吃有喝，平平安安就够了。"何正豪说，"你在政府那边工作，哥的事可能还需要你帮忙，到时候可要麻烦你呀。"

何政东笑了笑，说："你是我大哥，跟我还客气什么？你的事就是我的事。"

陈希平又是一夜没有回家，早上正在埋头工作，突然电话响了，拿起电话一听，居然是家里打来的，他太太在电话里问他昨晚是不是给家里打电话了。陈希平问："我没打电话，怎么了？"

"我还以为是你打的，但又不说话，昨晚怕打扰你就没打电话来……"

陈希平听太太如此一说，当下就觉得奇怪，他是个警觉性极高的人，立即叮嘱她："我回来之前你千万不要出门，我马上派人过去。"

他太太急问他发生了什么事，他说："还不知道，你就按我说的做吧。"他挂上电话，又打电话让张振轩来他办公室。

"什么人这么大胆！"张振轩听他把事情一说，马上主动请缨要查明这个电话来源，陈希平说："让你来就是为这事儿，赶紧去办吧。"

"主任，要不要派人去您家……"张振轩又问。陈希平道："也好，你安排人过去吧，记得要隐蔽、低调，不要惊动你嫂子。"

"是！"张振轩屁颠屁颠地去了，陈希平的眉头越发紧蹙，他在想那个没人应答的电话一定不会是因为电话出了问题，而是有人故意为之，但是到底什么人敢在他头上动土，他暂时还不得而知，如果让他查到，定然不会让对方好过。

何政东去办公室汇报公务，顺便提出要请叶成文去外面吃饭，叶成文没问原因，而是说："去外面干什么，就去你家，正好我也有些事想找何老爷。"

"那太好了，我还怕请您到家中做客太唐突了。"

"唐突什么，咱们都什么关系了，还弄得这么客套。"叶成文说，"上次去你家还是你大喜之日，一想也许久未去了，何老爷上次跟我说，如果有什么需要帮忙的尽管说，我正好遇上点小麻烦……"

何政东欣喜地说："择日不如撞日，要不就今晚？"

"行，那就今晚。"叶成文很爽快就应下了。

何正豪听说何政东邀请了他上级到家里做客，自然十分欣喜，很快就跟叶成文像老朋友一样聊上了。

"大少爷也是多年不在恩市，此次回来，想必就不走了吧？"叶成文问。何正豪说："暂时是不走了，但是也不能闲着，恩市这个地方目前也是内忧外患，有很多用得上药材的地方吧？我想要是有了叶副主任您的帮忙，我这生意就好做了。"

叶成文慷慨地说："小意思，只要何少爷用得上咱们，随时恭候。"

"太好了，有您这句话我就放心了。"何正豪举起酒杯，"我必须得敬您一杯。"

叶成文二话不说就喝干了杯中酒。此时，何政东才说："叶副主任待我如亲兄弟，教会了我许多事情，我也要敬您一杯。"

"何老爷，您看看，您看看，您两个儿子今儿是打算把我灌醉啊。"叶成文转向何寿亭说。何寿亭笑道："既来之则安之，叶副主任既然来了，就要吃好喝好，要不我以后哪敢再请您上门？"

叶成文也是豪爽之人，尤其是喝酒从不推三阻四，今儿又高兴，自然多喝了几杯，接着说："对了何老爷，其实我今儿过来，还有件事要麻烦您。"

何寿亭花白的胡须上沾了点酒，何正豪亲自帮他擦去，叶成文在一边艳羡地说："何老爷，我可是真羡慕您呀，有这么好的两个儿子，这辈子值了。"

"值了、值了，确实是值了！"何寿亭毫不掩饰内心的自豪。叶成文这才接着说："您也知道，江城、夷陵已经被日军占领，很多人都从那边逃了过来，恩市城里最近又多了许多难民，他们好不容易捡了条命，要是没吃的恐怕又会饿死。您是恩市的显贵，我希望您能救救他们。"

何寿亭好像没听懂他的话，何政东忙从中解释道："爹，叶副主任的意思是让您给难民一些吃的，帮他们渡过难关。叶副主任，我非常支持您这么做。"

"救人一命胜造七级浮屠，我何寿亭这辈子没做过坏事，但也没做过啥好事，今儿就听叶副主任的，开仓放粮。"何寿亭的声音高了许多，"明儿起，就打明儿起。"

叶成文站了起来，握着何寿亭的手感激地说："何老爷，我替那些将要接受您帮助的人谢谢您啦。"

"这都是我该做的，我这样做，也是在为何家积福，为我的两个儿子积福啊。"何寿亭语重心长地说。何正豪忙把这件事给揽了过来："爹，这件事就交给我来做吧。叶副主任，我保证按您的指示完成任务。"

叶成文举起酒杯说："为了天下苍生，我敬各位！"

"不，这杯酒应该是我们敬您，要不是您提出来，我们还真想不到这样去做。"何正豪说，"这些年做生意也积攒了不少，叶副主任，只要您用得上，尽管开口，我在所不辞！"

叶成文被何家父子的仗义和豪情所感动，当晚真的喝了个人事不省，而且就在何家住了下来。

第二天一早，外面都在传何家为难民准备了免费的粥和馒头，不多久，门口就排满了难民，一个个对何家感恩戴德："何老爷大恩大德，菩萨心肠，长命百岁。"

何寿亭在屋里听见大家的歌功颂德，不禁长叹道："我何寿亭活了大半辈子，今儿总算是为天下苍生做了点好事。"

何正豪在一边笑道："爹，其实您已经做了不少，比如说义务为政府提供办公场地，这不也是善举吗？"

何寿亭缓缓点头道："这都是小鬼子惹的祸啊。"

喝醉后的叶成文这才起床，他看到外面救济难民的场景时，激动地说："何老爷，您做了一件真正的善事，我回去一定跟上级汇报您的善举。"

"罢了罢了，相比还在前线流血流汗的士兵们来说，我做的这点小事又算得了什么呢？"何寿亭是真正感受到了施舍的伟大，拍着大儿子何正豪放在自己肩上的手说，"咱们何家祖祖辈辈都是善良的人，所以不能干为富不仁之事，你们兄弟俩一定要记住，如果哪天我走了，你们也要多行善举。"

叶成文大声说道："何老爷，我今儿总算是长了见识，您放心，他们会记住您的大恩大德，我也不会忘记！"回到秘要室，他向陈希平汇报了此事，陈希平赞赏之余却说："何家家财万贯，也是该为抗战出点微薄之力，主席不是说了吗？人人抗战，全民皆兵。日本人就算再厉害又能奈我何？"

就在此时，张振轩突然敲门进来，但一见叶成文也在，就欲言又止。陈希平却说："没关系，说吧。"

"查清楚了，那个电话是从一家咖啡馆打出来的。不过因为人太多，没人记得当时是谁打了那个电话。"张振轩汇报道。陈希平陷入沉思中，叶成文看着二人，丈二和尚摸不着头脑，陈希平这才跟他说了原委，他问："找到电话的来源了？"

张振轩点了点头，道："刚才不是说了吗？根本没人知道是谁打了那个电话。"

"打电话的人一言不发就挂了？"叶成文又问。陈希平接过话道："是啊，人心叵测，所以我希望查清楚到底是什么人打了那个电话，多事之秋，就算是骚扰电话，也一定要查清来源。"

叶成文沉吟了一会儿说："主任，找人不是张副主任的长项，还是交给我来处理吧，保证给您个满意的交代。"

张振轩白了他一眼，心里骂道："又想抢老子的功劳。"叶成文似乎看出了他的心思，跟着说："振轩，这可是主任的家事，要是不赶紧查清原因，万一有个什么差池，主任这里可不好交代啊。"

"是、是，成文言之有理。主任，您就把这件事交给我们来处理吧，我的技术加上成文的长项，相信很快就能查清来源。"张振轩也担心惹一身臊，所以就顺了叶成文的意思。陈希平点头道："好，去做吧，及时向我汇报结果！"

从陈希平办公室出来，张振轩便笑嘻嘻地说："成文，我说你这爱往自己身上揽事儿的习惯倒是越来越长进了啊。"

叶成文回敬道："这不是考虑到兄弟你一个人忙不过来吗？"

"那是那是，不过我可得提醒你，这件事要是被你办砸，主任那儿可不好交差。"

"怎么又变成我一个人的事儿了？主任刚刚才说要把这件事交给我俩去办。"

张振轩揽过他的肩膀说："成文兄，主任的意思是让我给你打下手，你是主要责任人。"

"也好，那你马上带我去打电话出来的咖啡馆。"叶成文说。张振轩叹息道："实话跟你说吧，那咖啡馆里往来的人可基本都是政府要员，怎么查都为难啊。"

叶成文反问道："你指的是一月咖啡馆？"

"正是。"张振轩说，"刚才当着主任的面我没好说，现在你知道惹麻烦了吧？"

叶成文知道那家咖啡馆，很多军政要员都喜欢去那里消遣，关键是谁也不清楚咖啡馆的靠山到底是什么人，所以确实很难公开调查。但他毕竟经验丰富，遇到这种事，从无推卸责任的道理，只说："这样吧，今儿晚上，你跟我一块儿过去坐坐。"

"两个大男人去喝咖啡？"张振轩表现出了不愿意。叶成文换了副口气说："随你吧，要是你觉得尴尬，那就再约上一两个女同志。"

张振轩一直是想私下约苏晓蔡出去吃饭或者喝咖啡的，但又不好轻易开口，正好叶成文提醒了他，他觉得以执行任务为借口更合适，所以就大胆邀约了。没想到苏晓蔡一口就应了下来，这可把他乐坏了，还没天黑，心里早就急不可耐。

一月咖啡馆是省政府迁往恩市之后才开业的，也许是恩市之地可供消遣娱乐的地方少，加上里面的装修风格颇有大都市的感觉，开业没多久就火了起来。

"也是奇怪，你说这小鬼子隔三岔五地轰炸，怎么这一月咖啡馆就一点事儿都没有？"叶成文坐在张振轩对面，苏晓蔡坐在二人中间，整个咖啡馆人来人往，和漆黑、萧瑟的恩市街市相比似乎格格不入。

"只能说是运气好。"张振轩应和道，继而转向苏晓蔡，问："第一次来？"

"是啊，早就听说过，可就是没来过。"苏晓蔡两眼含笑。张振轩看着那张不施粉黛的面孔，早就心旷神怡，笑眯眯地献殷勤道："如果喜欢，今后我就经常带你来。"

苏晓蔡好像没怎么听明白这话，顺着他的话说："您是大忙人，哪敢劳烦您！"

"没事，没事，再忙也是人嘛，是人就有七情六欲，你说对不？"张振轩话刚说完，早就暗自观察了许久的叶成文起身说："我去打个电话。"

张振轩巴不得他这会儿走开，更加有恃无恐地说："晓蔡姑娘，我听成文说你还没有对象，是吧？"

苏晓蔡低垂着双眼，紧咬着嘴唇没吱声。

张振轩见她不说话，也不明白她什么意思，只得尴尬地笑了笑，说："我就随便问问，随便问问，别多心……"

叶成文此时走近电话机装作打电话的样子，回头打量着四周，突然跟正对面的一个服务生四目相对，服务生很快就收回了目光，装作没看见他似的。

他在电话机前忙活了一会儿，然后才回到座位。

"有发现？"正在跟苏晓蔡搭讪的张振轩问。他摇了摇头，继而问苏晓蔡："咖啡味道怎样？"

"不错啊！"苏晓蔡说。张振轩抢过话道："当然不错，这可是恩市目前最好的咖啡馆，没有之一。"

"叶副主任、张副主任，二位怎么有闲情来此处消遣啊？"突然一个声音从背后传来，他们回头一看，居然是陈镜岳的秘书邓辉煌。二人赶紧起身，全都面色惊讶。

叶成文随即说："幸会幸会，没想到会在这儿遇到邓秘书，一个人吗？"

"当然不是，还有我朋友，闲来无事，过来坐坐。"邓辉煌说，"对了，二位好像不是这里的常客吧？"

"想必邓秘书是这儿的常客？"张振轩反问。这样的问话其实很有意思，邓辉煌果然笑道："不愧是秘要室的干将，话里有话呀。几位慢用吧，告辞。"

"好、好。"叶成文说着，目送他的背影离去，转身坐下。张振轩突然说："看来我们今后要多来这儿坐坐，就算在这儿遇见主席也不是怪事。"

叶成文明白其意，讥讽道："你想多了。"

张振轩完全没理会他的口气，转到了正题，问："既然没什么发现，那接下来该怎么做？"

"也不是全没发现。"叶成文喝了口咖啡，"这儿不是说话的地方，回去再谈正事吧。"

"好，既然来了，那今晚就好好玩。"张振轩说，"反正咱们这是执行公务，所有的消费都能报销。"

叶成文看了苏晓蔡一眼，说："你们继续，我还有事，先走一步。"

"哎，成文，你怎么就走了？这可没意思，好不容易凑了一块儿，你这……"张振轩话没说完，叶成文已经站了起来，说："你们俩……我留下来不是更没趣？"

张振轩这才明白他的意思，顺水推舟放他走了，转身回头对苏晓蔡说："这个叶成文啊，有时候就这么没趣，为人死板，除了工作，也不幽默风趣，不过我不一样……"他夸夸其谈，苏晓蔡像个忠实的听众迎合着他，但眉宇之间却隐藏着一种说不清道不明的感觉。

一月咖啡馆的信息其实不难查，包括咖啡馆的老板和进去消费的客人，叶成文很轻易就查了个清清楚楚。可让他觉得诧异的是，张振轩之前所说的老板的靠山，居然没有查出头绪。也就是说，这个幕后老板很神秘，从不与咖啡馆的老板正面来往，换句话说，要想查到这个神秘人，不是件容易的事。

"叶副主任，您让我查的事有线索了。"何政东敲门进来跟他汇报。叶成文正在想咖啡馆的事，所以想都没想便问："什么线索？"

何政东一愣，说："山本一夫啊！"

叶成文这才反应过来，带着歉意说："这几天事儿太多，居然把这件事给忘了，说说看，找到什么了吗？"

"是这样的，当时车厢里除了山本一夫，还有四名守卫，分别叫吕健、肖炳海、陈金山和王进。这四人的资料您应该都看了吧？"

"是的。"

何政东接着说："从表面上看，四个人全都是跟随您多年的人，没有嫌疑，但我在调查中发现一件很奇怪的事。"

"什么奇怪的事？说说看！"

"这个吕健爱赌，肖炳海爱抽，陈金山好色，只有王进还算正常。"

叶成文只了解其中一些情况，所以也觉得诧异，问："弄准确了吗？"

"是的。"

"这四个人都是随机抽出来的，怎么可能如此巧合？依你所言，目前暂时可以排除的应该是王进？"叶成文很是纳闷，又让他继续往下说。何政东道："恰恰这个王进是嫌疑最大的人。"

"什么？"叶成文十分不解。何政东继续说："王进这个人平日里看似为人不错，吃喝嫖赌样样不沾，但我查到一个细节，此人在加入秘要室之前杀过人。"

叶成文微微一顿，说："我们都杀过人。"

"我不是这个意思，我的意思是……"何政东话未说完，恰在此时，张振轩突然敲门进来，叶成文只好让何政东先出去。

张振轩往沙发上一坐，接下来便问："查到了吗？"

"查到什么了？"

"电话呀！"

叶成文淡然一笑，道："哪有这么快？你也说了，咖啡馆背景复杂，不好查！"

张振轩突然兴高采烈地蹦了起来，兴奋地说："可我成了，她没有拒绝我的表白！"

"晓蔡？"叶成文似乎一点也不意外。张振轩说："我跟她说我喜欢她，想让她做我女朋友，她……她虽然没有接受，但也没有拒绝。是不是意味着我有机会了？"

"恭喜你。"叶成文道，"不过你得答应我件事，如果她接受了你，你可得好好待她。"

"那是当然，晓蔡是你培养出来的，往后咱俩的关系可就更进一步了。"张振轩此时突然变得像个顽童。叶成文瞬间转移了话题，问他这两天的监听有什么发现。

张振轩愣道："什么监听？"

叶成文以为他在装傻，笑着问："一月咖啡馆的电话，不是你装的监听器？"

"那里装了监听？"张振轩的反应告诉叶成文他没装傻，叶成文匪夷所思地问："当真不是你？"

"如果是我，我怎么会不告诉你？"

叶成文那天在电话里发现了监听设备，当时怕人多眼杂所以没问他，不禁嘀咕道："不是你那会是谁？"

"那部电话可是公用的，如果要安装监听器，八成就是老板了。"张振轩没好气地骂道，"这样一来，所有人的通话都会被监听，而去那里消遣的绝大多数人都是军政要员……"想到这里，他不禁倒吸了口凉气，"看来有大阴谋，得赶紧汇报。"

叶成文却说："晚了，那天晚上我根本没打电话，但在电话旁边待了很久，估计被人发现了，现在再去查，必定会打草惊蛇，一无所获。"

"你怎么不早说？"张振轩满腹怨气，他刚刚还说"关系更进一步"，此时又变得生疏了不少。叶成文说："就算我早说那又如何？你敢带人闯进去搜查吗？你忘了当晚邓秘书也在？还有更多高官，要是扰了他们的局，你我都会吃不了兜着走。"

叶成文如此一说，张振轩倒想明白了，喃喃地说："看来这个一月咖啡馆还真有些名堂。"

"这是后话，当务之急是要赶紧查明到底是什么人往主任家打电话。"叶成文说。张振轩问："查又不敢查，那怎么办？"

"不是不敢查，是不要明查。"叶成文说，"我在咖啡馆发现了一些细节……"

秘要室做事本来就没有什么规矩可言，张振轩守在咖啡馆外面连夜将叶成文交代的人带了回来。此人便是当时被叶成文定义的嫌疑人，名叫苗建成，他一开始还嘴硬，但刚一用刑就全招了。原来，此人除了在咖啡馆做服务生外，还兼职另一份工作，那就是负责替他的团伙寻找目标。

"这个苗建成胆子还真不小，居然敢在军政要员头上动土。"张振轩在跟陈希平汇报时感慨不已，"电话里的监听设备就是他装的，他在咖啡馆瞄准目标后再把信息传达给外面的人，然后就跟踪目标到家，趁着家人不在时入室盗窃。"

叶成文接着说："至于打进您家里的那个电话也是这种情况，嫂子去咖啡馆消费后就被盯上了，后来这个团伙把电话打进您家里，幸好有人接听，如果家里没人他们就要动手了。"

陈希平还有一事不明，那就是他们是如何弄到他家里的电话号码的。这个问题还是由张振轩来解释："这个团伙能力不小，他们在咖啡馆电话里安装了监听设备，还有个能人可以通过拨号听出你把电话打给了谁家。"

"这么厉害？"陈希平大惊。叶成文补充道："我们也觉得不可思议，但事实就是这样。"

"人抓到了吗？"陈希平想见见这个人。叶成文摇头道："很遗憾，苗建成刚刚被抓，我们再去搜捕窝点时，已经人去楼空。"

陈希平颓然地叹息道："看来这个团伙耳目众多，不过要是真有那样的能人能被我秘要室所用，那该是一件多么有利的事。"

"主任，我当时也这么想，这种人要真能被弄到，说不定可以成为我们的秘密武器。"张振轩略带兴奋地说。其实他当时听苗建成交代之后也是又惊又喜，随即就冒出了跟陈希平一样的想法，只可惜没能达成所愿。

《 7 》

　　陈希平家被人电话骚扰的事似乎已经完结，可一月咖啡馆的事却远远没结束，事情起因于骚扰事件解决三天后陈希平接到的一个电话，电话是邓辉煌打来的，他在电话中质问为何陈希平的手下要骚扰正规经营商户。

　　邓辉煌在电话中没有明说究竟是哪家商户，也没指名道姓是谁去骚扰了正规商户，可陈希平转念一想便明白了怎么回事，忙问是不是一月咖啡馆的事。邓辉煌在电话中异常严厉地让他出一份书面说明，解释清楚为何要骚扰一月咖啡馆。

　　陈希平很是无奈，可邓辉煌是陈镜岳的秘书，谁知道他的这番话是不是陈镜岳的意思，就算不是，也无从查询，不可能直接去问陈镜岳吧？陈希平还没这个胆子，因此不能不出具一份说明，可这书面说明还得由叶成文和张振轩去完成。

　　"一个小小的咖啡馆，怎么会引起邓秘书的关注？"陈希平想要面前的两位给出答案，可他俩也是云里雾里。

　　"难道一月咖啡馆跟邓秘书……糟糕，邓秘书不会就是幕后老板吧？"张振轩想到这里，转脸看向叶成文。叶成文也正在这么想，只是没说出来。

　　陈希平道："我不管邓秘书跟咖啡馆什么关系，也不想知道其中还有没有别的关系，只要你们尽快拿出一份书面说明，这是邓秘书交代的。"

　　"主任，我们只是查一个电话，并没有查咖啡馆，这……"张振轩满脸为难。叶成文打断他说："不管如何，我们的行动已经影响到了一月咖啡馆，既然邓秘书要求我们这么做，那就照做吧。"

　　陈希平赞许地说："成文说得对，既然上面要我们这么去做，我们照做就是，不要节外生枝。"

一走出这扇门，张振轩就不快地大骂起来："都是什么玩意儿？咱们这么做可都是为了党国的安危，没想到还被上面一群人指手画脚告黑状。"

"冷静、冷静。"叶成文反过来劝道，"你刚刚说的那些话我就当没听见，要传出去对你可没什么好处。"

"我都说什么了？"张振轩开始后悔自己的口无遮拦。叶成文笑笑道："你什么都没说，我听错了。"

张振轩脑子里突然冒出一个主意，拉着叶成文进办公室才说："我看那个一月咖啡馆不简单，要不咱们再摸摸它的底？"

"一个咖啡馆能有什么底？再说幕后大老板如果是党国要员，我们一个小小的秘要室能动得了它？"叶成文问。张振轩神秘地说："本来我也这么想，可你也说了，咱们是秘要室，有人给我们穿小鞋，这口气我们能忍？"

叶成文怪异地看着他，他接着说："你别这么看我，我说的都是实话，咱们秘要室就没受过委屈，不管谁想压我们都不行，你别忘了我们最拿手的是什么，敌人，对付敌人。"

叶成文想了想，似乎很无奈地说："老兄，这件事可就咱俩知道，要是事情败露，咱俩这回可就完蛋了。"

"行，有你这句话我就明白该怎么做了。"张振轩摩拳擦掌想要出这口恶气。叶成文看着他强忍回去的笑容，起身说："我得走了，有什么事咱们随时沟通。"

"先别走啊，喝一杯。"

"改天吧，还有事。"叶成文确实还有事，他想起何政东的汇报，随后把何政东叫去了办公室。何政东之后又去了一趟卡车车厢，还去了卡车当时受到袭击的地点，几经分析，谁知又得出一个更惊人的推测，当他说出这个结果时，叶成文顿时脸色大变，沉声问道："你确定？"

何政东缓缓摇头说："虽然还不敢完全确定，但根据现场的种种迹象分析，我的猜想很可能会得到印证。"

"什么迹象？"

"在卡车里有很多弹孔，我把所有的弹孔和弹道加以分析对比，发现杀死山本一夫的子弹是从肖炳海的枪里射出来的。"何政东继续说道。叶成文忙说："对，这跟我的猜想是一致的，可你为什么会认为现场还有另外的人存在，而那个人才是真正杀死山本一夫的凶手？"

何政东这才把他绘制的分析图拿出来摊开放在桌上，指着卡车车厢帆布上的一个弹孔说："这个弹孔就是从外面射的，凶手所用的枪械型号应该是春田式 1903，而且我在现场找到了一个绝好的狙击点，通过分析，那个狙击点就是枪手所在的位置。"

叶成文仔细查看了一番，喃喃地说："还真没注意这个弹孔。"

"不过杀死山本一夫的并非这把枪，凶手很狡猾，可能是无法确定山本一夫的位置，所以先开枪制造混乱。因为车内黑暗，谁也不知道发生了什么事，所以枪一响，就引起了车内人的惊慌，山本一夫就是在混乱中被杀死的。"何政东说。叶成文若有所思地说："看来这是个周全的刺杀计划。如此说来，凶手并不在他们中间，而是真有另外一个人存在。"叶成文仿佛突然之间脑洞大开，"如果真是如你所说，那这个对手太恐怖了，但凶手会是什么人？"

"还没有任何线索。"何政东说，"很多人都有嫌疑，共产党、国民党和日本人都有机会接触到这种型号的步枪。"

"是啊，我们有很多怀疑对象，可都无证据。"叶成文还是很高兴何政东的调查又令山本一夫被杀一案往前迈了一步，当即赞赏有加，"继续往这个方向调查，山本一夫被杀一案定能水落石出。到时候，我想主席会亲自嘉奖你。"

何政东大声说道："感谢您给我机会，绝不让您失望。"

就在翌日快天亮时，日军对恩市展开了新一轮轰炸，可这次丢下来的不是炸弹，而是燃烧弹，恩市瞬间变成一片火海，炸得最狠的是登龙桥与大十街，几乎被炸平。

日军轰炸机轰炸结束后迅速逃离，第十一大队飞行员升空追逃，这次日本人学聪明了，轰炸结束后立即撤退，绝不像以前那样还逗留一会儿，所以十一大队颗粒无收。

但是这一次，何家未能幸免。

当晚，何家的人被轰炸声惊醒时纷纷躲进了自家的防空洞，可是火势太旺，四周的火围着烧，竟把房子里面的家具都烤焦了。

日军轰炸结束后，何家的人才从防空洞里出来，眼前的一切都让他们目瞪口呆：何家半边房屋全被烧得漆黑，黑烟还未散尽，空气中弥漫着浓浓的弹药味。

何寿亭拄着拐杖，站在自家被烧毁的房子前，眼里仿佛蒙着一层厚厚的烟尘，从喉咙深处发出一声苍老的咆哮："遭天杀的小鬼子……"

何正豪紧紧地扶着父亲，低沉地安慰道："人没事就好，我扶您进去吧。"

何政东来到大街上，周围的一切都惨不忍睹，哭声不绝于耳，看着被亲人从屋里拖出来的一具具被烧得漆黑的尸体，他的心也在颤抖。

第二天，陈镜岳传达了山城方面的来电：恩市作为抗战大后方，山城之屏障，于党国地位尤为重要，要稳固党国在恩市之纯洁，既要抗战也要清共，决不能让共产党有可乘之机。

此令第一时间被放在了陈希平的办公桌上，他看了一遍又一遍，仿佛想把每个字都刻在眼珠子上。

一场"白色风云"迅速蔓延整个恩市，很多被秘要室散布在外围的特务盯上的可疑者，全都被落入大牢，严刑拷打，在这场"清理"中，有不少真正的共产党员献出了宝贵的生命。

陈希平拿着下面报上来的名单，眼里闪着寒光。

叶成文也同样拿到了这份名单，他从名单上看到了几个刺眼的名字，不禁重重地闭上了眼。

有人敲门，叶成文将名单收了起来，应道："进来！"

来者居然是何正豪，叶成文一见他，脸上立马堆满了笑容，起身让座，惊讶地问："大少爷今儿怎么有空？不会是来看政东，顺便拜访我吧？"

何正豪笑道："我可是专程过来拜访叶副主任您的。"

"开个玩笑，大少爷能来我就很高兴。"叶成文道。何正豪说："刚进门时还被强制检查，您这儿的门难进啊。"

叶成文苦笑道："特殊时期，没办法。"

"理解、理解，日本人隔三岔五地轰炸，谁知道这城里有没有特务，是得警惕！"何正豪似乎深有感触，"叶副主任的工作，对整个恩市和抗战大局来说，实在是重中之重，缺少不得。"

叶成文听了这话，却只是勉强笑了笑，接着说："何家开仓救济难民，如此大义之举实属难得，我已经向上面汇报。届时，也许主席会亲自颁发嘉奖令。"

何正豪脸上立即流露出惊讶的表情，激动地说："哎呀，这只是举手之劳，哪能要嘉奖？如果一定要嘉奖的话，还得是您的功劳，如果不是您提醒我们这么去做，何家也不会有此善举嘛。"

"谦虚、谦虚了！"叶成文对这位何家大少爷的言谈举止非常欣赏，"上次记得大少爷说想在恩市做药材生意，这是利国利民的好事儿，我一直想找机会介绍几个要人给你认识，这次机会来了。两天以后，后勤部组织了个聚会，我找人给你弄了个邀请函，到时候去多认识几个人也好，对你以后的生意定然是有帮助的。"说着便从抽屉里取出邀请函递给了何正豪，何正豪大喜道："哎呀叶副主任，您对我们何家如此照顾，我真不知该怎么感谢您。"

"客气了大少爷，政东在我这儿全心全力地帮我，所以咱们一家人不说两家话。"叶成文道。何正豪拿着邀请函翻来覆去地看，感慨地说："以后您有用得着我的地方尽管开口，只要我何正豪能做到，绝无二话。"

"好，有你这句话就够了。"叶成文送走何正豪后，又陷入了沉思中。

所谓的聚会，不过是恩市地区在陈镜岳领导下对共产党的"大清洗"活动受到了上峰的表彰，后勤部在陈镜岳的授意下才搞了这么个聚会。当然，同样也是为了稳定军心，希望借聚会之名让大家振作精神，继续抗战，继续"清洗"共产党。

当晚的聚会，陈镜岳并没参加，代替他出席的是邓辉煌。

何正豪来到宽敞明亮的大厅，发现已经到了很多人，一眼就看到了正在跟人聊天的叶成文，于是快步走了过去。叶成文一见他，立马喜笑颜开，介绍面前的男子说："大少爷，这位可是咱们的英雄，空军第十一大队副大队长黄中凯，上次带队歼灭敌机就是黄队长的功劳。"

"哪里哪里，叶副主任过奖了，哪里谈得上英雄，只是分内之事。"黄中凯过谦，何正豪却异常兴奋地说："哎呀，不得了，要不是叶副主任介绍，我还真是有眼不识泰山。自我介绍一下，我是何正豪。"

"幸会幸会！"黄中凯跟他握手的时候，叶成文介绍说："何少爷的父亲黄队长应该听说过吧，就是恩市名士，无偿为党国提供了很多办公场所的何老爷。"

黄中凯一听这话也很是惊讶，顿时热情又多了几分，忙说："原来是何家大少爷，我早就听说何老爷为人大义，为抗日救国，无偿捐助了不少财物，是我等学习的榜样啊。"

"您也说了，这都是为了抗日救国嘛。"何正豪爽朗地说，"但是跟你们在前线抛头颅洒热血相比，我们做的这些又算得了什么？"

"何少爷太客气了，分工不同而已，只要是为抗战出力，那同样都是英雄。"黄中凯几句话说下来，很快就拉近了和何正豪的关系，二人年龄相当，言语之间，不知不觉就成了无话不说的朋友。

"你们先聊，我过去打个招呼。"叶成文看见有朋友在那边就离开了，何正豪叹息道："叶副主任真是爽快人，要不是他的引见，我哪能认识你这样的大英雄。"

黄中凯道："抗战救国人人有责，那些已经为国捐躯的兄弟才是真正的英雄，我还活着，小鬼子也还在我国土上烧杀抢掠，我们的使命就还没完成。真希望我还能活着看到小鬼子被赶回老家的那天。"

何正豪讪讪一笑，说："今日听黄队长一席话，实在是无比汗颜，我何正豪也是堂堂男儿，却不能为抗战出力，惭愧……"

"哪里哪里，我听说何家开仓救济了很多无家可归、无饭可食的难民，这也是善举，同样是为抗战出力。"黄中凯正说着，叶成文回来了，对何正豪说："今儿来的有民政厅、教育厅、财政厅的人，待会儿我帮你引见引见！"

"黄队长，认识你很高兴，希望以后有机会再见！"何正豪跟黄中凯握手告别，然后跟着叶成文去见其他人，但他似乎有些漫不经心了，在跟人打招呼时，全然没了认识黄中凯时的那种热乎劲。

恩市的老百姓已经习惯了日军的轰炸，轰炸过后，大街上摆摊做买卖的人依然在，几个小孩子从街上跑过去，嘴里喊着自编的顺口溜："小鬼子，下三烂，开着飞机天上蹿，下来变成老乌龟；飞虎队，真厉害，追得鬼子直骂娘，气死这些个老鳖丸。"

顾雅婷和安子淇闲来无事在街上闲逛，面对满目疮痍，二人却兴致不减。

"姐姐，听说东北已经被鬼子占领了，你们也能像这样到处闲逛吗？"顾雅婷问。安子淇笑了笑说："也能的，只要有良民证，日本人就不会把你怎样。"

"良民证？小鬼子发的？"

"是啊，在日本人的占领区，必须有良民证才能通行，否则就会被抓起来。"

顾雅婷噘着嘴骂道："日本人占了我们的土地，我们出门却还要带良民证，真不要脸。"

安子淇只是笑了笑，然后说："妹妹，其实姐姐有句话一直想问你。"

"姐姐有话只管说，跟我还有什么不能说的？"

"那姐姐可就问了啊。"安子淇道，"听说妹妹跟政东是同学？"

"嗯，是的。"

"那怎么上学那会儿没在一起？"

顾雅婷坏笑着看着她问："姐姐，你怎么突然问起这个？"

"姐姐是想啊，要是姐姐跟正豪的爱情也像你们的那么浪漫，那可多好啊。"安子淇叹息道。顾雅婷饶有兴致地瞪着眼睛问："姐姐，那你跟大哥是怎么认识的？"

"可没你们小两口那么浪漫，还是说说你们俩吧。"安子淇笑着说，"姐姐可真羡慕你们，从同学变成恋人，从江城再到恩市，好像做梦一样！"

"是啊，我也没想到会再遇上政东，其实上学那会儿我就已经对他有好感了，只不过没有说开，如果不是因为打仗，也许我们仍然不会在一起。"顾雅婷这话听起来有些伤感。安子淇接过话道："如果不是因为打仗，我们也不会来到恩市，也许咱们姐妹俩这辈子都不会见面呢。"

"如果不是因为打仗，你跟大哥暂时也不会回来吗？"

"也许吧！"

顾雅婷突然说："到我家了，走，去跟我爹打个招呼。"

安子淇还未见过顾雅婷的爹，顾开尧听说她是何正豪的太太，非常热情地把她迎了进去，又是问好又是倒茶。顾雅婷说："爹，您就别忙活了，我跟姐姐出来转转，顺便回来看看您，坐会儿就走。"

"是啊叔叔，我跟雅婷就是过来看看您。"安子淇也说。顾开尧笑道：

"再怎么说,你也是第一次来家里,不吃饭怎么能走?"

"不用了,叔叔,您别客气,我跟雅婷还有事。"安子淇说着已经站了起来。顾雅婷说:"爹,您忙吧,我们先走了,有空再回来看您。"

"好、好,那你们有空再来吃饭。"顾开尧把她们送到门口,恰好有生意上门就忙活去了。顾雅婷挽着安子淇的胳膊说:"姐,我听说你是大户人家的小姐,但一点大小姐的脾气也没有,大哥真是好福气。"

安子淇笑着说:"我可不习惯做大小姐,咱俩都是何家的媳妇,哪来这么多客套?"

在一栋房屋的二楼,叶成文和廖楚山正带人执行任务,在他们对面的房屋里,秘要室的特务发现有疑似共产党的人。

"廖队长,你确定屋里那俩人是共产党?或者说只有两个人?"叶成文问。廖楚山已经在这里盯了几天,所以非常肯定地说:"屋里一男一女两个共党分子假扮夫妻,就是为了掩人耳目。在我们监视的这几天,始终没等到接头人出现,所以主任才批准了此次行动,叶副主任难道还有什么顾虑吗?"

叶成文不久前刚奉命到达此地待命,还不知道屋里的情况。他透过窗户看到房屋里共有两人,一男一女,女人正在收拾行李,好像打算出门。

"动手吗?"何政东紧张地问。他很想提醒屋里的人,可毫无办法。叶成文看了一眼时间,再次举起望远镜观察周围的情况,突然目光落到街上两个女人身上,心中猛地一震,把望远镜交给何政东问:"你快看看,那俩人是不是雅婷和子淇姑娘?"

何政东拿过望远镜一看,不禁倒吸了口凉气,顿时急得像热锅上的蚂蚁,可目标此时已经出门,眼看马上就要到达大街,再不动手就迟了。

叶成文从何政东脸上看出了端倪,此时要不去抓人,陈希平一定会追究失职之责,可要是现在冲出去抓人,一旦双方开火,难免会伤及顾雅婷和安子淇。叶成文陷入矛盾中时,何政东突然说:"给我一点时间,我下去……"

"不行!"叶成文拦住他,"你现在出去也来不及了!"

廖楚山脸上现出一丝冷笑,迅速下达了行动命令。埋伏在周围的特务迅速冲上大街,同时朝着目标即将出现的路口围了过去。

"廖楚山,你……"叶成文虽然愤怒却无从发泄,因为廖楚山是奉命行事，而他如敢阻拦，回去后定会受到处罚。

何政东此时想冲下去提醒顾雅婷和安子淇，却被叶成文命人拦住，他挣扎着，但毫无作用。

顾雅婷和安子淇还没有预料到危险，两人在街边的商铺驻足时，突然看见一群持枪者从四面向这边围了过来，就在那一瞬间，枪响了，子弹在身边乱窜，二人反应过来想要找地方躲藏，却已经被火力封住了去路。

叶成文从窗口非常清晰地看见了这一幕，何政东挣脱开来，蹿到窗口，大声号叫道："快跑啊！"可是他的声音被枪声淹没，悬着的心也飘到了天际。

顾雅婷和安子淇蜷缩在地上，终于找到机会躲去了一家摊位后面，此时，廖楚山已经带人冲进屋子，枪声越发激烈。

"快去救人！"叶成文这时候才放开何政东，何政东大踏步奔跑下楼，冲到二人身边一把抱住顾雅婷，连声问："没事吧？你们都没事吧？"

枪声戛然而止，一切很快恢复平静。

顾雅婷和安子淇满脸担忧，何政东催促着她们赶紧回家去。两人迅速起身离开，回头时却看到两具尸体被从屋里抬出来。

何政东看着两具血肉模糊的尸体，心里拔凉拔凉的，他很想通知这两位同志撤离，可完全没有一点机会，当他们接到命令到达现场时，现场已经被廖楚山控制。

叶成文目送着尸体被抬走后才进入房屋，廖楚山此时正站在窗口到处张望，他的手下也还在到处搜索。

"廖队长，刚才我的命令你没听懂吗？谁让你行动的？"叶成文盯着他的后背。他头也不回地说："放走了共产党，你负责？"

叶成文憋了一肚子气，但他无从发泄，只能隐忍。

廖楚山此时转身看着他说："叶副主任，这次的行动是陈主任亲自下令让我负责，本来你是不该出现在这儿的，我不知道主任为什么还要派你过来。"

"那是因为陈主任对你不放心，让我来盯着。"叶成文针锋相对。廖楚山冷笑道："只可惜差点被你误了大事。"

"陈主任交代最好抓活的，现在都被你给杀了，看你回去怎么交差。"

叶成文怒目而视，"我阻止你，不仅仅是出于个人原因。这两个共产党本来可以抓活的，如果你刚才没有动手，我们一样有机会抓住他们，可你却偏偏要杀了他们，不知你出于什么居心，这中间有见不得人的事吗？"

廖楚山听了这话，眼中射出一道寒光，冷冷地盯着叶成文的眼睛看了会儿，却又突然咧嘴笑了，说："主任那儿我自会交代，这儿没你什么事了，请回吧。"

叶成文在回去的路上一言不发。何政东想起刚才那一幕，仍然心有余悸。直到回办公室，叶成文才恶狠狠地骂道："廖楚山那个混账，早晚有一天我会像捏死蚂蚁一样捏死他。"

"廖楚山太可恶了，您明明让他不要动手，他、他差点害死雅婷和嫂子！"何政东添油加醋地说，"他完全没把您放在眼里，要不是他，也许两个共党也不会死。"

叶成文冷冷地说："是啊，要不是他，也许我们就抓活的了。"

不多时，陈希平派人来通知叶成文去办公室。叶成文到的时候，廖楚山也在。叶成文看看二人的表情，便猜出了八九分。果不其然，陈希平一见他便说："成文啊，今天的行动虽然不完美，但也很圆满了。据调查，那是共产党的一个联络点，你们功不可没。"

"本来可以抓活的。"叶成文接了一句。廖楚山顺着他的话说："他们有枪，如果不被我们击毙，恐怕也会自杀。叶副主任，你当时也在现场，如果我们不开枪，那现在死的可能就是我的兄弟们了。"

"那是你强词夺理，恶人先告状。"叶成文说这话时的声音并不高，"哪次的行动，共产党身上没有带枪？"

"可这次不一样！"

"有什么不一样？"叶成文声色俱厉，"共产党很狡猾，好不容易发现两个活的，居然都被你杀死，你到底出于什么居心？"

"我这都是尽心尽力为党国着想，如果真要说有什么居心，我看你才居心叵测！"

陈希平平静地看着二人在自己面前吵得不可开交，终于还是开口说话了："你们都是我的左膀右臂，不管你们出于什么考虑，我相信都是为了党国利益。这次的行动已经告一段落，就不要再为此事纠缠不清。'沉睡者'

的事还没有任何进展，你们怎么想的？上面问询起来，我该如何回答？"

廖楚山嘴唇动了动，便没了声音。

叶成文明里没有动静，却一直在暗中调查。

陈希平点了点头，说："你去档案室查阅过很多人的资料，包括咱们在座的几位都被你重新摸排了一遍。当然，我说这话并无责怪你连同我一起调查之意，事情就得这么办。'沉睡者'潜伏得很深，要找到他，必须深度挖掘。楚山啊，你是行动队的队长，对外面的情况熟悉，往后要有什么行动，还是要从大局出发，不要因为一时口舌之争而伤了兄弟之间的和气。"

"知道了！"廖楚山这声回答明显不服气，可陈希平是了解他的，至少他对党国忠心耿耿，仅凭这一点就已经足够了。

叶成文沉吟了许久才说："针对'沉睡者'一案，我翻阅了秘要室几乎所有人员的档案，详细调查了所有人的出身背景，包括他们进入秘要室的时间，以及进入秘要室之前的履历，好像找不出什么破绽。"

陈希平嘴角微微上扬，似笑非笑。

"主任，'沉睡者'既然是共党潜伏在党国内部的人，是否有可能进入别的部门？"叶成文又问。陈希平说："谁也没说这个'沉睡者'就一定潜伏在秘要室，不过咱们既然是干这一行的，首先得肃清内部人员，只有做到清者自清，才能去查别人啊。将来一旦咱们内部出了问题，那不仅让外人看笑话，我这个秘要室的主任也自身难保。"

"嗯，您放心，我敢保证咱们内部是干净纯洁的，按您的指示，我会马上扩大调查范围。"叶成文要的就是这句话，这样他之后行动起来就会顺畅得多。

"楚山啊，如果没什么事，你先出去吧，我跟成文还要聊点私事。"陈希平对廖楚山下了逐客令，廖楚山面无表情地退了出去。陈希平无奈地笑道："这个廖楚山，平日里也帮了我不少忙，性子是固执了点，可对党国还是挺忠心耿耿的。"

叶成文顺着他的话说："我了解他，今天我们之间发生的不愉快，也不是针对他个人，主要还是他没有执行主任您的指令。要是他不盲目行动，很可能会抓到两个活的共党分子。"

陈希平起身去倒了两杯酒，一杯递到叶成文面前，说："算了，反正人已经都死了，这事儿也就算过去了。跟我说说你的最新调查进展吧。"

"不愧是主任，我还没说您就知道我想说什么。"叶成文笑道。陈希平说："咱们共事了这么多年，你想干什么我还能看不出来？"

叶成文喝了口酒，道："山本一夫的调查有了新的进展。"

"是吗？说说看！"

"以前一直以为他是被我们自己人干掉，但经过调查取证发现，他很可能是被外面的杀手杀死。"

"外面的杀手？"陈希平不解地看着他。他接着说："虽然现场没找到其他武器的弹头，但据分析，现场开枪的人除了车厢里的四个人，还有一个就是藏在外面的杀手。正是这个人开了第一枪，才导致车厢内的混乱，然后才会有自相残杀，山本一夫也才会被乱枪杀死。"

陈希平缓缓点头道："这可是个新情况，那对于这个枪手的调查，有进展了吗？"

叶成文摇头道："暂时还没有，我带人调查了周围，根据子弹射穿车厢的方位对所有枪手可能藏身的地点进行了察看，但还没有任何发现。"

"只要有进展就好，上面问起来我也好答复，放手去查吧，我相信你一定会给我一个满意的结果。"陈希平说完这话，突然问起何政东最近的情况，叶成文明白这肯定又是廖楚山在他面前告了状，于是立即说道："那小子不错，山本一夫一案的新线索就是他找到的。"

"是吗？看来还真是个人才，也是你慧眼识珠啊。"陈希平没有提何政东在现场的事，因为他也是凡人，也了解在那种情况下人都会有本能反应，所以决定网开一面。

何政东急匆匆回到家，顾雅婷一见他就缠着问东问西，他却担心二人有没有事。

"这不都好好的吗？"顾雅婷转向安子淇，"我俩都好好的，不过当时的情形确实很危险，吓得我都不敢睁眼了。"

何政东见她们真没事，这才松了口气，感慨道："没想到你们俩会突然出现，我倒是被你们吓着了，要是子弹不长眼……嫂子，幸好有你在，要不是你拉着雅婷找到了隐藏点，真不知道会发生什么事。"

"你们是在抓共产党吗？"顾雅婷迟疑着问。何政东点头道："是啊，两个共产党，都死了！"

"政东，你不是说你的工作没什么危险吗？"何寿亭从外面刚进门就问道，他听她们讲了白天的事。何政东扶着他说："真没什么事，有时候是有行动，可我都是在后面，又不用拿枪。"

何寿亭担心地说："再怎么说也有危险，你还是辞了工回家吧。"

"爹，您就不用担心他了，现在在哪儿不都一样？小鬼子经常来轰炸，待在家里也不一定安全，您就让他做自己喜欢的事吧。"何正豪帮腔道。何政东冲他笑了笑，说："还是大哥明白事理。爹，现在大哥回来了，很多事都可以帮忙，您就舒舒服服地安度晚年吧。"

晚上睡下后，顾雅婷突然问："你说要是子弹不长眼，我真被打中，你可怎么办？"

何政东心头微微一颤，想起白天危险的一幕，还真不敢往下想，紧紧地抱住她，沉重地说："以后没什么事别上街了，外面挺危险。"

"你还没回答我呢！"

何政东叹息道："要是你真有个三长两短，我这一生要如何终老啊！"

"那你可以再找一个嘛。"

"不找了，再好的姑娘也比不上你。"何政东说这话的时候想起了刘慧沁。他是喜欢过她的，虽然从未在一起过，可他们也算是同坐过一条船，如果不是她，也没有现在的他，他更不会有这份工作。

顾雅婷趴在他怀里，双眼迷离，很多事也不敢继续往下想，可她却在心底对自己说："珍惜眼前人吧！"

当天晚上，安子淇躺在何正豪身边，俩人却好像陌生人，各自想着心事。

"帝国的轰炸似乎太苍白无力，不仅没有威慑到恩市驻军，反而还损失了几架战机，要夺取恩市之屏障，看来必须尽快实施蜂鸟计划，只有摧毁了敌人的防空力量，帝国的军队才能自由出入。"何正豪说这话的时候，眼中闪烁着腾腾杀气，瞬间就跟变了个人似的，再也不是之前那个何家大少爷。

安子淇冷笑道："你不是花了很多心思在你弟弟身上吗？他难道没有帮你达成所愿？"

"快了，我已经接触到了空军的一个重要人物，相信很快就会再见面。"何正豪说的是黄中凯，两人初次见面后还没有机会再见面。安子淇说："那就赶紧行动，希望这个重要人物不会让我失望。"

夜色深沉，这两个声音如同从地狱中传出来的，这两人也如同隐藏在黑夜中的幽灵，被风一吹就散了。第二天，他们披上了人皮，继续做回何正豪和安子淇。

"大哥，这么早出门？"何政东起床的时候，何正豪也正好从屋里出来。何正豪说："去早市看看行情！"

"正好顺路。"何政东跟上他，兄弟俩一块儿出了门，"哥，你真打算在恩市做药材生意？"

何正豪笑着问："怎么，不看好大哥？"

"不是，是不看好行情。"何政东说，"日本人整天狂轰滥炸的，你没看街边的商铺都关了门，这生意还能做吗？"

"世道是不好，但药材这玩意儿跟别的不一样，打个最简单的比方，打仗需要武器弹药吧，人也会有个生老病死。因为打仗，所以需要药材的地方更多，这生意不愁没钱赚。"何正豪的话不容何政东反驳，两人很快就在西门街分了手。

《 8 》

何政东刚走出不远，突然想起有些事忘了问何正豪，于是又折了回去。

早市上异常繁忙，人很多，熙熙攘攘，叫卖声不绝于耳。在早市尽头有个药材市场，恩市以及周边地区盛产药材，所以很多药材商都来此交易。

何政东来到药材市场，走了一圈却没见到何正豪，正感到疑惑时，何正豪的背影突然出现在不远处。他正要追上去，却又发现何正豪拐进了右边的巷子。

"大哥去那种地方干什么？"何政东知道那条巷子通往何处，心里更加疑惑，于是跟了上去，只见何正豪四下张望了一眼，然后进了其中一栋房子。

何政东远远地看着那栋房子，心里五味杂陈，他无法想象大哥居然会来风月场所找女人。这一整天，他脑子里全是早上看到的事，想着回家面对大哥时的尴尬，也想着将来如果被安子淇发现，他该如何跟她解释。

"你怎么了，无精打采的，是不是太累了？"晚上回到房里，顾雅婷见何政东脸色不好。何政东笑着说："没事儿。"

"你肯定有事瞒着我。"顾雅婷不依不饶。何政东想把这个秘密说出来，可实在是不知该怎么开口，但他又不想骗她，只好坦诚相待，也正好听听她的意见。

谁知顾雅婷听他这么一说，也一惊一乍，随即问："你是不是看花眼了？"

"我也希望是自己看花了眼。"何政东叹息道，"那整条街可都是风月场所，你说我大哥有事没事跑那里干什么？他说去早市看看，可奇怪的是他根本就没去早市。"

顾雅婷沉默了许久才说："是有些奇怪，不过我觉得事情弄清楚之前，最好不要让嫂子知道。再说，你们男人，都是吃着碗里瞧着锅里，谁知道你有没有跟你大哥一样……"

"哎，我说你，你怎么也这么看我！"何政东说着翻身把她压在了身下，堵住了她的嘴。

恩市飞机场原身为清代军队校场，1935年扩建为飞机场，最初竣工后因其规模小，停不了几架飞机，且恩市红军撤离北上抗日，便没有使用。鄂北省政府迁至恩市及西线战区指挥中心设在恩市后，日寇飞机多次轰炸恩市，恩市成为与日机空战的前哨阵地，为了满足需求，国民政府下令扩建机场。

黄中凯作为第十一大队副队长，临时被抽调成为机场扩建的副指挥长，这两天白日里都在现场指挥，到了晚上闲来无事，便跟两个朋友来到了一月咖啡馆。

夜色中的"一月咖啡馆"几个大字显得格外刺眼，

黄中凯正享受着咖啡的浓郁芳香，突然看到一个熟悉的身影出现在门口，当即起身走过去打招呼："何少爷，真是幸会啊，没想到这么快就又见面了。"

何正豪和安子淇手挽手，看到黄中凯时似乎也很吃惊，可随即就露出了一脸的惊喜。打过招呼后，黄中凯的目光落到了他身旁的安子淇身上，艳羡地问："这位难道是嫂夫人？"

"黄队长您好！"安子淇很得体地跟黄中凯问好。黄中凯转身说："正好，一块儿坐。"

"不打扰吧？"何正豪问。黄中凯说："都是朋友，快请！"

何正豪坐下后跟黄中凯另外两个朋友打了招呼，然后问："黄队长军务繁忙，今日怎么会有时间到这儿来消遣？"

"再忙也是凡人之躯嘛。"黄中凯笑道。何正豪附和道："也对也对，那日一别，还正想着何时能再见，没料到择日不如撞日，咱们既没相约又没看皇历，看来是缘分不浅啊。"

一席话惹得众人大笑，气氛更加活跃。

"对了，我给你们再详细介绍一下，这位何少爷来头可不小。城里的何老爷你们都该听说过吧，何少爷就是何老爷的大公子，刚从东北敌占区回来，做药材生意的，你们要是有什么门路，或者想赚点外快，可一定要把握机会我。"黄中凯玩笑式的介绍让彼此之间的距离又近了不少。何正豪谦虚地说："有钱一起赚，虽然你们几位都是党国要员，我只是个商人，可在下赚了钱，也是要支持抗战的。"

"说得好，我黄中凯没有看错人，何少爷是大气之人，你这个朋友我是交定了，今儿没酒，要不然就一醉方休。"黄中凯是个军人，所以言谈举止非常豪爽。何正豪接过话道："要喝酒简单，等黄队长有空时去我家喝。"

"那可不行，哪敢打扰。不过我知道有个地方，非常不错，那里的酒可是出了名的好，等过两日闲了，我带何少爷过去。"

"也好也好，那今儿就先喝喝咖啡，改日再以美酒相待。"何正豪的笑脸之下正翻江倒海，感觉自己离目标又近了一步。

安子淇安静地坐在他身边，时而微笑，时而颔首，像极了贤妻。今晚的偶遇，其实不是巧合，全是她的精心安排，作为一名日军军方高级间谍，她在跟任何人周旋时都能做到游刃有余，虽然只是初次跟黄中凯见面，可她已经胸有成竹，决意要在此人身上完成蜂鸟计划。

黄中凯是恩市本地人，和父母住在一起，他平日里住在空军基地宿舍，但有时候也回家住。今晚从一月咖啡馆出来之后，黄中凯便径直回了家，却没料到自己被人跟踪了。

何正豪按捺不住跃跃欲试的心情，可被安子淇制止。

"你要记住我的话，没有我的允许，你决不能私自行动。"安子淇脸色铁青，"黄中凯是块肥肉，从他身上也许能弄到我们想要的东西，可他是个军人，如果咱们来硬的，恐怕会适得其反。"

何正豪无奈地说："帝国大军压境，可恩市之地地势险恶，目前除了空袭别无他法。国民党在恩市的空军虽然对帝国造不成太大威胁，但从之前的交手结果来看，还是已经影响到了帝国的作战计划，我们不能再等了。"

"驻扎在这里的空军不能小觑，要摧毁敌人的空军，必须找到机场的准确位置，这是蜂鸟计划的全部内容。"安子淇声音低沉，语速缓慢，"黄中凯是个军人，如果换作你，你会把如此重要的文件放在家中？"

何正豪想想也是，即便他进入黄中凯家中，也绝无可能找到如此绝密的文件，于是问："少佐教训的是，可我们接下来该如何去做？"

安子淇原名山口杏子，日本陆军少佐军衔。

"不要着急，黄中凯既然已经上钩，还怕他跑了不成？"安子淇冷笑道，"我们不是已经找到他家了吗？既然硬来不成，那就来软的。"

何正豪眼前一亮，似乎明白了她的话。

龙波没料到行动队又有两名成员被国民党特务杀害，进入恩市建立的五个联络点已经只剩下一个，这让他头痛不已。

"联络点被破坏，连带的是两名同志被杀害，国民党特务远比我们想象的要难对付多了。"陈英达面前是一张地图，地图上标注的是五个联络点的位置，从图上可以看出，这五个联络点正好处于恩市城区的五个方位，如果连起来，就成了一个圆圈。这也是龙波当初的想法，他希望五个联络点能相互照应，倘若其中一个联络点被毁，其他几个联络点第一时间能得到消息。

陈英达叹息道："我们的对手是秘要室，秘要室的主任陈希平虽然不是老特务，可这个人心思缜密，对付日本人和共产党一样心狠手辣。在这个关键时刻，本来要一致对外，可因为秘要室的阻碍，我们的行动难得很啊。"

"是啊，山本一夫落网就是陈希平的功劳，所以此人除或者不除对我们而言很矛盾，这个情况我会向上级请示。"龙波说，"目前仅存的联络点在这儿，最近国民党特务很疯狂，让同志们暂停所有行动，等候新的指示。"

"有个新情况需要向你汇报。"陈英达又说，"裁缝铺被特务捣毁之前，不是有人送信吗。这个人的身份得到了确认。何政东，秘要室的人。"

"什么？"龙波一震，"难道他是咱们的同志？"

"还不确定，但据分析，这个人当初送信是受人指使，或许他什么都不清楚，只是被人利用。"陈英达说，"不过他的家庭背景相当特殊。"

"快说说看。"

"何政东的父亲叫何寿亭，是恩市本地名流。省政府迁到恩市后，何家无偿提供了很多办公场所，前不久又主动开仓放粮救济难民，从表面上看，何家是支持抗日的。"

龙波理了理思路，接着说："如此说来，何寿亭应该能成为我们拉拢的对象，可他儿子又在秘要室，这可就矛盾了。这个潜伏在秘要室的同志到底是谁？跟'沉睡者'又有什么关系？"

"会不会就是'沉睡者'？"陈英达问。龙波深沉地说："这个'沉睡者'潜伏得很深，属特级保密，直接跟上级单线联系，我们对他的了解几乎为零，不到万不得已，上级是不会亮出这张底牌的。"

叶成文近日来感觉危机四伏，好像有一股无形的压力压得自己快要爆炸，可他知道自己不能爆炸。每天从秘要室回到冷清清的家中，他便独自打开一瓶洋酒细细品鉴，直到迷迷糊糊地睡去。

也不知过了多久，他突然被一阵急促的电话铃声惊醒，才发现天已大亮。

"喂，找谁？"叶成文沉沉地呼了口气，电话那边传来何政东的声音："出事了，主任要您赶紧来见他。"

叶成文最怕听见这样的消息，可他来不及多问，急匆匆来到陈希平面前，还没开口，陈希平便说："黄中凯死了！"

"什么？"叶成文大惊，"怎么死的？"

"被人杀死！"陈希平说，"此人可是空军第十一大队的副队长，主席听闻消息无比震怒，要我们尽快破案，抓捕凶手。"

黄中凯的音容笑貌浮现眼前，叶成文几乎窒息，随即说道："我要去现场看看。"

"去吧，振轩已经到了！"陈希平很无力。叶成文不敢耽搁，带上何政东赶到黄中凯家中，谁知看到的一切更令人揪心：黄中凯的父母也双双被杀。

张振轩递给他一支烟，他深吸了一口，脑子里仍然一片空白。

"下手可真够狠的，连老人都不放过。"张振轩骂道，又问他昨晚干什么去了，"一大早不上班，看你的样子，挺累啊。"

叶成文没工夫跟他瞎扯，这个黄中凯可是个战斗英雄，跟他也是朋友，没想到就这么走了。他心里堵得慌，过了许久才问："有什么发现？"

"没什么发现。"张振轩回道，"黄中凯近日被抽调为机场扩建副指挥长，要说跟谁结过梁子，恐怕就只有日本人了。"

叶成文是知道的，黄中凯击落了几架日军轰炸机，所以日本人有理由除掉他。

"可奇怪的是，凶手是近距离开枪，说明他跟凶手应该认识。"张振轩又道。这话令叶成文一震，往屋里瞅了一眼，问："你确定是近距离开枪？"

"没错，就是近距离开枪。"张振轩道，"黄中凯当时应该没有任何防备，因为屋里没有打斗的痕迹。他是军人，身手不错，要不然一定会反抗。"

叶成文觉得他分析得颇有道理。

"不过屋里还有被翻查过的迹象，说明凶手要找什么东西。"张振轩又说。叶成文瞪了他一眼："能不能一块儿说完？"

"真没了，目前发现的就这么多。"

叶成文又转身进屋，看着血迹斑斑的地板陷入了沉思。

此时的何正豪，虽然闭着双眼，却很难入睡，他这个毕业于日本陆军中野学校的中国人，已经被日本军方收买，虽然手上沾满了鲜血，但这次的行动却令他颤抖，想起黄中凯死前对他说的那句话，他的心脏就狂跳起来。

"没想到你竟然是……"黄中凯中弹后面部开始扭曲，"求你看在朋友一场的分上放过我爹娘！"

何正豪哪能如此心软，既然选择了这一行，就注定没有朋友，即使有，那也是用来出卖的，所以他连同黄中凯的爹娘一起杀害后，又把房屋翻了个底朝天才离去。

"怎么，后悔了？"安子淇打断了他的思绪。何正豪从回忆中回过神，睁开眼，重重地咽了口唾沫，沉声说："我只是为没有找到我们想要的东西而感到遗憾。"

安子淇冷冷地说："没有什么可遗憾的，干咱们这一行的，不是你死就是我亡，下手一定要干净利落，拖泥带水只会毁了你自己。"

"黄中凯死了，我们也失去了一个可以利用的人，看来又得重新物色人选了。"何正豪叹息道。安子淇微微一笑，说："有你弟弟帮你，你还担心什么？"

"我说过，我可以为帝国做任何事，可只有一个条件，不要把我的家人牵扯进来。"何正豪正色道。安子淇变得无比温柔，翻身侧卧，摸着他的脸，妩媚地说："亲爱的，为了帝国的荣誉和利益，你我只能背水一战，为了完成任务，任何人都是我们的目标。不过我答应你，绝不伤害你的家人，你不要忘了，现在他们也是我的家人啊。"

何正豪禁不住她的撩拨，情难自已，两手搂住她的腰，然后把她压在身下，朝那张小嘴咬了下去。

秘要室整夜无眠，所有人原地待命，何政东也没有回家，等待上面的进一步安排。

陈希平办公室的灯很亮，他刚拿到黄中凯一家被杀的现场情况报告，只匆匆扫了一眼，然后愤然骂道："这不是共产党干的，共产党不会干这种丧尽天良的事。日本人，八成是日本人干的，日本人的手也伸得太长了，没想到这么快已经渗透进了第十一大队。可恶！既然来了，恩市就是他们的葬身之地。"

张振轩和叶成文也很赞同，虽然他们无法证明，只能做这种推测。

陈希平接着说："天亮以后，这件事就会向主席汇报，你们说说，我该怎样跟主席说？"

"主任，我觉得是这样的，实话实说，咱们不是正在调查吗？"张振轩道。陈希平摇头："我要的不是这个，我要的是日本人的动机，他们为什么要杀害黄中凯一家？"他看向叶成文，叶成文缓缓说道："我觉得这是报复行为。"他顿了顿，接着说："日本人在恩市没占到便宜，反而折了好几架轰炸机，据我了解，好几次都是由黄中凯副队长负责执行的歼敌行动，所以日本人要了他的命。"

"对对对，我也正这么想。"张振轩觉得叶成文此言非常有理，所以插了一杠子。

陈希平突然吐出几个字："蜂鸟计划！"

叶成文和张振轩同时一愣，但立即反应过来。

"这不是报复行动，而是蜂鸟计划的一部分。"陈希平若有所思地说，"我们都知道，蜂鸟计划是日本人针对恩市机场所进行的轰炸计划，可直到目前为止，日本人也没有找到我们真正的空军基地。目前在扩建的机场虽然也为军用机场，但为了防止日军破坏，绝大多数轰炸机都没停放在这里，我想这是日本人也知道的情况，要不然就不会费尽心机弄出这么个蜂鸟计划了。"

"听主任您这么一说，我倒真是明白了很多。"张振轩接过话道，"黄中凯最近被抽调到恩市机场做扩建工程的副总指挥，难道这事儿被日本人知道了？为了阻碍机场扩建，于是就杀了他。"

"日本人没这么傻，如果真是因为这个原因而杀黄中凯，岂不是太小题大做了？弄不好还要打草惊蛇，太不划算了。"叶成文反驳道。张振轩质问："那你说说究竟是什么原因。"

叶成文叹息道："日本人选择在这个时候杀了黄中凯，我觉得是一步险棋。你想想看，黄中凯身为飞行大队副队长，肯定知道很多关于机场的事，所以日本人才找到他，加上日本军部催促得紧，这个凶手才冒险闯入他家中，就像主任刚才说的那样。他们找黄中凯，要的是问出空军停放飞机的另一个隐蔽地方，而且拿他家人加以威胁，但黄中凯没有告诉他，所以才会遭到灭口。他以为可以在黄中凯家中找到线索，但结果让他失望了。"

陈希平面无表情地听着叶成文的分析，张振轩又追问道："你怎么知道凶手没找到自己想要的东西？"

"这个不难分析，换作你是黄中凯，你会把如此重要的东西放在家里？"叶成文笑道。张振轩赞同道："有理！"

陈希平这时候用手揉着鼻梁说："日本人制订的蜂鸟计划已经开始实施，这是一场情报战，我们秘要室便是对敌的主战场。能否粉碎日本人的计划，就全看我们的了。黄中凯案没这么容易告破，我们从现在起，目光要放开一些，不仅要盯着这个案子，还有更重要的事要去做。"

"明白了主任，我们会尽快抓住凶手，粉碎蜂鸟计划。"叶成文回复道。张振轩也不甘示弱，当即接过话道："您放心，日本人的阴谋不会得逞。"

陈镜岳官邸，守卫森严。

陈镜岳一早起床，邓辉煌就在外面候上了，一见面便汇报了黄中凯被杀一案。陈镜岳大为震怒，仔细问了案情原委，而后责骂道："日本人想把恩市的水搅浑，而我们自己却还不警觉，照你所说，一个副队长如果真是被自己亲近的人所杀，只能说明他的警惕性不够。日本人妄图用蜂鸟计划摧毁我空军实力，这简直就是做白日梦。传我的命令，即日起，所有部门和要员，全部进入一级戒备，如果哪个部门再出问题，军法处置。"

邓辉煌如实记下了陈镜岳所言，陈镜岳又感慨地说："辉煌啊，你跟了我很久，也了解我的脾气，党国把如此重任交付于我，你说我要是没能守住恩市，将如何面对党国，如何面对恩市百姓？在这种危急时刻，十面埋伏，我到底该怎么做？"

"主席，您太过虑了，恩市自古以来都是易守难攻之地，当年的土司王据守恩市，朝廷大军也拿他没办法。今日我们以恩市为屏障，日本人又能奈何？"邓辉煌这话不是自我安慰，陈镜岳频频点头，顺着他的话说："你说得对，日本人占了江城，攻克了夷陵，可到恩市时畏惧了，所以只敢派出轰炸机。那些飞贼不可怕，我担心的是那些混入人群中的特务。辉煌啊，你去跟秘要室的希平主任说，他缺什么我给什么，缺人我给人，缺钱我给钱。总之，务必要将混入恩市的日本特务肃清。"

邓辉煌一个劲地点头称是。

陈希平等来了陈镜岳的批示，顿时心情大好，在电话中连连对邓辉煌表示感谢。邓辉煌说："你不用感谢我，要谢就谢主席，不过主席的话你可得牢牢记住，秘要室当前的任务是要肃清日本特务，粉碎蜂鸟计划。"

邓辉煌虽然没说出另一半话，可陈希平听懂了，陈镜岳这是要他把工作重心转移到肃清日本特务上来，对于肃清共产党之事可以暂且放下。

"此事你心里明白就好，也不要放在嘴上到处宣扬，总之在对待日本人和共产党的立场上，上峰的指示可是从来没有变过。"邓辉煌又交代道。陈希平连连说："明白、明白！"其实他真的很不明白，更加不敢确定，虽然邓辉煌在电话里已经传达了陈镜岳的指令，而且意思也已经很明确，可挂断电话，又不禁长叹道："这以后共产党还抓吗？"

因为忙着黄中凯被杀的案子，何政东累了一整天，加上晚上加班，第二天下午才回到家，吃饭的时候，心里想着事情，所以一言不发，闷闷不乐，胡乱扒了两口饭就站了起来，说："饱了！"

"是不是遇到大麻烦了？"何正豪不失时机地问，"跟大哥说说，也许能帮你点什么。"

何政东重新坐下，说："大哥，有件事想问问你。"

"问吧！"何正豪一本正经地看着他。他想了想才说："如果有一天你发现自己最亲近的人并不是你想象的那样，你会怎么样？"

何正豪好像没听明白，何政东只好又说："换句话说吧，如果你发现你的朋友或者亲人并不是好人，你会怎么做？"当他说这句话时，突然之间，似乎桌上所有人都别过了脸去。

"你……为什么要这么问？"何正豪笑了笑，反问道，"难道你遇到了这种事？"

何政东想了想，摇头道："没什么。"然后起身回到了房屋。

安子淇一回到房间就关上门问道："你弟弟刚才为什么要这么问？难道他发现了什么？"

"不可能，我绝没有留下任何破绽。"何正豪说，"你想多了，很明显他的问题并不是指我。"

"但愿如此，因为你没有听我的话而导致了致命错误，黄中凯一死，我们的行动将会严重受阻，你最好尽快拿出新的计划。"

何正豪无奈地说："我在他家中没有找到任何有用的线索，很抱歉，是我太急躁了。"

"现在说抱歉还有什么用？我不想听你解释，如果任务失败，你我就等着向天皇陛下谢罪吧。"安子淇说完这话，外面传来敲门声，顾雅婷在外面问道："姐姐，睡了吗？"

安子淇换了副笑脸，打开门问："妹妹，有事吗？"

"姐姐，你快出来，我带你去个地方。"顾雅婷又冲何正豪说："大哥，借嫂子给我用用啊，一会儿就还。"

"随便，多久都行。"何正豪笑着说。待二人离去后，他的脸上瞬间就像布满了一层厚厚的尘土，要说后悔干掉黄中凯，他倒是真有些后悔，不过上面催得紧，他情急之下干掉黄中凯也是迫不得已。再说，要是黄中凯不死，他也就暴露了，想想那晚的情景，他后背就一阵发凉。

顾雅婷把安子淇带到了厨房，她把一锅东北乱炖摆在她面前，她一看就笑出了声。

"姐姐，我全都照你说的做，可怎么就做成这样了？"顾雅婷摆出一副无奈和想要放弃的样子，安子淇把手一伸，顾雅婷把筷子和锅铲递到了她手中，然后让到一边看着她。

因为所有的食材都是现成的，安子淇很快就重新把料配好，然后说："剩下的事就交给你了。"

"姐姐的手艺真好，我要把东北菜全都学会，然后做给姐姐吃。"顾雅婷高兴地说，"明天早上，我保证让大家都吃上正宗的东北菜。"

安子淇回到房里，何正豪还没睡下，她不快地嘀咕道："尽快结束这种日子吧，我受够了。"

"她又让你教她做菜？"何正豪带着笑意问。安子淇不耐烦地说："幸好我在东北待了多年，那些东北菜的做法，就算没专门去学，看也看会了。不过这样下去，我担心早晚会穿帮。"

何正豪回道："没那么容易穿帮，雅婷还是个没长大的小姑娘而已。"

"可我没那么多时间跟她耗。"安子淇反驳道，"如果不是为了任务，我是一天也不愿在这个地方待下去。"

"快了，任务一完成，我们马上就走。"何正豪安慰道，"不早了，睡吧。"

顾雅婷最近确实迷上了做菜，尤其是从安子淇那里学到的东北菜，她在厨房忙活了一阵后才回到房里，此时何政东正对着窗口发呆。

"你又怎么了，是不是受刺激了？"顾雅婷走到他面前担心地问。何政东头也不回地叹息了一声，强挤出一丝笑容说："你想多了，我没事。"

"你看你脸色苍白，像是没事的样子吗？"

何政东转身看着她，安慰道："我只是这两天太累了，对不起，让你担心了。"他仍然没有告诉她关于黄中凯被杀的事，一是出于保密，二是怕她更加担心。

第二天，何政东很早就去了秘要室，没想到还有人比他更早。他跟苏晓蔡打招呼："这么早？"

苏晓蔡苦笑道："早什么啊，一夜没睡。"

"又熬了一夜？"何政东还她以苦笑，"你们机要室可真辛苦。"他正要回办公室，张振轩突然从屋里出来，睡眼惺忪地说："政东，你来得正好，到我办公室来一趟。"

何政东进了张振轩的办公室，张振轩立马换了副笑脸，热情地问："这两天忙坏了吧？辛苦了！"

"不辛苦，都是分内的事。"何政东搪塞道，"张副主任，您找我有事？"

"也没什么特别的事。对了，叶副主任还没过来吧？"张振轩问。何政东点头道："这会儿估计也快到了。"

张振轩见他站着，忙又说："快坐、快坐，站着干什么？"

何政东本来想很快就走的，又从他的言语中感觉有事，不得不坐下。

"这两天，都在忙黄中凯的案子？"张振轩这话像是明知故问，何政东没有否认，他接着又问，"有什么进展？"

何政东感觉他话里有话，苦笑着摇了摇头。

张振轩笑道："你小子，对我还瞒着？"

"真没什么发现，这个案子棘手得很，叶副主任说是日本人干的……"何政东话未说完，张振轩摆了摆手道："这些我都知道，说点新鲜的。"

"张副主任，您这可就为难我了，您这两天也在追查凶手，看样子您已经有了新的发现。叶副主任昨天还跟我说，想今儿跟您请教呢。"何政东这话引得张振轩大笑起来，而后说："好他个叶成文，不赖啊，不仅自己业务素质高，就连这下面的也全都学精了。好了，你忙去吧，好好干，我看好你。"

何政东连声说着"谢谢"，可当他走出这扇门时，张振轩在背后冷声骂了起来："浑蛋，不识抬举。"

何政东进去见叶成文时，叶成文正拿着个小盒子把玩。何政东知道这个盒子是从黄中凯家里找到的，所以一点也不惊讶，问道："发现什么了吗？"

"这个盒子的构造很特别，年代也很久远，不像普通装东西的用品，更像是一件艺术品。"叶成文说。何政东道："是的，我在黄队长家中的夹层中找到它的时候，里面什么都没有。"

"还有别人看到吗？"叶成文指的是张振轩的人。何政东摇头道："没，其他人都没注意。"

叶成文举着盒子看了又看，问："有事？"

"张副主任一定是找到了些什么。"何政东说。叶成文不解地问："为什么这么说？"

何政东于是把张振轩刚才找他的事说了出来，叶成文放下盒子，笑着问："你没有告诉他我们找到这个盒子的事吧？"

"当然没有。"何政东说，"机要室昨晚又熬了通宵，一定是发现了什么，不然不会这么拼。"

叶成文脸色平淡地说："知道了，出去做事吧。对了，如果张振轩再找你，你就告诉他已经有了新的发现，不过要他自己来问我。"

傍晚时分，何正豪还在房内，管家敲门进来说有人找他，他问是什么人，管家说不认识，他迟疑了一下，出来后看到中年男子时瞳孔瞬间放大，但随即欣喜地迎了上去："高老板，您怎么来了？"

被称作高老板的中年男子说："何少爷，上次您跟我见面之后，我找到了一个药材商，他手里有大批药材正在寻找买家，我迫不及待想让您知道这个消息，所以就找您来了。"

"快进屋坐。"何正豪把高老板让进屋里，还看了茶，然后支走所有人，这才低声责问，"谁让你到这儿来的？"

"很抱歉，我也是迫不得已，有个非常重要的消息需要尽快让您知道。"高老板颤巍巍地说，"刚刚收到来电，上面打算在两天后的傍晚对恩市发动新一轮轰炸，目标是正在扩建的恩市机场。"

"但是这不是空军真正的机场，他们还有第二个隐形机场，我们目前还没有弄到这个机场的准确位置。"何正豪说的这个隐形机场，就是日军蜂鸟计划的目标。

高老板无奈地说："这是上面的命令，必须阻止机场扩建，而且要我们做地面引导，以黑烟指示轰炸目标。"

"你马上回电，恩市机场正在扩建中，机场上没有军机，只有平民。"何正豪焦虑不已，"现在进行轰炸，只会浪费弹药，而且一旦遭到反击，结果会很不利。"他把此人送出门时，还故意大声说着，"麻烦您跑一趟，我会尽快决定合作事宜。"

何政东此时正要进门，看到高老板时还跟他点了点头，然后问何正豪那人是谁，何正豪说："一个生意上的朋友。听雅婷说你很早就出了门，很忙吗？"

"还不是那些事儿。"何政东随意说道，"对了哥，我听说你跟一个叫黄中凯的人很熟？"

何正豪笑着说："是啊，还是你们叶副主任介绍的。"

"他出事了！"何政东此言一出，何正豪似乎很惊讶，忙问："是不是执行任务时出的事？"

何政东摇头道："他在家被人杀害。"

"什么？"何正豪的声音瞬间提高了数倍，又问到底发生了什么事。何政东说："他，还有他爹娘全都被人杀害。"

何正豪面色痛苦地说："太可惜了，黄队长是个好人，是个值得交往的朋友，我们不久前还一起喝过咖啡，怎么会突然发生这种事呢？"

"大哥，你不久前真见过他？能记得是什么时候吗？"何政东急问道。何正豪想了想说出了一个时间，何政东一推算，正是黄中凯被杀前三天，于是又细问了一些他们见面的情况，想知道黄中凯有什么异常，结果令他失望。

何正豪又说："不行，虽然我们刚认识不久，但我一定要去送他最后一程。"

"你可能无法如愿了，现在是特殊时期，所以可能不会有专门的葬礼。"何政东说。何正豪沉吟了半晌，叹息道："那我总可以去他家祭拜一下吧？"

何政东看着他难过的表情，终于点了点头。

何正豪回头跟安子淇汇报了日军的行动计划，安子淇不屑地说："让他们炸去吧，没有地面的指引，他们只能是做吃力不讨好的无用功，更不用说遭到反击了。"

"军方要我们以黑烟作为引导。"何正豪说，"不过我已经让回电，建议暂停行动。"

安子淇冷冷一笑，说："敌人在机场周围布置了重兵，就算我们想闯进去放黑烟，有这个可能吗？"

"这要看当天的天气状况，如果没有浓雾，不要地面引导也可以命中目标。"

"只可惜恩市的天气状况太糟糕了。"

"也许过段时间就会好起来。"何正豪说，"我了解这儿的天气。"

《 9 》

张振轩把截获的日军电报送到了陈希平桌上，陈希平只瞟了一眼，便不解地问："什么意思？"因为所有的电文都奇形怪状，他根本看不懂。

张振轩说："这份电文来自离恩市四百公里的某个日军基地。也就是说，很可能是从江城直接发送过来的。这次日军使用了一种非常奇怪的发报方式——玛雅文字。"

"玛雅文字？"陈希平听他如此一说，又耐心地看了一遍，这才觉得那些奇怪的符号像一些文字。张振轩接着说："玛雅文字是美洲玛雅民族在公元初创造的象形文字，盛行于5世纪中叶，现在已经很少有人能看懂。"

"你能看懂？"陈希平问。张振轩笑道："我可没那个本事，不过正在寻找能看懂这些文字的高人。"

"恩市有这种高人？"

张振轩摇头道："很难，不过我们可以将这份情报传给山城方面，或许会找到能破译的人。"

陈希平赞同了他的办法，又说道："日本人太狡猾了，居然想到用这种文字来传递情报，这次一定有大行动，马上传回山城，请求上面尽快破译。"

陈镜岳将黄中凯被杀一案汇报给了山城，没想到国民政府高层指示要给他办一个隆重的追悼会，而且会场就设在恩市机场的跑道。陈镜岳将此言传达下去之后，秘要室的人感到特别惊讶，但一想到黄中凯是抗战英雄，此事在于鼓动士气，于是也就坦然了。

何政东在得知消息后第一个想到了何正豪，于是请求叶成文给弄了个邀请函。何正豪拿到邀请函的时候又惊又喜，一个罪恶的计划立即就浮上脑海，随即找到那个高老板，要他致电日军，请求按原计划轰炸恩市机场，不过将轰炸时间提前三个小时。

何正豪一想到届时在恩市的国民党要员，包括陈镜岳，都可能出现在追悼会现场，就抑制不住内心的兴奋，深藏在心底的邪恶开始蠢蠢欲动。

上午的天空有些阴晦，到了下午，隐约透出一丝阳光，天空突然之间就变得透明。

黄中凯的追悼会将在下午三点准时举行。两点钟，前去参加追悼会的宾客基本都已到达场地。他的灵柩摆在跑道中央，两边是列队的士兵，整个气氛庄重而肃穆。

两点半左右，秘要室的人才在陈希平的带领下出现。

何政东在人群中看到了何正豪，当然还有安子淇，两人点头算是打过招呼，然后等着追悼会开始。何正豪抬头看了一眼天空，之前所有的担心都消失得无影无踪。

何政东跟黄中凯没有交集，可看到他的时候却不由自主地想起了周志凯，两人自从上次别过后再也没有见面，也不知他是否安好。

秘要室、机要室的工作人员正紧张忙碌地工作，苏晓蔡突然收到一份急电，打开一看，顿时被惊得出了一身冷汗，马上奔赴电话机旁接通了恩市机场的电话。

陈希平正在默哀，突然有人从背后匆匆冲过来对他耳语了一阵。叶成文从他脸上看出了不对劲，正在疑惑时，只见他急匆匆走向邓辉煌，邓辉煌听完他的话后，脸色顿时大变，然后走到空地上大声喊道："紧急情况，刚刚收到消息，日军将在十分钟后对机场发动空袭，请跑道上所有人员马上撤离到安全地带。"

幸好陈镜岳还没到达现场，在半道上收到消息就折了回去。

人群中发出一阵惊慌失措的嘘声，人们随即纷纷逃离了跑道。

何正豪和安子淇对视了一眼，彼此眼中流露出失望的神情。

"主任，到底怎么回事？"张振轩边跑边问。陈希平说："你截获的日军电文被山城方面破解了，内容正是今日对恩市机场发动空袭！"

张振轩也被惊得出了一身冷汗，张口就骂道："这帮浑蛋怎么知道我们在这儿开追悼会？"

所有人刚撤离到安全地带，天空出现密密麻麻像小鸟一样的敌机，紧接着无数炮弹齐刷刷地落了下来，机场在轰炸声中变得一片狼藉。

何政东听着炮弹炸开的声音，感觉就好像炸在自己心上。

何正豪此时挤到何政东身边，悲凉地说："中凯兄弟死不瞑目啊，没想到日本人会在这当口发动突然袭击。"

"幸好山城方面及时破译了日本的电文，要不然我们现在就被炸成碎片了。"张振轩又开始骂娘。叶成文接过话问道："什么电文？"

何正豪眼巴巴地望着张振轩，希望他给出答案，可他说："回去后再跟你说。"

日军轰炸结束后迅速往新塘方向撤退，可没想到遭到飞行大队追击，带队者正是刚刚提拔起来的周志凯，周志凯和战友们在此次追击中又击落了一架日军战机，但自己也有一架战机受损，不过安全着陆，没有造成人员伤亡。

陈希平一回秘要室就召集几个副主任开会，第一句话便是："有谁可以告诉我，日本人是如何知道今天下午党国的要员会出现在恩市机场参加追悼会？而且袭击时间跟追悼会开始的时间一模一样，难道这只是巧合？"

叶成文一路上都在思考这个问题，可他无法给出合理的解释。

"我们截获的日军电文，恰恰就是日军要对恩市机场发动空袭的内容，要潜伏在此地的日军间谍做好策应，这份电报非常清楚地告诉我们，日本间谍已经潜入恩市。"张振轩缓缓说道，"各种迹象表明，今天的空袭是有预谋有计划的，目标不仅是恩市机场，还有所有参加追悼会的党国要员，当然也包括主席。"

"太可怕了，没想到日本人竟然掌握了如此精准的情报，这个人，或者说这群人就好像直接参与了追悼会的前期部署，而我们……要不是山城方面及时破译日军电文，恐怕日军的阴谋就得逞了。"陈希平眼里闪烁着惊恐的光，他还在庆幸自己运气好，否则这可不只是要撤职查办的事儿，要是陈镜岳出了事，恐怕很多人的脑袋都难保。

叶成文在脑海里把整件事仔细过滤了一遍，却想不出问题出在何处。

"党国内部出了问题啊，日本人已经混进来了。同志们，秘要室不是摆设，该是我们出手的时候了。"陈希平的话语中透着许多无奈，"对于今天发生的事，我还要给主席写一份说明，你们让我怎么写？难道告诉主席党国内部有日本特务？"

叶成文和张振轩都埋下了脑袋，如果真是这样，那对他们来说将是莫大的耻辱。

从陈希平办公室出来的时候，叶成文带着质问的口气问张振轩关于日军电文的事，张振轩戏谑道："事关紧急，还没来得及跟您汇报。怎么着，要不要我跟主任说一声，今后所有的电文都先给您过目？"

叶成文听出了讥讽之意，不得不说："我不是这个意思。"

"不过话说回来，这次日军使用的是玛雅文字，你恐怕也看不懂吧？"

叶成文听了这话，疑惑地问："所以你才将电文传给山城，要不是山城方面及时破解，恐怕这次就酿成了大祸？"

张振轩这才一本正经地说："正是如此，如果再晚十分钟，恐怕你我也不能站在这儿说话了。"

叶成文一回到办公室就把何政东叫了进去，何政东见他脸色疲惫，正要开口，他先说话了："你之前说机要室有重大发现，应该就是指今天的事。"

何政东想了起来，说："如果真是这样，那也是机要室的失职。"

"主任没有批评我，机要室也尽力了，这次要不是机要室，可能会出大事。"叶成文这话不偏不倚，何政东也赞同地说："日本人如果提前十分钟开始轰炸，后果就不堪设想了。"

"通过这次的事，可以确信日本间谍已经潜入恩市，而且跟黄中凯的死脱不了干系，他们找不到隐形机场，于是就打算先来一个下马威。查，继续对黄中凯一案展开调查，只要找到杀害他的凶手，一切都会真相大白。"叶成文坚定了自己的想法，"对了，派去监视黄中凯房屋的人撤了吗？"

"您还没指示撤离。"何政东说。叶成文赞赏道："很好，给我继续盯着，不过要重新制订一个引蛇出洞的计划。"

何政东想了想说："我试试。"他所说的"试试"，其实是还没想到办法，谈成功更是遥遥无期，不过他既然开了口，又是奉上级的指示，怎么着也要琢磨出个法子。于是他在征求陈希平的同意后，对外散播谣言，称黄中凯并非死于日本人之手，而是遭到抢劫，反抗时被杀，而且家中被劫匪洗劫一空，其中有个盒子，事关空军机密，所以政府在重金悬赏歹人线索。这个谣言对知情人来说很经不起推敲，可对于市井百姓来说可就真假难辨了。这一传十十传百，很快就家喻户晓。当然，何正豪也知道了。

何政东非常注意周围人的言行，他既希望有人缠着他问这事儿，可又很怕是自己认识或者相熟的人。每天从秘要室回到家里，还是感觉家里舒服，至少整个人不会陷入一种尔虞我诈的环境。

"外面都在传，说全家被杀的那个飞行大队副队长是遭到歹人抢劫才会死的，也不知道到底是真是假。"顾雅婷在吃饭的时候突然说起这事儿。何政东万万没想到第一个跟他打听这事儿的居然是他太太，正要开口，何寿亭又说："多可惜呀，好好的一个人，听说还是个抗日英雄，要是死在战场上也好。那些遭天杀的强盗、土匪，这是在作孽啊。"

"爹，您就别动气了，气坏了身子可不值当。"何正豪劝道。何寿亭咳嗽起来，顾雅婷去倒了杯水给他，接着说："这种抢劫杀人的事儿轮不到你们管吧，怎么一说起这事你就愁眉苦脸的？"

何政东苦笑道："本来以为是共产党或者日本人干的，后来正是因为我们的调查，整个事件才改变了方向，现在交给警察局负责，终于可以放手了。"

"中凯兄也真是时运不济，像他那样的英雄，是真该继续在战场上杀敌，却没料到死于歹人之手。"何正豪扼腕叹息，"我还听人说黄副队长家中遭窃时丢失了一个盒子，据说有关于空军的什么秘密，有这么严重吗？"

何政东叹息道："是啊，据说那个盒子是黄中凯一直随身携带的，至于盒子里装的什么，我也无从知晓。但唯一一点可以肯定的是，这个盒子非常重要，事关空军的安危，而且只有飞行大队的队长和副队长，或者更高层，才知道里面装的是什么。"

"那得赶紧找到，要是被坏人利用，或者落到日本人手里，那麻烦可就大了。"何正豪回应道。此时，他和安子淇对视了一眼，又立即收回了目光。

吃过晚饭，何正豪进房间关上门，安子淇一脸不信任地盯着他问："你难道没什么跟我说的吗？"

"什么？"何正豪一愣，安子淇冷笑道："你弟弟刚才在饭桌上不是说了吗？"

何正豪不屑地笑道："秘要室的调查方向出了问题，有人帮我们顶罪，这不是好事吗？"

"我没有问这个，我想知道盒子的去向。"安子淇再次强调。何正豪收敛了笑容，反问："你怀疑是我拿走了那个盒子？"

"要不然呢？"安子淇冷笑道，"虽然我不知道盒子里装的是什么，但既然只有飞行大队的队长和副队长才能掌管，一定是非常重要的东西。我不明白你究竟有什么企图，你曾经宣誓要为天皇陛下效力，为何现在又选择与我为敌？"

何正豪心中的怒火差点被点着，但被压了回去，冷冷地说："请少佐明察秋毫，若我敢背叛天皇陛下，必以死谢罪！"

安子淇盯着他的眼睛，过了许久才说："我相信你，可我现在关心的是那个对我们至关重要的盒子究竟被何人取走了。"

何正豪沉吟了片刻，突然眼前一亮，精神抖擞地说："如果真有这个盒子，也许它只是暂且没有被找到而已。"

"你的意思是盒子还被留在房里？"安子淇眼珠子一转，一个恶毒的想法开始在心底蠢蠢欲动。

何政东安排了四个人留守在黄中凯家附近的房屋里，二十四小时监控，离黄中凯案已经过去了整整六天，但一切仿佛平静如昔，别说发现可疑人物，就连靠近房屋的人都少之又少，很多人从此处经过时因为害怕都是绕道而行。

"这什么时候是个头？都六天了，连个鬼影都没有。"其中一人抱怨道。另一人接过话道："少啰唆，上面让我们继续蹲守，我们就遵命行事吧，也许能钓一条大鱼，到时候，咱们哥几个就发达了。"

"发达个屁，这真不是人过的日子，这种倒霉的差事怎么就落到了咱们头上？这会儿都半夜了，要不是在这儿，早就搂着娘们儿打呼噜了。"

"别废话，你先盯着，我们仨先眯会儿，有情况赶紧叫醒我们。"

另外三人躺下睡觉，这人拿着望远镜，隔着窗户监视着对面的房屋，一阵睡意袭来，忍不住打了个呵欠，可就在此时，门口突然响起一阵轻微的脚步声。他拔出枪靠近门口，侧耳倾听了一会儿，声音却又消失了。他以为自己听错，可刚转身，脚步声又响起。他定了定神，猛地打开门，枪口对着外面怒喝道："谁？"

外面漆黑一片，根本不见人。

这人刚缩回脖子准备关门时，眼前突然掀起一股冷风，然后只感觉脖子一麻就晕了过去。

一个人影从黑暗中走出来，推开门进到屋里，冷眼盯着躺在地上的三个守卫，手中突然多了两把寒光闪闪的匕首，然后迅速出手，三个人就变成了三具尸体。

做完这一切，人影又从大门出去，然后潜入黄中凯家中，翻箱倒柜找了个遍，却没找到自己想要的东西。正当他感到失望时，目光落到身后的墙壁上，略微迟疑了一下，他走过去轻轻敲了敲，脸上立马露出诡异的笑容，然后取出匕首，很快就找到了缝隙，用力一撬，一扇木门缓缓滑向一边。可就在这时，那两只眼里露出了惊恐的光，说时迟那时快，他奋力往后跃起，在炸弹爆炸的时候飞了出去。

叶成文带人赶到现场时，火势刚刚被扑灭，整栋房子的二楼几乎被烧毁。当他看到倒在血泊中的四个手下时，咬着嘴半天没吭声。他走到窗口边，望着对面的废墟，还有未散尽的尘土，整个人陷入一种无比空虚的状态。

何政东是早上来到秘要室才知道昨晚发生的事，当时还以为自己听错了，可他赶到现场一看，当即就傻了眼，不住地问自己："怎么可能？怎么可能？"

"没什么不可能的。"廖楚山的声音从背后传来。何政东很少跟此人打交道，总感觉这个人内心无比黑暗，所以自然就敬而远之了。

廖楚山刚才带人到处查看了一番，没发现什么有用的线索，回转身说："凶手很厉害，留下来蹲守的四个人全都死了，我听叶副主任说这颗炸弹是你派人装的？"

"是，我请示了叶副主任，也征求了陈主任的同意！"何政东没有否认。廖楚山双手插在裤袋里，两眼盯着还在冒烟的废墟，冷声说："事儿不是这么办的，整层楼都被毁了，可想而知这颗炸弹的威力有多大，你就不担心把老百姓给炸死了吗？"

何政东反问道："现场找到尸体了？"

廖楚山微微一怔，紧接着露出了笑容，说："你这颗炸弹让我们意识到自己低估了对手，居然可以死里逃生，身手可真不简单。"

"虽然没死，但肯定受了伤。廖队长，如果现在对全城的医院进行搜查，会不会有收获？"何政东问。廖楚山道："连你都想到了，我会想不到吗？"

何政东在他面前实在太嫩，不过他似乎很受廖楚山喜欢，廖楚山又道："我感觉你干这一行很有天赋，我干这一行很多年，还没遇到过像你这样成熟的新手，你应该加入行动队，而且一定会出类拔萃，跟着叶成文，太大材小用了。"

何政东没想到廖楚山会对他说出这样的话，但他很客气地回绝了："多谢廖队长的厚爱，跟着您打打杀杀多危险啊，我看我还是适合待在办公室，帮叶副主任打打下手。"

廖楚山本来不苟言笑，此时却被他这话逗笑，说："行吧，你好好考虑考虑，我不着急，只要你考虑好，行动队的大门随时为你打开。"

叶成文千算万算，却万万没算到对手居然可以在爆炸中活着逃亡，这个对手像根绳子一样紧紧地勒住他的脖子，令他每时每刻都有种快要死亡的感觉。

陈希平紧攥的拳头中渗出了汗水，额头上青筋直冒，突然一撒手，厚厚的一沓材料飞散出去，撒了一地。

"全城搜查有结果了吗？"陈希平冷冷地问。廖楚山回答："都搜遍了，但没发现可疑者。"

"难道这个人长了翅膀不成？"陈希平说这话时神情颓废，微闭上眼，"给我继续搜查，所有的医院诊所都不许放过。"

"是，主任。"廖楚山此时起身打算去执行命令，陈希平好像又想起了什么，突然叫住他，却又挥了挥手。

何政东回到家里，看到安子淇时问道："大哥还没回吧？"

"哪这么快，估计得要些日子。"安子淇说。何政东知道何正豪前两天去了利川方向，这时又正好看到何寿亭咳嗽着从屋里出来，赶紧走过去扶着他说："爹，您一直咳，也不见好，我去找大夫给您看看吧。"

"老毛病了，时好时坏，药吃了不少，找大夫不管用。"何寿亭说着又剧烈咳嗽起来。何政东担心不已，劝道："您这样拖着哪行啊？"

"没事儿，没事儿，我自己的身子骨自己知道，上了年纪，毛病多，过些日子就好了。"何寿亭坐下，何政东帮他把拐杖放在一边。安子淇端了一杯水过来，说："爹，您喝水！"

"嗯，好！"何寿亭接过水喝了一口，"你跟正豪回来也有些日子了，这恩市和东北的生活习惯大不一样，也委屈你了。"

安子淇笑着说："爹，您就别为我操心了，政东说得对，您得赶紧找大夫看看，可不能耽误了病情。"

"开饭了！"顾雅婷从厨房方向跑过来喊道。何政东不怀好意地问："今儿又跟嫂子学了什么拿手好菜啊？"

顾雅婷拍了拍手说："今儿你有口福了，隆重推出小鸡炖蘑菇，嫂子手把手教的，保证正宗。"

"上次你做的那个什么东北乱炖，嘿嘿……"何政东话没说完，安子淇帮腔道："雅婷已经很不错了。"

"对呀，嫂子都说已经不错了，你爱吃不吃。"顾雅婷撇嘴道。何政东忙说："吃，肯定吃。"

何寿亭看着他们像孩子般打闹，脸上也笑开了花。

何正豪此时正躺在床上休养生息，想起那晚的惊魂遭遇仍然心有余悸，幸亏自己福大命大，否则不可能躲过一劫。

高老板进屋来给他受伤的右腿换药时说："恢复得不错，再过两日就能下地了。"

何正豪问："外面有什么动静？"

"他们已经结束了对医院和诊所的全面搜查。"高老板说，"我们太小看对手了，以后的行动必须更加小心。"

"军部有新的指示吗？"

"暂时还没有，我们变换了多种方式传送消息，可都被截走，军部不得不暂停所有联系。"高老板说，"在有新的指令下达之前，我们的任务仍然是全力执行蜂鸟计划，这次轰炸恩市机场只伤了敌人的皮毛，而且我方又损失了一架军机，不尽快摧毁敌人的空军编队，帝国向恩市和山城推进的计划就不得不一再延迟。"

何正豪眼中射出一道寒光，冷冷地说："我必须尽快回去。"

陈希平想来想去，感觉一定是内部出了什么问题，要不然敌人不会如此清楚他们所做的一切，当然也包括空袭恩市机场的行动，所以他决定让张振轩去做一件事。

张振轩听了陈希平的计划，吃惊地问："您真打算这么做？"

"一定要这么做，而且必须马上这么做。"陈希平说，"一旦我们内部出了问题，那后果就太严重了。"

"是，我知道怎么做了。"张振轩接到的指示是在每个房间都安装窃听设备，但又涎着脸问："我那里也装上？"

陈希平似笑非笑地盯着他，他随即笑道："属下明白，明白！"

张振轩没想到会在此次安装窃听设备的行动中发现意外情况。当他把从叶成文办公室搜来的监听器放在陈希平桌上时，陈希平也是大感意外，问："这件事叶成文知道吗？"

"还没跟他说，这不第一时间跟您汇报来了吗？"张振轩谄笑道。陈希平又盯着监听器看了半天，然后说："这个叶成文也太大意了，你说到底是什么人做的，共产党还是日本人？"

"还不知道，但绝不会是他自己放的。"张振轩偶尔也幽默一把。陈希平呵斥道："都什么时候了，还有心情说笑？"

"主任，这不是一连遇到这么多事，大家的心情都很憋屈，我这也是为了让您放松放松嘛。"张振轩拍马屁的时候陈希平并没有笑，而是说："你马上去查叶成文身边的人，只有离他最近的人才有机会在他身边下手。"

"他身边的人？那可太多了。"张振轩露出为难的表情，"这件事要不要让成文知道？"

"知道又如何？党国的利益高于一切。算啦，还是我来跟他谈吧。不管有多少跟他亲近的人，必须一个一个调查，直到查明真相为止。"陈希平说这话的时候，脑海里浮现出一个又一个面孔，他们全都是秘要室的人，也全都是他的部下。他突然间又想起了那个似乎无处不在的"沉睡者"，内心充满了无尽的沮丧。

陈希平觉得没必要对叶成文隐瞒什么，他是相信这个人的，而且这件事更加印证了叶成文是可靠的。可是叶成文听说自己办公室被人装了监听器，顿时疯了似的叫了一声："不可能！"

"自己看吧。"陈希平把监听器丢在桌上。叶成文拿起来仔细看了又看，然后问道："主任，这个东西真是从我办公室搜出来的？"

"不是搜，这是机要室针对内部人员的一次清理和检查，包括我的办公室都不能放过，所以你也不要怪振轩没跟你打招呼。但是他唯独在你办公室发现了监听器，你该不会说是你自己放的吧？"陈希平话音刚落，叶成文就叫嚷开了："主任，您真会开玩笑。我一定会查明是谁在我办公室搞这些小动作。"

"那你怀疑是什么人干的？"

叶成文冷冷一笑，说："我知道您怀疑我身边的所有人，但进出我办公室的人那么多，这个怀疑对象还真难定。"

"行了，这件事你就不用管了，以后注意一些。"陈希平说。叶成文反问："您是打算让张振轩去调查我身边的人？"

"有什么问题吗？"陈希平问，"这件事你还是不要管了，振轩去查比你自己去查要方便得多。"

叶成文没有继续纠缠，沉吟了片刻才说："我配合，会马上提供一份人员名单。"

张振轩看着叶成文提供的名单，突然哑然失笑，说："成文兄啊，你可真有意思，居然连我也不放过。"

叶成文淡然一笑，道："主任说的是我身边所有的人，你难道不在这个范围之内？"

"可你为什么偏偏把何政东排除在外？"

"因为他是我的助理，是离我最近的人，我如果连他都不信任了，还能信任谁？难不成是你张副主任？"叶成文这番话在张振轩听来也有几分道理，虽然他明白张振轩的调查范围不会因为这份名单而改变，可他仍然这么做，只是为了表明自己的态度。

张振轩笑道："你这个人一直这样坚持立场。行，我会尽快查明真相，给你，也给主任一个交代。"

何政东这几天隐约发现自己被人跟踪，虽然他受过反侦察训练，可跟踪他的人技巧很高，所以他一直没找到目标，甚至连可疑的人都没有发现。他把这事跟叶成文一说，叶成文问道："你确信自己被人跟踪？"

"非常确信，而且一连几天都是这样。"

"我知道了，你还是装作什么都不知道，我会派人找到跟踪者。"叶成文说。何政东顿了半晌，又问："我听说有人在您办公室装了监听器？"

"你怎么知道？"叶成文问。何政东说："整个秘要室的人都知道了。"

叶成文叹息道："看来真是好事不出门，坏事传千里啊，张振轩那张嘴，真想给他封住。"

何政东笑了笑，问："什么人这么大胆，敢在您眼皮底下装监听器？"

"会是你吗？"叶成文突然盯着他的眼睛问。何政东一愣，忙说："我哪儿敢，再说我这样做，对我有什么好处？张副主任不是在调查您，还有您周围的人吗？您可一定要小心，他是个小人。"

"小人不小人我心里有数，你也管住自己的嘴。"叶成文也笑了，但笑容很快从脸上消失，"你马上去给我办一件事……"

衣着朴实的龙波走在大街上，丝毫不起眼，很快就绕了大半个恩市，在确定身后没有尾巴后，突然转身拐到位于城南的一栋老屋前，轻轻地敲了敲门。门开后，露出半个脑袋，四下扫视了一眼，然后把龙波让了进去。

"队长，您来了？"说话者是个中年男子，名叫沈伟，是中共地下党员，刚从夷陵那边赶过来。

龙波握着他的手说："一路上辛苦了。"

"不辛苦，不辛苦。"沈伟忙说，"夷陵的同志让我转告您，日军已经把进攻恩市的计划提上日程，一旦蜂鸟计划得逞，立马会从空中和地面同时对恩市发动攻击。当然，这项计划是建立在蜂鸟计划得逞的基础上，所以粉碎敌人的蜂鸟计划对我们而言就变得更加重要。"

龙波说："其中的利害关系我很清楚，可你亲自过来也太危险了。"

"不，我过来还有别的事。"沈伟话锋一转，"党中央获悉恩市的组织遭到了严重破坏，而且日本人的活动非常猖狂，怀疑组织内部出了叛徒，我的任务就是除掉这个叛徒。"

龙波脸色忧郁地说："我们在恩市建立的几个联络点都在短时间里遭到了特务的破坏，我也怀疑是组织内部出了问题，但是没有任何证据，所以最近只能暂停组织的一切行动。"

"是啊，连续数个联络点被破坏，但你暂时还是安全的，只能说明这个人还不知道你的存在，所以肯定不是血刺行动队的成员。"沈伟的分析不无道理。龙波赞许地说："你说得对，如果这个人真的存在，那我们必须赶紧把他找出来，否则以后在恩市的行动会很不方便。"

　　"以后在恩市的行动，你我保持单线联系，这儿就是唯一的接头地点，如果情况有变，我会在门口挂一个红灯笼。"沈伟叮嘱道，"当然，我不希望有这一天。不过要是真有那么一天，说明我已经被捕。到时候，如果我还没有找出叛徒，希望你可以继续未完的任务。"

《 10 》

两天之后，何正豪一身疲倦地回到了恩市，吃过晚饭，拉着何政东说："走，我们出去找个地方坐坐。"

"大哥，有事吗？"何政东感觉他的举止有点奇怪。何正豪笑着说："想起小的时候，咱们兄弟可是把这恩市好玩的地方都玩遍了……大哥请客，咱们找个地方好好聊聊。"

何政东感觉他有事，只好跟着去了一月咖啡馆。何政东还从未来过这个地方，坐下后问何正豪是不是经常来这儿。

"也不是经常，跟黄队长来过一次。"何正豪说，"没想到仅仅过了大半个月，我们就阴阳两隔了。"

何政东向四周看了一眼，说："这地方还不错，下次有机会带上雅婷。"

"是啊，恩市上档次的地方不多，这儿算是一个。"何正豪叹息道。何政东从他的叹息声中听出了端倪，问："大哥，你是不是遇上了什么麻烦事？"

何正豪顿了半晌才说："是这样的，哥这次不是去利川谈一笔生意吗，生意出了点问题……"他似乎欲言又止。何政东担心地问："大哥，到底出了什么事，你倒是快说呀，看我能帮上点什么。"

何正豪又沉吟了一会儿，才无奈地说："那大哥可就说了。事情是这样的，我这次去利川本来是为谈一笔药材生意，可没想到却惹上了大麻烦，利川警察局那班人把我的货给扣了下来，非要我拿钱，要不然就把货给烧了。"

"利川警察局？"

何正豪点头道："我本来想给他们一笔钱，可他们狮子大开口，没办法，我只好把货留下，人先回来，所以……你看能不能想办法把货弄出来。"

何政东笑着说："就为这个事呀？我还以为多大事儿呢。"

"你有办法？"何正豪欣喜地问。何政东说："不就是利川警察局吗？我这边找找关系就搞定了。"

"那敢情好，我今晚也就能睡个踏实觉了。"何正豪好像松了口气，但又问，"你是打算找谁帮忙？叶副主任？"

何政东说："这个你就不用管了，总之我会帮忙把货弄出来。"

两人喝着咖啡，无边无际地聊着，不知不觉又把话题聊到了叶成文身上。

"叶副主任是个实在人，要不是他，我也不会结识像黄队长这样的大英雄。"何正豪说，"没有叶副主任，也没有现在的你吧？"

何政东深有感触地说："叶副主任确实待我不薄，没有他，我也进不了秘要室，没有他，我更不可能在秘要室立足。"

"你们这个叶副主任可真够神通广大的，如果是他出面，我的事岂不是小事一件？"何正豪赞叹道。何政东接过话说："是啊，叶副主任在秘要室可是元老，除了主任，能说得上话的也就是他了。"

"行，找时间请叶副主任出来，我想请他吃顿饭。"何正豪喝了口咖啡，吧唧着嘴说。

审讯室，廖楚山抡着皮鞭累得气喘吁吁，在他面前的刑架上，吊着一个全身是血、四十来岁的男子。

"陈主任，您怎么来了？"廖楚山回头看到陈希平站在背后。陈希平问："审出什么结果了吗？"

廖楚山摇头道："自从进来就一句话也不说。"

陈希平冷笑道："正因为什么都不说，说明这个人肯定知道很多，看样子是条大鱼，千万别给整死了。"

廖楚山说："这个共产党在交火中受了重伤，我这还想着把他给治好了也好问话，可没想到到头来还是一声不吭。主任，您说这共产党是不是都是石头做的？"

"共产党不是石头做的。"陈希平眯缝着眼睛说，"而是茅坑里的石头做的，又臭又硬。"

叶成文是今天到秘要室才听说这件事的，惊讶地自言自语道："有一个被救活了？"

"是啊，廖楚山那小子真阴险，有这种好事居然瞒着我们，看来是想自己吞下这块肥肉啊。"张振轩骂了起来。叶成文沉思了片刻，不解地问："这个共产党当时不是被击毙了吗？怎么可能还活着？"

"被廖楚山那小子救活的呗。"张振轩说，"听说救活了又被上了酷刑，可共党的嘴太严，自从进来一句话都没说，又被整得只剩下半条命了，大出血，被送进了医院。"

叶成文骂道："成事不足败事有余的东西，就知道用刑。"

"是啊，廖楚山那小子就是个武夫，粗俗、蛮干，除了用刑就是用刑。"张振轩赞同地说，"对了成文，那次行动你不是也参加了吗？要不你去试试看，可别让廖楚山那小子吃了独食。"

叶成文只是笑了笑，他在想另外的事。

窑湾医院，国民政府的公立医院，守卫森严。

何政东陪着叶成文来到医院，在门口出示了证件才被放行，却没料到在病房门口遇见了廖楚山。廖楚山看到二人，好像有些惊讶，但立即走上去，装模作样地问："叶副主任，您怎么有空过来了？"

叶成文面无表情地说："我过来看看快要被你整死的共产党。"说完想进病房，却被廖楚山拦住："这可不行，除了我本人，没有陈主任的允许，谁也不许踏进这间病房。"

何政东听了这话心里很不爽，正要开口，却被叶成文拦住，叶成文从口袋里取出一张纸递到廖楚山面前。廖楚山迟疑地看了一眼，不得不让开一条道来。

躺在病床上的共产党叫徐少同，当时只被子弹击中肩胛才捡了条命，后来遭到刑讯逼供，导致伤口裂开大出血。徐少同也是血刺行动队的成员之一，他面对国民党特务的严刑拷打，已经抱定了必死之心。

何政东望着病床上沉睡中的徐少同，又见叶成文一言不发，心里像吊了个篮子似的七上八下。

"叶副主任，差不多了吧？"廖楚山问。叶成文说："我已经请示主任，这个共产党醒来后由我负责审讯。"

廖楚山迟疑了一下，脸上的肌肉瞬间变得僵硬，但随即说："没问题，等他醒来我会派人通知您。"

叶成文嘴角边露出一丝冷笑，然后转身离去。

何政东在回去的路上心事重重，一言不发，叶成文看了他一眼，问："怎么了？"

"没、没什么！"何政东慌忙摇头。叶成文又说："记住那张脸了吗？"

"什么？"何政东一时没明白他的话，他接着说："共产党，那就是共产党的脸，你要永远记住那张脸，他们是你的目标。"

何政东好像更加不明白他这话的意思了，在脑海里把这些话重新咀嚼了一遍，徐少同的面孔在他眼前变得时而清晰，时而模糊。

夜幕下的窑湾医院掩映在一片树木之中，影影绰绰，如梦似幻。

徐少同的病房外，廖楚山只留四个手下看管，四个人轮流换班守在门外。

晚上九时许，一个穿着白大褂、戴着口罩的女医生从走廊远处而来，两个看守只看了她一眼，然后没有阻拦，径直放行。

女医生进了病房后，很熟练地翻看了一下病人的眼睛，拿出针管给病人手臂注射，然后沿原路返回。

翌日一早，廖楚山像往常一样来到医院，走进病房，望着熟睡中的徐少同，突然感觉有什么地方不对劲，疑惑之下走近去探了探鼻息，顿时被惊得大叫一声："快叫医生！"

手下全都不知发生了何事，手忙脚乱地叫来医生，医生检查后慌了神，连连说道："怎么死了？好好的怎么就死了呢？"

昨晚的四个看守都被吓得脸色铁青，纷纷不知所措，惊恐地说："不知道，真不知道啊。队长，我们一直守在这儿，连眼都没敢眨一下……"

"是啊队长，从天黑到今早上，就陈医生进来过一次。"另一人说。廖楚山环视着四周，冷声呵斥道："陈医生人呢？"话音刚落，陈医生已经冲到病床前，一看病人真的没了呼吸，顿时也语无伦次起来。

一名看守随即指着她说："陈医生，你给说说，昨晚是不是就你进来过一次？"

陈医生叫陈翠萍，一听这话就有些发愣，接着说："你们是不是认错人了？我昨晚下班后就回去了，今早上刚来。"

"什么，陈医生你……"其中一个看守认为她撒谎。另外一人也盯着她说："陈医生，昨晚明明就是你呀，我们又不是第一次见到你，怎么可能会认错人？"

廖楚山听着他们的争论，脑子飞速旋转起来。

"廖队长，您可要为我做主，我怎么可能杀人呀？"陈翠萍战战兢兢，一个女人，面对这种突发状况，叫她如何能稳住阵脚？

廖楚山盯着陈翠萍看了许久，问："陈医生，你昨晚下班后真的再没来过这里？"

陈翠萍连连摇头道："我下班就回家了。对，很多人可以做证的。"

那几个手下全都傻了眼，一个个面面相觑，不明白到底发生了何事。

廖楚山从陈翠萍眼里看出她没有说谎，可昨晚出现在病房的那个人是谁呢？这一切都像一团迷雾似的萦绕在他眼前，令他头晕目眩。

陈希平在接到廖楚山电话后勃然大怒，立马派叶成文去医院，叶成文到达病房时，廖楚山已经让医生给徐少同的死因做了判定，结果是不明原因的心脏骤停，现在人已经送去停尸间了。

"主任要知道这个共党死亡的具体原因，我要亲自去看看。"叶成文说。廖楚山翻着白眼说："那地方我可不想再进去，晦气！"

叶成文带着两个手下来到停尸间外面，然后自个儿进了停尸间。停尸间里凉飕飕的，挨个存放着多具尸体。他找到徐少同的尸体，然后从口袋里摸出一颗药放进其嘴中，又站了一会儿才离去。

廖楚山和叶成文一起出现在陈希平面前，陈希平得知徐少同因心脏骤停而死，而有人冒充医生进入过病房，于是紧绷着脸说："到现在为止，我们甚至还不知道这个共党的名字，他就死在了我们眼皮底下，看来共产党在恩市的势力远比我们想象中的要大得多啊。"

"主任，我有个疑问。"廖楚山说。陈希平道："说！"

"我跟共产党多次交手，太了解他们的作风了，所以我觉得这个杀手不会是共产党派来的，他们不会对自己人下此毒手。"廖楚山说这话的时候看了叶成文一眼。叶成文接过他的话说："我也赞同廖队长的话，共产党不可能对自己人痛下杀手。"

陈希平叹息道："如此说来，此事另有隐情？"就在他说这话的时候，电话突然响了，他拿起听筒说："我是陈希平……"当他放下电话时，眼里流露出惊骇的光芒，张了张嘴，却又一句话也没说。

两人都从他的表情上看出了不对劲，可谁都不敢发问，直到他自己开口："医院里那个已经死掉的共产党不见了！"

"什么？！"叶成文和廖楚山同时站了起来，"主任，您说医院里死掉的那个共产党不见了？"

医院停尸间，存放徐少同尸体的那个位置空空如也。

何政东随后也跟着叶成文来到了医院，当他得知徐少同死亡和尸体消失不见这两个消息时，感觉像是天方夜谭，再怎么猜度也想不明白到底发生了什么事。

"难道他诈尸了不成？"廖楚山骂骂咧咧。叶成文站了一会儿说："廖队长，这儿凉飕飕的，我先走了。"

廖楚山脑子里突然冒出一个念头，然后就派人把陈翠萍给抓了，陈翠萍看着审讯室里的各种刑具，全身瑟瑟发抖。

"陈医生，你不觉得那个共产党的死很是蹊跷吗？"廖楚山问。陈翠萍连连摇头道："我不知道，我什么都不知道……"

廖楚山冷笑道："那天晚上我的人明明看到你进了病房，你却说自己下班后就离开了医院，真是这样吗？"

"是，是这样，我下班后就回了家。"

"可你一个大活人，腿长在你身上，你虽然回了家，但不能又中途回到医院吗？"廖楚山想来想去都觉得疑点重重，所以才把陈翠萍带了回来。陈翠萍听他这么一说，变得越发惊慌，不停地摇头道："真的不是我，我真的没做过，不信、不信您可以调查医院的人。"

廖楚山冷冷一笑，道："你不用再狡辩了，该问的我都已问过。当然，很多人的口供都跟你说的一样，都说你下了班就离开了医院，可关键问题在于没人知道你回家后是否再也没出过门，因为你一个人住，没有目击证人。"

陈翠萍眼中露出绝望的神情，可她仍然说道："我不知道，我没有杀人，我没有……"

"看来不给你吃点好东西，你是不会招了。"廖楚山一挥手，一手下拿着个碗走了上来，陈翠萍一看碗里那些还在蠕动的小虫子，脸色唰地就变得苍白，差点呕吐。

廖楚山阴笑着说："怎么着，这么美味的玩意儿，还没吃就想吐了？真浪费，我再问你最后一遍，人到底是不是你杀的？为什么要杀他？是什么人指使你干的？要是我没得到想要的答案，这些小玩意儿就会变成你的晚餐。"

陈翠萍连连作呕，可她紧咬着牙关，眼泪簌簌地打湿了脸庞。

廖楚山使了个眼色，一人撬开了陈翠萍的嘴，另一人夹着几条虫子往她嘴里塞进去……

审讯室传出一声凄厉的惨叫。

一连串疑问在何政东脑子里迅速发酵，他之前一直在想如何救走徐少同，可全无主意，万万没想到第二天就传来徐少同死亡并且从医院失踪的消息，他不住地问自己那天晚上医院到底发生了什么事，徐少同的尸体又是被什么人从医院带走。

"想什么呢？"何政东的思绪被苏晓蔡的声音打断。他一抬头看到她，紧绷的脸上马上有了笑容，说："你现在可是机要室的红人，今儿怎么有空过来找我？"

苏晓蔡笑着说："红什么人？我来找叶副主任有点事。"

"人不在。"

"出去了？"

何政东点了点头，苏晓蔡只好说："行，那我再来。"

叶成文回来后把何政东叫去了办公室，一关上门就问："有没有人找过我？"

"晓蔡找过您。"何政东说。叶成文点了点头，接着说："廖楚山抓了窑湾医院的陈医生，你知道这事吗？"

何政东疑惑地问："是那个共党的主治医生？"

"是的，这个廖楚山真不是个东西，还刑讯逼供，要她承认是自己杀了共党。"叶成文的脸色很难看，"他这是在给自己找替罪羊啊。"

"可到底是什么人杀了那个共产党，他的尸体又是被谁从医院带走的？"何政东问出了自己急于想知道的两个问题。叶成文说："我要是知道答案，还会像现在这样坐在这儿愁眉苦脸吗？"

何政东其实知道他跟自己一样也是没有答案的，此时又忍不住说道："也许廖楚山是对的。"

"你也认为陈医生就是杀死那个共产党的凶手？"

"但是目的何在？"

"这就是症结所在，没有证据可不能乱说。"叶成文带着责怪的口吻，"如果没有证据就胡乱抓人，这跟廖楚山有什么区别？"

"是，您教训得对。"何政东点头道，"对了，上次利川那事还多亏您帮忙，我大哥一定要请您吃个饭，您看什么时候方便？"

"太客气了。"叶成文笑着说，"等我有空再说吧。"这时，苏晓蔡敲门进来，何政东打过招呼后便出了门。

苏晓蔡回到机要室时，张振轩正好从办公室出来，脸上布满了冰霜，看上去很不悦。

苏晓蔡假装没看到他似的回到了座位，张振轩盯着她的背影看了许久。她很明显感觉到了他的目光，不像以前那样火辣辣，反而多了些许冰凉。

时光总是很快，天刚微冷，一场突如其来的大雪将恩市盖了个严严实实，放眼望去，那些低矮的房屋就像鸽子笼，层层叠叠，密密麻麻。

顾雅婷身着披肩，独自回到了大兴米行。她进屋后，跟顾开尧寒暄了几句，然后回到后堂，关上门，从角落的柜子里取出一台发报机，熟练地插上天线，戴上耳机开始发报，电波的声音嘀嘀嘀地响了起来。不久之后，她又将发报机放回原位，起身出门，看到正在算账的顾开尧，关切地说："爹，天冷，您得小心防寒，别感冒了。"

"爹知道，你自己小心。"顾开尧起身送她出门，然后又自顾自地忙活起来。

顾雅婷踏着厚厚的大雪，听着踏雪的声响，脸色却如这天气一样寒冷。其实在这之前，她已经经受过无数次这样的煎熬和折磨，每次面临选择时，都被心底另一个声音唤醒："别忘了自己的身份，这份爱情是虚假的，只是掩护你的一个身份，你有自己的使命。"

顾雅婷的真正身份既不是共产党，也不是日本人，而是国民党军统局的人。因为陈镜岳在恩市建立了自己的特务网络秘要室，所以强力排斥军统和中统的势力，军统这才派她进入恩市，以便随时了解和掌控恩市的情况。

何正豪在早市边的药材市场租了个门面，开了一家叫施南的药材行，高老板在那边负责药材的收购和销售。何政东第一次跟随何正豪来药材行，有几个客人正在交易，高老板忙得不亦乐乎。

"大哥，该请几个伙计了。"何政东说，"高老板一个人哪里忙得过来？"

"是啊，我也正这么想。"何正豪说，"等开春吧，开春了生意好的时候再说。"

在去跟叶成文见面的路上，何政东的目光不由自主地落到了街道的另一边，何正豪突然笑着说："老高就住在那边，旁边都是风月场所，我让他搬家，他却说身正不怕影子歪，也只好随他去吧，反正是孤家寡人一个，也不怕闲言碎语。"

何政东恍然大悟，心里一乐，带着戏谑的口吻问："大哥，你去过老高家？"

"当然，经常去。"何正豪说，"你可别多想，更别乱说，我就是去老高家坐坐，也没做别的出格事。"

"要是被嫂子知道你经常往那边去，那可不得了。"

"你小子，大哥是那种人吗？"何正豪在后面做出要打人的样子，何政东跑了起来，兄弟俩你追我赶，用雪团当武器，被抛起的雪漫天飞舞。

吃饭的地方是一家有特色的馆子，店虽小，可人气很旺。叶成文认得这家馆子的老板，老板很是热情，亲自出来招呼他们，上了店里的特色菜。

"叶副主任，您帮了我太多，这杯酒我敬您，不成敬意啊。"何正豪举着酒杯说。叶成文笑道："区区小事何足挂齿，咱们既然都已经是朋友，用不着这么客气。听何政东说你的药材行开张了，生意如何？"

"还不错，我们刚从那边过来。"何政东说。叶成文道："生意好就行，现在是战乱时期，生意不好做啊。很多人都想发战争财、国难财，很少有人还想着做实业。何少爷，就冲这个，我得敬你一杯。"

"我这哪里是做实业，混口饭吃而已。"何正豪无奈地说，"当然了，恩市的药材资源非常好，我也希望战争结束后能把这门生意做大。"

"对了，听说你岳父，也就是安小姐的父亲在东北那边也是做药材生意的？而且还做得不错。"叶成文突然问起这个。何正豪笑道："哪里谈得上生意？敌占区，能够活下来就不错了。"

"你说笑了，能在敌占区做生意，而且做得不错，还是需要一些本事的，至少要跟日本人搞好关系吧？"叶成文说这话时貌似很不经意，可何正豪的脸色已经有了些许变化，只不过喝了点酒，旁人看不出来。何正豪眼皮略微下垂，然后才说："叶副主任这话在理，在敌占区做生意确实难，日本人很坏，但也很贪婪，给点钱就解决了，要不然生意可做不长远。"

"大哥，那你会说日本话吗？"何政东问。何正豪笑道："能说一点，也能听懂一些。"

"是吗？那太好了，小鬼子派了间谍来到恩市，到时候等我们抓到了人，你可以当翻译呢。"叶成文欣喜不已。

"随时听从您的差遣！"何正豪心里有鬼，嘴上却忙不迭地说，又转向何政东："别只顾着说话，你快敬叶副主任啊。"

这顿饭对于何正豪来说可谓胆战心惊，他不明白叶成文为何要问他那些话，但后来仔细一想，觉得叶成文可能只是随口聊聊而已，所以也没怎么放在心上。

紧接着，高老板收到密电，称老蒋可能要来恩市，他把密电的内容看了又看，马上出门拦下一辆人力车直奔何家而去。

何正豪带高老板来到院子，找了个没人的地方，用带着斥责的口气问："你怎么又跑这儿来了？不是让你没什么重要事就等我去店铺再说吗？"

高老板四下望了一眼，紧张兮兮地说："军部来电，老蒋可能要来恩市，让我们摸清他此行的目的，策划一次暗杀行动。"

"什么？"何正豪大吃一惊，虽然还不能确定这个消息的准确度，但既然是日本军部传来的，自然就有可靠的信息来源。

两人正在密谈时，被顾雅婷不经意间发现，她感觉两人的举止很奇怪，于是默不出声地多看了一会儿，虽然听不见他们在说什么。

"妹妹，看什么呢！"安子淇的声音突然从背后传来，惊得顾雅婷打了个寒战，但随即回头噘着嘴嗔怪道："姐姐，你什么时候来的？不声不响吓死我了。"

安子淇看着不远处还在说话的何正豪和高老板，不快地说："男人们谈生意都谈到家里来了，家里又不是谈生意的地方，我得跟正豪好好说说。"

"姐姐，大哥的生意刚起步，你就别为难他了，我看那个高老板也不是经常来，兴许是有急事。"顾雅婷反过来劝道。安子淇看到高老板离开，眼珠子转了转，说："妹妹你先待着，下午咱俩出门去转转。"

顾雅婷看着安子淇离开，心里却浮现出一种奇怪的感觉。

安子淇回到房间后不久，何正豪也推门而入，她劈头盖脸便问："他又来干什么？"

何正豪脸色冷峻地走近她，低声说："刚刚收到密电……"

安子淇听他这么一说，当即瞪大了眼睛，问："消息准确？"

"应该准确，消息来源是军部。"何正豪说，"因为事情重大，老高担心出问题，所以才不得不急着登门报告！"

安子淇明白事情的严重性，她心想，如果能暗杀老蒋，那可比执行蜂鸟计划重要得多，所以当即一脸兴奋地说："如果能够成功暗杀老蒋，势必会造成中国军队群龙无首，那对于大东亚圣战来说定然是功勋卓著。我现在命令你暂停蜂鸟计划，全力以赴为暗杀行动做准备。"

"是！"何正豪沉声应道。安子淇又说："你和高老板在院子里谈话的时候，顾雅婷正在远处偷听。"

"什么？"何正豪脸色大变，但安子淇接着说："幸好被我发现，我走过去，发现那个距离只能看到你们，却不能听见你们说了什么。"

何正豪这才松了口气，安子淇一脸杀气，冷冷地说："我们的身份非常特殊，一旦被人发现，恐怕很难脱身，告诉高老板，以后没什么事，尽量不要来家里。"

何正豪沉沉地吐了口气，一字一句地说："我会尽快弄到老蒋来恩市的时间。"

日本军部的消息确实准确，陈镜岳此时也已经收到密电，密电的内容是老蒋要亲自来恩市接见和嘉奖空军，要他务必做好保密工作和安保工作。

陈镜岳深知恩市的水有多深，所以很是担心老蒋的安全，但既然山城方面已经为此事做了安排，他不得不立即传令下去，要秘要室和军方协同为此次保密和安保工作负责。

陈希平的眉头还没舒展开，又接到此令，简直就是焦头烂额，想来想去，还是决定让叶成文负责此事，而且出于保密需要，目前也只能他一人知晓此事。

关上房门，办公室就两人，陈希平今天上午谢绝一切电话和拜访。

叶成文从陈希平眼里看出了深深的担忧，当他听说老蒋会亲自来恩市的消息时，整个人也被惊呆了，瞪着眼睛问道："主任，我没听错吧？"

"一开始我也以为自己听错，委员长怎么可能在这个危急时刻到恩市来？可这不是假消息，我刚从主席那里回来，委员长此次恩市之行，事关重大，万不能出现半点差错，否则你我全都得为之付出血的代价。"陈希平的声音听上去冷冰冰的，叶成文从中听出了无奈，甚至还有恐惧。陈希平接着说："此次安保和保密等级皆为最高级，我把此重任交付于你，是对你的信任，共产党和日本人的势力在恩市究竟有多大，已经渗透到何种程度，目前你我都不得而知。所以在这之前，你要做的就是安排人手，全力肃清共产党和日本人，但是要绝对保密，千万不可泄露半个字。"

叶成文慢慢消化掉陈希平的话，却说："委员长恩市之行是为了嘉奖抗战英雄，如果要说有危险的话，恐怕也是日本人，共产党应该不会在这个时候做出跨越雷池的事。"

"这可不好说，共产党一向视党国为天敌，如果得到委员长要来恩市的消息，他们会按兵不动吗？"

"可是现在是国共合作时期……"叶成文话音未落，陈希平就厉声打断了他："肃清共产党，这是主席的命令。在恩市，只能有国民党，不能有共产党，一旦发现共产党，杀无赦。从现在起，秘要室所有的人都交给你调配，我会通知各部门服从你的安排。还有，我们的人只要发现可疑者，可以先收监，一旦遭到反抗，我给你先斩后奏的权力！"

叶成文心里陡然升起一股寒气，看着面前这个面若冰霜的特务头子，不寒而栗。

寒冬仍未过去，城里的雪化了，可远处的山峦仍然是白茫茫一片，风一吹，仍能感受到阵阵寒意。

街上最近多了很多陌生的面孔，他们一个个好像无所事事，可那一双双眼睛却又在四处张望，好像在寻找什么，又好像只是随意到处看看。

何政东不明白叶成文为何要派出如此多的人去外面防控，叶成文只让他执行命令即可，多余的话不要追问。

这几天来，何政东每天都带着两人在外面溜达，老百姓人人自危。街上的人越来越少，很多店铺也都关了门，空气中弥漫着恐怖的味道。

秘要室的大牢这几天也被关进来不少人，审讯室每天都传出惨叫声，就连秘要室内部的人每天看到和听到这些，心里也感觉凉飕飕的。

叶成文每天下班时都在办公室等候消息，今天抓了多少人，审出些什么结果，这些他都是要亲自向陈希平汇报的。可从下面报上来的材料分析，他看不出哪个人是真有嫌疑的，但他又不能轻易开口放人，因为陈希平有令，所有事要等老蒋恩市之行结束后再说。

何正豪一直在找机会向何政东打探关于老蒋恩市之行的消息，可他不能让何政东产生怀疑，加上何政东这两天都没回家，他已经意识到秘要室忙碌起来的原因，也间接证实了日本军部的消息。

几天以后，何政东终于拖着疲倦的身体回到了家，顾雅婷对他嘘寒问暖，打听大街上发生了什么事，为什么好像要打仗了似的。何政东也想知道原因，可他只有执行命令的义务，至于为什么要这么做，叶成文对他也是高度保密。

"这让我想起了东北曾经发生的那些紧急事件，恩市如此戒严，要不就是要打仗，要不就是有大人物要来恩市。"何正豪故意说这话就是想从何政东嘴里套话，可是何政东愣头愣脑地说："也没听见要打仗的消息呀，日本人被挡在夷陵根本就进不来。要说有大人物要来恩市，这个好像还真有点道理，可这个大人物会是什么人？"

何正豪埋头吃饭不再言语，另外两个女人也自顾自，其实每个人都在用心观察着何政东的一举一动，何政东却浑然不知，皱着眉头自言自语道："叶副主任这段日子也神秘兮兮的，秘要室每个人连说话都不敢大声，大牢里也都快装不下人了。唉，这小小的恩市到底会发生什么事呢？"

吃过晚饭，顾雅婷缠着何政东要他陪她出去转转，他为难地说："算了，还是改日吧，这段日子街上不太平。"

"有什么不太平的？就算不太平，那不也是你们秘要室的人惹的吗？有你陪着，我不怕。"顾雅婷一再坚持，何政东只好勉为其难。她挽着他的胳膊在大街上溜达，萧瑟的气氛让人心里拔凉拔凉的。

何政东虽然陪着她，可是全无心情，他在细心观察着街上的每个角落。

"好冷清啊，店铺差不多都关门了。"顾雅婷发起了牢骚，"都怪你们秘要室，疯了似的，见人就抓，这恩市的人你们抓得完吗？"

"你以为我愿意？"何政东叹息道，"上面有命令，下面就得遵照执行。我不是说了吗，近来秘要室的大牢里都装不下人了，整天都在用刑，那些惨叫声真瘆人啊。"

"你也知道瘆人？秘要室真不是人待的地方，时间久了，我担心你也变得跟那些特务一样冷血。"顾雅婷说这话是真心实意的，虽然两人各为其主，可毕竟夫妻一场，她不希望他变得太坏。

何政东不知如何接下这话，他多想告诉她自己的真实身份，可也知道还不是时候。突然，一个不经意的侧目，一个熟悉的身影闯入了他的视线。他只是重重地看了一眼，这个小小的动作就被顾雅婷捕捉到了，但她假装不知，也顺着他的目光往同一方向望去，只见一个戴着黑色礼帽的男子正急匆匆而行，而她，也认出了那个人。

《 11 》

　　第二天中午，顾雅婷独自出门，在药材市场外候了半天，远远地看着高老板的一举一动，直到天快黑时，高老板才慢慢悠悠地出了门。

　　顾雅婷悄悄跟在他身后，直到他回到那条位于烟花之地的巷子。她仅仅驻足了一会儿，正要移步，身后突然传来何正豪的声音："雅婷！"

　　顾雅婷被这个声音惊得差点窒息，但定了定神，很快转身，满脸笑容地说："大哥，你怎么也……"

　　"我刚巧路过，刚刚看你在这儿站着不动，天快黑了，看什么呢？"何正豪问道。顾雅婷忙解释："我刚从这儿走过的时候，好像看到了高老板，这后巷不是那什么……我正寻思高老板怎么会……"

　　何正豪大笑起来："你呀，想多了。跟你直说了吧，老高就住在这后面。你跟政东可真好玩，他也说了这回事。早让老高另外找个住处，他就是不听，这不又惹来误会了吧。"

　　"怪不得，我还以为自己看花眼了。"顾雅婷说。两人往家的方向走去，何正豪漫不经心地问："你这是去哪儿了？"

　　"就去集市买了些菜，又跟子淇姐学了一道东北菜。"

　　"你呀，再这样下去可把她的拿手绝活都学会了，以后有机会就在恩市开一家东北菜的馆子，那生意肯定好得不得了。"何正豪说这话的时候，偷偷地转过头去看了她一眼，这无比阴暗的一眼，完完全全出卖了他的内心。

　　躺在床上的何正豪心情十分复杂，他非常犹豫要不要把今天傍晚看到的事说给安子淇听，安子淇却突然问："睡不着？"

　　何正豪翻了个身，说："我在想我们的计划。"

　　"有眉目了吗？"

"谈何容易，你也听见了，政东什么都不知道，要弄到老蒋来恩市的准确情报恐怕不易啊。"何正豪的声音中充满了无奈。安子淇却带着命令的口吻说："那个叶副主任呢？何政东也说了，他是知道所有事情的，你现在不是跟他混得挺熟的吗？"

何正豪翻身坐起，说："我跟叶成文的关系还没你想的那么熟，这个人城府很深，又是特务头子，警惕性极高。如果刻意接近他，恐怕会引起他的怀疑。"

"这次的计划不允许有半点失误，你最好赶紧采取行动，上面给我们的时间很紧。"安子淇冷冷地说。何正豪重新躺下，闭上眼，周围的一切陷入了无边的黑暗。

因为叶成文拉走了张振轩的人，所以他这两天感觉自己特别闲，闲得心里发慌，就把苏晓蔡叫进办公室，笑盈盈地问："晓蔡啊，你来机要室的时间也不短了，都习惯了吧？"

"瞧您说的，机要室可是重要部门，我很荣幸能加入其中！"苏晓蔡奇怪地看着他。他笑了笑，又说："这就好，这就好。哎，站着干什么，坐！"

苏晓蔡看着他不怀好意的眼神，忐忑不安地坐下，心里像揣着一只小兔子似的怦怦乱撞。

"晓蔡呀，有句话不知当讲不当讲，我这个人嘛，你别看我平时大大咧咧的，其实……"张振轩话未说完，廖楚山突然推门而入。张振轩起身指责："廖楚山，我说你懂不懂敲门？有没有礼貌……"

廖楚山看了苏晓蔡一眼，径直命令道："出去！"

张振轩还没来得及阻拦，苏晓蔡正好求之不得，早就急匆匆离去。

"廖楚山，你到底想干什么呀？"张振轩十分不快。廖楚山一屁股坐下，自个儿倒了杯酒，喝了一口，然后才带着挑衅的口气问："闲吧？"

张振轩嗤笑道："看来你比我更闲！"

廖楚山一仰头喝完杯中酒，沉声说："叶成文这段时间忙得不可开交，你我却成天待在办公室坐冷板凳，知道发生什么事了？"

"你知道？"

"你这个机要室的主任都不清楚，我怎么会知道？"廖楚山不屑地说。张振轩被他的态度弄得不耐烦，冷嘲热讽道："我现在被架空了，没人没枪，什么都没有，不过你好像也好不到哪儿去。"

"咱俩现在都变成了光杆司令，也算同病相怜吧。今儿来找你，有笔大生意，有兴趣一起做吗？"廖楚山的表情仿佛在告诉张振轩这笔大生意一定有利可图。张振轩沉默了，似笑非笑地看着他，突然咧嘴一笑，伸出手说："当然，只要有钱赚，那就合作愉快！"

陈希平感觉自己的神经好像变成了一根橡皮筋，越用力拉越觉得累。他突然又接到上面的电话，去了一趟省政府办公室，回来之后就把叶成文叫了过来，让他暂且把手头的事放一放，把关在大牢里的嫌疑犯过滤和审查一番，该放的放。

叶成文从他脸上看见了连日来少见的轻松表情，忽然间明白了什么，问："莫非是委员长恩市之行取消了？"

"不是取消，是推迟！"陈希平道，"这段时间你也辛苦了，咱们秘要室地方太小，关不了那么多人，经过审讯和调查没问题的就放了吧。"

"万一漏掉了共产党……"

"所以说让你好好审审嘛，不过我看了你递交上来的审查报告，没什么可疑，共产党也没那么容易被抓到。"陈希平这话像是间接扇了叶成文一巴掌。叶成文不疼不痒地说："马上去办！"

何政东发现了街上一早一晚的变化，之前那些特务突然之间就全都不见了，回到秘要室，他径直去找叶成文，问他外面的人怎么突然就全撤了。

"你都发现了？"叶成文反问。何政东笑了笑，说："大街上都在传恩市要打仗了，日本人要打进来了，秘要室这次的行动就是为了肃清日军间谍，是吗？"

叶成文顿了顿，说："不该问的永远不要问，你又忘了？"

"我没忘，就是好奇！"

"好奇心太重会害死人的。"叶成文耐人寻味地说，何政东不敢直视那双眼睛。

就在两人说话的时候，廖楚山和张振轩正在外面商量他们的"大生意"。张振轩盯着不远处的房屋问："廖队长，你的消息准确吗？那里面真有共产党？"

"千真万确。"廖楚山信心十足地说，"我自有情报来源，你就等着瞧吧，不仅有共产党，而且还是条大鱼！"

张振轩涎着脸说："哎呀老兄，我就想不通了，要真有大鱼，你会好心叫上我？"

"这不是因为姓叶的把我的人全调走了嘛，要不然这么好的事我还真不会叫上你。"

张振轩很反感这话，却也觉得这话很符合廖楚山的性格，于是看了一眼时间，问："差不多该动手了吧？"

"急什么，再等等，我派出去的人已经把这儿围了个严严实实。"廖楚山其实是在等一个信号，可是迟迟没有等到，所以他不敢轻易下令行动。

被监视的房子里共有三人，龙波、陈英达和徐少同。徐少同那天从医院逃走后就跟陈英达联系上了，在二人的悉心照顾下终于养好了伤。

"我这眼皮跳了好几天，总感觉会有不好的事发生，到底会是什么呢？"陈英达在房里来回踱步。龙波安慰道："秘要室把人都撤了回去，看来暂时安全了。"

"你没发现虽然大部分特务撤了，可留下来的也不少？老蒋明里一套，暗里又一套，打着国共合作的幌子大肆捕杀共产党。这抗战的口号啊，是一句比一句高调，对付咱们可比对付日本人厉害多了！"陈英达说这话的时候，一边的徐少同心不在焉，坐立不安。

龙波发现徐少同有点儿不对劲，于是问他怎么了，他讪讪地笑着说："没、没什么，也许是身体刚恢复，总有点心神不宁……"

"既然这样，那就别到处溜达，去躺着吧。"龙波好心提醒道。可是徐少同说："睡了好几天，难受啊。"

"那也总比伤口发炎好吧？"陈英达笑着说，"这个地方待久了不安全。老徐同志，你还是躺着去吧，赶紧养好伤，咱们也得赶紧换地方了。"

徐少同躺下后，两只眼睛却睁得滚圆，好像在等待什么，又好像在害怕什么。

陈英达每隔一会儿都会习惯性地走近窗户观察一下周围的环境，可就在他这次靠近窗户，四处望了几眼后，突然发现一些异常。高度的警觉性迫使他迅速缩回身体说："不好，有情况！"

龙波大惊，走近窗口，发现周围不见一个人影，这里是巷子口，是进出巷子的必经之路，这种情况太不正常了。

"少同，快起来，准备撤离！"陈英达冲徐少同叫道。徐少同翻身下床，径直奔向窗口，正要推开窗户，却被龙波一手拦住，他眼中闪过一丝紧张和不安，但随即退后了一步，冲龙波说："队长，赶紧撤吧。"

"小心！"龙波扶住他叮嘱了一句，拔出枪，检查了一下弹夹，"老陈，你带着少同先走，我掩护你们。"

陈英达却毫不犹豫地说："你们先走，我来掩护。"

谁知徐少同突然痛苦地叫唤起来，捂着伤口难受地说："痛死我了，哎哟，伤口裂了，你们别管我，赶紧撤吧。"

陈英达转身急促地说道："再不走就来不及了。"

龙波再次走向窗口，只见巷子里多了些陌生的面孔，他的目光转向后窗，喘息着说："下面全是特务，从屋顶走。"

陈英达只好扶着徐少同向窗口走去，可是徐少同好像很吃力，突然就哀号着站在那儿不动了。

"不好，流血了！"陈英达的手上全都是血，龙波这才发现徐少同中弹的伤口不知何时裂开了。

情势异常危急，他们全都清楚目前的处境，如果再迟疑谁都走不了。

"快走，快走啊，别管我！"徐少同用力推开二人，龙波非常难受，他不能抛下同志就这么走了。

陈英达知道徐少同走不掉，只好一把拉起龙波往窗口推去，说道："你先走，如果还能活着出去，老地方见！"龙波回望着他和徐少同，重重地吐出两个字："保重！"

"老陈，对不起……"徐少同突然说出这句话。陈英达微微一愣，也没多想，握着他的手说："我带你走！"

徐少同突然呜呜地哭了起来，陈英达已经能听见轻微的脚步声，他明白带着徐少同很难走掉，可他不能就此放弃，不能眼睁睁地看着自己的同志落入敌手。

"快走，不要白白牺牲！"徐少同奋力大叫着推开他。楼下的特务听见叫声，纷纷向楼上拥来，陈英达眼中噙满泪光，痛苦地说："希望我们还能活着见面！"他跳出窗户飞奔而去，很快就不见了踪影。

特务冲上楼时只看到奄奄一息的徐少同，他们把房间里搜了个遍，可一无所获。

廖楚山和张振轩来到楼上，看着满头大汗的徐少同，廖楚山冷冷地问："其他人呢？"

"走了！"徐少同有气无力地说，"你们来晚了一步！"

"是你向他们发出了警报？"廖楚山的声音依然冰冷。徐少同微闭着眼睛说："不是我，我没有……"

张振轩忍不住问："逃跑的到底是什么人？"

徐少同没吱声。

"把人带回去！"廖楚山呵斥道，"该死，居然又让他们给溜了。"

"这人是干什么的？"张振轩满脑子疑惑。廖楚山冷笑道："共产党！"

廖楚山和张振轩一起抓了个共产党的消息顷刻间就传遍了整个秘要室，但谁也没料到这个共产党就是上次从停尸房消失的徐少同。

"怎么会是他？"何政东的表情和叶成文一样惊讶，两人都在想他消失之后到底发生了什么事。

"这个人不是被宣布死亡了吗？怎么又活了？又是怎么逃出去的？"何政东百思不得其解，叶成文陷入了沉默中。

陈希平听完廖楚山的汇报，不禁感叹道："没想到你把我都给骗了！"

"纯属巧合，只可惜让另外两个共产党给跑了，也许就是他们救了这个徐少同。"廖楚山惋惜不已。陈希平说："这个徐少同留着还有用，共产党应该还不清楚他已经叛变的事，也许我们还能再利用他。"

徐少同的命被救了回来，这次廖楚山加派了人手看管，待他醒过来后立即就在病房展开问话。

"现在这个屋子里就你我二人，我们之间的谈话只有你我知道。你只要回答我一个问题：当初到底是什么人把你从医院弄出去的？"廖楚山亲自策反了徐少同，徐少同对这个人心存畏惧，在他面前自然唯唯诺诺，坦言道："我是真不知道啊。那天晚上，我被人打了一针然后就昏过去了，醒来时发现自己在停尸间，当时还以为已经到了阎王殿，后来才明白自己没死，一看周围又没人，于是就偷偷溜出了医院。"

廖楚山策反徐少同之后，正头痛如何才能让他从医院逃出去联络上线，没想到他的"尸体"居然突然就不见了，这个变故无形之中帮了他大忙。

"我还以为共产党把你带走了，没想到是有人从中搞鬼，故意给你注射了一种假死的药物，然后再给我上演一出死而复生的好戏。高，实在是高啊。"廖楚山起身走到了窗边，望着外面的夜色良久，然后转身看着他，"这个人到底是谁？是不是秘要室的人？"

徐少同满脸苍白地叹息道："我当时一想到能有活路，就什么都顾不上了，哪还有工夫去想是什么人救了我。"

"我相信你，如果换作我，也会这么做。"廖楚山的口气很柔和，可徐少同听来却心惊胆寒。廖楚山突然凑近他的脸，面色狰狞地质问道："你说会去联络你的上线，我都部署好了抓捕行动，可为什么一直没等到你的信号？"

徐少同战战兢兢地说："不是我不想，而是正要打开窗户时被人给拦住了，我也没办法，只好用力扯破伤口，企图拖延时间，可没想到你们还是来迟了一步。"

廖楚山半信半疑地盯着他，一字一句地问："果真如此？"

"我哪敢说谎？"

"哼，谅你也不敢！"廖楚山退了回去，"共产党既然不知道你背叛，就一定还会想办法救你出去。你给我记住了，要是你协助我抓住那两个共产党，我就给你新的身份，保证没人能再找到你。否则，就别怪我不客气。"

"是、是，我一定协助，一定协助！"徐少同哭丧着脸，想起自己的背叛行为，心里五味俱全。

龙波带着陈英达来到了跟沈伟接头的地方，暂时是安全了。两天以后，沈伟离开恩市去执行别的任务，二人就在这个地方暂时住了下来。

何政东知道徐少同再次被捕的消息后便再也吃不下睡不香，他告诉自己必须想办法营救，可想来想去也是全无主意，甚至有点焦头烂额的感觉。

"看你没精打采的样子，是不是工作上遇到麻烦了？"顾雅婷一眼就看出他有心事。他摇了摇头道："没事儿！"

"你就别自欺欺人了，虽然你一句话不说，可我就知道你肯定有事。"顾雅婷的话戳中了何政东的心窝，但他不能把这件事说给她听，只好用谎言搪塞过去："你说得对，就是工作上的事儿，不过是一些小事儿。"

顾雅婷听他这么说，心里根本不相信，嘴上却还是安慰了他几句。

这个夜晚，何政东怎么也无法入眠，而且还不敢翻来覆去，担心影响她睡觉，直到天快亮时才合眼。他在梦里看到了"沉睡者"，突然就睁开眼，想起梦里的情景，一个疑问浮上心头：要是能找到我的上线"沉睡者"，会不会有办法救出那位同志？可是他明白要找到"沉睡者"，恐怕会比营救同志更难，但又想起上次就有人从医院救出了徐少同，那个人会是谁？一个主意悄然浮上心头。

何政东去秘要室跟叶成文请假，声称自己要出一趟远门办点事儿，叶成文问："可以告诉我你要办的是什么事吗？"

"这个……"何政东故意欲言又止。叶成文果然说道："算了，既然不方便说那就不说，注意安全，尽快回来吧。"

"是。"何政东高兴地离去，他要去执行自己的计划。叶成文看见他离去的背影，脸上浮现一丝耐人寻味的笑容。

何政东把自己装扮成一个人力车夫来到窑湾医院外，谨慎地注视着医院的动静，他希望上次救走徐少同的人就是"沉睡者"，更希望那个人再次出现。

一天一晃就过去了，可是何政东只看到廖楚山带人进出过医院，没看到可疑的人。

何政东熟悉这家医院的环境，想起上次徐少同就是从停尸间被人救走的。到了晚上，他只身来到医院后面的小路上，望着楼上微弱的灯光看了许久。

徐少同的病房在医院二楼，虽然天色已晚，可他难以入睡。廖楚山在他病房里安排了两人，门口还安排了四个看守，他们这次再也不敢疏忽大意，全都瞪着眼睛到处观望。

何政东在医院外面守了很久，然后在附近找了家小店住下，从小店到医院很近，也方便来去。可谁知睡到半夜，突然被一阵激烈的枪声惊醒，他一个骨碌爬起来就往外冲，当确定枪声来自医院时，更是脚下生风，三步两步就到了医院门口。

此时，医院里已经打成了一锅粥，前去营救徐少同的两名血刺行动队队员跟廖楚山的人已经干上了。

这两人一个扮成医生、一个扮成清洁工混进医院。他们观察了很久，发现只有几个看守才动手，可怎么也没想到廖楚山会暗中安排好些个人藏着，刚一动手就处了下风。

何政东猜测应该是共产党前来营救徐少同，正想着该如何做，突然一辆黑色汽车从远处飞速而来，从车里出来的赫然就是廖楚山。他慌忙藏到一边，眼睁睁地看着廖楚山走进医院大楼，纵然他心急如焚，可也毫无办法，直到听见枪声骤停，他颓然地站在黑暗中，犹被万箭穿心。就在此时，他正要离去，可突然感觉颈部一麻，然后就晕了过去。

廖楚山击毙了前来营救徐少同的两个共产党，然后拉着瑟瑟发抖的徐少同前去辨认尸体，徐少同面对血肉模糊的两个死人，只敢看了一眼就忙摇头。

"你可要看清楚了，到底认不认识他们？这两人到底是不是共产党？"徐少同耷拉着脑袋半天没吭声，廖楚山一声怒喝把他吓得差点尿裤子。廖楚山再次问道："我问你，这两人到底是不是共产党？"

徐少同打了个哆嗦，颤抖着说："我没见过他们，真没见过……"

廖楚山好不容易自导自演了这么一出戏，虽然击毙了前来营救的人，却又断了所有线索。他知道共产党短期内应该不会再采取行动。

何政东醒来的时候，发现自己居然在秘要室的审讯室，双手被紧紧地捆绑着，而他面前，坐着的赫然是廖楚山。

"醒了？"廖楚山一脸笑容地盯着他。他想起了之前发生的事，仍感觉颈部酸软，无力地问："廖队长，这是怎么回事？"

廖楚山冷笑道："我还想问你呢。"

何政东沉默了一会儿，说："我要见叶副主任。"

"嘿嘿，不说清楚你的事，现在谁都别想见。"廖楚山站了起来，走到他面前，"老实说吧，昨晚干什么去了？"

何政东明白此时用谎言是无法蒙混过关的，只好实话实说："我去窑湾医院了。"

"深更半夜去那里干什么？"

"我、我去执行公务！"

廖楚山讥讽道："我看你是去营救共产党吧。"

何政东脑子一麻，但随即说："我没有。"

"嘴长在你脸上，你现在怎么说都行。"廖楚山绕到他身后，凑近他耳边说，"昨晚有共产党闯入医院救人，我安排在医院周围蹲守的人发现你很早就在外面晃悠，而后还去了医院后门。告诉我，你究竟想干什么？"

何政东没想到自己的行动早就被监视了，但此时后悔也无用，只好说："我跟你的任务一样，也是为了防止共产党救人，所以才装扮成车夫。"

"我看你是想伺机救人才对吧。你跟共产党是一伙的，你去医院就是为了救走被我抓住的共产党。"廖楚山的声音瞬间放大。何政东虽然被他言中，可也知道廖楚山没有证据，所以仍然辩解道："廖队长，上次那个共产党在你手里被带走，我不放心，这才跑去医院外面蹲守，我这是在帮你……"

"住口，看来你是不见棺材不掉泪，给我打，我倒想看看是你嘴硬还是皮鞭硬！"廖楚山一声令下，手下正要动手，突然身后传来一声冷喝："住手！"

何政东看到叶成文时一点也不惊喜，因为他知道叶成文一定会来救他，可就是不知道出去后该如何解释这件事。

叶成文走到廖楚山身边，望着何政东说："放人吧，是我派他去的。"

廖楚山十分怀疑地问："真的？"

"我派人去执行任务，难道还需要跟你请示？"叶成文的口气非常强硬，廖楚山却说："这次行动由我负责，你凭什么插一脚？"

叶成文笑道："这可是块肥肉，我为什么不能插上一脚？如果这个共产党是我抓住的，你会不会也想插上一脚？再说了，上次人就是从你眼皮底下被人救走的，我不放心，怕你再出问题，所以也派人去了医院。"

何政东完全没料到叶成文会这样帮他，悬在心里的石头瞬间落地，感激地看着叶成文，叶成文问："廖队长，难道我的话你也不信？是不是要我去向主任请示才肯放人呀？"

廖楚山憋了一肚子气，只好挥了挥手。

何政东被放了出来，从廖楚山面前走过时，从他眼中看到了一丝仇恨的火光。

"我跟您说谎了，我没有出远门。"何政东跟着叶成文来到办公室，打算以退为进。叶成文却只是安静地看着他，等待他的解释。

何政东已经把谎言在心里重复了很多遍，但当他正要说出来时，叶成文突然挥手制止了他："算了，我相信你做任何事都有原因，既然你不想说，那就不说了，我也不想听。"

何政东张了张嘴，没有言语。

"昨晚，两个共产党去窑湾医院营救徐少同失败，全都被廖楚山的人打死了。"叶成文轻描淡写地说。何政东终于找到了插话的时机，瞪着眼睛说："是啊，共产党胆子也太大了，居然敢去医院救人。"

叶成文看了他一眼，微微一笑，说："这件事倒是让廖楚山抢了头功，看来领功受嘉奖什么的跟咱们没关系了。"

何政东完全不关心这个，脑子里又浮现出昨晚看到的一切，心如刀绞。

"你怎么不问我那个叫徐少同的共产党怎么样了？"叶成文突然问。何政东缓过神来，忙说："他应该没事吧，您不是说两个前去营救的共产党都死了吗？"

叶成文面带笑容，缓缓点了点头，却又皱着眉头叹息道："这个廖楚山可真是只狡猾的狐狸，不，应该是头恶狼。这些年，不知道有多少人死在他手里，幸好我们不是他的敌人，要不然日子可真难过了。"

何政东看着眼前这个对自己有恩的男人，内心十分复杂，心里好像有两个人在打架。

"对了，这件事廖楚山肯定不会罢休，他既然诬蔑你是共产党，就一定会追查到底。陈主任很快也会找我谈话，如果你被怀疑为共产党，那我的责任可不小啊。"叶成文说这话的时候很平静，没有责怪之意，更没有推卸责任之意。何政东很快就懂了他的意思，振振有词地说："您放心，要是真有人要诬蔑我，我就算死也不会把您牵扯进去。"

"你错了，这不是牵扯不牵扯的问题，而是有人要利用这件事来扳倒我，既然导火线已经被点燃，那就让火焰燃烧得更加猛烈些吧。"叶成文正在说这话时，张振轩把他们的谈话内容全都听了个清清楚楚。他没有抓到任何证据，却从中闻到了浓浓的火药味，想起两虎相争的结果，便暗自笑了起来。

陈希平听了廖楚山对整件事的描述，缓缓说道："我从你的汇报中得出两个可能的结论。第一，何政东真是叶成文派去医院的；第二，何政东是自己去医院的，但叶成文不知情。"

"是，我情愿相信第二个结论，叶成文这是在袒护何政东。您要知道，一旦何政东真的被确定为共产党，那叶成文也有逃脱不了的干系。"廖楚山脸色冷峻，他有很强烈的感觉：何政东一定有鬼。

"照你这样说，叶成文也有可能是共产党？"陈希平突然问。廖楚山冷冷一笑，接过话道："叶成文是不是共产党我不敢肯定，但何政东一定有嫌疑。"

"叶成文派何政东去医院，你就凭这件事判断何政东是共产党，未免太随意了吧。"陈希平说，"依我看，这只是叶成文打算从中插上一脚，所以才派何政东前去监视。叶成文不也说是他亲自派何政东去的医院吗？"

"我还是不信。"廖楚山满脸狐疑，"我请示继续调查何政东。"

陈希平沉思了一会儿，说："那好吧，不过要低调，窝里斗不是不可以，但找到证据之前，一定不能大张旗鼓。"他又问起徐少同，廖楚山说："他现在在医院，被我们严密保护起来了，共产党营救失败，一定还会再次组织营救。"

"你说得对，这个人是个很大的诱饵，共产党方面不知道他已经叛变，一定会伺机再次营救，你要安排好，最好再抓几个活的。"陈希平并不是不信廖楚山的话，只是他这个人疑心很重，对谁都不会百分之百信任，所以在廖楚山离开之后，他想到了另外一个人。

张振轩似乎料到陈希平找他问什么，所以接到电话时就乐开了花，一进门就说："主任，您是想问我有没有监听到叶成文说了什么不该说的话吧？"

陈希平愣了一下，但随即笑道："你小子比泥鳅还滑。"

张振轩涎着脸说："主任，何政东那小子的事传得沸沸扬扬了，不用问就知道您找我是调查这件事。"

"嗯，那你说说结果吧。"

"那您得去我那儿，我全都录音了。"张振轩笑眯眯地说。陈希平去他办公室，把叶成文和何政东的整个对话内容听了两遍，然后说："从这些对话上，听不出何政东是共产党，也听不出叶成文袒护何政东嘛。"

张振轩却说："明里是听不出来，可您再仔细想想，叶成文对何政东说的那些话，总感觉有些地方不对劲。"

陈希平于是又听了一遍录音，然后放下耳机说："我还是没听出来，你直接跟我说说有什么地方不对劲。"

"这个……我也没听出来，就是感觉。"张振轩没了底气。陈希平狠狠地瞪了他一眼，骂道："我要的是证据，实实在在的证据。这不是在对付共产党，宁可错杀也不能放过。这是秘要室内部的问题，没有证据你就想我大张旗鼓地查人？这不是打自己耳光吗？"

"是、是，您教训得对，我会继续监听，有情况随时向您汇报。"张振轩一脸献媚。陈希平却又叹息道："这个何政东的父亲可是恩市有名的豪绅，跟很多政要都走得很近，要是他真是共产党……"他不敢往下想，张振轩却听懂了他的话，狠狠地说："您放一万个心，要是查明那小子真是共产党，我会让他悄悄地消失，绝不会连累到秘要室。"

身为国民党特务机关负责人的陈希平确实不敢再考虑后果，要是何政东真是共产党，那么何家就会受到牵连，叶成文也会受到牵连，他陈希平就更逃脱不了干系。所以他左想右想，终于制订了一个叫"影子计划"的方案，而且将该计划交给了张振轩。张振轩拿到该计划时如获至宝，他明白这是稳固自己在秘要室地位的最好机会。

《 12 》

　　清江河顺着恩市转了个弯，然后流向远方。清江河的水是名副其实的清澈见底，站在河边的空地上，似乎能看见河流的尽头。夕阳洒满山川大地，遥远的天边云蒸霞蔚，如果不是时局动荡，看着这幅温暖的画面，恐怕会生出另外一种别致的情愫。

　　叶成文听见脚步声，从远处收回目光，笑问道："你来了？"

　　"不好意思，让您久等了。"说话者是苏晓蔡。叶成文说："我也刚到。"

　　"真美！"苏晓蔡叹道。叶成文说："是啊，这样的美景可不多见，如果不是因为战乱，很多人都能欣赏到。"

　　苏晓蔡的眼睛清澈如水，叶成文又问："跟张振轩进展得如何呀？"

　　"没什么进展。"她说，"也没想过要跟他有什么进展。"

　　叶成文淡淡地笑了笑，回头看了她一眼，接着说："张振轩在我办公室装了监听器，我的一言一行现在都在他的监听和监视之下了。"

　　"我也在他办公室装了监听器，他的一举一动也在我的监听之下。"苏晓蔡说，"您放心，他要有什么见不得光的事，我会及时向您汇报。"

　　"辛苦了！"叶成文满意地说，"不过你一定要小心，千万不能被他发现，要不然会很麻烦。"

　　苏晓蔡点了点头，突然又问："我听说政东被廖楚山怀疑是共产党？"

　　叶成文怔了怔，叹息道："是有这么回事，不过都是误会，政东怎么可能是共产党？你跟他都是我一手带出来的，彼此知根知底，是人是鬼一眼就看出来了。不过经过这件事，你在机要室也要谨慎行事，比如监听张振轩的事，要是被他发现，说不定也会给你安个共产党的帽子，那情况就复杂了。"

苏晓蔡笑道："他发现不了，就算是被发现，他也不会知道是我做的。"

"嗯，还是小心为妙，有什么事及时跟我汇报！"叶成文叮嘱道。他明白何政东这件事表面上算是混了过去，可这里面的水不知道还有多深，也许陈希平已经安排廖楚山继续暗中调查，或者何政东此时已经被廖楚山派去的人给盯上了。这些事情，就连叶成文都不得而知，但他知道自己目前急需做的，就是尽快帮何政东洗去共产党的嫌疑。

何政东的境况确如叶成文所预料的那样，他很快就发现自己身后多了尾巴。每天走在路上，心里都有一种很奇怪的感觉，不过他没打算甩掉尾巴，还是跟平日里一样直来直去，完全不避讳。

一连几天下来，廖楚山得知何政东没有任何异常，也觉得有些奇怪，不过他是老手，相信再狡猾的狐狸也会露出尾巴，所以叮嘱手下继续监视。

叶成文没告诉何政东自己办公室被人装了监听器的事，所以何政东去向他汇报工作时也不知道避讳，以为他们之间的对话就两人知道。

"政东啊，你大哥的药材铺最近生意如何？"叶成文关心地问。何政东忙说："谢谢您关心，不过应该还不错，我也好几天没过去了。"

"我最近结识了一位专门做药材生意的邵老板，从石柱那边过来的，你要知道，石柱可是药材之乡，如果他们能互相认识，或许会促成一桩良缘。"叶成文的话惹笑了何政东，何政东戏谑道："那您岂不也当了一回红娘？"

"好啊，这个红娘我当定了。这样吧，你告诉正豪，抽个空闲日子，我把邵老板约出来见见。"叶成文开怀大笑，他知道刚刚所说的话已经全部落入张振轩耳中。

张振轩还是没有得到想要的信息，放下耳机，沉重地叹息起来。

廖楚山故技重演，表面在医院只安排几个人手，可又暗地里派了许多便衣充当医院的工作人员，他们时刻在盯着进进出出的人，一发现什么异常就蜂拥至上，以至于整个医院都好像变成了特务大本营，就连在这里工作的医务人员都谨小慎微，生怕惹来杀身之祸。

龙波和陈英达派人去营救徐少同的行动失败，便猜想到敌人在医院定然布置了埋伏，再也不敢轻举妄动。

"少同在国民党特务的严密监视之下，看来我们短时间内是无法再次展开营救行动了。"龙波想起徐少同那日赶他们走的情景就心痛不已，"我们的同志为了保护我们的生命安全，不惜牺牲了自己，可我们居然眼睁睁地看着他被敌人抓走而无能为力……"

陈英达理解他这种心情，也心痛地说："少同这是第二次落入国民党特务手中，看来这次是凶多吉少了。"

"在敌人杀害他之前，我们必须继续组织营救工作，我已经跟上面汇报，上面批准了我的请求。"龙波回想着预定的计划，"看来这次我们的行动必须从隐秘走向公开了。"

叶成文组织的聚会安排在三天后，何政东和何正豪提前到达了聚会地点。不多时，叶成文和邵老板也到了，互做介绍之后各自入座。

"多谢叶副主任，今日才能跟邵老板相识，希望今后有更多机会合作。"何正豪道。化名为邵云帆的龙波爽快地说："咱们都是实实在在的生意人，有钱大家一起赚，有合作就有发财的机会。今儿叶兄也在，可我还是要说，虽然时局混乱，但我们这些生意人不谈国事，一门心思赚钱就够了。"

叶成文顺着他的话说："邵老板这话说得好，何少爷也是爽快人，能看到你们顺利合作，我这个红娘就没白当。"

邵云帆赞许地说："既然是红娘，那我跟何少爷就应该好好感谢你这个红娘。来，我们一起敬你一杯。"

何政东坐一边安静地听他们讲话，对于这位邵老板，虽然是初次相见，可何政东心里有一种说不清道不明的感觉，而且这种感觉在胸膛里极速发酵。

聚会过后，分道扬镳。

龙波最近刚刚通过组织确认叶成文的身份。他和叶成文慢行在寂寥的夜色中，冷风轻拂，寒意如昔，不禁感慨地说："我可是做梦都没想到你居然是我们的同志。如此说来，之前我们能侥幸逃过特务的围捕，也要多亏你从中通风报信？"

叶成文叹息道："可惜很多时候还是晚了一步，要不然就不会有那么多无辜的同志牺牲了，当然，也包括少同的被捕。"

"少同已经两次落入特务手中，我们组织的第一次营救行动也失败了，上级命令我们继续营救，只可惜直到现在仍然没有想到合适的办法。"龙波神情忧伤地说，"很早以前就知道我们有同志已经渗透进了国民党内部，也知道这个人的代号叫'沉睡者',当上级让我联系你的时候,万万没想到这个'沉睡者'居然就是你。"

"这么多年,只身在敌营周旋,做梦都想像现在这样跟同志说说话,可惜上级的命令是潜伏,没有上级的命令,我不能暴露,更不能跟同志联系。以前这种希望实在是太渺茫了,不过这下好了,终于可以跟自己的同志们联系了,我相信组织已经做了最好的部署,以后就让我们并肩战斗吧。"叶成文说出了自己埋藏在心底多年的话语。龙波感慨地说:"我能理解你的心情,不过你从来都不是一个人在战斗。"

"我明白,我明白。"叶成文连连说道,"你现在可以以邵老板这个公开身份行动了,有什么事咱们随时联系。"

"接下来,我们要尽快完成上级安排的任务,救出少同同志。"

叶成文屏住呼吸,重重地说:"营救少同同志的行动,我来想办法。"

何政东在回去的路上问何正豪:"哥,今天跟邵老板见面,感觉怎么样?"

"什么怎么样?"何正豪不解地问。何政东说:"我是问你觉得这个人怎么样,是个适合合作的生意人吗?"

"做生意没有什么适合不适合的,只要能帮你赚钱,那就是适合你的合作伙伴。"何正豪笑着说,"做生意虽然不像打仗,但商场如战场,也是另外一种战争。"

何政东没兴趣跟他聊这些,他仍然觉得邵老板这个人不像是普通的生意人,虽然只是初次见面,可他对这个人的印象太深刻了,从他身上流露出来的一切,都让他有一种似曾相识的感觉,但具体是什么感觉又说不上来。

窑湾医院,二〇三病房,躺在床上的徐少同感觉自己快要死了,这种奇怪的感觉是从昨天早上出现的,但这种危险的感觉究竟来自哪里,他也不清楚。

廖楚山全天都在病房中安排了人看守,他每天都会抽时间过来一趟,有时候是早上,有时候是下午。

徐少同听见外面走廊传来熟悉的脚步声,他断定那是廖楚山来了。

廖楚山推门进来,看着病床上的徐少同,说:"你的身体也恢复得差不多了,我救了你的命,该是你报答我的时候了。"

徐少同睁开眼,他已经无动于衷,以前自己因为怕死才变节,可是现在，他告诉自己，死也许是一种解脱。

"我要你继续配合我演一场戏，上次逃脱的两个共产党绝不会继续走运。"廖楚山已经想好了如何钓大鱼，徐少同突然说："你杀了我吧。"

廖楚山一愣，不可思议地盯着他，反问道："你刚才说什么？"

"我让你杀了我算了，这种生不如死的日子我过够了。"徐少同愤然道，"当初我怕死才背叛了组织，可是现在，我觉得死其实并不可怕，比起过这种暗无天日的日子，我情愿死。"

廖楚山的面部微微抽搐了一下，继而冷笑道："看来你的意志已经被摧垮了，不过我要让你明白一件事：要是不跟我合作，我会让你更加生不如死，求死不得，求生不能。"

徐少同眼中射出一道惊恐的光。

"本来打算让你继续待在这儿，但我现在改变了主意，既然你敬酒不吃吃罚酒，也许有个地方更适合你。"廖楚山说完这话，命令手下将徐少同从医院带回了秘要室，然后关进大牢。

徐少同非常畏惧这个地方，尤其是审讯室，那是个让他做噩梦的地方。他坐在冰冷的地上，脑海里浮现出自己变节之后做的那些事儿，万般罪恶感齐齐涌上心头。这一刻，他的内心充满了矛盾。

何政东在从秘要室回家的路上，突然又感觉自己被尾随，这次他没打算回家，而是去了药材市场，碰巧何正豪也在店铺。

"大哥，你今天怎么会有空过来？"何政东悄悄走到何正豪身后，说话之后才惊动了他，他回头看到何政东，笑着说："你来得正好，我很忙，这儿有几笔账目需要你帮忙核对一下。"

"很愿意效劳。"何政东毫不犹豫地说。在核对账目的时候，他的目光瞄到了门口对面路上的两个尾随者，想着连日来那些尾巴不厌其烦地跟着自己，他脑子里突然冒出一个计划，跟何正豪一说，何正豪问他："你真打算这么做？"

"当然，如果不这样做，廖楚山还以为我是个不折不扣的大傻瓜。"何政东说。何正豪摇头道："如果你这样做了，廖楚山也许会想到更加隐秘的办法对付你。"

何政东其实心里有另外一个想法。

夜幕降临的时候，何政东按照商定好的计划先行离开了药材铺，他一离开，两个尾巴又跟了上去。他假装没有觉察，步履平稳地走向回家的路。他知道前面有一条巷子，这条巷子就是此次计划实施的地方。当他突然走进巷子时，尾随者也加快了脚步。

何正豪做了一只黄雀，当他和何政东把两个尾随者困在巷子中央时，那两人面面相觑，他们不敢对何政东使出怎样的手段，可也不知将面对怎样一场暴风骤雨。

"两位兄弟，你们跟了我这么多天，不累吗？"何政东冷声问道。那两人眼神闪躲，缄口不语。何政东知道这是廖楚山的主意，所以不打算跟他们浪费时间，径直走到二人面前说道："回去告诉你们的主子，让他别在我这儿枉费心机了，如果明天你们继续跟着我，我会让你们尝尝最严重的后果。"说完让开了道，两人从他面前急匆匆地离去。

何正豪走上前去不解地问："这就是你的计划？"

"那还能怎么样，难道把他们暴打一顿，或者干脆杀了？"何政东笑道，"说起来都是自己人，吓唬吓唬他们得了。"

"要是他们明儿继续跟着你，你打算怎么做？"何正豪问。何政东叹息道："我想他们的主子不是傻子，但要是还不撤走他的手下，我会给他们点颜色瞧瞧。"

"好，大哥支持你，如果你自己不方便出手，大哥帮你找人教训他们。"何正豪放言道。何政东忙说："别，你还是别插手，我自有安排。"

廖楚山在得知自己的手下被何政东威胁之后，狂笑道："没什么大不了，继续给我盯着，他不敢乱来，再说你们身上不是也带家伙了嘛。"

"我们能冲他动枪？"

廖楚山冷笑道："你们现在是在执行任务，是经过主任批准的，你们该怎么做就怎么做，出了事自有人顶着，怕什么？再说了，他要不是共产党就不会怕被人盯梢。"

张振轩从监听器中听到了廖楚山的话，突然一个邪恶的计划浮现脑海，他决定好好利用这个机会。

叶成文走进陈希平办公室时，陈希平又在闭目养神。他轻声叫了声，陈希平才缓缓睁开眼，揉了揉鼻梁说："睡过头了！"

"不好意思打扰您午睡了，但有件事急需向您汇报。"叶成文说。陈希平道："血压偏高，中午总要眯会儿。说吧，什么事？"

"最近我跟一个很久没联系的线人接上了头，他告诉我一件事……"叶成文欲言又止。陈希平边整理桌上的文件边问："怎么不说了？继续呀！"

叶成文点了点头，这才接着说："是关于廖队长的。"

"廖楚山？他怎么了？"陈希平这才停下手中的动作抬头看他。叶成文的表情很为难，但随即说道："山本一夫被杀前夕，廖楚山在黑市购买了一支杀伤力不小的步枪，枪的型号恰巧就跟杀死山本一夫的枪支型号一样。"

"春田式1903？"陈希平瞪着眼睛质问道。叶成文缓缓点头道："正是！"

陈希平站了许久，突然颓然地坐了下去，喃喃地问道："这到底是怎么回事？怎么会是他？"

"还不清楚，当我知道这件事时，就第一时间来跟您汇报了。"叶成文说，"我也觉得这件事不会是廖楚山所为，可事情为什么就偏偏那么巧合？"

陈希平闭上了眼，脸色异常难看。

叶成文又问："也许廖楚山是无辜的，也可能只是个巧合，但我觉得有必要找他问清楚，就算是解除他的嫌疑吧。"

"此事事关重大，我真不敢想象，要真是他该怎么办？"陈希平沉重地叹息起来，身边混入共产党和混入日本间谍都是他的致命心病。叶成文见他半天不说话，又反过来安慰道："或许这就是个巧合。要不这样，您把这件事交给我来处理，我一定非常低调地解决好，保证给您个满意的结果。"

陈希平却摆了摆手说："你先出去，我再好好想想。"

叶成文转身出门的时候，身后又传来陈希平的叹息。他在关门时，又回头看了一眼，嘴角边浮现出一丝异样的笑容。

当天晚上，陈希平带着叶成文一起来到了审讯室，叶成文不知道他想干什么，可隐约觉得会与廖楚山有关。果不其然，到了审讯室后，陈希平派人通知廖楚山，让他到审讯室报到。

廖楚山当时正要离开秘要室，接到通知后还以为陈希平要亲自审讯徐少同。当他急匆匆赶到审讯室时，见叶成文也在，疑惑地问："主任，您找我？"

陈希平问："审讯室你是最熟悉不过的了，我问你，犯人最怕的是哪一套？"

"电刑！"廖楚山脱口而出。陈希平点了点头，突然一声令下："来人，把廖楚山给我绑起来！"

廖楚山当时就蒙了，还没反应过来就被锁在了电椅上，这时才惊恐地问："主任，您这是怎么了？是不是有什么误会？"

陈希平没吱声，依然冷眼盯着他。

"叶副主任，你倒是帮忙说说呀，我到底做了什么事呀？"廖楚山把目光转向了叶成文，叶成文也无动于衷，因为这就是他要的结果。

廖楚山哭丧着脸，陈希平终于开口了："你自己做了什么，还要我提醒你吗？"

"我、我什么都没做呀。"廖楚山几乎哭出来。陈希平冷笑道："嘴还挺硬，看来不用刑你是不会说了。"

廖楚山知道审讯室电刑的厉害，忙说："我说，我说……"陈希平于是道："那说吧。"

"可我、可我真的什么都没做……"廖楚山又开始耍无赖。陈希平怒喝道："山本一夫的死是不是跟你有关？"

廖楚山的瞳孔瞬间放大，但随即大声嚷道："冤枉啊主任，这真是天大的冤枉，山本一夫的死怎么会跟我有关？您一定是误会了什么。叶副主任，叶兄，你了解我，知道我不是那种人，绝不会做出背叛党国的事，你快帮我给主任说说，有什么误会我一定说清楚。"

"廖队长，没有证据主任可不会轻易动你，既然把你带到这儿来，你还是主动认了吧。"叶成文的声音很柔和。廖楚山的脸却变成了猪肝色，挣扎着嚷道："我真没干，真没干啊。"

"很好，不愧跟了我这么多年。来人，先让他尝尝电刑的厉害。"陈希平一声令下，廖楚山随即从喉咙深处发出一声惨叫，脖子上的青筋都冒了出来，直到陈希平下令停止。

叶成文冷冷地盯着电椅上的廖楚山，好像在欣赏一场由他导演的戏剧。

廖楚山大口喘息着，已经只剩下半条命。

"怎么样，滋味儿不好受吧，赶紧说，也少吃点苦头。"陈希平的劝告却激发了廖楚山身上的倔强，他突然好像想到了什么，紧咬牙关怒视着叶成文吼道："叶成文，你到底在主任面前说了什么？"

"你自己做了什么还需要我说吗？"叶成文冷冷地问。廖楚山骂道："你这是诬陷，无耻的诬陷，你给我记住，这笔账我一定会还给你。"

"等你过了这关再说吧。"叶成文不屑地说。陈希平插话道："好了，别再耍嘴皮了，快说吧，山本一夫的死到底是不是与你有关？"

廖楚山怒视着叶成文吼道："这都是诬陷！"

陈希平见他死不松口，正要继续用刑，叶成文突然说："主任，既然廖队长不想承认，那干脆我来替他说吧。"在征得陈希平同意后，叶成文才继续说："我的线人最近告诉我一个秘密，山本一夫被杀的前几天，你在黑市买了一支枪，巧得很，枪的型号跟现场袭击者使用的枪支型号一模一样，你怎么解释？"

廖楚山还没听完，就瞪大了眼睛。

"怎么，没话说了吗？"陈希平冷声问道，"看来你还真跟这事儿有关，既然没什么可隐瞒的了，那就一股脑儿全说了吧，免得又受刑，不划算。"

廖楚山闭上了眼，好像默认了。

陈希平看着他那副表情，心里也凉飕飕的，他真不敢想象廖楚山居然会跟日本间谍勾结，这个结果无疑也扇了他一耳光。

叶成文此时的心情最为平静，他早就猜想廖楚山从黑市买枪可能跟杀山本一夫一事关系不大，可也知道廖楚山买枪一事不简单，定然有见不得人的勾当。

"主任，我买枪一事跟杀害山本一夫没关系，但是我现在还不能告诉您为什么要买枪。"廖楚山终于又启口了，陈希平冷笑着反问道："你以为不把事情说清楚，会过得了我这关？"

"我真没杀山本一夫。"廖楚山痛苦地哀号起来，陈希平怒喝道："你没直接袭击，不代表你没有参与。说，为什么要买枪？那支枪现在在什么地方？"

廖楚山无力地摇头，问道："叶成文，你为什么要害我？我跟你有什么深仇大恨？"

"咱俩可没有深仇大恨，但查明山本一夫遇袭真相是我的责任，而且责无旁贷！"叶成文大声回应道，显得有些激动，"我这样做，是对党国负责，是对秘要室和陈主任负责，你还是赶紧交代清楚问题，免得再受皮肉之苦。"

廖楚山突然狂笑起来。

陈希平一挥手，电椅启动，廖楚山笑着笑着就惨叫起来，最后彻底没了声，耷拉着脑袋，死了一样。

"弄醒他！"叶成文指示道。两个手下把廖楚山从电椅上弄下来，然后平放在长凳上，往他脸上放了两张纸，半盆水还没淋完，廖楚山就有了动静。

陈希平挥了挥手，廖楚山脸上的纸被撕了下来，一咳嗽，水就从嘴里直往外冒，继而又像死了一般没了动静。

"弄起来！"陈希平下令道，廖楚山又被吊在了铁架上。

叶成文看到廖楚山被折磨得都快不成人形，心里也有些不忍，可他知道自己必须这么做，要不然何政东就有暴露的危险。

廖楚山面对严刑拷打，却对买枪的原因只字不提。

陈希平不得不下令把人关起来，以备后审。他回到办公室就开始骂娘："这个廖楚山，要不是跟了我这么多年，我还真以为他是共产党。"

"这个应该不可能，在秘要室里，他可是抓了不少共产党。"叶成文说。陈希平叹息道："我也就这么说说，他绝对不可能是共产党，可为什么对买枪的原因绝口不提？"

"只能这么分析：廖楚山如果不是杀害山本一夫的凶手，那他买枪一定是去干了见不得人的事，不过这件事可能涉及上面的某个人，所以他不敢说。"叶成文说。陈希平点头道："有道理，不过你说的这个上面的人究竟会是谁？"

叶成文摇头道："廖楚山极力掩护的人一定不是普通人，他宁可被打死都不说，看来问题很严重啊。"

"那就打死他。"陈希平勃然大怒，"廖楚山是我秘要室的人，除了对我，对秘要室，还会对什么人如此忠心耿耿？"

何政东和何正豪威胁廖楚山的手下之后，发现自己的所作所为并没有取得实质性的结果，因为他很快就又发现自己被跟踪了。这一次，他决定给廖楚山的走狗一些颜色瞧瞧，于是叫上一些人埋伏在了自己下班的路上。

何政东今天没有急着回家，他要等天黑再动手，于是一路走走逛逛，很快就熬到了天黑，然后来到了埋伏地点。

尾随者这次学乖了，他们没有紧追上去，而是远远地观望着，若即若离。

何政东的脑子高速运转起来，当发现尾随者已经进入埋伏圈时，突然转身，此时，隐藏在周围的人也纷纷冒了出来。

两个尾随者发现这一切，顿时大惊失色，但他们没有多想，拔枪便射。

何政东也没料到那两个盯梢者居然敢冲他开枪，他被一颗子弹擦伤了胳膊，随即躲到了墙角边。这时候，他带来的人也开始还击，那两人见势不妙，扭头就跑。

何政东的胳膊开始流血，忍不住骂道："王八蛋，敢射我……"他被人搀扶着回到家时，家人都被吓住了，惊问发生了何事。

"轻伤，只是擦伤了皮。"何政东说。何正豪大略猜到发生了什么，问："是不是那俩盯梢的干的？"

何政东点了点头，说："真没想到那俩小子居然敢冲我开枪，回去我非得向主任告状。"

"政东，你每天这样来来去去太危险了，要不干脆爸请俩人保护你。"何寿亭担心地说。何政东笑道："爹，您多心了，今儿的事实在是太过巧合，以后不会发生了。"

"我觉得爹说得有理，还是请两个人保护你吧。"安子淇插话道。顾雅婷接着说："听爹的话好吗？如果你不答应，以后就不要再去秘要室了。"

何政东冲何正豪做了个鬼脸，何正豪懂了他的意思，从中帮衬道："你们想多了，政东今天遇到的事确实是巧合，伤他的人也是秘要室的。政东，你回去跟上面把情况汇报清楚，我想上面一定不会坐视不管的。"

第二天，何政东缠着胳膊走进秘要室时，引来了无数注视的目光，当他出现在叶成文面前时，叶成文也慌忙起身，问："你这是怎么了？怎么受的伤？"

何政东把事情经过一说，叶成文立即怒骂道："好他个廖楚山，居然敢来这一套，看来他是真不想活了。你跟我走，亲自去跟陈主任把事情说清楚。"

叶成文带着何政东来到陈希平办公室，陈希平听了他的汇报，明知道是怎么回事，却故意问道："这个廖楚山，为什么要这么做？"

"我想也许是因为政东那天晚上出现在医院门口，廖楚山怀疑他是共产党，这才派人盯梢。"叶成文解释道。陈希平突然盯着何政东问："你是共产党吗？"

何政东和叶成文都被问得一愣，但叶成文随即反问："您看他像是共产党吗？"

"我没有问你。"陈希平打断他的话。何政东忙说："主任，您多虑了。我跟着叶副主任还有您做事，仅仅只是因为喜欢这份工作。"

陈希平看他的眼神很怪异，但突然笑着说："我喜欢你的答案，也越来越喜欢你了。"

"谢谢主任的厚爱，我一定会尽心尽力为秘要室做事。"何政东道。叶成文接着问："主任，廖楚山招了？"

陈希平的脸色立马变得阴沉下来，不快地说："这个廖楚山，简直比共产党还要嘴硬，都快被打死了，上了所有的刑具也不张口，看来再审下去也得不到答案。"

"那怎么办？不能总这么耗下去吧？"叶成文问。陈希平冷笑道："不要白费力气了，他不是共产党，更不可能是日本间谍，所以我已经放了他。"

叶成文愣了半天都没吭声。

"好了，这件事到此为止，上面打电话让我放人，我也是没办法。"陈希平接着说，"至于他买枪的事，你也不要再追查下去了。"

何政东在一边看着二人的表情，想不明白中间到底发生了何事，他甚至都不清楚廖楚山被刑讯的事。

"可廖楚山派人打伤政东的事……"

陈希平道："这件事我会处理，放心吧，以后不会再发生了。"

何政东跟着叶成文回到办公室，这才从他嘴里得知廖楚山的事，不禁感慨地说："没想到廖楚山也有这一天。"

"陈主任已经放了他，上面应该有人在帮他。"叶成文叹息道，"本来我打算今天借你被打伤的事再让廖楚山吃点苦头，可没想到他已经自由了。"他知道这些话肯定会被张振轩偷听，所以又故意笑道，"政东，这次的事就别计较了，幸好没有大碍，就当被狗咬了一口。"

张振轩确实在监听，突然苏晓蔡推门进来，吓得他赶紧摘下了耳机，却又不敢发脾气，还得耐着性子问："晓蔡姑娘，有事吗？"

苏晓蔡说："报告，刚刚监听到一个可疑电波，请您去看看。"

"走！"张振轩不敢怠慢，立即跟着她出了门，她盯着桌上的耳机，心里隐隐一沉。

廖楚山被揍得浑身是伤，躺在医院的病床上却一刻也没合眼，因为只要一闭上眼，脑子里就浮现出审讯室的情景。当然，他把这一切的仇恨都算在了叶成文头上，心里暗暗发誓有朝一日定然会加倍奉还。

当天晚上，张振轩就来到医院看望廖楚山，一见面就故作惊讶地说："哎呀廖山兄，你这是造了什么孽啊？陈主任下手也太狠了，你说咱们都跟了他这么多年，怎么下得了手呢？"

廖楚山哭丧着脸，像是没听他说话。

张振轩看他那副郁郁寡欢的样子，笑了笑，接着说："老兄啊，别愁眉苦脸的，我这次来可是为了帮你。"

廖楚山依然一言不发，像个木桩横在那里。

"你用不着这样，我知道这次的事你受了委屈，这一切都是叶成文的'功劳'，你难道就不想一块儿还给他吗？"张振轩添油加醋地说。廖楚山终于开口了："我要加倍、无数倍地奉还给他。"

"说得好，叶成文这么对你，你必须得无数倍地奉还给他。"张振轩说，"赶紧好起来吧，等你出院后我会告诉你一个秘密。"

廖楚山一听这话就来了劲儿，眼睛也有了神。

张振轩走到他面前，凑近他低声说："这个秘密足以让叶成文付出血的代价。"

"快告诉我！"廖楚山无力地说。张振轩嘿嘿一笑，道："别急啊兄弟，俗话说得好，心急吃不了热豆腐。好好养伤，等你出院了，咱们联手来给叶成文演一出好戏。"

廖楚山紧咬着牙关，仇恨的火焰在胸膛里越烧越旺，他恨不得立马就出院，给叶成文致命的一击。

"对了兄弟，你抓的那个共产党问出点什么了吗？"张振轩又问。廖楚山死死地盯着他的眼睛，重重地吐出了几个字："他是我的，别碰他！"

张振轩微微一愣，但随即笑着说："行，我不动他，只是随便问问。"

《 13 》

　　廖楚山派去盯梢何政东的人，其中一个是他的心腹，名叫宋东明。宋东明跟他汇报开枪打伤何政东的经过后，他冷笑道："这个人暂且不能死，留着他还有用。"

　　"你真的怀疑那小子是共产党？"宋东明问。廖楚山说："虽然没有十足的证据，可他要不是共产党，我就跟他姓何。"

　　宋东明奉承道："那还继续盯吗？"

　　"算啦，别把事情闹大，这件事应该已经传到了主任耳中。"廖楚山一翻身，身上就痛不堪言，"我还得躺两天，你们暂且全部放假，所有事情等我出去再说。"

　　何政东在药材铺第二次见到了邵老板，邵云帆跟高老板也熟了，两人正在谈合作的事，一见何政东忙迎了上来。

　　"邵老板也在啊，幸会幸会。"何政东热情地跟他打招呼。邵云帆看了他手臂一眼，道："听大少爷说你受伤了，看样子已经没有大碍了吧？"

　　"已经无碍，一点轻伤。大哥也是，又不是什么好事，还到处宣扬。"何政东半是责备，半是玩笑。邵云帆笑着说："大少爷也就跟我念念，担心你嘛，所以婆婆妈妈了些。"

　　何政东没看到何正豪，于是问他去了哪里。高老板说："大少爷先过来了一会儿，大少奶奶也来了，两人刚才又出门去了。"

　　"既然大哥不在，那我先回去。"何政东说。高老板问："找大少爷有事？我见到他也好转告一声。"

　　"也没什么事，您忙吧。"何政东说完转身离去，其实他也确实没什么正经事。因为受了点伤，今天去秘要室被叶成文赶了出来，还给他放了两天假。他闲着无事到处走走，不知不觉就到了大兴米行，正想过去跟顾开尧打个招呼，突然看到了顾雅婷，只见顾雅婷进门后跟顾开尧什么话都没说，然后径直进了里屋。

何政东突然觉得这对父女的行为举止好奇怪，严格来说，应该是不正常，搞得有点像接头。一想起"接头"这个词，他心里不禁咯噔跳了一下，这种奇怪的感觉越来越明显。

顾雅婷回米行发完电报，出门后跟顾开尧寒暄了两句又急匆匆地走了。

何政东远远地看着父女俩，脑子里更是疑惑顿生，此时不仅感觉奇怪，而且有点害怕。他思考了许久，一个大胆的想法涌上心头。当他来到米行时，顾开尧看到他好像有点吃惊，但随即说："雅婷刚走，你怎么有空过来了？"

何政东说："这不是受了点轻伤吗，上面给我放了两天假，我没事就过来看看您。"

"伤口没事儿了吧？"

"没事了，一点小伤。"何政东说，又问，"雅婷回来有事？"

"她呀，能有什么事，说是拿点东西，像取火似的，让她留下来吃饭也不留，不知道在忙什么。"顾开尧说话的时候有客人上门，何政东正好趁机离开，在回去的路上，那种奇怪的感觉一直萦绕心头。

回到家里，顾雅婷看到何政东时也很惊讶，问他怎么突然又回来了。何政东说明原因，又问："你刚刚回家了吧？"

顾雅婷似乎顿了一下，但随即笑问道："你跟踪我呀？"

"是啊，从你出门我就一直跟着你，只是你没发现。"何政东顺着她的玩笑说。顾雅婷却咯咯地笑个不停，接着问："你回来的时候去拜见岳父大人了吧，我爹跟你说什么了？"

何政东见自己的玩笑被戳穿，只好说："岳父大人告诉我说，以后没有他的允许，你一个人不能回去，如果一定要回去的话，也必须带上他的乘龙快婿，也就是我。"

顾雅婷被惹得笑个不停，就在这时候，何正豪和安子淇也回来了。

"妹妹，你傻笑什么呢？"安子淇问。顾雅婷笑嘻嘻地说："我笑政东。"

"政东有什么好笑的？"

"我笑他脸皮比城墙还厚，竟敢自吹自擂。"

何正豪紧接着宣布一件事：何寿亭即将七十大寿，他要大摆筵席为父亲庆生。

"好啊大哥，还是你想得周到，我这段时间一忙，差点把这么重要的事给忘了。"何政东自责道。何正豪说："爹本来不愿意太高调，但你想想人一辈子有几个七十？他终于还是被我说服了，从今天算起，还有七天就是爹的寿辰，你们该准备礼物的赶紧准备去，把自己要邀请的人报上来，我马上准备请柬。"

"对，千万不能漏了人，尤其是重要的客人，这次爹的寿宴一定要办得热热闹闹，欢欢喜喜。"何政东欣喜地说，"雅婷，嫂子，你们俩可是新媳妇进门，今年是第一次给爹办寿宴，礼物是万万不能少的，赶紧准备去吧，一定要让爹高高兴兴。"

"这个还用你操心？"顾雅婷说，"我跟嫂子一会儿就上街去精心为爹挑选礼物，不过你们两个孝顺儿子打算为爹准备什么，我们可就帮不了你们了。"

"去吧去吧，我们的礼物就不用你们操心了。"何正豪说，"政东，赶紧把你要邀请的客人名单列出来，时间紧得很。"

何政东虽然在恩市土生土长，可这些年外出求学去了，还有联系的朋友其实不多，基本都是秘要室的人。何正豪也一样，常年在外，朋友更是少之又少。倒是何寿亭，他提供的名单上居然有不少政府官员。

何正豪看到何寿亭列的名单后很是吃惊，但又暗藏着喜悦，他决定利用这个机会多结交一些政府的朋友，也好为自己的下一步行动计划做准备。

廖楚山很快就回到了秘要室，当他行色匆匆地出现在张振轩面前时，张振轩忙起身相迎道："欢迎归来！"

廖楚山一屁股坐在他对面，神情冷峻："说说你的计划吧。"

"急什么？"张振轩笑着说，"刚从医院回来，先喝杯酒压压惊。"他亲自倒了一杯酒，廖楚山一饮而尽，他才继续说："廖兄，你有时候就是太过急躁，所以才会容易被人抓住把柄。"

廖楚山可没心思听他教训，不快地说："你如果有对付叶成文的办法就赶紧说，不说我可走了。"

"哎呀，你看你看，我话都没说完你就急着走。"张振轩叹息道，"让你来，肯定是有好事。实话跟你说吧，我在叶成文办公室偷偷装了个监听器，没想到吧？"

廖楚山盯着他的眼睛，突然问："你在我办公室是不是也做了同样的事？"

"别，我就知道你会这么想，我跟你可是兄弟，是一条心，不比叶成文那小子，怎么可能对你也做那缺德事？"

"你也知道缺德？"廖楚山冷笑道，"主任知道吗？"

"这个你就不用知道了，反正对你没什么坏处，对吧？"张振轩阴笑着说，"不过叶成文那小子太狡猾，我暂时还没抓到他的把柄。"

廖楚山眯缝着眼睛，问："录音了吗？"

"当然！"

廖楚山在他办公室听了很久，确实没听到有用的信息，极不情愿地放下耳机，不快地骂道："姓叶的，我就不信你一直这么走运。"

张振轩在一边添油加醋地说："廖兄，有句话我不得不提醒你，你既然怀疑何政东是共产党，就不该停止对他的调查，一旦何政东出事，还担心叶成文不受牵连？明眼人都看得出来，这两个人的关系可是非同一般。"

"不用你提醒，何政东那小子休想逃出我的五指山。"廖楚山心中仇恨的火焰越烧越旺，张振轩偷偷看了他一眼，眼里冒出一束得意的光。

这天是何寿亭七十大寿的好日子，来了很多宾客，大家齐齐向他贺寿，礼物摆满了厅堂。

何寿亭正襟危坐，和客人们拱手寒暄，苍老的脸上洋溢着安详的笑容。

"哎呀，何老爷，祝您长命百岁，寿比南山啊。"来者赫然是刘培原，也算是今天来的最尊贵的客人了。

何寿亭起身跟他拱手致意道："刘队长公务繁忙，日理万机，还抽空参加老朽的寿宴，惭愧啊！"

"哪里哪里，如果您老不请我，我倒是要思过了。"刘培原笑着说，"特奉上薄礼一份，请笑纳。"说着把随身带来的礼物放下。

叶成文已经先到了，当他看到刘培原时也觉得意外，刚巧何政东过来跟他打招呼，他说："没想到刘队长也来了，还真是赏脸啊。"

"我也觉得意外，可爹说跟他有过交集，故才请了他。"何政东说。叶成文笑着说："还是何老爷有面子。"

"那都是大家给的。"何政东回头看了一眼还在跟他爹寒暄的刘培原，"我爹这个人，年轻的时候就喜欢交朋友，现在一把年纪了还这样，估计是改不掉了。"

"这是好事儿呀，多个朋友多条路，这点你可得跟你爹好好学学！"叶成文笑着说。

恩市人喜欢看南戏，所以何寿亭也特意请来了戏班子。寿宴结束后，大戏开场。唱者在台上精神抖擞，观者在台下拊掌喝彩，何家今夜张灯结彩，好不热闹。

"不错不错，何老爷您可真是好雅兴，不过巧得很，我也很是喜欢听戏，没想到您老都给备齐了。"刘培原边看戏边叫好。何寿亭高兴地说："您喜欢就好，要是您跟大伙儿都不喜欢，我这心思就白费了哦。"

"您这是哪里话，我是巴不得天天有戏听。要不是打仗，我就得在家里筑个戏台子，一年三百六十五天天天听戏，那可叫一个爽。"刘培原确实是个金牌戏迷，不管在哪儿，只要有戏看，他都会跑去凑热闹。

何寿亭听了这话更是开心，这时候，唱戏者在台上一个精彩的亮相，台下掌声雷动，很多人更是情不自禁地站了起来。

刘培原也站了起来，可就在那一瞬间，他脸上的表情突然僵住，正在鼓掌的双手也停了下来，继而低头望向胸口，只见鲜血已经染红了衣服。

所有人都在鼓掌，枪声被掌声和台上的锣鼓声淹没。

刘培原捂着胸口缓缓地坐下，一阵眩晕袭来，眼睛沉沉地闭上。

"刘队长，往后要是您想听戏了，只管过来，我啊，给您安排专场。"何寿亭坐下后说。可刘培原没搭理他，他感到疑惑，于是回头去看了刘培原一眼，只见刘培原耷拉着脑袋，这才感觉不妙，但还是叫了几声："刘队长，刘队长，您怎么了？"

刘培原已经闭上眼，停止了呼吸。

何寿亭的目光落到了刘培原手上，当他看到满手的鲜血时，顿时被惊得摔倒在地。他慌里慌张地站起来时，所有人的目光都落到了他身上。

"刘队长出事了……"何寿亭颤巍巍地喊道，大伙儿呼啦一下就围了上来。

何政东和何正豪发现刘培原已经没了呼吸时，全都蒙了。

叶成文此时也挤了过来，问何政东："怎么回事？"

"刘队长被枪杀了！"何政东此言一出，现场突然变得一片混乱，宾客们纷纷叫嚷着拥向门口，叶成文反应过来想让人锁住大门时，院子里已经空了。

何寿亭哪里料到自己的寿宴会发生这种事，顿时就急火攻心，晕了过去。

"快把何老爷抬进去休息！"叶成文喊道。何寿亭被七手八脚抬进屋去后，他这才仔细查看刘培原中弹的情况，接着说："子弹是从楼上射来的。政东，你马上打电话叫人过来封锁现场。大少爷，你陪我上楼去看看。"

和预想的一样，除了凶手藏身的可能位置外，叶成文没有找到任何线索，现场没有脚印，更别提找到凶器了。

"很明显，这是一次有预谋的刺杀行动，看来凶手早就在这里等着了。"叶成文说，"何老爷的寿宴，邀请的都是恩市有威望的人，凶手是如何混进来的？"其实他这个话问得连他自己都感觉有点虚，因为毕竟是寿宴，是喜事，所以也不会刻意去防着谁，要是杀手想混进来，完全不是难事。

何正豪阴沉着脸，到处转了转，叹息道："凶手选择在我爹的寿宴上动手，这件事麻烦大了。"

叶成文也早想到了这点，只是没说出口而已，此时听他如此一说，也附和道："是啊，刘队长死在何老爷的寿宴上，这件事要是被别有用心的人利用，何家定然逃不脱干系。"

"叶副主任，您也在场，可得帮何家说话呀。"何正豪带着哀求的口吻。叶成文道："这是当然，一切等尸检后再说吧。"

何政东空白的脑子过了许久才回过神，想着爹的寿宴居然出了这么大的事，他全身都没了气力。

"政东、政东！"顾雅婷连叫了他两声，他才有反应，耳朵里还嗡嗡作响，回头看着她，她说，"爹醒了，叫你进去呢！"

何政东进屋去看到满脸苍白的何寿亭好像突然之间又老了许多，眼圈突然就红了。他紧紧地抓着他爹的手，愧疚地说："爹，您千万不要有事……"

何寿亭脸颊上滚落两行浑浊的泪水，颤巍巍地哭喊道："造孽啊，我何寿亭到底造了什么孽？老天爷，你为什么要这么对我何家？"

"爹，您别这样，这不是您的错。"何政东除了这句话，再也想不出别的安慰的话。何寿亭老泪纵横："何家要遭殃了，刘队长是在何家出事的，何家脱不了干系啊。"

"刘队长虽然是在何家出的事，可凶手又不是何家的人……"安子淇话音未落，何寿亭哭得越发厉害，颤抖着说："我何寿亭活了这么大岁数，一辈子小心翼翼做事做人，老天不开眼啊。政东，你去把你大哥叫来，我有话跟他说。"

何政东噙着泪水找来了何正豪，何正豪看见何寿亭这副模样，眼圈也红了，痛苦地说："爹，我要是听您的话不办寿宴就好了，也不会出这种事。"

"正豪，爹心里明白你是为爹好，心疼爹。可事情已经出了，爹不想推脱责任，如果爹有个三长两短，你们兄弟俩要照顾好这个家。"何寿亭用力坐了起来，周围的人感觉他好像在交代后事，全都跪在地上抽泣起来。何寿亭突然长叹了一声，脸上现出一丝笑容，接着说："人各有命，你们还年轻，爹年纪大了，也活不了多久。刘队长不是一般人，这件事一定会追查到底，到头来还是要有人顶罪。政东、正豪，你们兄弟俩是何家的希望，以后不管发生什么事都要团结一心。雅婷、子淇，你们俩是爹的好媳妇，爹这次如果出了事，你们要帮爹好好看着这个家……"何寿亭话未说完，屋子里已经哭成一片。

何政东正想着再劝慰他，外面突然传来叶成文的声音："主任，陈主任，您等等……"可就在这时，房门突然被人撞开，紧接着冲进来几个人把他们团团围了起来。

陈希平来了，面若冰霜。

"何老爷，您七十大寿我差点就赶不来，可没想到老天爷最后还是让我来了。"陈希平说着风凉话。何政东忙起身说："主任，我给您送了请柬。"

"是吗？"陈希平装作恍然大悟，"哎呀，实在是不好意思，我忘了，成天事儿太多，实在是没办法抽身，要不是发生这种事，我还真想不起今天是何老爷七十大寿的好日子。"

谁都听出他的弦外之意，明摆着就没打算来。

"主任，何老爷刚刚晕倒了，您看是不是……"叶成文想制止他，谁知他冷笑道："我可不是专程来参加寿宴的。何老爷，我今儿是为公务而来，刘队长死在您家里，您是不是该跟我走一趟？"

众人面面相觑，不知如何答言。

何正豪突然站出来说："我跟你走，不要为难我爹！"

"这可不是为难，是秉公办事。"陈希平道，"刘队长是什么人，你们应该比我清楚吧。他现在人死在了何家，上面要我尽快查明凶手，何老爷是何家主事的，我不带他走该带谁走？"

何寿亭已料到会是这个结果，颤巍巍地站起来说："我跟你走，不要再为难其他人了。"

"爹，你不能去！"何政东挡在他面前，向陈希平求饶道："主任，您看在我的分上，能不能放过我爹？我们一定会尽快把凶手交给您。"

陈希平却冷声说道："那就等你们找到凶手我再放人吧。"

"主任，要抓就抓我，我替我爹去！"何政东抢着说。可陈希平皮笑肉不笑地说："我劝你还是别逞强了，这件事发生在你何家，何寿亭才是主人，上面要的是他老人家，我也是没办法呀。"

叶成文本来也打算再帮忙劝劝，陈希平突然怒喝道："全都出去，把何寿亭给我带走。"

何寿亭望着自己的儿子和儿媳说："我走了，记住爹的话。"

"爹……"

"爹……"

他们只能眼睁睁地看着何寿亭被带走，却一点办法都没有。

"叶副主任，您一定要救救我爹。"何政东向叶成文求救。叶成文了解陈希平的脾气，知道他是个笑面虎，对事不对人，自己要想救何寿亭，希望太渺茫。不过他仍然说："放心吧，我再去求求主任，兴许会有办法。不过当务之急是要尽快找到杀害刘队长的凶手。"

所有的人都撤走后，何家很快陷入了死寂，剩下的人留在院子里，望着漆黑的夜空，到了后半夜，才各自回房。

何正豪把憋在心底很久的问题问了出来："这件事是不是跟你有关？"

安子淇露出了真面目，满脸狰狞地说："我知道你不会答应我这么做，但我必须动手。"

"可你害了我爹，也可能害得我何家家破人亡。"何正豪得到证实后满腹怒气，"你答应过我绝不会牵扯我家人，为什么食言？"

安子淇冷笑道："刘培原必须得死，这个人的存在，大大影响了我们的行动。"

"为什么？"何正豪还是不明所以。安子淇眼中流露出一丝邪恶的光，接着说："我非常清楚刘培原的死会带来什么后果，秘要室的人可是我们的天敌，尤其是那个陈希平。如果除掉了他，我们的行动岂不是方便多了？"

何正豪更加不解，问："刘培原的死怎么会影响到陈希平？"

"因为刘培原是国民政府的高官，他的死势必会引起更大层面的关注，陈希平如果找不到凶手，必然会受到惩罚。"

"可你这样做，会害了我爹，还有我弟弟。"

"你不要忘了自己的身份，军部的行动计划严重受阻，我可顾不上这么多了。"安子淇说，"你也看到了，陈希平不会给任何人面子，那么你弟弟，还有那个叶副主任，都会对陈希平产生仇恨心理。秘要室发生内乱，对我们来说是不是天大的机会？"

何正豪听了这番话不禁寒从心起，他知道安子淇是个恶魔，可没想到这个恶魔的坏大大超出了他的想象。

"何正豪，我还要告诉你一句话，如果不尽快完成任务，你弟弟，还有你，你们何家的人全都会完蛋。"安子淇的话像刀子一样深深地刺进了何正豪心里。他盯着她的眼睛，恨不得立马就杀了她，可他最后还是忍住了这口恶气，长叹道："我没有忘记自己曾经说过什么，也会尽快帮你完成计划。"

"你错了，这不是帮我，而是在帮你自己。"安子淇反驳道，"还有一件事你必须记住，不要对我带有仇恨，尤其是不要在任何人面前表现出对我的仇恨，否则你一定会后悔。"

离天亮还有些时间，可何正豪根本无法合眼，身边这个女人就像一条毒蛇，他想起被抓走的父亲，真恨不得一口咬死她。

何寿亭是经不起刑讯的，陈希平知道何家的人不是凶手，也不会派人在自己家里杀害刘培原，之所以带走他，主要还是为了向上面暂时有个交代。

第二天一大早，何政东就来到了秘要室，希望叶成文能去找陈希平放了他爹。叶成文无奈地说："昨晚我回来后又找过陈主任，可主任说了，要我们尽快找到凶手，否则是不会放了何老爷的。"

　　"我爹都一把年纪了，他老人家哪能挺得过去啊？"何政东只差给叶成文跪下。叶成文心里也是无比难受，可他不能表现出来，只能在心底默默地为自己的行为请罪，他告诉自己总有一天一定会替那些无辜者报仇。

　　何政东来到关押何寿亭的地方，见何寿亭蜷缩着身子，眯缝着眼睛坐在角落，眼泪唰地流了出来，厉声吼道："给我开门！"

　　"陈主任说这个是重犯，除了他本人谁也不许进去。"看守一开始还不情愿。叶成文冷冷地说："把门打开，出了问题我负责。"

　　何政东冲进门，扑过去哭喊道："爹、爹，我看您来了，您受苦了！"

　　何寿亭缓缓睁开眼，看到儿子时露出了惨淡的笑。

　　"爹，您还好吧？我一定会尽快救您出去。"何政东握着父亲冰冷的手，心如刀绞。

　　何寿亭无力地说："爹没事，爹真没事。"

　　何政东知道他爹说这话是为了安慰他，突然起身冲叶成文吼道："我要去见陈主任，我要求陈主任放了我爹！"

　　叶成文还没开口，何寿亭却说："政东，不要再为爹的事去求人，爹一把年纪，活够本了。爹只求你一件事，咱们何家清清白白，现在被人诬陷，你和你哥一定要找到真凶，替何家洗清这个冤屈。"

　　何政东连连点头，却无言以对，他昨天想了一夜，想了许多种可能，也许杀害刘培原的是他的仇人，或许那人是为了加害何家，但实情究竟是什么，他又毫无头绪。

　　"可是证据呢？上面要的是证据，是实实在在的证据。刘培原不是普通人，而是党国政要，咱们不能随便交个人出来顶罪，当务之急，是要尽快找到真凶啊。"叶成文回到办公室对何政东说的这番话被张振轩听了个清清楚楚。

　　何政东沉重地说："可要找到凶手谈何容易？我爹他身体不好，真担心他老人家挺不过来。"

　　叶成文了解情况，他内心何尝不想救下何寿亭？可他又不能明目张胆，只能暗中想办法，所以昧着良心说："这件事谁也帮不上忙，只能靠你自己了。"

"就不能再求求主任，放不放人不是主任一句话吗？您也知道，我们何家绝不会做这种事，再说谁会在自己家里杀人？这不是明摆着有人陷害何家吗？"何政东心里有火，所以口气重了点。叶成文怒喝道："大胆，你敢这样跟我说话？"

"叶副主任，我只想求您去找陈主任放了我爹，我爹是被冤枉的。"何政东顿了一会儿，终于再次鼓起勇气说出了想说的话，"陈主任那里，只有您才能说上话，只要您救了我爹，我做牛做马报答您。"

叶成文手一挥，怒骂道："没大没小！我告诉你，这儿是秘要室，是党国的核心部门，就凭你也敢去要人？陈主任说了，不交出真凶，你爹就得拿命顶罪。"

何政东此时已然豁了出去，针锋相对道："我何政东从来不求人，就算马上让我去死，我也绝不说半个'不'字，可谁要是想让我爹死，我一定会报仇。"

叶成文明白这些话一定会被监听，他不能让人抓住把柄，只好装作无动于衷，冷笑道："看在咱们以往的情面上，我不跟你计较，要想继续留在秘要室，我劝你赶紧出去工作，要是不想留下来，马上给我滚出去。"

"我早就不想干了！"何政东转身便走，气呼呼地走出秘要室的大门时，隐隐心生一丝懊悔，可话既然已出口，也没脸再回去。

叶成文从窗口目送何政东走出大门，见他站在门口转身回望，也不禁长叹了一声。

"什么，你要辞职？"何正豪大惊，继而说道，"现在可不是辞职的时候，你要辞职了，那想要救出爹，可是一点机会都没了。"

"我求过上面放人，可他们……"何政东很难启口，"他们要我们交出真凶，否则就要拿爹抵命。"

何正豪想了想，劝道："可如果你不辞职，还能利用职务之便查找真凶，一旦辞职，真的就只能等死了。"

何政东还真未想过这些，但说："可我已经跟叶副主任摊牌。"

"现在除了你，没人能救得了爹。"何正豪正色道，"为了何家，为了爹，大哥求求你，回去跟叶副主任说说好话吧。"

何政东陷入沉默，虽说他也觉得何正豪此言有理，可要他厚着脸皮回去再求叶成文收留，真不知该怎么开口。

何正豪似乎看穿了他的心思，叹息道："如果我死可以救回爹的命，我义不容辞。大哥知道你不好意思去跟叶副主任说，这样吧，大哥去，大哥去求他，只要他答应让你回去，我就算下跪磕头都行。"

"大哥……"何政东拦住了他，"大哥，不要再说了，为了爹，我回去。"

这天晚上，何政东做了一个噩梦，他梦见他爹死了，一身血淋淋地站在门口……当他喘息着从噩梦中醒过来时，天已经亮了。在去秘要室的路上，他老想着昨晚的噩梦，心里越来越不踏实，不禁加快了脚步，刚要进叶成文办公室，却见他从审讯室方向急匆匆赶了过来。

叶成文看到何政东时，脚步迟缓了下来。何政东从他看自己的眼神里觉察到一丝恐惧，可他又什么都没说，径直进了办公室，站在窗口，只留给何政东一个背影。

何政东心里涌起一股不祥之感，虽然感觉可能与他爹有干系，可又不情愿往这上面想。

叶成文闭上眼，不知怎么开口，何政东的声音突然从背后响起："叶副主任，昨天的事，是我太鲁莽，我这次回来，是……"他话未说完，叶成文转过了身来，盯着他的眼睛，又憋了许久才说道："政东，昨晚发生了一件事，我也是今早刚刚得到消息，正要派人上你家去告知，你就来了。"

何政东见他脸色异常难看，心里不祥的感觉越来越明显，忍不住问："发生什么事了？是我爹他……"

"你爹他昨晚过世了。"叶成文很艰难地说出了这话。何政东还以为自己听错，强颜欢笑道："叶副主任，您可别跟我开玩笑，我爹他昨天还好好的。"

"是，就在今天早上，你爹他才被发现……"叶成文也不愿意相信这个事实，可何寿亭是真的过世了。何政东确证这个消息后，连连摇头道："不可能，不可能，我爹他不会有事的，我爹他不会有事的。"他的声音越来越高，最后泪水夺眶而出，"不行，我要去看看我爹，我要亲眼看看我爹，他老人家一定没事的。"

叶成文脸色冷峻，沉重地说："经过查验，你爹是因为年纪大，加上感染风寒才过世的。我已经给陈主任说了，主任让你把何老爷带回去安排后事。但刘培原之事还远远没有结束，你们何家必须得有个说法。"

"我爹都死了，你们还不肯放过何家吗？"何政东痛哭起来。叶成文叹息道："刘培原一案是主席下令要彻查的，可能牵扯甚广，所以此事事关党国安危，不能不查，更不能不了之，必须有个结果。"

何政东在大牢里见到他爹时，何寿亭被平放在地上，身体已经冰冷。何政东握着他冰冷的手，连声哭喊道："爹，您怎么一句话都没有就走了呢？"

叶成文在一边看着悲痛哭泣的何政东，支走了其他人，然后才说："何老爷的事我也很心痛，可事已发生，希望你节哀顺变。接下来，我们还有很多事要做，找到真凶，你爹才能瞑目。"

何政东看着何寿亭已经泛白的脸色，泪水又止不住，打湿了脸颊。

"我们初步怀疑刘培原的死跟日本人有关，所以我们现在面对的敌人是日本人。"叶成文接着说，"小日本在我们家里烧杀抢掠，无恶不作，是小日本害死了何老爷，所以你要留下来，帮我找到害死你爹的凶手。"

何政东痛苦地问："日本人为什么要在我家杀人？我爹一辈子与人为善，为什么日本人要害死他？"

"具体原因我们也不清楚，要想弄清楚答案，就得你自己去查。"叶成文一字一句地说，又厉声质问道，"你忘了自己当初进秘要室的承诺了吗？当初是你自己苦苦要进秘要室，而且你答应你爹要做出个样子。你现在这样，何老爷泉下有知会怎么想？"

"可我不管做什么，从来都没想过会牵连到我家人。"何政东无力地说，"我会留下来，直到查清害死我爹的凶手。"

"很好，这才是真正的何政东，何家的二少爷。"叶成文去了何家，参加了何寿亭的葬礼。

何寿亭的葬礼上来了很多人，但政府的人，除了叶成文再无其他。

何寿亭的坟在一片空旷的地上，四周荒芜一片，可是视野开阔。

何政东在坟前久跪不起，看着冰冷的墓碑，脑子里一片空白，就像这周围的荒芜之地，似乎再也长不出绿草。

"不早了，咱们回家吧。"站在他身边的顾雅婷低声劝道，何政东仿佛根本没听见。她看了何正豪一眼，何正豪微微摇了摇头。

何正豪知道安子淇正盯着他，但他根本不愿看她，眼里闪着寒光，对身边这个女人恨之入骨。

何政东想起了许多事，尤其是他小时候，他爹背着他在院子里玩时的情景，那一幕一幕的画面，就像近在眼前。

"爹，儿子一定会找到害死您的真凶。"他终于站了起来，回望着天边的夕阳，直到世界变成一片漆黑，然后来到了叶成文当初让他自己挖的坑里，躺了下去，望着漆黑的夜空，内心衍生出一种濒临死亡的感觉。

《 14 》

何正豪也万万没料到他爹会因为刘培原的死而丧命，所以从得到消息起到现在，心里无限怨恨，却又只能默默流泪。

"人死不能复生，你还是好好想想未完成的计划吧。"安子淇背对着何正豪，她能感觉他没睡着，"虽然我不是你何家真正的媳妇，可我还是在葬礼上当了何家的孝妇，你也应该知足了。"

何正豪本来就无比怨恨这个女人，此时听她如此一说，忍不住怒火中烧，压抑着声音怒喝道："如果不是你，我爹就不会死。你这个女人，太狠毒了。"

安子淇冷笑道："这是意外，我可没想你爹会死。我知道你恨我，等完成了军部的计划，我会给你报仇的机会。"

"你害死了我爹，我一定会报仇。"何正豪和躺在身边的这个女人，此时正在唇枪舌剑，两个各怀鬼胎的人，各自在对方胸口上插了一刀。

突然，外面窗口处传来一个细微的声音，安子淇陡然起身，低声说道："有人。"

何正豪也坐了起来，正侧耳倾听，外面传来了夜猫的叫声，二人重又躺下。

何寿亭的突然离世，对何政东造成了沉重的打击，他根本无法入睡，因为只要一闭上眼，父亲的音容笑貌就清晰地浮现于脑海。

顾雅婷从外面推门进来，端了一些饭菜，说："起来吃点吧，你已经几天没吃了。"

何政东确实已经好几天粒米未进，但却不觉得饿，也没有一点胃口。

顾雅婷又说："这都是我亲手做的，多少吃点吧。"何政东却不理不睐，她唉声叹气起来，无奈地说："我知道你很难受，可你是个大活人，哪能不吃饭呢？要是饿坏了身子，谁去查明害死爹的凶手？"

何政东听了这话，心里果然微微动了一下，却仍没起身。她叹息道："这件事要真是日本人干的，何家的人可能还会有危险，现在也只有你有能力找出真凶，所以我赞同大哥的意见，你得回到秘要室，凭尔一个人的力量是没法达成所愿的。"

何政东也正在考虑这个问题，他想着叶成文跟他说的那些话，本来仍然有些动摇，可此时听了顾雅婷说的这些，突然就坚定了信念。

叶成文见何政东这么快就回来了，当时也很吃惊，不过很快就释然，说："早日回来也好，专心做事可以转移注意力。"

"我有个请求。"何政东说。叶成文道："什么请求，说吧。"

"如果找到凶手，我要亲手为我爹报仇。"

叶成文似乎早料到他会这么说，想了想，说："我明白你的心情，可我先把话挑明，因为此事不仅关系你爹，还关系刘培原。所以如果真抓到凶手，我不敢保证你能亲手为你爹报仇。可我能保证一点，这件事你可以全力参与进来，而且必须找到真凶。"

何政东沉吟了一下，默然应允。

中午时分，安子淇跟着何正豪出了门，顾雅婷趁此机会偷偷进入了他们房间。她站在房间中央，虽然感觉房屋里有些地方不对劲，可又无从找起，于是四处查看起来。

凭着女人的直觉，顾雅婷把她觉得可疑的地方翻了个遍，然后又还原到先前的模样。她的目光突然停留在床下，于是慢慢走过去，掀开床单一看，床下现出安子淇当初来时带的箱子。

顾雅婷顿了一会儿，缓缓地提出箱子，可发现居然是密码锁。她不懂解码，正在思考该如何打开箱子时，外面院子里突然传来管家的声音："大少爷，大少奶奶，回来了？"

顾雅婷慌忙把箱子放回原位，然后出去关好门，蹑手蹑脚地躲到了拐角处，听见二人的脚步声由远及近，不失时机地走出来，笑问道："大哥、嫂子，你们回来了？"

正要推门的何正豪停下了脚步，转身看着她，点了点头，问："政东上班去了吗？"他早上起来晚，没看到何政东出门。顾雅婷说："一大早就走了。"

"那就好。"何正豪叹息道。顾雅婷接着转向安子淇说："姐姐，我听说街头新开了一家东北餐馆，想不想去看看？"

安子淇跟何正豪对视了一眼，继而惊讶地问："是吗？什么时候开的，那可得去看看，好久都没吃过正宗的东北菜了。"

"姐姐，你这是在说我之前做的那些东北菜不正宗吗？"顾雅婷故意撒娇，"不过就算不正宗，那也是跟你学的，这个黑锅你得帮我背。"

何正豪勉强笑了笑。

安子淇也笑着说："我可没说你做的东北菜不正宗，可我就是想念在东北馆子吃饭的那种感觉。"

"好啊，要不咱们晚饭时去尝尝？"顾雅婷急不可耐。何正豪抢着说："行啊，不过这次你们俩可不许抛下我。"

"等政东吗？"安子淇问。何正豪说："当然要等他，我们几个可是很久没一块儿出去吃饭了。"

何政东在从秘要室回家路上的分岔路口看到他们仨，疑惑地问："你们怎么在这儿？"

"这不正等你吗？"顾雅婷挽着他的胳膊说。他不解地问："有事？"

"没事等你干什么，走吧。"何正豪说。何政东问干什么去，顾雅婷道："等到了地儿你就知道了。"

这家东北餐馆不大，客人也不算多，可能知道的人少吧。四个人进去的时候，老板非常热情地招呼了他们。

"好吃，味道不错。"何正豪连连说道，顾雅婷笑着说："确实比我的手艺好。"

安子淇戏谑道："往后你的厨艺可要荒废了。"

"那可不成，既然学了几招，不能没有用武之地啊。"顾雅婷说，"以后没事的时候我要多过来，吃得多了，手艺自然就好了。"

何政东吃了几口，很快放下筷子，一副心不在焉的样子，好像全然没心思听他们开玩笑。

"政东，再吃点吧。"顾雅婷劝道。何政东说："饱了！"

何正豪见他还是不开心，也放下筷子，叹息道："人是铁饭是钢，你可不能一直不吃不喝，要是爹知道你现在这样……"

何政东埋下了脸，突然失声痛哭起来。另外三人面面相觑，还以为他又想起了爹，纷纷劝慰起来，可是直到晚上睡下，他才告诉顾雅婷："今天白天在秘要室，陈希平把我叫去，他告诉我说，因为刘培原死在我们何家，现在上面追查得紧，虽然我爹已经不在了，但一日不找到凶手，我们何家就逃不脱嫌疑，如果最终还是找不到真凶，这个黑锅就得由我们何家来背。"

"爹都不在了，就算与何家脱不了干系，那不也一命抵一命了吗？"顾雅婷不快地说，"秘要室难道就这样做事？太可恶了，那个叫陈希平的家伙到底是不是人？再说，你不还在替秘要室卖命吗？那些话他怎么说得出口呀。"

何政东叹息起来。

她转过身紧紧地抱着他，低声劝道："别再想不开心的事了好吗？不管发生什么事你都要挺住，现在爹走了，你跟大哥就是这个家的顶梁柱，你可千万不要有事啊。"

"爹当初本来是不答应办寿宴的，都怪我，要不然也不会摊上这事儿了。"何政东声音低沉地说，"雅婷，这些日子，何家发生了这么多事，让你担心了。"

"可我相信你很快就会好起来，而且很快就能查到害死爹的真凶。"顾雅婷把头紧紧地贴在他后背上，他能感受到她滚烫的脸颊，不禁黯然神伤。

这一夜，顾雅婷想起了白天在何正豪和安子淇房里看到的情景，虽然没办法打开那个箱子，可她感觉那个箱子里也许藏着什么秘密，决定找机会再去查个究竟。

何正豪去了一趟药材铺，高老板给他传达了日本军部新的命令，第二天一早，他就动身了。

太阳河石乳关，山高路陡，自古以来就是土匪聚集之地，在这石乳关，最有名的匪首要数唐元龙。这天傍晚，唐元龙的山寨来了一位不速之客，只见此人戴着一顶黑色礼帽，还有一副黑色眼镜。

"来者何人？抬起头来。"唐元龙厉声呵斥道。可来者根本不理会他，只是回道："我是来给你送钱的，你不用管我是什么人，只需帮我做一件事，那么我带来的这些金条就全都是你的了。"

唐元龙阴笑道："我凭什么信你？为什么要帮你做事？"

来者将随身带来的盒子打开，露出几根金光闪闪的金条，唐元龙和其手下立马双眼放光，继而客气了许多，问："不知阁下要我办的事是什么？"

"可否里面详谈？"来者问。唐元龙眉开眼笑，起身道："送上门来的财神爷，我没理由拒绝，里面请！"

来者跟随唐元龙进入里屋，关上门，屋里只有他俩。

"很简单，你手下有人有枪，只要你带着弟兄们去把恩市搅个天翻地覆就够了。"来者缓缓说道，"这只是一半定金，事成之后，我会付另外一半。"

"有这等好事？"唐元龙简直不敢相信自己的耳朵，对他而言，制造混乱就如家常便饭，所以这个要求实在是太简单了。

何正豪独自从石乳关回来后，就盼着唐元龙会尽快出现在恩市，虽然他们约定的时间是三天后，可他不知道这个时间内会不会发生变故。

傍晚的清江河边，凉风习习，流水潺潺。

叶成文正在等一个人，他刚到不久，一个人影从远处缓缓走来。

"久等了！"龙波走到他身边，二人之间隔着一段距离，从远处看，给人一种若即若离的感觉。

"刚到。"叶成文说，"刘培原在何家被杀，何寿亭受到牵连，最后死在了监狱。"

"我听说了，这件事发生的时间很巧，现在基本可以肯定是日本人所为。"龙波说，"上级指示，要我们暗中调查杀害刘培原的真凶。哦，不，以你的身份，应该可以正面调查。"

叶成文的目光落到很远的地方，缓缓地说："何政东的情绪很低落，他接受不了何寿亭死亡的事实，目前勉强回来，可我知道他只是想找到害死他爹的凶手。"

"对他来说，这种情况应该说是正常的，不过要尽快让他走出来，接下来的任务会更加艰巨。你在敌人内部独自战斗了很久，现在好不容易培养了一个同志，我们不能轻易放弃了。"龙波的话获得了叶成文的认同，叶成文笑了笑，说："这件事的发生，也正好说明何政东这小子骨子里是善良的，咱们共产党人，不能像国民党特务一样冷酷无情，它正因为如此，我认为他很适合做地下工作。"

龙波赞同道："他大哥跟他却截然不同，虽然都姓何，但为人处世却是有天壤之别的。"

"如此说来，你已经很了解何正豪了？"

"也说不上很了解，可我看人很准，何正豪这个人虽然是个生意人，身上却好像根本没有生意人的性格，比如说唯利是图。"

"这能说明什么？"

"我感觉这个人不简单，因为不正常。"

叶成文哑然失笑，道："很多生意人都遵从仁义礼智信，也许他就是这样的人。"

龙波摇头道："也许你说得对，可我总感觉这个人太善于掩饰，又想不明白他究竟在掩饰什么。"

不久之后，两人向着相反的方向而行。

"砰、砰砰……"突然，一阵激烈的枪声惊扰了寂静的夜晚，这时候，分道扬镳的两人不约而同地回过了头，刹那间，枪声更加激烈。他们虽然不知道究竟发生了何事，可都明白出事了，于是又向枪声传来的方向奔去。

何家此时正吃过晚饭，枪声响起的时候，所有人都聚到了院子里。

"打仗了，会不会是日本人打夹了？"有人惊恐地喊道，人群中一阵骚乱。

何政东大声制止道："都不要乱，全都不要出门。"他没有接到这方面的消息，所以断定不是日本人。

何正豪心里有数，一阵暗喜。

唐元龙亲自带人化装后进入城里，然后分散开去，随意开枪制造混乱。果然，夜幕下的枪声让恩市人民感到了恐惧，谣言满天飞舞，真假莫辨。

叶成文觉得奇怪，他听到了来自四面八方的枪声，可是第二天收到消息，只有一家银号被打劫。

"到底怎么回事？有谁可以告诉我，是谁在城里到处开枪，而且还抢劫了一家银号？"陈希平很生气，因为没人可以给他一个说法。

"昨晚响枪之后，我也上街去转了一圈，发现一些很奇怪的事，开枪的人好像到处都是……"张振轩如此说道。廖楚山接过话道:"枪声最激烈的地方就是开元银号,当我赶过去时,劫匪已经逃脱。"

"会不会昨晚的枪声都是为打劫银号作掩护?"这是叶成文所能想到的,"老百姓都在传日本人打来了,所以劫匪也许是利用了所有人的心理才用了此计。"

陈希平问:"你也这样认为?"

"当然,一开始我也以为是日本人打进来了。"叶成文毫不掩饰地说,"事实证明我们都错了。"

"如果是日本人,秘要室必定会事先得到消息。"陈希平挖苦道,"你们都是搞情报工作的,不是普通百姓,怎么也会那么糊涂?"

张振轩讪讪地说:"主任,不是我们没想到,只是想不通什么人如此大胆,敢在这个当口抢劫银号。"

"虽然这不是我们秘要室该管的事,但你们最好尽快给我找到那些制造事端的家伙。"陈希平下了指示,"敢在这个时候放枪,绝对大有来头。"

何政东刚从外面回来,进门时遇见了苏晓蔡,苏晓蔡正要出门。两人相视而笑,他正要跟她搭讪,张振轩的身影出现在门口,还吆喝了一声:"赶紧走!"

"出什么事了?"何政东问。她说:"发现了秘密电台。"

何政东看着他们远去之后才走进大楼,径直闯进叶成文的办公室,还没开口,站在窗口向外张望的叶成文先问:"张振轩带人干什么去?"

"说是发现了一个秘密电台。"何政东。叶成文双眉紧锁,转过身来看着他:"好他个张振轩,看来又有重大收获。"

何政东沉吟了一下,问:"也不知是共产党的还是日本人的。"

"你希望是谁的?"叶成文貌似漫不经心地问。何政东想都没想便说:"当然希望是日本人的。"

叶成文瞪着眼睛责怪道:"你这样说话,就不怕被人诬陷为共产党?"

"我只是希望可以尽快抓到害死我爹的凶手。"何政东说,"如果找到电台,也许能顺藤摸瓜。"

叶成文又问:"知道昨晚的枪声是怎么回事吗?"

"听说城里一家银号被打劫。"

"可我不相信这是昨晚响枪的真正目的。"

何政东没听懂他的话，他接着说："虽然只是猜想，可直觉告诉我，昨晚那些人进城，原因不只抢劫银号这么简单。"

"可是除了银号被抢，也没发生别的事。"

叶成文摇头道："你好好想想，目前恩市的局势有多复杂，要换作我，绝不会为了打劫一家银号而冒险进城。你要知道，城里驻扎有国军，这是自寻死路。"

何政东也觉得此言颇有几分道理，但仍觉得匪夷所思。

"政东啊，当初我从那么多人中选你做我的助理，就是看中你身上有股子不服输、不怕死的精神，干我们这一行，有时候我就想啊，你比我更适合。"叶成文叹息道，"这次你因为何老爷的事打算离开秘要室，这个决定是不是太草率了？我想好好培养你，希望你以后做任何事之前都要好好想清楚，不要太意气用事了。"

何政东微微点头道："明白。"

"走，跟我去警察局摸摸情况。"叶成文带着何政东来到警察局，警察局局长向吉群刚从被劫的银号回来，灰头土脸。

"向局长，您这是刚去了银号吧？"叶成文明知故问。向吉群恨恨道："什么人吃了豹子胆，敢在老子地盘上抢劫银号？让我逮着，非宰了他不可。"

叶成文笑问道："查到点什么了吗？"

"查到个屁啊，不瞒您说，我怀疑打劫银号的不是一般人。"

"那是当然，要是一般人，敢在这个时候来城里打劫？"叶成文饶有深意地说，"向局长，有句话不知当说不当说。"

"老兄啊，都什么时候了，您有什么就直说吧，这个案子上面盯得紧，我这儿正忙得焦头烂额呢。"向吉群的话逗笑了叶成文，他不快地问叶成文笑什么。

"现在的恩市，那可是一块热馍馍，国民党、共产党、日本人全都盯着，这个抢劫银号的案子本不归我们秘要室管，今儿过来，主要是有些话想亲自跟您说说。"

向吉群一听这话，立马眯缝着眼睛问："跟打劫银号的事有关？"

"你仔细想想，恩市现在可是军事禁区，什么人敢在这时候来恩市闹事？"

"我要知道还会坐这儿唉声叹气吗？"

"那我就实话告诉你，我的线人告诉我，干这件事的是一股土匪。"

向吉群大惊道："土匪？什么土匪？哪里来的土匪？"

站在一边的何政东诧异地看着叶成文，不知这话是真是假。叶成文不屑地问："这我可就不知道了，不过你身为恩市警察局的局长，这方圆几十里，哪里有土匪你还不清楚？"

在回去的路上，何政东终于没忍住问叶成文为何要跟向吉群说抢劫银号的是土匪，叶成文笑着说："你以为我在胡说八道？"

"不像，再说您带我去警察局，难道就是为了让我听您在向吉群面前胡说八道一番？"何政东了解叶成文。叶成文笑道："没想到你这么快就把我看穿了。"

"我只是实话实说，现在是非常时期，您做任何事都不会无缘无故。"何政东的话令叶成文暗自顿了一下，但立即说："你能这么想说明你已经慢慢成熟。既然如此，我跟你说实话吧，今天对向吉群说的话我还没有向主任汇报，今天来警察局，主要就是为了给向吉群放一个烟雾弹。"

"这么说您是骗他的？"

"不，我今天说的话都是真的，我的线人之前就已经告诉我城里混入了石乳关的土匪，昨晚发生了打劫银号的事，我才猜想此事定然是那股土匪所为。"叶成文说，"我之所以告诉他这些，是因为抢劫银号的事根本不归我们秘要室管，我们何必多管闲事？再说了，我们手上的事太多，又要抓共产党，又要抓日本人，哪里忙得过来？手上这点人，也不够跟土匪打呀。向吉群获悉此事后，一定会去跟上面汇报，到时候就让他们去跟进吧。"

何政东大笑道："原来您是想让他们狗咬狗。"

叶成文很多话都没明说，何政东也没明说，两人就都装糊涂。可是谁都没想到，向吉群跟上面一汇报，消息很快到了陈镜岳那里，陈镜岳大为震怒，随即下令剿灭石乳关的土匪。

石乳关可谓天险，易守难攻，陈镜岳于是命令直接高空轰炸。

此次带队执行轰炸任务的是周志凯，他和编队飞到石乳关，正要命令投弹时，周围突然窜出无数架敌机，大战瞬间爆发。

"不好，中埋伏了！"周志凯急令还击，但敌机甚多，他不敢恋战，边打边撤退，但还是损失了一名战友。当看到战机冒着黑烟跌落进峡谷时，他大声喊道："撤退，赶紧撤退！"

这一仗，也算是周志凯输得最惨的一仗，因为他万万没想到会遭埋伏，所以只带了两架轰炸机，在回去的路上，想着牺牲的战友，不禁热泪盈眶。

唐元龙并不知道在他们头顶交战的双方究竟是何人，直到派人去找到被击落的战机，才明白其中一方竟然是国民党。

"这打掉国军的到底是什么人？"唐元龙大惑不解。他的二当家说："八成是小鬼子，你没见小鬼子有事没事就往恩市城里丢炸弹吗？"

"也对，幸好那破铁疙瘩没掉在咱头上，要不还真叫天灾人祸啊。"唐元龙摸着脑袋狠狠地骂道，"老二，这两天盯紧点，发现有可疑的人在山下转悠，立马给我绑回来。"

叶成文很快就获悉空军在石乳关被日本人伏击并损失一架飞机的事，和所有人一样都充满了疑惑："日本人是如何得知空军会攻击石乳关的？"

"这件事的答案已经非常明显，小鬼子的特务已经潜入恩市，而且很可能已经渗透进党国内部，要不怎么会掌握如此详细的情报？"陈希平作为秘要室的负责人，在被上级责骂之后，回来便着手对此事进行调查，但没人对此事作出回应。

"都不想说点什么？"陈希平冷声问道，继而把目光转向叶成文。叶成文只好接过话道："其实这件事很明显，有人利用石乳关的土匪在城里闹事，然后引空军前去石乳关剿匪，小鬼子早就在那里设下了埋伏。"

陈希平赞许地说："上面也是这么认为，如此说来，是有人向石乳关的土匪许下重金了，否则那些土匪哪敢如此冒险进城闹事？"

"对了，我们刚刚截获一段电波，可我们按照电波所发出的位置前去搜寻时，已经人去楼空。"张振轩汇报道，"只可惜现场也没有找到任何线索。"

"共产党还是日本人的电台？"叶成文问。张振轩无奈地摇头道："也不清楚，当时电波太弱了。"

叶成文想起在窗户边看到张振轩急匆匆出去的情景，当初还担心是共产党的电台出问题，现在想来，估计是日本人在跟日本军部联系。

"潜入恩市的日本人八成就是利用这部电台跟他们的上级联系，我就说小鬼子的飞机怎么也会突然出现在石乳关。"陈希平恍然大悟，随后开始责问张振轩为何才跟他汇报此事。张振轩本来因为没有查获电台而不打算汇报此事，可后来一想此事估计跟空军在石乳关遭伏击一事有联系，担心误了大事，这才抱着被骂的准备说了出来。

陈希平骂完张振轩，接着又开始指责起廖楚山来："你们行动队的也别闲着，就比如这次发现电台的事，你们互相协作，也许就会逮着一条大鱼。"

廖楚山嘴上连连称是，心里可并不这么想。

"你发现的电波发出位置在哪里？"叶成文问。张振轩道："城南一带，一栋荒废的旧房子。"

"主任，我觉得有必要继续监控，发电的人很有可能就在附近一带。"叶成文说。陈希平于是命令廖楚山："你派人去把这个地区监控起来吧。成文，你也带人去那一带看看，看能不能找到点什么有用的。"

叶成文心里很清楚那一带没有自己人，所以发电的绝对就是日本人了。

坐在前去城南一带的车里，何政东问："那一带我可是熟得很，小时候经常过去玩，记得那边还有个教堂，不过现在已经没有神父了。"

"你在那里见过神父？"叶成文问。何政东说："当然见过，不过那已经是很久以前的事了。"

"日本特务在那一带使用电台发报，看来那是个不错的地方，而且人少，不易被发现。"叶成文缓缓说道。何政东接过话道："确实是这样，那边现在已经只剩下几栋旧房屋，前几年听说闹鬼，所以人就陆陆续续搬走了。"

"闹鬼？"叶成文嗤笑道，"如果真有鬼，那也是人扮的。"

说话间已经到了目的地，下车后，两人往四周观察了一番，然后走进了发现电台的房屋。

"当年传闻闹鬼的就是这栋房屋。"何政东没想到就是在眼前的房屋里搜寻到了电波。

"怎么，不敢进？"叶成文见他立在门口不动，于是问道。何政东因为从小就听过这个传闻，心底确实有阴影，但此时哪能露怯？强挤出一丝笑容说："我倒想看看鬼到底长什么样。"

房间不大，里面只有一张破旧的桌子，但是窗户上挂着一条床单，一看就是为了遮掩。

何政东站在房屋中央，脑子里又浮现出小时候听过的那个鬼故事，忍不住说："日本人还真行啊，居然敢选这样的地方作为据点。"

叶成文很久没说话，他在观察，在思考。他走到窗边，掀开床单，望着远处碧绿的山峦，很久都没转身。

何政东没敢打扰他，仔细在房屋里寻找，希望能有所收获。

"你从小就听说过的这个闹鬼的故事，很多恩市本地人应该都听说过吧？"叶成文回头问道。何政东正蹲在地上察看零碎的沙砾，起身应道："应该是的，反正我记得在我很小的时候，这里的人就基本上都搬走了，而且也没人敢到这边来，很多大人就经常拿这事儿吓唬调皮的孩子。"

叶成文又陷入了沉思中。

"我记得娘跟我和大哥说过闹鬼的事后，我大哥就经常拿闹鬼的事吓唬我，我那时候经常半夜做噩梦。"何政东回想起往事还忍不住笑了，"叶副主任，您看这房子里真闹鬼吗？"

叶成文不快地骂道："要真闹鬼，那小日本还敢在这里发无线电？"

何政东听这话感觉有些拗口，突然间想到了什么，可这个念头在脑子里徘徊了许久，终于还是没敢说出来。

"好了，走吧。"叶成文转身下楼，何政东慌忙跟了过去，好像身后真有什么追着他似的。

在回去的路上，何政东发现几个形迹可疑的人，他知道那是秘要室安排在附近的特务。

"廖楚山的手下到头来也就是白忙活一场，日本人的这个据点已经废了。"叶成文叹息道，"主任这么安排，也就是想碰碰运气啊。"

何政东的目光从车窗外迅速掠过，破旧的房屋和整齐的林木渐渐远去。突然，汽车车轮冲进了一个不小的坑里，叶成文差点撞到头，何政东忙呵斥司机，叶成文摆了摆手，突然问道："这日本人是怎么知道这屋子闹鬼的？"

何政东一愣，慌忙反问道："什么？"

"我是说日本人难道也知道这屋子闹鬼的事？"叶成文这话一说出口，

何政东再也没忍住，说出了藏在心里很久的想法："其实我也这么想，日本人选在闹鬼的房屋里发送无线电，八成也是知道那屋子没人敢进去。"

"你刚才说你从小就知道那屋子闹鬼的事，如此说来，一定有恩市本地人在暗中帮日本人，要不然小日本怎么会想到这点？"叶成文其实在屋子里就已经想到了这个，与何政东不谋而合。

两人在街边下了车，然后让司机先回，找了一家小馆子，要了些酒菜边吃边聊。

"知道为什么不回秘要室吗？"叶成文问。何政东笑道："这不是刚好到了饭点吗？"

叶成文摇了摇头，说："你之前在我办公室说过的所有话，全都被监听了。"

"什么？"何政东大惊，不明所以地看着叶成文。叶成文放下筷子，不紧不慢地说："早猜到你会有这么大反应，没什么大不了的，秘要室就是这么个地方，尔虞我诈，从来就不会有真正的信任。"

"什么人干的？"何政东迫不及待地问。叶成文轻蔑地说："秘要室除了他还能有谁？"

"张振轩？"何政东不假思索地说出了这个名字，"既然您早就知道，怎么不戳穿他？"

"戳穿？嘿嘿，没用的，他自个儿没这个胆子，戳穿了他又能如何？"

何政东貌似明白了这话的意思，忍不住骂道："太无耻了。"

叶成文喝了口酒，笑着说："这件事你心里明白就好，以后说话的时候注意点。今天咱们的发现，千万别在办公室说起。"

"您不打算将这事向主任汇报？"

"暂时不行，因为只是推测，等找到充足的证据再说吧。"

"那我们接下来怎么做？"

"我们忘记了一个人。"叶成文说出这个名字的时候，何政东不解地问："您怀疑他跟日本人勾结？可他不是恩市本地人。"

叶成文双目冷峻地说："我可没说他跟日本人勾结。"

何政东听了这话，却越发糊涂。

徐少同被关在大牢里，被囚禁后整个人瘦了一大圈，廖楚山好像把他给忘了，很久都没来过。

"我要见廖队长，我要见廖楚山，你们把人给我找来。"徐少同一连几天都在号叫和咒骂，但没人理会他，他像个疯子似的又哭又闹。

叶成文在外面偷偷观察着大牢里的徐少同，徐少同兴许是太累了，已经没了气力折腾。

"到底该如何救他出来？"叶成文暗自忖度，决定去跟陈希平申请与这个人当面谈谈。

陈希平知道徐少同是已经叛变的共产党，可这事儿只有他跟廖楚山知道，担心叶成文问出什么，于是问他为何要见徐少同。

叶成文早想好了如何应对："是这样的，振轩不是发现日本人的电台了吗？我过去看了看，觉得有些事应该找徐少同问问。"

"这件事跟他有什么关系？"

"我去过那栋房屋，发现一些可能的线索。"

"什么叫可能的线索？"陈希平面色不快地问。叶成文笑着说："也就是说这些线索暂时还不能完全确定，需要找徐少同聊聊。"

陈希平沉吟了片刻，问："你确定要这么做？"

"是的，非常确定。"

《 15 》

叶成文拿着陈希平的批文，独自去大牢见徐少同。徐少同之前见过他，很是警惕，紧闭着嘴和双眼，无精打采。

关押徐少同的房间属于特殊配置，里外隔绝，也没有监听。

叶成文故作冰冷，沉声问道："在大牢待了这么久，闷了吧？"

徐少同像是根本没听他说话，一动不动。叶成文走向门口，特意看了一眼左右，见没人偷听才放下心来。

"怎么着，看样子不欢迎我？"叶成文背着身嘿嘿一笑，又转身来盯着他，"我能理解你，你也清楚我是干什么的，所以咱们就别藏着掖着了。"

徐少同把自己的心紧锁了起来，虽然还有求生的本能，可也清楚背叛组织的结局，因此早就不想跟廖楚山合作，别的人就更不想了。所以面对叶成文，他极力装出一副视死如归的表情。

叶成文见他双眉紧锁，冷若冰霜，于是绕到他身后，突然附在他耳边低声说："同志，我是来救你出去的。"

徐少同听到这话，果然被吓到，顿时全身一震，猛地睁开眼，满脸狐疑。

叶成文接着说："别紧张，我是自己人，组织上派我来营救你出去。"

徐少同因为太过紧张，手心都出了汗，怔了许久才问："我凭什么信你？"

"很简单，夷陵到恩市有多远？"叶成文故意抬高声音问。徐少同紧张地咽了口唾沫，怔怔地说："走路要两天，途中休息，要两天一夜。"

叶成文笑了笑，接着说："可从恩市到夷陵要三天三夜！"

这是地下党的联络暗语，徐少同果然傻了眼，望着眼前这个穿着国民党军装的男子，沉默了许久，突然喃喃地说："不可能，不可能……"

"没什么不可能的。"叶成文道，"同志，我会在适当的时机救你出去，希望你再坚持坚持。"

徐少同心里有鬼，所以一时好像没听清他的话，过了半晌才点了点头道："我终于等到了这一天。"

"受苦了！"叶成文说完这话后转身离去。他明白自己这样做非常危险，可有时候冒险是很有必要的，尤其在这个时候，他觉得冒险能让很多事浮出水面。他出门后，撞上了好像正在等他出来的廖楚山，廖楚山带着讥讽的口吻问："叶副主任亲自来，问出点什么了吗？"

叶成文讪笑着问："廖队长认为我会问出什么？"

"陈主任批准你亲自来审讯共产党，想必你有特殊的手段，这个人嘴巴严得很，我可是问了这么久也没撬开他的嘴。"廖楚山故作深沉地说，"叶副主任，这个共产党有供出其他同伙吗？"

"想知道？自己去问吧。"叶成文笑着离去后，廖楚山盯着他的背影，脸上现出一丝冷笑。

廖楚山出现在徐少同面前时，徐少同眼中闪过一道慌乱的光，但转瞬即逝。

"他问你什么了？"廖楚山问。徐少同摇了摇头，廖楚山狐疑地问："他难道就过来看看你？你最好跟我说实话，一字不漏地将他问你的话全都告诉我。"

"他让我跟他合作，供出其他的地下党。"

廖楚山明白继续追问下去也问不出什么，于是叮嘱道："记住我跟你说的话，除了我，谁都不要相信。"

"我想出去，这儿太闷了。"徐少同说。廖楚山道："放心，好好待着，很快就能出去。"

徐少同一直在想自己到底该不该把叶成文是共产党的秘密说出来，但他也知道这件事关系重大，也许在关键时刻能成为自己的护身符，所以刚才面对廖楚山时就暂时隐瞒了下来。

何政东在父亲病故后就急切想要找到自己的联络人"沉睡者"，所以暗中多了些心思，对身边人都多了一丝关注，可头绪全无。

一只蝴蝶突然在窗外飞舞，何政东的目光被吸引了过去，情不自禁地起身走到窗边，盯着蝴蝶陷入了沉思中。"沉睡者"听起来显得如此神秘，可想来想去，身边也没有一个人像"沉睡者"。

"都过了这么久，他为什么还不来找我？"何政东脑子里正闪过这个念头，一个声音在背后响起："想什么呢？"

何政东回头看到叶成文，叶成文顺着他的目光望向窗外，也看到了那只正在翩翩飞舞的蝴蝶，不禁问道："一只蝴蝶有什么好看的？"

"您找我有事？"何政东慌忙转移了话题。叶成文道："也没什么事，就想问问你大哥的生意最近如何？"

"好像还不错。"何政东笑着说，"整天看起来很忙。对了，我那天去药材铺，还看到邵老板了。"

"是吗？也好，看来二人合作得不错。"叶成文点头道，"那我就放心了。"

何政东正想说什么，叶成文突然递给他一个纸团，摇头示意他别说话。

"我走了，如果没什么事，你也早点回家吧。"叶成文冲他使了个眼色，他心领神会，大声说："您慢走。"等叶成文走后，何政东慌忙展开纸团，见上面写着："明日一早，跟我去石乳关。"

何政东将纸团撕碎，走到窗边，却已不见那只蝴蝶，心中不禁凭空多了一丝惆怅。

第二日，何政东在去石乳关的路口和叶成文见了面，却很诧异他为何会乘坐马车。叶成文扬鞭赶车，尘土飞扬，边走边说："咱们这是去石乳关做生意，你就是我的跟班。记住，到了后见了人不要乱说话。"

"是为之前的事？"何政东问。叶成文叹息道："是啊，日本特务渗透进了恩市，现在我们身边都不安全，咱们去石乳关一事暂且不能让任何人知道。"

走了一路，何政东突然又问："您昨天去见了那个叫徐少同的共产党？"

"你听谁说的？"叶成文问。何政东说："昨天回去的时候遇见晓蔡了，她说廖楚山在张振轩办公室里骂人，说你不讲道义，竟敢碰他的人。"

叶成文笑道："什么叫'他的人'？陈主任都批准了，他还敢阻拦吗？"

"是、是，那是当然。"何政东忙不迭地说，"那您问出什么了吗？"

叶成文半天没说话，似乎在思考什么，过了许久才说："不该问的不要问，看来你又忘了我的话。"

二人都从未到过太阳河，看到大街上人来人往，异常热闹，都发出啧啧的赞叹声。

"作为恩市到山城的咽喉之地，商贾往来热闹，果然名不虚传啊。"叶成文望着身边做买卖的商人，眼中流露出热切的光芒。

何政东却说："只可惜那石乳关土匪盘踞，扰民生事，很多胆小的客商都不敢来往。"

二人找了个馆子随便吃点东西填饱肚子后，眼看天快黑，何政东建议歇息一晚，等明日再去，可叶成文坚持继续前行，天刚黑下来时终于到了山下。

"前面就是石乳关了，大约一炷香的时间就能到山上。"叶成文仰头望着漆黑的山峦说，"但愿一切顺利吧。"

"叶副主任……"何政东刚一开口就被叶成文打断："忘了我怎么教你的？"

"是、是，叶老板。"何政东道，"我们大晚上的进土匪窝，就不怕遭黑枪？"

"赌赌运气吧。"叶成文说完这话，大声喊道，"山上的好汉，我二位前来拜见大当家，请开方便之门。"只有回音却没回应。

叶成文又重复了一遍刚才的话，突然周围传来一阵稀稀疏疏的脚步声，然后便见无数个黑影将他们围了起来。

"什么人，竟敢在爷爷地盘大呼小叫，活腻了吧？"说话的是二当家。叶成文于是回道："我们二人有要事上山拜见大当家，请行个方便。"

"哼，我们大当家岂能想见就见？"二当家冷笑道，"来人啦，把这两个榆木疙瘩给我绑了。"

"等等！"叶成文见状，忙又递上去一块金条。二当家见状，当即眉开眼笑，掂量掂量金条后说："不错，看来是懂事儿的主，带家伙了吗？"

叶成文这才松了口气。

"我们是正当商人……"叶成文话未说完，二当家一挥手说："搜身！"

他们在二人身上没找到武器，这才带上山去。一进门，二当家就兴高采烈地拿出金条邀功请赏："大哥，快看我给你带什么回来了？"

唐元龙上下左右全方位仔仔细细地打量着面前的二人，不屑地问："这就是你们给我带回来的摇钱树？"

"大当家，鄙人姓叶，是在恩市做布匹生意的，今日登门拜访，是有要事相求。"叶成文毕恭毕敬地说。唐元龙挑着眉头冷笑道："做布匹生意的？我可是做人肉生意的。"

众人大笑。

"我看你们二位倒不像生意人，老实点，到底为何要上我石乳关啊？"唐元龙眯缝着眼，满脸狐疑地盯着他俩。叶成文突然说："大当家，我们确实不是生意人，而是党国的人。"此言一出，所有的枪口都瞄准了他们。

唐元龙心里怦怦跳了起来，枪口抵在叶成文脑袋上，恶狠狠地骂道："不想活了？敢进我石乳关撒野，找死！"

叶成文面对这么多枪口，却不慌不忙地说："大当家，这又是何必呢？你们这么多人，这么多枪，我二人空手而来，浑身上下除了金条什么都没带，难不成你还真打算把我这个财神爷赶出去？"

唐元龙闻言，不禁放声大笑道："看来是见过大场面的，一般人见了这阵势可早就吓得尿裤子了，而你们却不慌不忙。你们上我石乳关到底想干什么？"

"可否借一步说话？"叶成文平静地问。唐元龙让手下收回枪，然后斜眼打量着叶成文，厉声问道："有什么话不能在这里说？"

"大当家，这都是我的见面礼，这次上山，确实有要事相求，可这儿人多，有些话实在不方便说。"叶成文让何政东把三根金条送到唐元龙面前，唐元龙眼中立马闪过一道灼热的光，转身大笑道："里面请！"

何政东看着二人进了内室，悬着的心才慢慢放下。

"坐！"唐元龙豪爽地招呼道。叶成文坐下后，大大咧咧地说："大当家是豪爽之人，叶某就不藏着掖着了。"

"敞开天窗说亮话。"

"好，叶某知道大当家受人指使做了些违背党国意愿的事儿，不过错不在你，主席发话，只要你说出是什么人找过你，我们根据你所说的找到那个人，不仅对一切既往不咎，而且还奉上四根金条。"

唐元龙瞪着眼睛，眼中燃着火花，但立马黯淡了下去，装作一无所知的表情说："我怎么听不明白你在说什么？"

叶成文微微一笑，道："你们在恩市城里干的那一票足够山上的弟兄大半年吃香喝辣的，而且因为你们，党国损失不小，如果我猜得没错，被日本人击落的党国军机应该在山寨里吧？"

唐元龙吃惊不小，不知道他怎么会了解这么多，不过在摸清他的最终目的之前，打算讨价还价。

"叶先生，咱们石乳关易守难攻，这你是知道的，就算国军前来围攻，恐怕也是个两败俱伤。"

"当然，这我非常明白，不然我就不会亲自来找你谈判。"

唐元龙伸出手指头，得意地笑道："再加一根，我就跟国军合作。"

叶成文不屑地一笑，答应了他的条件。

"半个月前，一个戴眼镜、满脸胡楂的男人上山来，给了我三根金条，让我带人去恩市走一趟，只要搅个鸡飞狗跳就够了。我一想又不是杀人放火，就答应了他。"唐元龙轻描淡写地说。叶成文不解地问："你没看清他长什么样子？"

"是。"唐元龙道，"该说的我都说了，就这么多。"

"如此说来，你们是顺便抢了一家银号？"

"不拿白不拿，我们是土匪，山上这么一票弟兄要吃要喝，我也是被迫的。"唐元龙冷笑道，"叶先生，有个问题我倒是想请教。"

"说吧。"

"你们要找的是日本人？"

叶成文反问道："你见过这个人，觉得他像日本人？"

"恕我眼拙！算了，不管他是什么人，都不关我的事了。只要给我金条，那就是好人。"唐元龙起身说道，"该说的我都说了，答应我的金条可一根也不许少。"

"小子，你就不怕我们吃了你？"在外面，二当家瞪着眼睛吓唬何政东，何政东确实被盯得心里发毛，但他强忍着内心的紧张，故作平静。

二当家阴笑着，讥讽道："还挺爷儿们儿，小的们，站在我们面前的可是财神爷，你们可别吓坏了他，否则大当家饶不了你们。"

何政东等得心急，加上那些土匪一个个凶神恶煞地盯着他，他感觉浑身上下不自在，此时终于看到叶成文出来，又看到唐元龙面带笑容，这才暗自叹了口气。

"好了大当家，等事情有了结果，叶某一定回来拜访。"叶成文拱手告辞。唐元龙大声回道："请！"

二人连夜下山，直奔恩市而去。

二当家眼中闪着阴冷的光，盯着远去的背影说："大哥，你说国军会不会过河拆桥？"

"他敢！"唐元龙骂道，继而却又说，"不过小鬼子轰掉了国军的飞机，这事儿跟咱们脱不了干系，我看还是小心为妙。这段时间让弟兄们眼睛放亮点，咱们据守石乳关天险，我倒想看看谁敢在太岁头上动土。"

何政东听叶成文讲完他跟唐元龙的交锋后，忍不住说道："那个大当家不是什么好鸟，不仅勾结日本人害死我空军飞行员，这时候还狮子大开口，祸国殃民，不除掉这伙土匪后患无穷。"

"放心吧，目前没动他，只是缓兵之计，等我找到收买他的日本人，到时候大军压境一锅端。"叶成文胸有成竹地说，"根据他的描述，收买他的人戴着礼帽和墨镜，长着胡须，我总感觉这是故意为之。"

何政东点头道："您说得对，这个人八成在刻意隐瞒身份，不过要怎样才能找到此人才是关键所在。"

"我有一种非常奇怪的预感，这个人跟杀死山本一夫的估计是同一个人。"叶成文突然提起这个名字。何政东叹息道："只可惜没有更多资料，后来的调查不了了之。"

"这不是你的错，为了查明杀害山本一夫的凶手，秘要室前期已经做了很多工作，可毫无结果。"叶成文也沉重地说，"你的调查已经向前迈进了一大步，我相信此事总有一天会水落石出。"

因为晚上赶路，何政东第二日睡到午时才起床，出门就看到了正从外面回来的何正豪，何正豪吃惊地问他为何还未去秘要室，何政东没有对他隐瞒任何事情。何正豪听说他昨晚去了石乳关，内心当即又惊又恐，但很快恢复了镇定，若无其事地说："这一去一回路也不近啊，挺辛苦的，看你眼睛通红，再去睡会儿吧。"

"不了，秘要室还有很多事，这多睡了半日还是叶副主任格外开恩。"

何政东说着就出了门。何正豪在背后盯着他看了半天，然后在后院找到安子淇，拉她进房间，一五一十地把何政东刚才说的事全都告诉她。她眼里闪着寒光，冷声骂道："土匪就是土匪，毫无信用可言，看来还是死人才能保守秘密。"

"你的意思是让我去杀了唐元龙，还是剿灭土匪窝？"何正豪问。安子淇冷笑道："你还嫌动静不够大？我们还有很多重要的事要去做，不要在这上面浪费太多时间了。"

何正豪点了点头，说："我会想办法尽快了结此事。"

何政东踏进叶成文办公室时，叶成文正在接电话，脸色非常冷峻，放下电话就直奔门口而去，只留下一句话："你等我一下！"何政东不明白发生了何事，但从他脸上看出事情重大，心也跟着悬了起来。

叶成文急匆匆敲开陈希平办公室的门，语气凝重地说："刚刚接到电话，称在五峰山一栋民居里藏有日本特务。"

"什么人打来的？"陈希平大惊，腾地站了起来，"情报可靠吗？"

"不知道，但有必要去看看。"

陈希平仅仅犹豫了几秒钟，随即说："你亲自带人前去，活要见人，死要见尸。"

"是！"叶成文奉命行动，在路上才告诉何政东发生了何事。何政东觉得奇怪，问："会不会是个圈套？"

"管不了这么多，不管是真是假都必须去看看再说。"叶成文焦急地估算着到达目的地的时间，何政东陷入沉思。

这是一栋看上去还不太陈旧的民居，共两层。根据线报，目标在二楼。

叶成文下车后，身先士卒，亲自带领手下摸近民居，所有人都沿着墙角前进，很快就到了门口。

"你们几个绕到后面去，把这儿围起来，一只虫子也不许飞出去。"叶成文下令道，"不到万不得已，最好留下活口。"

何政东跟在叶成文身后，握着枪，观察着民居的格局：周围全是房屋，地形十分复杂，果然是一个较好的藏身之处。

"目标手里肯定有武器，等会儿攻进去后，一定要小心行事。"叶成文叮嘱道。何政东点了点头，对于这位如兄长般的领导和大哥，他从内心里充满感激，虽然有时候觉得对方的做事方法不对。

叶成文见所有人都已到位，使了个眼色，门被踢开，众手下鱼贯而入。此时，二楼传来急促的脚步声，紧接着是一阵枪响，子弹射在墙上，发出清脆的声响。

何政东没看到人，只看到一个影子，但影子转瞬即逝。

"给我冲上去！"叶成文一声令下之后，众手下边开枪边往里面冲，很快就把对手的火力压了回去。

何政东跟着叶成文走上楼梯，枪声戛然而止。

"怎么回事？"叶成文抬头看着前面的人都没了动静，已经预感大事不妙，扒开人群来到二楼，只见一满身血污的男子倒在房屋中央，枪掉在一边，身体下有一摊血正缓缓流向四周。

"谁开枪打死他的？"叶成文盯了半晌才问。手下面面相觑，因为谁也不知道答案。他接着说："很明显，这个人是被乱枪打死的，可惜啦。"

何政东的目光从尸体上游离开去，却并未发现这个房间有什么特殊之处。

"给我仔细搜查这里，不许放过任何一个角落。"叶成文厉声吩咐道，又让人把尸体抬了出去。

何政东到处随意看了看，很快有了发现，他们在屋子里搜到了日本军刀，还有一台发报机。

"好家伙，情报果然是真的。"叶成文惊呼道。虽然他嘴上这么说，心里却充满了怀疑。何政东看着他的眼睛，问道："您是在想到底是什么人打的那个电话吧？"

叶成文回过头看，目光再次落到桌上的发报机上，说："之前张振轩发现了日军发出的电波，现在我们果然就搜到了发报机，加上那个突如其来的电话，这一切是不是太过巧合了？"

"我也这么想，打电话的人绝对不可能是日本人，但这事儿如果不是日本人自己干的，那又会是什么人？"何政东也是百思不得其解。叶成文脸上终于现出一丝笑容，吩咐道："把这里所有的东西都带回去吧。"

"在隔壁房里找到了这个。"突然又有人进来汇报。叶成文的目光落到了他手上，顿时就瞪大了眼睛，诧异地问："真是在房里找到的？"

"是。"

何政东看到了假胡须和一顶帽子、一副墨镜。

叶成文接过这些东西看了又看，不禁喃喃地说："果真如此，唐元龙没有骗我。"

何政东脑子里浮现出刚刚死去的那个日本人的面孔，又将这些道具全部加上，在心里刻画出一张新的面孔。

晚上回到家，何政东在饭桌上把白天击毙日本间谍的事情一说，顾雅婷高兴地说道："太好了，该死的日本鬼子，活该。"

"对了，我记得你跟我说过，上次石乳关的土匪进城闹事就是日本人在背后搞的鬼，你们这次击毙的日本人，会不会就是那个日本人？"何正豪提起这茬的时候，何政东忙说："你不说我倒还忘了，我们在房间里找到了墨镜和假胡须，证明这个日本人就是我们一直在找的人。"

"太好了，这就是报应。"何正豪高兴地说。安子淇在一边微笑，顾雅婷见她脸色微微有些异常，担心地问："嫂子，你怎么了，脸色怎么这么差？"

安子淇摸了摸脸说："我脸色差吗？哦，也许是你们刚刚提到死人的事……"

"嫂子，都怪我多嘴，吃饭吧，不说了。"何政东岔开了话题，何正豪和安子淇虽然各怀鬼胎，却为这次自认为天衣无缝的计划暗自开心。

一回到房间，安子淇就责问何正豪为什么要把发报机留下来，何正豪说："演戏演全套，再说那台发报机出了点故障，也没准备再用，所以就干脆留了下来。"

"哼，发报机是我们情报人员的武器，就像枪是士兵的武器，我们很难才把发报机带进来，你就这样轻易丢弃了，希望以后不会再发生类似的事。"

"是！"何正豪极不情愿地应道。

叶成文带队击毙了日本间谍，这本该是件开心的事，可陈希平却高兴不起来，因为日本特务在山城制造了一次刺杀党国高层的行动，失败后凶手逃往恩市方向，上面责令秘要室尽快捉拿凶手归案。

陈希平面对带来喜讯的叶成文，无奈地说："虽然日本特务此次暗杀行动未得逞，但上峰异常震怒，如我等无法尽快捉拿凶手，失职事小，掉脑袋事大啊。"

"主任，您也别太担心，所谓车到山前必有路，既然凶手已经确定逃往恩市，我们全力缉凶便是。"叶成文安慰道。陈希平叹息道："日本人太狡猾，虽然我们已知日本特务潜入恩市，可至今头绪全无，山本一夫一案的凶手更是石沉大海。我们秘要室如今已是众矢之的，抓不到人，不好向上面交代啊。"

叶成文听出这话是在责怪他，抓不到日本特务，他这个秘要室的副主任确有失职之罪，所以他接下来就以认罪的姿态说："既然上面下令要全力对付日本特务，我们秘要室责无旁贷，不过共产党的活动也很猖狂，这二者孰轻孰重，请主任明示。"

"还明示什么？"陈希平不快地说，"日本特务如此猖狂，我看那些王八蛋是活腻了。秘要室接下来的工作重点应该放在对付日本特务上，至于共产党，我的态度是暂且放一放。"

叶成文心中暗喜，不过嘴上说："现在虽然是国共合作时期，可共产党时不时出来捣乱，不除掉共产党，总会后患无穷。我的建议是不能完全放任不管，只不过重心暂且转移。"

"照你说的做吧。"陈希平赞同地说，"恩市作为抗战大后方，也是陪都门户，我们要拿命来确保恩市之安定，万不可有半点闪失。"

叶成文领命而去，在走道上遇见正哼着小曲儿的张振轩。张振轩一见他便奉承道："成文兄，看来你今日击毙了日本特务，主任对你是大大地赏识啊。"

"那是自然，只可惜没能抓活的，要不然可真就是功德无量。"叶成文笑着说，"别眼红，主任发了话，以后咱们主要的精力放在对付小鬼子身上，邀功请赏的机会多的是。"

"主任跟你说的？"张振轩疑惑地问，"我咋没听说？那共产党还抓不抓？"

"共产党的事暂且放一边，主任说了，现在是国共合作，我们要一致对外。"叶成文压低声音说，"日本人在山城刺杀党国高层未遂……凶手很可能已经潜入恩市。"

"有这回事？"张振轩瞪着眼睛，一脸的不信任。

叶成文冲他招了招手，然后进了办公室，终于长出了一口气，大声说道："外面人多眼杂，现在好了，咱们之间的谈话可以自如了，也没人能听到。"

张振轩想起装在他办公室的监听器，不禁微微顿了一下，但随即笑呵呵地说："是、是，还是办公室安全。"

"我刚才跟你说的那些可不能外传，万一传到廖楚山那小子耳朵里，他又得跟咱们抢功劳了。"叶成文跷着二郎腿说，"不过这事儿他早晚是要知道的，我们得赶紧动手。"

"就算要动手，也得知道那日本人藏在哪儿才行。"张振轩道。叶成文笑着说："你不是搞情报的吗，咱俩来个合作如何？"

张振轩沉吟了一会儿，想起跟廖楚山的合作还没有任何收获，所以半天没吱声。

叶成文看着他的眼睛，故作疑惑地问："怎么，看不上兄弟我的能耐？廖楚山那小子有什么本事？莽夫一个，做事不动脑，难成大器。而你我之间的合作，那才是板上钉钉的事，绝对少不了你的好处。"

张振轩想想这话有道理，反正自己也不吃亏，于是笑着说："你我之间还用得着说这些吗？对付小鬼子，匹夫有责，你想让我干什么，说吧。"

"我在击毙日本特务的房间里搜到了一台发报机，由此可知日本人在恩市必定不止一个据点，我要你找到另外的电台。只要找到电波，就有可能找到小鬼子在恩市的大本营。"叶成文胸有成竹，"到了那时候，升官发财还不是小菜一碟。"

张振轩听说找到了日本人的发报机，当即就要看看。

"别急，我会给你的，不过你要记住我们刚才的谈话千万不可外泄。"

张振轩得到日本人的发报机后如获至宝，翻来覆去地研究起来。

日军为了进入恩市，分兵两路向渔洋关进犯。渔洋关是进入恩市的重要关隘，国民党守军与敌交战数日，终因众寡悬殊，渔洋关失守，震惊恩市，陈镜岳焦虑万分。

"听说日军攻陷了渔洋关，有这回事吗？"晚上回到家，顾雅婷问何政东。何政东也因为听说这个消息情绪十分低落，不禁叹息道："是啊，就在昨天晚上，渔洋关失守，国军死伤无数。"

顾雅婷其实已经得到确切消息，此时忍不住说："日军一旦攻陷恩市，山城岌岌可危，可怎么办，怎么办？"

何政东见她如此焦虑，反过来安慰道："日本人是万万打不进来的，国军将士不还在前线浴血奋战吗？陈镜岳主席说了，只要还剩一个人，日本人就休想进入恩市。"

"今天在外面听说又在号召捐款捐粮，我跟大哥提了这事儿，大哥也答应捐。"

"是啊，抗战军需不足，我们都要出一份力的。"何政东说，"明儿我再跟大哥商量商量，竭尽所能吧。"

顾雅婷开心地说："知道我为什么越来越喜欢你吗？就因为你人好。"

何政东竟然有些羞涩地笑了，凝望着她的眼睛，坏笑道："其实我是个坏人，只不过你从来没看到我坏的一面。"

"就算你坏透顶，我这辈子也认定你了。"她把何政东搂得更紧。何政东哑然失笑，却一本正经地说："假如有一天我真的变坏，你会原谅我吗？"

顾雅婷闭着眼睛说："假如有一天你真的变坏，我想你一定不是心甘情愿的，而我也会一直陪着你，把你重新变成好人。"

何政东紧抱着她，微微叹息起来。

翌日一早，去秘要室之前，何政东询问何正豪关于捐款捐粮支持抗战的事，何正豪说："这事儿你就不用管了，我会全力支持。"

"渔洋关失守，将士们军需不足，大哥你看能捐多少就多少吧，多多益善。"

何正豪笑着说："你放心，抗日救国，人人有责嘛，大哥我不是不明事理的人。"

就在这时，安子淇也从屋里出来了，可她身后跟着一个陌生女子。

何政东诧异地看着女子，正要开口，何正豪忙说："对了，差点忘了告诉你，她是我给你嫂子找的丫鬟，从小就不会说话，但是能听懂，大家都叫她哑姑。你昨晚回来得晚，就没跟你说。"

何政东"哦"了一声，继而跟哑姑点头示意，哑姑也微笑着回应了他。他没再追问什么，径直去了秘要室。

顾雅婷不知从哪儿蹦了出来，搂着安子淇的肩膀撒娇："姐姐，以后有哑姑陪你，是不是就不用我陪了？"

"哪能呢，哑姑又不会说话，所以还得是你多陪陪我。"安子淇笑道，"姐姐昨儿买了几匹好看的布料，待会儿你跟我进房去选一些出来，然后去裁缝铺做两身好看的衣裳。"

"姐姐，你对我太好了。大哥，你可真是好福气。"顾雅婷打趣道。何正豪得意地说："那是当然，能娶到你嫂子，可是我几辈子修来的福气。"

安子淇面色微红地说："你们快别说了，再说我就要找个地洞钻进去了。"

"姐，你本来就很贤惠嘛，又会做菜，人也长得漂亮。哪像我，什么都不会，好不容易跟你学做东北菜，却学得一塌糊涂。"顾雅婷的话惹笑了何正豪，他接过话道："慢慢学吧，总有一天你也会变得跟你嫂子一样贤惠。"

《 16 》

　　龙波虽然不是生意人，但他自从决定跟何正豪合作药材生意后，还真在这上面花了点心思，向上级请示后打算做大做强。这样一方面可以更好地掩护自己，另一方面也能为地下党在恩市的行动解决经费问题，一举两得之事，何乐而不为？

　　"不错啊老邵，这批货的成色不错，又能赚不少啊。"龙波从石柱那边进了一批新货，何正豪好像很高兴，"辛苦了老邵，今儿就别走了，找个地方给你接风。"

　　龙波忙推辞道："谈不上辛苦，这都是我该做的。再说，咱们之间能够愉快合作才重要，有钱赚才最开心嘛。接风就算了，正好手头还有点事要处理，下次吧。"

　　"既然这样，那就听您的，下次。"何正豪说，又转身喊道："老高，把我给邵老板准备的礼物拿来。"

　　"哎呀，何少爷，您太客气了，都这么熟了，还准备什么礼物嘛。"龙波推辞道。何正豪说："一支正宗的东北人参，吃了延年益寿，精神抖擞，好东西。"

　　老高把装在盒子里的人参拿了出来，龙波接过后赞叹道："真是好东西，但太贵重了，我……"

　　"邵老板，您就别跟我客套了，既然都是朋友，何必还为这点小事客气？再说您是叶副主任介绍的，我能怠慢吗？"何正豪大笑道，"我还给叶副主任准备了一份，有机会咱们找时间再聚聚。"

　　龙波感激地说："既然盛情难却，那我就不再推辞，先走一步，后会有期。"

"慢走，后会有期！"何正豪送龙波出门后，老高像个幽灵似的出现在他背后，沉声说："昨晚上收到军部来电……"

何正豪转身进屋，接过电报内容一看，顿时脸色大变，愣了许久才说："军部这是在玩火啊。"

"渔洋关已破，恩市势在必得，陈镜岳是个顽固派，他不死，对我们的行动会很不利。"

"可要杀陈镜岳不容易，这个人很难对付。"何正豪对陈镜岳的从军从政经历很是了解。老高说："这是军部的命令，我们必须执行。"

何正豪当然很清楚，违反命令就是死路一条，他回去跟安子淇一汇报，安子淇冷笑道："陈镜岳必须死，帝国的军队即将开进恩市，攻陷山城是迟早的事，到了那时候，别说这个人，所有的中国人都得臣服于帝国……"

何正豪听了这话，心里很不舒服，可他又不敢表露出来。安子淇却好像看穿了他的心思，不屑地说："不要忘了自己的身份，你现在是大日本帝国的武士。"

何正豪在床上翻来覆去折腾了大半宿，可依然难以入睡。这些年来，他一直在想一个问题——要不是当年误打误撞进入日本陆军学校，如今也不会变成日本人的走狗，可一旦上了贼船，要想下船就难了。他明白，这个秘密肯定会一辈子跟着他，而且永远不能对外人说。他有时候想要从船上下来，可周围全是水，只要离开船，那就会死无葬身之地，所以就只能等着，等着船靠岸的那天。

何政东把何正豪给叶成文的人参给了他，他打开盒子，赞叹道："哎呀，这个太贵重了，我不能收。"

"能有多贵重，不就一棵人参吗？大哥说这玩意儿在东北那地方到处都是，不值钱。"何政东笑着说，"叶副主任，我大哥说了，您整天忙，这东西能让您精力充沛，全身心为党国效力。"

叶成文大笑道："你们兄弟俩可真是一对活宝，也罢也罢，那我可就恭敬不如从命了。"接着又捧着人参啧啧地赞叹起来。

何政东接着说："我想申请个事儿。"

"说吧。"

"我想再去石乳关一趟。"何政东此言一出，叶成文惊讶地看着他，他继续说，"我想去见见唐元龙，跟他了解一些情况。"

"什么情况？"

"不瞒您说，我们虽然击毙了日本特务，也在房屋里找到一些证据，但我觉得这事儿太蹊跷。"

叶成文微微一笑，问："你的意思是这个日本特务不是我们要找的人？"

何政东说："不过这只是我的个人猜测，所以我想再去会会唐元龙。"

叶成文沉吟了一会儿，然后说："也好，我正好还欠他一些东西，你顺便带过去，有了这些东西，他会对你客客气气。"

何政东感激不尽，但他貌似从叶成文眼里看到了一些奇怪的神情，直到不久之后才终于明白。

一场大雨把石乳关洗了个干干净净，满目的绿叶油光发亮，一眼望去，神清气爽。

何政东这次独自过来，在山口被二当家截住，二当家一见是他，先是冷笑，继而问道："小子，你又来干什么？"

"我有要事拜见大当家，麻烦通传。"何政东彬彬有礼。二当家轻蔑地说："大当家可不是什么人想见就能见，上次是来送金条，这次又想干什么？"

何政东道："大当家难道没说我们欠他几根金条吗？"

二当家不相信地瞪着眼睛看了他很久，终于吩咐手下带何政东上山。何政东见到唐元龙时，唐元龙一开口便问："小兄弟这是特意给我送金条来了吗？"

"大当家好眼力。"何政东把当初答应的金条递到了唐元龙面前。唐元龙开心大笑，连连说道："我最喜欢讲信义的人了。来，上座。"

何政东这次不怎么怯场，面对一群如狼似虎的土匪，全然没了第一次来时的紧张情绪，大大咧咧地说："大当家客气，我们答应过您的事就一定不会食言。"

"如此说来，你们已经逮住了上次来找我的人？"唐元龙问。何政东说："死了！"

"什么？死了？怎么死的？"

"被我们击毙的。"

唐元龙摸着脑袋瓜，一脸愁苦地叹息道："好家伙，居然死了，不过也好，那孙子该死，虽然老子拿了他的金条，可老子毕竟也是中国人，要早知道是小鬼子，老子当初就直接把他干掉。"

何政东笑了笑，话锋一转，说："正如大当家您所说的，我们在死者房间里找到了墨镜和假的胡须，可我感觉这个人并不是来找您的人。"

唐元龙疑惑地看着他，好像不明白他在说什么。

"大当家，不瞒您说，我这次来就是想找您再核实一下。"何政东说着拿出了随身带来的照片。唐元龙左看右看，却不敢肯定，最后只好说："好像是，好像又不是。"

"您好好回想一下，假如这个人戴上墨镜、帽子和假的胡须，会不会就是您上次见过的人？"何政东又说。唐元龙皱着眉头回忆了半天，最终还是摇头道："不是他，从外形上看，那人比照片上的人要高一点，偏胖一点。"

"您真的确定？"

"你不信我的话？"唐元龙瞪着眼睛，好像突然之间变了个人。何政东忙说："信、当然信。大当家，非常感谢，我得告辞了。"

何政东离开后，唐元龙掂量着装着金条的袋子，眼里藏着一丝深邃的笑容。

"大哥，财神爷都走了。"二当家凑过来说道。唐元龙把金条丢给他，说："让弟兄们下山去购置些好酒好肴，咱们大摆筵席，闹他个三天三夜。"

何政东在回去的路上，脑细胞异常活跃，当然也异常兴奋，急切想要让叶成文知道这个消息，可回到恩市时天已黑尽，他不得不先回家。也巧得很，在门口撞见了正要进门的何正豪。

"这么晚才回？"何正豪见他脸色疲惫、风尘仆仆的样子，于是问道。

何政东无力地说："去了一趟石乳关，累啊！"

何正豪一惊，慌忙问道："又去石乳关了？"

何政东见他如此紧张，不解地问："大哥，我去石乳关，你紧张什么？"

"我、我这不是担心你嘛，那些土匪杀人不眨眼，没把你怎么样吧？"

何政东笑了笑，说："没有，我给土匪送金条过去，他们待我如座上宾。"

"是吗？那就好，不过以后还是少跟那些人打交道，你毕竟是政府的人，别让人说三道四。"

顾雅婷见何政东这么晚还没回，心里正在着急，他就出现了，她欣喜地迎了上去："可算是回来了，担心死我了！"

何政东回到房里，宽慰她道："没什么好担心的，我这不是好好的吗？"

"事情办好了？"她知道他去石乳关的事。他说："办好了。"

"你先歇会儿，我去让厨房给你热热菜。"顾雅婷说着就走向门口。此时，何正豪从门外慌忙离去，回去跟安子淇说起何政东又去石乳关的事，安子淇露出跟他一样惊恐的表情，过了许久才说："石乳关的匪首见过你，此人不能留了。"

"可我当时乔装打扮过，他绝对认不出我……"

"不行，为了保险起见，这个人必须消失。"安子淇决绝地说，又转身盯着他问，"怎么，现在杀个人对你来说有这么难吗？"

"好，我马上去处理。"何正豪低沉地说。

第二天，何政东将去石乳关了解的情况跟叶成文一说，叶成文似乎一点都不感到惊讶，只是说道："辛苦了，我马上跟主任汇报。"

何政东看着他的表情，匪夷所思地问："您是不是早就知道被击毙的日本人不是我们要找的人？"

叶成文笑道："自己去想。"

唐元龙再次看到这个戴着墨镜的男子出现时，还以为自己见了鬼，但看见对方双手奉上的金条时，立马就笑开了花，把何正豪让进屋里，关上门，开始窃窃私语。

"什么，你要我打劫城里的何家？"唐元龙异常吃惊。何正豪非常肯定地说："何家是大户，而且跟我有深仇大恨，抢了何家，帮我出口恶气，所得都归你。"

唐元龙有些担心，问："上次抢了银号，国军和那些警察会不会有所防范？"

"放心吧，有我在城里接应你们，绝不会出事。"何正豪说。唐元龙问他："我怎么信你？"

"信我的话，你会赚大笔的钱，而且我可以告诉你，何家的情况我都摸透了，到时候你可以直接去打开金库的大门。"何正豪的话让唐元龙终于没了顾虑，二人约定两日后在城里见面。临走前何正豪又问："在我来之前，是不是有人来找过你？他们是不是希望通过你找到我？"

唐元龙不知他怎么会知道这事儿，知道自己瞒不了，于是一股脑儿全说了出来。

"很好，我喜欢你的坦诚，就这样吧，告辞！"

唐元龙对这个人越来越好奇，但一想到何家的金库，立马就将所有的疑问抛到了脑后。

两日后的傍晚，天空突然变得阴沉沉的，几道刺眼的闪电划过，一场瓢泼大雨将恩市变成了汪洋大海。

这样的夜晚，正是恶魔出动时。

唐元龙暗叹天公作美，带着一票弟兄分批进入恩市，天黑时才慢慢聚合到了何家周围。

又是一道闪电划过，唐元龙带着手下向何家靠拢，按照原计划，他知道有人在里面策应，所以很顺利就从正门进了大院。可他万万没想到，一阵尖锐的枪声惊醒了他的美梦，顷刻间几个手下就见阎王爷去了。

"他娘的，中埋伏了，赶紧撤！"唐元龙大惊失色，慌不择路想要逃出去，可大门已经被一股强大的火力封锁。他大叫着还击，但终因寡不敌众被射成了马蜂窝。临死之前，他想起了忽悠自己来打劫何家的那张面孔，在他脑海里越放越大。

何政东从暗处走了出来，看着倒在泥水中已经死去的唐元龙，还以为自己看花了眼。

这场雨说走就走，好像早有预谋。

这次的伏击是叶成文安排的，因为就在昨天傍晚，他又接到个陌生的电话说一股土匪会在今天晚上打劫何家，虽然他半信半疑，但还是征求了何政东的意见，然后带人在何家周围埋伏了起来。

"怎么会是他？"何政东不相信地问道。何正豪假装问道："你认识？"

何政东叹息道："是石乳关的土匪，这个就是匪首唐元龙。"

"什么？这个人就是你去石乳关找的那个土匪头子？"何正豪假装大惊，继而却舒心地说道，"死了也好，没想到这个浑蛋居然敢打咱们家的主意。政东，叶副主任接到的那个电话究竟是谁打来的？什么人会知道这伙土匪要来打劫咱家？"

何政东摇头道："叶副主任也不知道，不过正在调查，相信很快就会知道电话的来源。"

何正豪一愣，疑惑地问："能查到吗？"

"还不清楚，那个人好像太清楚秘要室的事了，第一个电话让我们击毙了一个日本特务，这第二个电话又让我们击毙了一个土匪头子。你说，到底什么人这么神通广大？"

何正豪沉默了一会儿，说道："如此说来，此人不仅对秘要室很熟，而且信息来源和渠道广，要不怎么会知道这么多事。"

"确实神通广大。"何政东感慨道。这时候，地上的尸体都已被运回秘要室，他连夜赶回去，叶成文刚刚查看了尸体，见他回来，凝重地说："这个人可比我们想象中厉害多了，是个很狡猾的对手。"

"对手？"何政东不解地问。叶成文点头道："这个人借我们的手除掉的两个人，必定跟他都很熟，你不觉得吗？"

何政东也这么想过，可他疑惑的是这两个身份悬殊的人为什么会跟同一个人扯上关系。他脑瓜转得快，好像突然就明白了什么，惊讶地说："我知道了，打电话的人就是去找唐元龙的日本特务，当他得知我们也去找过唐元龙之后，找了个替死鬼垫背，可是后来……"

"可是后来这个日本特务知道你又去找过唐元龙，担心我们知道真相。他明白死人才会永远闭嘴，于是一不做二不休，干脆干掉唐元龙，希望一了百了。"叶成文帮他说出了剩下的话。何政东瞪着眼睛说："这么说来，这个打电话的人就是我们要找的日本特务，或者说至少跟这个日本特务有关系。"

"你说得对，这是我们目前的侦查方向，主任已经安排张振轩在调查这个电话的来源，希望很快就会有新的线索。"叶成文突然话锋一转，问，"我们第一次去石乳关是保密的，除了你我，没有第三个人知道。你第二次去石乳关也是保密的。你现在好好想想，你有告诉另外的人吗？"

何政东仔细在脑海里搜寻了一阵，突然眼前一亮，像是想到了什么，嘴巴动了动，却不知如何启口。叶成文盯着他，不解地问："想到什么了？"

"没、没有。我是在想，这件事除了我们，陈主任应该知道吧？"何政东此言一出口，叶成文笑着问："你是怀疑陈主任出卖了我们？"

何政东没敢答话，叶成文接着说："你想多了，这个人是任何人都不可能是陈主任。"

"是啊，不过您不是问除了你我还有谁知道我们去石乳关的事吗？我就随口说了出来。"何政东讪讪地笑道，叶成文却陷入了沉思。

何政东回想着叶成文的话，越来越不相信自己的感觉了。他想了许久，也想了很多，最后却又想尽办法推翻自己的猜测，可这些理由又很难让自己信服，不禁陷入左右为难的境地。

"嫂子，哥呢？"吃晚饭时，何政东没见到何正豪。安子淇说："中午的时候说是去药材铺看看，可一直没回。"

何政东说："这么晚了，怎么还没回？"

"别管他，可能还有事，我们先吃吧。"安子淇说。何政东道："还是等等大哥吧，应该快回了。"

"对对对，再等等，也不饿。"顾雅婷接过话道。正说着，何正豪就出现了，一见面就大声嚷嚷道："快报、快报，大喜事啊。"

三人同时起身问："什么喜事啊？"

何正豪刚才走得挺急，不停地喘息，沉了口气才说："今儿做了笔大生意，不是喜事吗？"

"唉，还以为是什么天大的喜事，原来就这呀？"安子淇不以为意。何正豪脸色不快地说："也对，你们对生意上的事儿没什么兴趣。"

"吃饭吧。"何政东说。顾雅婷跟着说："大哥，不是我们没兴趣，就算有兴趣，你生意上的事情，我们也不懂。"

"嗯，咱们家会做生意的除了我爹，就数大哥你了。"何政东附和道。何正豪边吃边说："可惜爹走了，要不然我还能跟着学不少东西呢。"

众人陷入沉默中。

"对了，那个土匪头子被击毙，你们秘要室有发现什么吗？"何正豪貌似漫不经心地问。何政东似乎愣了一下，停下手中的筷子说："你看我忙着吃饭，不问我都差点忘了说。唐元龙被击毙，叶副主任还在调查此事，秘要室忙活了一天一夜，不过暂且没有进展。"

何正豪暗中松了口气，看了身边的安子淇一眼，笑呵呵地说："幸好提前有所准备，有惊无险啊。"

"这还得多亏了政东。"安子淇道。何正豪赞同地说："爹过世后，你心情不好想要辞职，那时多亏被我拦住，看来这次咱们家能化险为夷，也多亏你听我劝留在了秘要室。"

"是啊，有时候很多事都是早就注定的，何家注定有此一劫，可也注定能化险为夷。大哥，咱们是不是好久没喝酒了？要不找个时间……"何政东的建议得到了何正豪的响应，当即吩咐下人搬出来一坛老酒。何政东直吐舌头，忙说："不是说再找个时间嘛。"

"还找什么时间？兄弟俩喝酒还要约时间吗？满上！"何正豪说着，酒已经倒满两个大碗，酒香味瞬间弥漫在空气中。安子淇和顾雅婷也不甘示弱，非要跟着一块儿凑热闹，结果不大会儿全都面红耳赤，趴在桌上没了动静。

何正豪醉醺醺地笑道："瞧，让她俩别跟着掺和，偏要喝这么多，醉了吧。"

"没事儿，咱俩接着喝，不醉不休。"何政东也醉得不轻，但嘴上还在硬挺。

何正豪一仰头又喝了个底朝天，结结巴巴地说："兄弟，这次咱们家能逃过一场灭顶之灾，多亏了你。"

"别，你是我大哥，亲大哥，咱们一家人不说两家话。何家有难，我能袖手旁观吗？"何政东说完就趴在桌上呼呼大睡了。何正豪傻笑起来，看他真的睡着，脸上的表情突然就变得无比深沉，就这样沉默了许久，又仰头喝下了一大碗……

何正豪的这个表情，被装睡的顾雅婷偷看在了眼里，但她却不知道，自己的行为又被装醉的安子淇看在了眼里，这一刻，所有无声的较量瞬间充满了杀机。

何正豪先把安子淇送回房间后，又把何政东和顾雅婷送回了房间，然后才回去歇息。

"看来你们兄弟俩可真要撕破脸皮了。"何正豪正要睡下，身后传来安子淇的声音，他顿时被惊得一个激灵，在明白了她的话后，随即说："我说过，不管发生什么事，谁也不许碰我兄弟。"

"你知不知道，今天晚上，就在你以为所有人都喝醉了的时候，你的表情全都被顾雅婷看在了眼里？"安子淇冷冷的声音像从地狱里传出来的，"那个女人装醉，一定是发现了什么，要不是我也装醉发现了这个秘密，那一切都完了。"

何正豪感觉自己像被泼了一盆冷水，瞬间从头凉到了脚。

"不对，顾雅婷一定是发现了什么，这个女人不简单。"安子淇又重复道，"必须尽快除掉。"

何正豪打了个寒战，转身盯着她，冷冷地问："就因为怀疑，你就想杀了顾雅婷？"

"为了帝国的圣战，这个女人必须死，要不然先死的就是我们俩。"

何正豪不相信地摇头道："不可能，她就是个普通女子，怎么会有问题？我提醒你，在找到证据之前，绝不能伤害她。"

安子淇冷笑道："这个女人的身份不简单，为了帝国的大业，如果你不想她死，我给你机会让她离开何家。"她顿了顿又说，"目前还不确定她到底发现了什么，但愿是我多想了。"

何正豪头脑越发昏沉，这又是个难眠的夜晚，他明白自己已经背叛了国家，现在又面对是否要背弃亲人的艰难抉择，心里越来越矛盾，一直煎熬到天快亮，依然没想到迫使顾雅婷离开何家的办法。

顾雅婷定期回到大兴米行利用电台向上级汇报，顾开尧照样在外面把风。

张振轩正闭眼假寐，突然苏晓蔡进来汇报："那个电波又出现了。"

"什么？"张振轩一跃而起，随即跟了出去，问监听人员："查到电波来源了吗？"

"正在追踪。"

张振轩紧捏了一把汗，这个电台的使用者太狡猾，之前几次都跟丢了，希望这次能有收获。

整个房间里充满着嘀嘀嗒嗒的声音，每个人的神经都绷得紧紧的。

"找到了！"监听者惊喜地喊道。张振轩根据他提供的数据锁定了大致范围，随即带人直奔而去。

顾雅婷每次跟上级联系的时间都控制得很严，但这次在使用电台的过程中发生了一点小问题，她抱着侥幸的心理稍微延长了一点时间，没想到就是这点失误让自己暴露了。

顾开尧谨慎地观察着周围，突然间，一群荷枪实弹的警察将米行围了起来，顾开尧还没来得及进去通风报信，就被枪口指着了脑袋。

"你们想干什么？"顾开尧故作镇静地问。向吉群摇摇晃晃地走进店里，四下打量起来。

在里屋发电报的顾雅婷听见外面的声音，慌忙将电台藏了起来。

向吉群收回目光问："这儿就你一个人？"

"还有我女儿，在里屋。"顾开尧说。向吉群阴阳怪气地问："听说你这米行生意不错？"

"还过得去。"顾开尧答道。向吉群突然一挥手："给我搜！"

顾开尧忙拦住他问："这位老总，咱们米行可是做正当生意的……"

"真的吗？"向吉群冷笑道，"本局长刚刚接到电话，有人举报你这米行里售卖劣质大米，该当何罪？"

"什么？"顾开尧大惊道，"冤枉啊，您可要明察，街坊邻居都知道，我这米行从不短斤少两，更不会卖劣质大米，要不您随便找人问问！"

"问个屁，有人举报，本局自然要亲自来查个水落石出。"向吉群话音刚落，顾雅婷突然从里屋出来，大声呵斥道："我看谁敢？"

向吉群一看这女人的派头，不禁狂笑道："我以为谁在大呼小叫呢。给我继续搜，谁敢阻拦，休怪本局不客气。"

顾雅婷又打算上前阻拦，却被顾开尧的眼神制止，只好放任他们进屋搜查。

"局长，找到了！"很快，下属回头跟向吉群报告。向吉群咧嘴一笑，道："走，带我去看看。"

顾开尧知道米行里根本不会有劣质大米，所以一点也不担心，他担心的是电台。可就在他们正要进屋去时，门外传来一声尖厉的刹车声。众人纷纷回头望去，只见一群男子从车上鱼贯而下。

向吉群认出了张振轩，瞪着眼睛，不明所以地迎出去问："张副主任，什么风把您给吹来了？"

张振轩也很疑惑这儿怎么会有警察局的人，但他仗着自己的身份，从来没把这些警察放在眼里，眯缝着眼睛问："我倒想知道，你们怎么会在这儿？"

顾雅婷和顾开尧也都傻了眼，不知这两股人马为何会不约而同地出现在米行，难道是电台暴露了？顾雅婷想到这里，径直横在了那二人面前，厉声质问道："我看你们弄错了吧，知道这家米行的老板是谁吗？"

"米行售卖劣质大米，就算是天王老子也保不住你们。"向吉群嚷道，转而面对张振轩说："我们接到举报才来搜查，果然搜到了劣质大米，正要把人带回去，您就来了。"

张振轩看着顾雅婷，突然有种似曾相识的感觉，不过一时又想不起在哪儿见过。顾雅婷倒是认出了他，此刻笑吟吟地说："张副主任，您真不记得我了？我是何政东的妻子，这位是我爹，何政东的岳父。"

张振轩这才恍然大悟，但脑袋里随即闪过一道灵光，笑道："我记得，不过本人有公务在身，必须对米行进行搜查，多有得罪了。"

"我看谁敢！"顾雅婷想用气势吓倒他，却没承想张振轩已经锁定目标，哪能就此放过大好的机会。只见他拔出枪来，冷冷地说："本人正在执行公务，谁敢阻拦，格杀勿论。"

顾雅婷和顾开尧不得不往边上退去。

向吉群问："张副主任，您不会也是接到举报来搜查劣质大米的吧？"

张振轩没理会他，冷笑了一声，径直走向里屋，同时大声吆喝道："给我搜仔细了，每个角落都不许放过。"

顾雅婷明白这次凶多吉少，不过她并不怎么害怕，就算被找到，顶多是公开身份而已。

就在此时，躲在暗处的安子淇将这一切都看在了眼里，是她举报米行售卖劣质大米的，当然也是她做了手脚，但她不明白的是机要室的人为何也会出现，只好静观其变。

张振轩的手下果然在里屋的隐蔽处搜到了电台。面对电台，顾雅婷和顾开尧都明白自己的身份要曝光了。

"电台？"向吉群大惊失色，做梦都没想到张振轩是来找这个的，转而问他是怎么找到这儿来的。张振轩得意地说："这是秘要室的机密，说了你也不懂。"

向吉群连连点头，心里却在暗骂。

"好了，你们可以撤了，米行现在由我的人接管，这两个人我也要带回去。"张振轩这话表面像是商量，实则是通知。向吉群忙点头哈腰地说："这是当然，这是当然，那您先忙，我先撤。"

张振轩支走了向吉群，这才转向顾雅婷问："如果我猜得没错，你就是刚刚使用电台的人吧？"

顾雅婷没理会他，而且根本不看他。

"没想到，实在是没想到。好啊，看来何政东那小子这次真要完蛋了。"张振轩得意扬扬地笑道，"别愣着了，你们二位现在都跟我回去吧。"

"我去打个电话。"顾雅婷说。张振轩冷笑道："都什么时候了还打电话，落到了我们手里，阎王爷都救不了你，更别说何政东了。带走！"

安子淇眼看着顾雅婷和顾开尧被带走，却仍感纳闷，她只是给警察局打了个电话，却怎么都想不到会招来秘要室的人。回去跟何正豪一说，何正豪随即大怒，却又敢怒不敢言，只是问她为何要这么做，又为何没提前跟他商量。

"之所以没跟你商量，是担心你下不了手，所以我就自作主张了。"安子淇轻描淡写的态度激怒了何正豪，但他知道这个女人心狠手辣，如果真的跟她闹翻，也许会有更严重的后果等待自己。

"没想到秘要室的人居然在米行里找到了电台，你能告诉我顾雅婷到底是什么人吗？"安子淇仍旧百思不得其解。何正豪稳了稳情绪，叹息道："不是我们的人，那就是共产党！"

安子淇冷笑道："这个人绝不是军部的人，要不然我不会不知道。"

"我们在一个屋檐底下生活了这么久，如果她真是共产党，那我们的麻烦也就大了。"何正豪此时已经转变态度，全力思考自己的退路。

安子淇沉吟了片刻才又说："我早就发现顾雅婷的行为举止有些怪异，她到底是什么人？但愿她还没有发现我们的真实身份。"

"怀疑是肯定有的，不过也仅仅是怀疑，如果我们真的已经暴露，又或者她真是共产党，那我们早就完蛋了。"何正豪眼中闪烁着骇人的冷光。安子淇也正如此想，但她目前最想知道的就是顾雅婷到底是什么人，所以她让何正豪马上去查清楚。

父女俩被带到审讯室，然后被隔离开。

张振轩本想先审再报，但担心引来麻烦，还是决定先去跟陈希平汇报。陈希平听他搜到了电台，当然很高兴，让他立即审讯。但张振轩又说："不过有件事还得您亲自把关。"

"说吧，什么事？"

"不瞒您说，今天抓回来的父女俩，身份有些特殊。"

陈希平不解，张振轩接着说："这父女俩跟咱们秘要室的人关系非比寻常，女子是何政东的妻子，男子是何政东的岳丈大人。"

陈希平大跌眼镜，惊问道："这到底是怎么回事？"

"我们也是根据电波才追踪到了电台，然后才找到使用电台的人。"张振轩说，"这两人怎么处理，还是您定夺吧。"

陈希平脑子里浮现出无数种可能，当即说道："看来这两人不简单，也许是大鱼。你马上展开审讯，其他的事我来处理。"

"是！"张振轩领命而去。陈希平却陷入沉思，随后把叶成文叫了过来，问："有件事想问问你，政东在你那里干得怎么样？"

叶成文一愣，忙说："不错啊，小伙子办事能力强，是个得力的助手。"

陈希平缓缓点头，又问："你跟何家的人都很熟？"

"差不多吧，包括何老爷，都打过交道。"叶成文实话实说。陈希平又道："如此说来，你对何家应该是知根知底的？"

"也算是吧。"

"那好，我就不拐弯抹角了。"陈希平道，"叫你来，是有件事跟你透个气。振轩监听到一个可疑的电波，然后根据电波找到了电台，也抓了人。"

叶成文听他这么一说，不禁嘀咕起来，不知此事与何家有什么关系。

"这抓来的两人你应该也认识，一个是何政东的妻子，一个是他的岳丈。"陈希平话一出口，叶成文便瞪大了眼睛，被惊得半天没说话。

《 17 》

张振轩自然没从顾雅婷嘴里问出任何有价值的东西，不禁勃然大怒，想要动刑。顾雅婷斜眼看着他，怒喝道："你敢！"

"哟，到了这儿还敢狂。"张振轩冷笑道，"马上就让你看看什么叫痛不欲生、生不如死！"他一挥手，两个手下便把顾雅婷绑到了电椅上，顾雅婷挣扎着怒吼道："敢对我用刑，你一定会后悔。"

"我倒想看看怎么个后悔法。"张振轩一声令下，电流传遍了顾雅婷的身体，那张美丽的脸瞬间就扭曲得变了形。

"说还是不说？"张振轩咬牙切齿地吼道。顾雅婷快要昏厥，但她脸上仍然带着蔑视的表情，有气无力地说："你一定会付出代价。"

张振轩见她如此嘴硬，不得不改变策略，决定在顾开尧身上下功夫，却没料到这个老头子居然比顾雅婷还嘴硬，甚至一声不吭。

"这两人一看就是共产党，但是再用刑他们可能会死。"手下提醒道。张振轩骂道："看来这两人是不见棺材不掉泪，再给点颜色瞧瞧。"他指的是其他的刑讯方式。可就在此时，叶成文带着何政东出现了。

张振轩把他们拦在审讯室外，得意地说："叶副主任，这里面正在审讯刚刚抓获的共产党，你不会想从中邀功吧？"

叶成文针锋相对道："刚刚已经请示过陈主任，我要马上去见你抓回来的人。"

"这可不行，这两人身份特殊，我必须看到主任的亲笔批示。"张振轩蛮不讲理。叶成文从口袋掏出一张纸，张振轩一看就变了脸色，不得不悻悻地让开道放他们进去。

何政东看到被折磨得奄奄一息的顾雅婷时，心里顿时如被针刺般疼痛，扑上去抓着她，泪水夺眶而出，心痛地说："没想到他们把你折磨成这样。雅婷，这到底是怎么回事啊？"

顾雅婷惨笑道："他们诬蔑我和我爹是共产党。"

"什么叫诬蔑？从米行搜出的电台怎么解释？"张振轩厉声质问道。何政东眼巴巴地看着她，希望得到答案，可她无力地说："我们不是共产党，但现在还不能告诉你真相，因为……"

"死到临头还嘴硬。"张振轩又骂道。"叶副主任，想必你也知道了所有的事，这个女人太狡猾，嘴太硬，我不用刑她恐怕是不会招的。"

叶成文冷笑道："你已经用了刑，她招了吗？"

张振轩被问得一愣，但随即说："要不您来试试？"

叶成文根本不屑跟他斗嘴，何政东此时回头怒视着张振轩，冷言道："我敢拿我的命保证，她绝不是共产党，你马上放了他们。"

"放了他们？"张振轩狂笑起来，"主任只是让你们来看人，可没让我放人啊。再说，如果真放走了共产党，你们打算怎么向上面交代？"

"我说了，如果他们真是共产党，我拿命给你交代。"何政东神情刚毅。张振轩摇头道："你的命值几个钱？"

"我的命够了吧？"叶成文补了一句。谁知张振轩等的就是这句话，立马说："很好，既然叶副主任也来担保，那我就应下了。"

何政东从审讯室把顾家父女带走后，张振轩随即去找陈希平，陈希平笑着说："你做得对，放比不放好。"

张振轩不明所以。

"这两人如此嘴硬，而且面对严刑拷打一点也不屈服，看来不是一般人，况且有何政东在，我也不担心他们逃跑。"陈希平老谋深算地说，"你派人去盯着何家，有什么风吹草动立马向我汇报。"

"您的意思是假若他们是共产党，那何政东那小子也跟着完蛋？"张振轩问。陈希平冷笑道："我早就怀疑咱们身边有内奸，这件事也许能帮我们把这个内奸找出来。"

张振轩若有所思地说："您指的是……"

"好了，快去吧。"陈希平没让他把话说完，他却已经看出陈希平的意思，当即幸灾乐祸起来，暗笑道："叶成文啊叶成文，看来你有大麻烦了。"

顾雅婷和顾开尧没能离开，而是被带去了秘要室的医务室，分别待在两间病房。

何政东陪着满身伤痕的顾雅婷，伤感地问道："疼吗？"

顾雅婷微微摇头，强挤出一丝笑容说："我没事。我爹他还好吗？"

"我刚去看过，没什么事。"何政东说，"倒是你，伤势要严重多了。"

顾雅婷苦笑着问："你没有什么想问我的吗？"

"什么？"他愣了一下，但随即明白了她的意思，轻声叹息道，"你是我老婆，不管发生什么事，我永远是信任你的。"

顾雅婷感激地看着他，过了许久才说："是，你们的人确实在米行找到了发报机，我知道你不得不怀疑我，但我向你保证，我从来没做过对不起你的事。"

"雅婷，你什么都不要说了，好好养伤，我相信你，等你好了我们就回家。"何政东紧握着她的手，却感觉她在颤抖。她稳了稳情绪，想起肩负的任务，不禁闭上了眼，而他以为她只是累了，所以帮她掖好被子，然后默默地注视着她，不由自主地再次想起今天发生的事，在心里默默地问道："雅婷，你到底是什么人啊？"

叶成文此时正在陈希平办公室谈话，陈希平喝了口茶，凝重地说："这件事非常复杂，可能远比我们想象中的要复杂得多。成文啊，突然发生这种事，我非常明白你现在的心情，政东是你的得力助手，你不忍心看着他出事。不过话说回来，如果顾雅婷真有事，那么我们谁都逃不脱责任，这将是秘要室的耻辱。"

叶成文听懂了这些话的意思，但他不想推卸责任，只是希望澄清事实，所以说道："主任，政东结婚之前，我们考察过这个女人的背景资料，没有任何问题嘛。"

"考察归考察，但没有查到问题，这也是我们自身的问题，现在问题暴露出来了，我们就要想办法解决。"陈希平义正词严，"必须尽快查明这个女人的身份，如有问题，那这个何政东也逃不脱干系。"

叶成文知道自己说服不了陈希平，只好起身去医务室，他希望亲自找到答案。

何政东见叶成文到来，忙站了起来。

"还没醒？"叶成文问。何政东点了点头，问他怎么来了。

"我过来看看人醒了没有。"叶成文说。何政东见他脸色冷峻，也明白他过来主要是想干什么，只好说："等她醒了，我派人向您汇报。"

顾雅婷假装睡着，却能清楚听见他们的对话。

叶成文盯着顾雅婷看了许久，突然说："我想跟你谈谈。"

顾雅婷浑身一抖，却仍然闭着眼睛。

"你们藏在米行的电台被我们找到，这不是偶然的，因为在此之前，我们已经多次监听到你发送的电波，虽然没有听到具体的内容，但也说明你多次跟你的上线联系。"叶成文知道她能听见，"我们现在有足够的理由怀疑你是日本特务，或者是共产党。你到底什么身份，为了免受皮肉之苦，还是自己坦白吧。"其实他已经知道她不是自己的同志，所以现在就担心她是日本特务。

"我不能告诉你们我的身份。"顾雅婷还是这句话，"但是你们最好放了我，否则会给自己惹一身麻烦。"

"我们秘要室一向都是麻烦制造者，也不在乎多一个。"叶成文不屑地说，"既然你不想说，我看在政东的分上又不能对你再用刑，那就只能让顾开尧开口了。对了，如果我猜得没错，这个人根本就不是你爹。"

一边的何政东张大了嘴。

顾雅婷冷冷地回敬道："我现在什么都不能回答你，但你们这么对我们，一定会后悔。"

"雅婷，都什么时候了，你就不能说句实话吗？"何政东哀求道。但顾雅婷却倔强地摇头："我有使命在身，当可以说的时候一定会告诉你。"

何政东难受不已，不解地看着她。

"你继续休息，我去会会顾开尧。"叶成文说着要走。顾雅婷突然坐起身，说："我要打个电话。"

"给谁打电话？"叶成文停下来，不急不躁地问。顾雅婷说："给我的上级。"她明白这次是逃不过去了，也知道秘要室不会轻易放过她，除非她主动坦白，否则事情可能会变得更加糟糕。

何政东不知她为何突然就想通了，但他更期待的是知道她到底是什么人，所以慌忙插话道："让她打电话。"

叶成文却越发不急，而是问："你必须先告诉我，到底给什么人打电话？你的上级到底是谁？"

"你没有资格知道这些。"顾雅婷没好气地回敬道。

顾雅婷在他们的监视下来到叶成文办公室，然后拨出了一个电话，电话接通后，她说："主任，我是野狐。我们暴露了，现在被秘要室扣押，请指示。"

叶成文和何政东听着她的声音，忍不住对视了一眼。何政东感觉自己心里有股火焰在燃烧，而这股火焰令他快要窒息。

"她到底是什么人？为什么会有代号？"他想起自己的真实身份，不禁打了个寒战。

电话那边传来一个低沉的声音，不久之后，顾雅婷挂上了电话，转身说："我要见你们主任。"

"什么？"叶成文很惊讶。她说："等见了你们主任，你们就自然知道我的真实身份了。"

何政东满脸狐疑地盯着这个跟自己同床共枕的女人，陌生感越来越强烈，而她却始终没正眼看过他。他突然没忍住喊道："我要你亲口告诉我，你到底是什么人？"

顾雅婷微微顿了顿，却没有停下脚步。

叶成文看了何政东一眼，然后出门而去，只留下他独自发呆。

二人进门时，陈希平正在接电话，放下电话，抬头看向顾雅婷，一直盯着她看了很久都没开口说话。

"主任，您怎么了？"叶成文不解地问。陈希平这才收回目光，又端起杯子喝了口水，然后说："你先出去。"

"我？"叶成文愣了愣，不得不迟疑着离去。

陈希平的目光又落到顾雅婷脸上，顾雅婷毫不躲闪地回应着他，他脸上终于露出了笑容，语气轻松地说："没想到咱们是一家人。"

"既然事情已经清楚了，我现在可以走了吗？"顾雅婷不想多言，更不想多留。陈希平笑了笑，说："当然，不过不是离开秘要室，而是离开恩市，永远都不要再回来。"

顾雅婷的瞳孔瞬间扩大，但很快恢复了正常，轻描淡写地说："既然都是一家人，为什么要赶我走？"

"这儿是秘要室的地盘，你们军统何必要插上一脚？再说了，军统虽然势大，但也没有能力在恩市立足。"陈希平轻蔑地说，"回去告诉你的主子，不要再想恩市的事，这儿有我们秘要室就够了。"

"恩市的局势太复杂，单凭你们秘要室恐怕不行吧。"顾雅婷话里带着奚落。陈希平却冷笑道："你还是好好想想怎么跟何政东交代吧，你骗了他这么久，利用他在恩市开展行动，我想他不会轻易原谅你吧。"

顾雅婷心里一紧，这是她现在最难过的关口，从被带进秘要室，心里想得最多的就是这件事，此时刚刚平静下来的心情又不自觉地躁动起来。

在此之前，叶成文始终没弄明白顾雅婷和顾开尧的真实身份，不过就在刚刚，他基本可以肯定的是，二人一定是国民党内部的人。想到这里，他不禁为何政东感到担心，两人同在一个屋檐下生活了那么久，她有没有可能对他的真实身份产生过怀疑？

何政东和顾雅婷先把顾开尧送回去，然后一起走往何家的方向。两人各怀心事，很久都没开口说话，但谁都知道最后总要把事情说清楚。一直沉默了很久，快到家时，她终于停下脚步，转身看着他，好像鼓起了很大勇气才说："有些话总要说明白的，有些事情，其实我……"

"算了，如果你不想说，我永远不会逼你。"何政东轻声打断了她。她缓缓点了点头，接着说道："我很快会离开恩市，并且跟你离婚。"

"什么？"何政东大惊，眉目低垂，不解地说，"为什么要跟我离婚？我到底做错了什么？"

"不是你的错，是我对不起你。"

"我不管，反正我不会跟你离婚。"他急切地说，"不管你是干什么的，也不管你干了什么，在我眼里，你就是我的顾雅婷。"

顾雅婷明显被这话给感动了，顿了许久都没说话，眼睛也变得微红。

何政东突然抓着她的手说："什么都不要再说了，咱们回家好好过日子。"

"这日子过不下去了。"她紧咬着牙关，"我也不会告诉你我到底是干什么的，你也没必要知道，总之我回来取点东西马上就走，以后你也不要找我，因为你根本就找不到我。"她转过身去时眼角沁出了泪光。

"为什么，这到底是为什么？"何政东不敢相信自己的耳朵，可她挣脱手径直走了，只留下他独自站在大街上思绪凌乱。可他很快就发现自己被人跟踪了，两个人影鬼鬼祟祟远远地跟了他们很久，此时还在街角翘首观望。

何政东猜想到这两人是秘要室派来的，可他仍不明白顾雅婷的真实身份，陈希平既然放了他们，为何又要派人盯梢？想到这里，他折身回到了米行。

顾开尧本来伤得不轻，但何政东去时，他已经像没事人一样。他看到何政东独自出现在米行时，先是一惊，继而瞪着眼睛问："你们把雅婷怎么样了？"

"雅婷她没事。"何政东说，"说是要回去收拾行李，然后离开恩市。"

顾开尧不禁叹息起来，沉重地说："也许是该离去的时候了。"

何政东不知该如何称呼眼前人，犹豫了许久才说："我只想知道你们的真实身份。"

顾开尧摇头道："我们的真实身份对你来说并不重要，你知道得越少，对你越好。"

"可雅婷是我妻子，我不能什么都不知道就放她走。"何政东有些动气。顾开尧笑了笑，说："我明白你的想法，可我们也有苦衷，希望你能谅解。"

"雅婷嫁给我，就是为了你们所谓的苦衷？"何政东陡然抬高声音质问道，他因为顾开尧仍在隐瞒他而生气。可顾开尧不能说，除非顾雅婷自己说出来。顾开尧喘了口气，道："有什么事你亲自去问雅婷吧，如果她认为可以说，就一定会说的，但要是她觉得不能说，就一个字都不会说。"

何政东沉吟了许久，哀求道："你帮我劝劝雅婷，让她不要走。"

"这可不是我说了算，除非……"他欲言又止，何政东眼巴巴望着他问："除非什么？"

"算了，什么都别问了，我什么都不知道，你快去找她谈谈吧，我也在等她的消息。"顾开尧说完这话就紧闭上了嘴，何政东无奈离去。回到家门口时，他听到何正豪和安子淇正在极力挽留顾雅婷，可顾雅婷说："大哥、嫂子，你们保重，等政东回来告诉他一声，让他别等我……"

何政东听见她的声音有些沙哑，一咬牙进了门，冲着她的背影喊道："雅婷，你真忍心丢下我一个人走吗？如果你要走，我跟你一块儿走。"

顾雅婷肩膀微微抖了抖，但没有转身，眼中噙着泪水望着漆黑的夜空，担心自己哭出声来。

何政东又说："虽然我不明白你是谁，但在我心里，你就是雅婷，就是我的妻子。我爱你，我不会让你走，除非你答应带我一起走。"

顾雅婷终于没忍住号啕大哭："不要再说了，我对不起你，我是迫不得已的，这辈子欠你的，如果有来生，我拿命来还给你。"

何正豪心里也隐隐作痛，安子淇表面不舍，内心却巴不得她赶紧从眼前消失。

"迫不得已？"何政东确定自己已无法挽留她了，只好发出了无奈的惨笑，"我懂了，因为你们不可告人的目的，你就要毁了这个家，既然我挽留不了，做什么都是多余的，你走吧，走了就永远都不要再回来。"

"政东，你说什么呢！"何正豪轻声呵斥道。"雅婷，别听他的，他说的是气话，你也冷静冷静，坐下来好好谈谈吧。"

顾雅婷却只是安静地说了两个字："保重！"然后跟何政东擦肩而过。那一刻，何政东感觉全身凉飕飕的，脑子里一片空白，好想再次挽留，可话到嘴边又被咽了回去，听着渐渐远去的脚步声，身体像被抽空了似的。

其实，顾雅婷也早就知道有人尾随，可她知道是秘要室的人，所以没心情理会，径直回到了米行。顾开尧看到她时也丝毫不吃惊，边擦桌子边问："真的要走？"

"你没事吧？"顾雅婷关心地问道。顾开尧摇头道："别管我，我没事，上面有让我们撤离吗？"

"已经暴露，不撤行吗？"她反问道。

顾开尧道："秘要室逼我们离开恩市，可上面并没有下达撤退的命令，是吧？"

"你到底想说什么？"

"我的意思是上面既然没有撤退的命令，我们必须继续留下来。"顾开尧不急不慢地说。顾雅婷想了想，说："先跟上面联系再说吧。"

"外面有秘要室的人，接下来的行动会困难重重。"顾开尧叹息道，"为了继续潜伏，必须先甩掉外面那些尾巴，还得另外找个藏身之处。"

"想留下来恐怕太难了，秘要室跟我们一样，最擅长跟踪盯梢，如果我们不走，以后在恩市绝不会有容身之处。"顾雅婷双目无神，"看来只有先撤，等待新的行动指令。"

漫漫长夜，何政东如何能入睡？看着身边空荡荡的位置，心乱如麻。

第二天一早，顾雅婷门口便来了几个人，一个个虎视眈眈，像要吃人似的。张振轩从他们背后走出来，顾雅婷一眼就认出了他，没好气地问："你又来干什么？"

"我们主任让我带人来送送你们，一直要盯着你们离开恩市。"张振轩皮笑肉不笑，"赶紧吧，别耽误时间了，这儿不欢迎你们。"

顾开尧和顾雅婷在张振轩等人的监视下一步步离开了恩市，她心里仍然想着何政东，却只能暗自叹息，充满了苦涩。

何政东一早起来，突然觉得自己还是应该去找顾雅婷，他不甘心就这么放手，可等他到了米行时，已人去楼空。他站在紧闭的门前，后悔自己来晚了一步，但突然想到了什么，立马向城外飞奔而去，途中却遇到了吊儿郎当的张振轩。

"哟，这不是何家二少爷吗？"张振轩嬉皮笑脸，回头看了一眼，"走远了，别白费心思了，回吧。"

"张副主任，我想请教一件事。"何政东对他还是很客气。张振轩不屑地笑道："问吧。"

"我想知道顾雅婷到底是什么身份。"

张振轩愣了愣，笑道："这个可是秘密，上面没告诉你吗？"其实他也不知道，还因为陈希平放走顾雅婷去理论了一番，但陈希平没告诉他真相。

何政东顿了顿，说："那不打扰了。"

"哎，别急着走啊。"张振轩叫住了他，"我跟你说啊，这件事我也是后来才知道的，你可别怪我。如果你非要怪的话，那就该去怪你的顶头上司。"

何政东又是一愣，不解地看着他，他故作轻松地笑了笑，接着说："政东啊，有些话我不想说明白，你自己好好想想吧。"

何政东听得云里雾里，不明白他到底想表达什么。

"听不明白？"张振轩冷冷一笑，"听不明白就算了，我只说一句话，你的顶头上司肯定知道那两人的真实身份，只是不想告诉你罢了。"

何政东其实也觉得叶成文应该知道实情，可他淡然一笑，说："知道了，谢谢。"

"不用谢。不过政东兄弟啊，我之前给你说过的事，有认真考虑过吗？"张振轩问。何政东想了想，说："张副主任，机要室的工作真的不怎么适合我，看来要让你失望了。"

"行，我明白了，看来我张振轩面子太小。也罢，你还是跟着叶副主任有前途。"张振轩面露鄙夷之色。何政东转身离开时，张振轩盯着他的背影骂道："小浑球，敬酒不吃吃罚酒。"

"主任，这小子有什么了不起的，您怎么……"手下不解地问。张振轩不快地骂道："你知道个屁。走，回去。"

张振轩的话起了作用，何政东急匆匆去跟叶成文求解，叶成文表情异样地盯着他问："谁告诉你的？"

何政东迟疑了一下，答非所问："您就告诉我，您到底知道不知道雅婷的真实身份？"

叶成文道："这事儿可能只有陈主任知道，但主任没跟我说，也肯定不会告诉你，所以你也就别再问了。"

何政东不是不甘心，而是心里堵得慌，他觉得自己有权利也有必要知道顾雅婷到底是什么人。

"你没去送送？"叶成文问。何政东沉闷地说："想送没送成。"

"也好，也好。"

"好什么呀，那可是我妻子，现在人走了，我却什么都不知道，甚至连她究竟是什么人都不清楚……"

叶成文没吱声，其实他大略已经猜到顾雅婷的身份，只是有些话想说却不能说，所以憋得挺难受，面对何政东的再三追问，也只能缄口不言。

何政东憋了一肚子气，正打算离开的时候却被叫住了。叶成文让他跟自己出去一趟。

何政东仍然有些迟疑，叶成文摇了摇头，做了个小心谨慎的表情，何政东才明白其意。

来到秘要室外面，叶成文才说："政东，刚才在办公室有些话不能说，也不好说，不过现在我可以明确告诉你，顾雅婷和顾开尧不是父女关系。"

"这个我知道。"何政东说，"我想知道他们的真实身份。"

"我告诉你，但你得答应我把这件事闷在心里，不许再胡闹。"叶成文明白隐瞒不是办法，决定告诉他自己的猜想。

何政东点头应允。

叶成文这才缓缓地说道："主任虽然没亲口告诉我，可我经过分析，猜想顾雅婷和她那个假冒的父亲也是党国的人。"

"什么？"何政东大惊，完全不敢相信自己的耳朵。叶成文点头道："要是他们真是共产党，或者是日本人，陈主任会放过他们吗？现在只要求他们离开恩市，而且派人送他们离开恩市，不正好印证了我的猜测？"

何政东仍然瞪着眼睛，想象着顾雅婷的样子，完全不敢相信叶成文的话。

叶成文接着说："而且他们二人应该是军统的人。"

"军统？"何政东闻言，更是大跌眼镜，身边那个温柔贤惠的女人怎么会是军统的人？他不住摇头，希望让自己的心情平静下来，可心跳越发厉害。

叶成文笑了笑，接着说："该说的我都已经说了，你们虽然还没有离婚，不过我想她暂时也回不了恩市，因为一旦被发现，又会被强制离开。你也知道，恩市是秘要室的地盘，军统的人别妄想插一脚。"

何政东明白了，联想到这些天发生的事，也终于认同了叶成文的分析，他想起自己的真实身份，不得不叹息道："没想到，真的没想到。"

"没想到什么？是没想到顾雅婷居然是军统的人，还是没想到……"

何政东忙苦笑道："没想到枕边人居然会跟自己一样，是……"

"是什么？特务？"

何政东讪讪地笑了起来，又问："她的目的是什么？"

"我是这样想的，恩市目前的局势很复杂，各方势力都盯着，上峰也很重视。军统那边也知道恩市的重要性，所以才会派人来盯着，希望做点事，也能在上峰面前显摆显摆。"叶成文说这话的时候仿佛把自己当成了局外人。就在两人说话的时候，从远处走过的廖楚山正巧看见二人，不禁驻足多看了一眼。

"还有件事我要跟你商量一下，当然，这只是征求你的意见，而不是命令……"叶成文话一说完，何政东就毫不犹豫地应了下来。

第二天，何政东睡得正香，突然闯进来一群人把他给带走了，何正豪出面阻拦，才知道警察局找到证据，称何政东是杀了刘培原的凶手。

何正豪大为吃惊，连连说道："怎么可能？怎么可能？"

"没什么不可能的。"安子淇阴阳怪气地说。何正豪愤然转向她，厉声指责道："是不是你？是不是你诬陷政东？"

"放心，我什么都没做，诬陷他对我有什么好处？"安子淇冷笑道，"不过这件事没我们想的这么简单，我感觉一定有问题，而且是有人故意策划了这件事。"

何正豪瞪着眼睛，疑神疑鬼，自言自语道："到底发生了什么事？为什么有人要害政东？"

何政东被抓进警察局的事都是叶成文安排的。何正豪给叶成文打电话，想知道事情原委。叶成文在电话中告诉他，这一切都是上级的命令，自己也是一头雾水。

"政东怎么可能是凶手？求求您，求您救救他，也只有您能救他了。"何正豪一个劲地求情。可叶成文说："大少爷，我的心情跟你一样，也希望能尽快救出政东。可上面有死命令，刘培原的死与何家干系重大，虽然何老爷因此丢了命，我以为此事会因此不了了之，可毕竟凶手还逍遥法外。我问过陈主任，主任说是上面非要找个人出来顶罪，也不知怎么着就查到政东身上了。唉，我也是无可奈何啊，想来想去，要救出政东，还真得找出真凶。"

何正豪知道凶手是谁，可他不能说出来，也不敢说出来，但为了救出何政东，也只好一口应下帮忙找到真凶的事。

叶成文放下电话，想起龙波跟他汇报的情况，顿时感到全身元力。

何正豪决定跟安子淇好好谈谈这件事，也决定为了救出何政东铤而走险，可安子淇态度很坚决，而且告诉他，为了帝国的利益，她会牺牲任何人。

何正豪被激怒了，沉声说道："好，既然如此，我知道该怎么做了。"

"你想干什么？"

"我会想尽一切办法去救人。"何正豪冷冷地说，"他是我弟弟，也是我在这世上唯一的亲人，只要能救出他，我会不择手段。"

"你疯了。"安子淇狠狠地骂道，"你这样做是在自取灭亡。"

"就算是，也是你逼我的。"何正豪怒气冲冲地离去。安子淇紧咬着牙关，恨不得把他一口给吞了。

黄昏时候的清江河边，接头的老地方，并排站着两个黑色背影。

"一切都按原计划进行，就等下一步行动了。"叶成文说。龙波道："我知道，只是政东得受点苦了。"

"这没什么关系，他在我这里吃的苦头够多了，我看着他一步步成长起来，如果挺过了这一关，他会变成一名非常优秀的同志。"叶成文说。龙波欣慰地说："只可惜啊，兄弟俩可能马上就要兵刃相见，到时候，可真不敢保证会发生什么事。"

"这个你放心，我已安排好了。两天以后的那场好戏，会让很多藏在地下的人冒出头来。"叶成文说，"麻烦你跟上面通个气，结束这件事后，我打算将实情告诉政东。"

"好，放心去做吧。"龙波说。二人握手告别。

何正豪没料到叶成文会亲自登门拜访，可他从叶成文嘴里得知何政东将于明日被押赴刑场的消息时，整个人差点瘫痪。

"实在是很抱歉，我当初就不该让政东进秘要室。"叶成文满脸伤心地说，"后悔啊，我想了很多办法，可刺杀刘培原是大罪。"

何正豪欲哭无泪，想着即将被处死的亲弟弟，情绪瞬间失控。他向叶成文提出要见何政东最后一面，叶成文答应了他。

被关押在警察局的何政东满面憔悴，当他见到何正豪时，立即打起精神，惊讶地问："大哥，你怎么来了？"

何正豪看着他，心如刀绞，勉强挤出一丝笑容说："我来看看你。政东，你瘦了。"想起明日他将被押赴刑场的事，何正豪鼻子一酸，差点落下泪来。

"我没事。"何政东说，"刘培原不是我杀死的，等他们查明凶手就会放了我。"

何正豪一愣，这才意识到他还不知道自己明日将被押赴刑场的事，可又不敢告诉他，只好紧咬牙关让自己的情绪平息下来，然后沉重地摇头道："大哥一定会尽快找到凶手救你出来。"

何政东看他如此难受，也差点没忍住告诉他真相，可想起叶成文的叮嘱，只好继续演戏，还劝他赶紧回去陪大嫂。

何正豪接受过日军高级间谍部门的培训，本来已经心如磐石，可人心毕竟是肉长的，他对这件事无法坐视不管。

回到家，何正豪恼羞成怒，要安子淇交出凶手，这话也激怒了她，当即怒骂道："没用的东西，这点小事就让你失去了理智，你根本就不配为大日本帝国效忠。"何正豪愤怒地吼道："他是我弟弟，是我亲兄弟，我是人，不是禽兽，你害死了我爹，现在又想害死政东，我绝不会袖手旁观。"

"那你打算怎么做？"

"明天，就明天，你会知道答案的。"何正豪愤怒而去，安子淇眼里覆盖上一层厚厚的阴云，在那一刻，她脑子里冒出一个计划。

《 18 》

刑场周围人山人海，全都是来看热闹的人。原本警察局枪毙个人是不会如此高调的，可叶成文策划了这一切，他需要高调，今日的所作所为，全都是为引蛇出洞。

人群中暗藏着秘要室的许多特务，一双双犀利的眼睛如鹰似的到处搜寻。

这个地方原本就是恩市自古以来官府砍杀犯人的场所，四面的视野较为开阔，也方便百姓围观。在新搭起的行刑台中央，一个戴着头套的犯人跪在地上，在外人眼里，他就是今日要被枪毙的人犯。

围观的百姓指指点点，窃窃私语。

化装后的何正豪已经安排了劫法场的人手，好几个带枪的男子隐藏在人群中，只待一声枪响就会冲上去救人。

何正豪盯着刑场上的何政东，在心里默默祈祷行动顺利。

叶成文看了一眼时间，又看了一眼刺眼的日头，估摸着时间差不多了，于是对向吉群点了点头，向吉群大声说道："准备行刑！"

在人犯背后，五名持枪者齐刷刷地端起了枪，人群中的胆小者顿时被吓得捂住眼不敢再看。

何正豪安排的枪手已经准备就绪，他默数着，抬手就是一枪，可就在枪响之时，只见人犯轰然栽倒了下去。

"政东！"何正豪惊呼了一声，正要冲上台去，突然被人拉住了胳膊，回头一看竟然是安子淇。他好像明白了怎么回事，瞪着冒火的眼睛怒吼道："是你杀了政东？"

"政东没死，人是假的！"安子淇说。何正豪不敢相信自己的耳朵，但此时已经枪声大作，围观者四散逃跑，他不得不迅速撤离。

叶成文没料到"人犯"居然被枪杀，这可是计划中没有的，可场面已经变得无比混乱，在这种情况下根本找不到目标，他恼火不已，冲向吉群嚷道："谁开的枪？"

"不是我的人。"向吉群颤巍巍地说。叶成文上前去看了一眼，摇头道："没气儿了。"

"这是什么人干的？还真有人敢在我眼皮底下捣乱。"向吉群不明所以地到处张望，很是吃惊。

叶成文在心底叹息道："万万没想到，人犯居然被杀了，幸好是找了个死囚顶包，要不然可就出大麻烦了。"

何正豪被安子淇从刑场带走后，来到一僻静处停下脚步，这才喘息着问："到底发生了什么事？"

"如果不是我及时出面，你这会儿恐怕已经被抓了。"安子淇抱着手臂说。何正豪瞪着眼睛质问道："我是问你怎么知道那人不是政东。"

"我当然有自己的办法，至于其他的，你也别问了。"安子淇说，"估计很快就会全城戒严，有什么事等回去再说吧。"

何正豪却站着没动，固执地说："我一定要救出政东。"

"政东不会有事，他们只是利用他做诱饵找出我们。"安子淇四处张望着说，"看来已经有人开始怀疑我们，我们必须速战速决，要是短时间内仍然无法完成计划，你我都要以死谢罪。"

何正豪难过地摇了摇头，正要说什么，远处传来吆喝声，两人只好先行离去。

叶成文来到警察局，何政东一见他就着急问道："怎么样，抓到了吗？"

"顶替你的人被枪杀，可枪手跑了。"叶成文叹息道，"这是计划中没有的。"

"可是枪手怎么知道人犯是假的？"何政东不安地问，等他问完这话，又好像明白了什么，"不对，枪手一定是冲着我去的，如果没有替身，今儿我一定会死。"

"你说得对，枪手不管人犯是真是假都会开枪，也就是说，你死定了。"叶成文顺着他的话说了下去，"外面现在乱得很，你不能出去，先在这儿待几天再说。"

何政东再一次想问叶成文心中的嫌疑人是谁，叶成文却摇头道："你又忘了我的话，早晚会知道的，如果这时候告诉你，对你来说未必是好事。"

"可是……"

"没什么可是，听我的，继续待在警察局，每天吃香的喝辣的，等到合适的时机，我会让你出来。"叶成文意味深长地说。何政东脸上现出一丝绝望的表情。叶成文向后看了一眼，又谨慎地说："今天的事太过蹊跷，凶手可能已经知道你没死，警察局里有内鬼。"

"内鬼？"何政东差点失声叫了起来。叶成文点头道："当然，这只是猜测，要你自己去查，如果真有内鬼，这个人或许就在你身边。对了，还有件事必须跟你说一声，为了逼迫凶手现形，我们对外会宣布你已死的消息。"

何政东没有反对，他从叶成文的眼里看出了重重疑虑，感觉他们一直在找的那个人似乎是跟他相识的，不过没敢把这种感觉说出口。

叶成文派人到何家送去了何政东死亡的消息，还有抚恤金，处于临界点的何正豪本来就对安子淇的话表示怀疑，此时更是勃然大怒，厉声质问到底是怎么回事。

"这是阴谋，我跟你说过，秘要室的人已经开始怀疑你，当然，也许是我们。"安子淇冷笑道，"政东绝对没死，秘要室在演戏给我们看。"

何正豪心里的愤怒并未因此而消减，连连摇头道："我不信，政东他死了，被你给杀死了。那天我本来想救他的，可是被你搅了局。安子淇，我说过，让你别动我的家人，否则我不会放过你。"他拔出了枪，枪口抵在安子淇额头上，安子淇却并不惊恐，反而笑道："开枪吧，打死我，你一定会后悔。"

何正豪拿枪的手颤抖着，狠狠地骂道："我答应帮你们做事，唯一的要求就是保全我的家人，可自从回到恩市，我爹、我弟弟，我在这世上的两个亲人都死在了你手里，你怎么答应我的！"他说到最后几乎是在咆哮，可就在他几乎要扣动扳机的时候，突然感觉被人从背后用枪抵住了，他瞪着眼睛，不敢再动。

安子淇拨开黑色的枪口，冷笑道："别忘了自己的身份，想杀我，没这么容易。"

何正豪无奈地放下枪，一脸垂头丧气，他不用回头就知道身后是谁。

"就算何政东死了，你也必须继续为帝国效命，要不然，我会第一个干掉你。"哑姑突然开口说话了。其实，哑姑并非哑巴，而是日本间谍，真名叫由内云子。

安子淇见何正豪半天没吭声，语气又稍微软了下来："尽快完成蜂鸟计划，这可比什么事都重要。"

何正豪无奈，又沉默了许久才说："我暂且信你，如果政东真的出事，可别怪我不客气。"说完怒气冲冲地拂袖而去。

云子盯着他的背影，眼中闪着寒光，冷冷地说："这个人不能留了。"

"可是……"

"没什么可是的。"云子厉声说道，"我是你的上司，我可不管你们之间是否已经有了感情，为了帝国的利益，我会不择手段。"

安子淇忙否认，说："我马上去执行命令。"

何正豪发现自己被人跟踪，他本来打算去药材铺，半途却转道去了一家酒馆，要了一壶酒，自斟自饮起来，喝了一会儿，突然想起安子淇的话，这才明白秘要室肯定是开始怀疑他了。想到这里，他举着酒杯半天没动，回想着之前发生的那么多事，心底涌过一道寒流。

叶成文派去盯梢何正豪的人回来跟他汇报了何正豪一天的行踪，他挥了挥手说："继续盯着。"

药材铺的生意不错，客人来了一拨又一拨。

龙波今天送了一批新货过来，刚卸完货何正豪就来了。

"哎呀邵老板，我这药材铺的生意要是没有您这个合作伙伴，不知会惨淡到何种地步。"何正豪刚说完这话，龙波却愁眉苦脸地说："也许这是最后一次跟您合作了。"

"为何？"何正豪不解，"这不是合作得好好的吗？"

龙波故作深沉地说："时局混乱，这生意越来越不好做了，听说日本人又要打过来，风声紧得很，还是保命要紧。"

何正豪还以为是什么大事，故而轻松地说："邵老板，您太多虑了，就算日本人要打进来，恩市不是驻有国军的部队吗，哪能那么容易就开仗？"

龙波又说："您有所不知，我老家有个妹子，体弱多病，常年一个人在家，我也放心不下啊。"

"原来是这样。"何正豪讪讪地说，"既然如此，您为何不将小妹带来恩市？"

"可我也不常住恩市……"

"那还不简单，何家地方大，如您不嫌弃，多住一个人又何妨？"何正豪如此一说，龙波忙推辞道："那太打扰了，怎么好意思？"

"您还当我是朋友吗？是朋友的话就不要再说二话，尽快将小妹接来恩市。"何正豪说完就转身忙去了。龙波没想到他居然如此爽快就上了钩，如此一来，心里竟然略微有些不好受。

城郊，一座破旧的楼房。

何正豪被安子淇派到这儿来跟一个人接头。安子淇没有告诉他前来接头的是什么人，他不得不安静地等待，可等了许久仍然没见有人出来，这才感觉不妙，开始四处张望，突然一个人影钻入视线中，就在这一刻，一声枪响划破了寂静。

何正豪不明白发生了何事，但人已经藏了起来，放眼望去，只见不远处一个人影匆忙而逃。

躲在暗处的顾雅婷救了何正豪，此时见他已无事，于是向着那人逃跑的方向追了上去。

顾雅婷其实并未真正离开恩市，她和化名顾开尧的王成接到上面的命令，第二天便又偷偷潜回了恩市。她跟踪何正豪到了城郊，发现有人暗中要杀他，这才出手相救，要不然何正豪当晚便一命呜呼了。

何正豪回到家，安子淇看到他时，凶狠的眼里只闪过一丝阴冷的光，但随即问他接头的情况。

"看到我活着回来，是不是感觉挺意外？"何正豪问。安子淇冷冷地反问道："什么意思？"

"别跟我装糊涂，敢做就要敢当。"何正豪盯着她的眼睛，企图找到蛛丝马迹。可她却笑了，缓缓说道："你到底想说什么？见到前去接头的人了吗？"

"我没死你应该很不开心吧？"何正豪答非所问，"你想我死，没必要找人动手，现在拿起枪，我就死定了。"

躺在床上的安子淇微闭着眼，她确实不明白何正豪为何能逃过一劫，但是既然行动失败，她也不会承认。

何正豪见她不吭声，只好颓然地坐下，叹息道："现在政东失踪，我还没跟你算账，你却又想杀我，看来今儿我们之间要来个了断。"

"如果我要杀你，随时可以动手，没必要跑到荒郊野外。"安子淇冷冷地回应道，"云子正在睡觉，你如果不信我，可以亲自去看看。"

何正豪可没这个心情，他对所有的事都开始感到绝望，只是还没有想到如何去死才能让自己解脱。

顾雅婷跟着要杀何正豪的人一直进了城，然后那人在一家叫"喝二两"的小酒馆前失踪。她记住了这个地方，开始盘算下一步的计划。

回到住的地方，顾雅婷脑子像塞满了糨糊，她监视何家时发现何正豪大晚上偷偷摸摸出门，然后就跟了上去，没想到居然会撞见有人要杀何正豪。但也正是因为撞见了这一幕，更让她坚信何正豪和安子淇的身份有问题。

第二天，稍作化装的顾雅婷和王成来到"喝二两"，"喝二两"是个年代很久的小酒馆，老板人很忠厚，所以生意不错。顾雅婷故意大声喊道："老板，来二两。"

"好嘞！"店老板笑呵呵地端了一壶酒走上来，顾雅婷一看酒壶便不快地质问道："这是二两酒吗？"

"这个……半斤！"老板一看来者不善，搭话的声音都微微有些变了。

"这酒馆不是叫'喝二两'吗？为何要来半斤？"顾雅婷又问。王成忙拦住她，一边给老板赔罪，一边笑道："我这朋友性子怪，老板您别介意。"

老板点头哈腰地离去后，顾雅婷哑然失笑，说："看来这老板是忠厚人。"

"来，喝酒！"王成大声说道，"听说这儿的酒不错。"

二人把酒言欢的时候，躲在暗处的一双眼睛正盯着他们。

何政东恢复了自由之身，跟叶成文约定每隔两日去饮马池见一次面，饮马池边有一处破败的寺庙。今晚是二人第一次见面。

"我想回家看看。"何政东现在在外面一家小旅馆住下，很是想念家里。

叶成文听他如此一说，安慰道："我了解你的心情，可还不是时候。不要忘了，你现在是个死人，死人是不能现身的，要不然会吓坏某些人，影响我们的计划。"

何政东一愣，似乎明白了他的意思，只好悻悻地说："我也不完全是这个意思，只是我这两天躲在旅馆，就好像突然变成了瞎子和聋子……"

"再忍忍吧。"叶成文叹息道，"敌人现在按兵不动，敌不动我不动，这才是用兵之道，在这个游戏里，谁先按捺不住，谁就会先输一棋。"

"有刺客的线索吗？"

"暂时没有，但是应该很快就会有。"叶成文笑了笑，说，"你的任务是继续潜伏，已经有人知道你离开了警察局，所以你好自为之吧，如果两天后你还活着，我们仍在这里见面。祝你好运。"

何政东本以为他这是玩笑，却没料到当晚就差点出事，他回旅馆的房间时，发现有人闯入过，回想起叶成文的话，于是连夜换了地方。

一月咖啡馆，邓辉煌好像正在等人，在他面前的桌面放着一杯热气腾腾的咖啡，扑鼻的香味儿却似乎激不起他的兴趣，他时而看看时间，时而左顾右盼，但约见的人一直没出现。

"邓先生，我可以坐这儿吗？"一个装扮妖娆的女人突然出现，邓辉煌抬头看了她一眼，嘴角微微动了动，然后示意她自便。

"我们见过吗？"邓辉煌对面前这个女人好像有点印象，女子微微一笑，道："也许。"

"咖啡？"邓辉煌问。女子道："谢谢！"

邓辉煌的目光落在女子脸上，不容置疑，这是个容颜和五官都不错的女人，任何男人对美丽的女人都会多看一眼，他也一样，不过这个动作没能逃过女子的眼睛，她嫣然一笑，娇滴滴地问："您是在等人？"

邓辉煌也回以微微一笑，说："算是吧。"

侍应将咖啡端了上来，女子喝了口，露出惬意的笑容。

"怎么样，味道如何？"

"不错，现在很难喝到如此纯正的咖啡了。"女子说。邓辉煌赞许地笑道："看来小姐品味不错，一月咖啡馆可是恩市最好的咖啡馆。"

"看得出来，要不像您这样有品味的人也不会来这儿消遣。"

邓辉煌开怀大笑道："小姐真是能说会道，怎么称呼？"

"姓安，叫我子淇。"

"好名字，很配你。"

来者正是安子淇，她来一月咖啡馆搭讪邓辉煌并非偶遇，而是早有预谋。此时听他这么说，不禁说道："看先生面相，绝非普通人。"

"哦？为什么这么说？"邓辉煌好像饶有兴趣。安子淇说："因为来这儿消遣的人，非富即贵。"

邓辉煌又爽朗地大笑起来，却反问道："那安小姐呢？"

安子淇顿了顿，反问道："您觉得呢？"

"恕我眼拙。"邓辉煌喝了口咖啡，两人很快就聊得火热，也很快就变得好像老朋友了。

半个时辰后，邓辉煌约见的人才终于出现，安子淇不得不起身告辞，但临走前邓辉煌告诉她，如果想见他，可以去他办公室找他。

安子淇手里攥着他给的地址，从他目送她出去的眼神里，仿佛看到了熊熊燃烧的火光。那一刻，她以为自己的计划已经取得了初步进展。

邓辉煌至今未婚，所以也毫不避讳自己的情感，前来跟他见面的老朋友不禁打趣道："怎么着，看上了？"

邓辉煌没有否认，只是以笑作答。

"算啦，你也别再隐瞒自己的内心，年纪也不小了，该主动的时候一定要主动，错过了这个村，可就没那个店了。"老友打趣道。邓辉煌连连点头，只是满脸的苦笑。

顾雅婷自从回来后就经常独自发呆，吃着吃着饭就没了动静，王成早就猜到了她的心思，伸手在她眼前晃了晃，笑着说："别想了，快吃吧。"

顾雅婷无精打采地说："也不知这种日子什么时候才是头。"

"快了，快了，等赶走了小鬼子，一切都会变好的。"王成接过话道。

顾雅婷苦笑道："但愿吧。"

"对了，想喝酒吗？"顾雅婷疑惑地看着王成，他咧嘴一笑，"喝二两！"

她心领神会，起身说："走！"

邓辉煌做梦都没想到安子淇会这么快就找到办公室来了，当她出现在门口时，他特别惊讶，继而起身相迎："快进来，坐！"

安子淇扭动着细腰坐下，柔声柔气地说："没想到您在这儿工作，您这大门可真难进啊。"

"也没什么难进的，这不进来了嘛。"邓辉煌开玩笑道。安子淇媚笑道："早知道您是这么大的领导，我就不该来找您。"

邓辉煌忙说："千万别，什么大领导不大领导的，你我之间虽然萍水相逢，但也算相见恨晚，别把我当外人就好。"

"我还真没把您当外人。"安子淇顺着他的话说道，"那我以后该如何称呼您？"

"还是叫我老邓吧。"邓辉煌笑眯眯地说，"无事不登三宝殿，说吧，找我什么事？"

"其实也没什么事，就是刚巧路过，想起您在这儿，所以就很冒昧……"安子淇说到这儿笑了起来，"一开始还怀疑，以为自己记错了地方，但后来硬着头皮一问，您还真在这儿，于是就进来了。"

邓辉煌大笑道："没想到你这个人胆子还挺大的，门口那么多拿枪站岗的，你一个小女子就不怕？"

"怕，当然怕，但我不是想到您在里面吗？所以也就不那么害怕了。"安子淇一个劲地表演，邓辉煌全身心地投入到了谈话之中，不时发出爽朗的笑声。

陈希平办公室，叶成文跟他汇报了最近的工作，他问："这两天没跟政东联系吧？"

"我们约定每两天见一次面，明天又是见面的时间。"叶成文说。陈希平又问："对何家的监视也没什么进展？"

叶成文摇头道："没发现异常情况。奇了怪了，我们监视的目标为什么一直没有动静？"

"狡猾的狐狸是不会轻举妄动的，你给我记住，如果你们已经掌握证据，就必须给我盯死，只要有一丝风吹草动，就不能让他给跑了。"陈希平眉头紧锁，"对了，你还没告诉政东实情吧？"

"当然没有，暂时还不能让他知道，等收网的时候吧。"叶成文说。陈希平叹息道："是啊，如果他知道自己的亲大哥是日本人的走狗，他亲爹的死也跟他亲大哥有关联，这个打击太大，换作任何人都太难接受啊。"

叶成文想了想，又说："主任，有件事必须跟您汇报。"

"说吧。"

"后勤部将在两天后举办一个聚会，我想邀请何正豪参加。"

陈希平想了想，说："我批准了，跟他多接触接触，也许会有意外的收获。"

后勤部每隔一段时间就会举办派对，只是为了缓和战争带来的阴冷气氛，这次的聚会很隆重，很多政府高官参加。

何正豪跟叶成文一起出现在聚会上，望着满堂的男男女女，他心潮起伏。

"走，我给你介绍几个朋友。"叶成文说。何正豪求之不得，他非常熟悉这种场合，很快就适应了，跟那些陌生人一见面就熟悉起来，谈笑风生。

"走，我给你介绍个重要的朋友。"叶成文拉着正在跟人交谈的何正豪，何正豪一转身，顺着叶成文的目光望去，立即就傻了眼。

叶成文此时也看到了站在邓辉煌身边的安子淇，两人有说有笑，想必关系非同一般，所以他们此时也不知该怎么办才好。

何正豪傻乎乎地盯着不远处的安子淇，思维正在高速运转，却不料邓辉煌望向了他们这边，叶成文无奈之下只好过去打招呼。何正豪和安子淇的目光撞在一起，刹那间，她的脸色也微微发生了变化，但彼此不得不向对方走去。

"弟妹，没想到你也来了。"叶成文跟邓辉煌打过招呼，然后好像才注意到安子淇的存在。邓辉煌听他如此称呼安子淇，不禁诧异地看着她，她还没开口，叶成文便抢白道："邓秘书，其实是这样的，我的这位朋友，他俩……"

邓辉煌是聪明人，很快就明白了怎么回事，脸色随即大变，死死地盯了安子淇很久，突然转身离去。

留下来的人都很尴尬，安子淇愣了一会儿，也离开了聚会，叶成文见何正豪无动于衷，于是劝道："快追上去吧。"

何正豪叹息了一声，快步追了上去。

夜很黑，这条路上基本没人，安子淇恨何正豪破坏了她的行动，他也明白自己的突然出现令她措手不及。当他追上来想解释时，她转身愤怒质问："你为什么会出现在这里？"

"我没想到你也会来。"

今天晚上，安子淇出门是背着何正豪的。

"为什么没跟我商量？"

何正豪确实没打算告诉她自己这次的行动，所以他无言以对。

"你知不知道自己私自行动差点害死我？"安子淇无力地骂道，"我好不容易搭上邓辉煌这条线，所有的事都在按照我的计划进行，但你的出现却把一切都毁了。"

"那你为什么没提前跟我商量？"何正豪终于找到说话的机会。安子淇隐藏在黑暗中的眼睛里闪烁怒火，只可惜她这会儿没带枪，要不然一定会忍不住把他给杀了。

何正豪向身后看了一眼，口气软了下来："有什么事回去再说吧。"

"军部命令我们尽快完成计划，本以为你可以打开恩市的局面，没想到都过了这么久却毫无进展，一个不能继续为帝国服务的蠢货，留你还有什么用？"安子淇这话严重伤害了何正豪，他感觉自己的身体在颤抖，可她继续说道，"你的亲弟弟还活着，我警告你，如果你继续执迷不悟，下一个死的不会是你。"

何正豪听懂了她的话，勃然大怒，骂道："你要是敢动我弟弟，我一定会杀了你。"

"是吗？我倒想看看你有没有这个本事。"安子淇不屑的口吻让何正豪胸膛里充满了杀气，突然拔出枪对着她脑袋，吼道："我杀了你！"

安子淇脸上的笑容变得无比僵硬，冷冷地说："你这是在自寻死路。"

何正豪颤抖着说："就算死，也要拉你垫背。"

"你真的决定这么做？"她问。他再次说道："我警告过你，我帮你们做事，但绝不能伤害我的家人，这是我的底线。"

安子淇闭上了眼，何正豪握枪的手抖得筛糠似的。突然，一声沉闷的枪响过后，他只感觉浑身一冷，然后无力地倒了下去，那一刻，无数熟悉的面孔，还有过往，一一浮现在脑海中，望着漆黑的夜空，一个巨大的黑洞在眼前轰然坠落。

安子淇叹息了一声，看了一眼面前的尸体，捡起枪，转身跑了回去。

舞会还在继续，男男女女相拥着在舞池中踏着音乐轻盈回旋，好一幅盛世繁华的画面。

叶成文没有跳舞，独自安静地品着美酒，突然看到安子淇急匆匆的身影出现在门口，然后就向他这边奔了过来。

叶成文虽然不明白发生了何事，却从她慌乱的眼中感觉到了事情的不简单，情不自禁地站了起来。

"不好了，正豪他、他被人杀了。"安子淇喘息着说完这话，然后倒了下去。叶成文赶紧扶住她，现场瞬间变得无比混乱，所有人的目光都被吸引了过来。

"弟妹、弟妹，你怎么了？"叶成文连叫了几声，但她已无回应，只好大叫道："有大夫吗？快、快救救她。"

邓辉煌此时也再次出现在舞池中，目送着安子淇被人手忙脚乱地送上车，这才问叶成文发生了何事。叶成文脸色冷峻地说："出事了，出大事了。"

何正豪的尸首被围了起来，现场的人如临大敌。

邓辉煌亲自来到现场，法医验明尸体后跟他汇报了情况："一枪毙命，正中眉心。"

叶成文邀请何正豪参加舞会，没想到会发生这种事，自知难辞其咎，所以很久都没言语。

"一枪毙命，好枪法。"邓辉煌吩咐把何正豪的尸体运回去。叶成文听见他的叹息，心里沉甸甸的，一方面担心何政东，另一方面担心好不容易找到的线索就这么断了，正要开口，邓辉煌又说："叶副主任啊，人是你带来的，好好想想回去怎么跟人家属交代吧。"

"没想到好好的一个舞会居然被这事儿给搅黄，我会尽快给您交代。"叶成文沉闷地说。邓辉煌冷冷一笑，道："黄了好啊，既然你跟他们夫妻俩都熟，去医院看看她醒了没有，也许她会告诉你发生了何事。"

叶成文连夜赶到医院，安子淇没有大碍，一见他，眼角就滚落两行热泪，啜泣道："正豪他到底得罪了什么人啊？"

"大少爷是好人，跟我很投缘，我这才带他去参加舞会，也打算让他多认识几个朋友，谁想到……"叶成文沉声叹息起来。安子淇也嘤嘤地哭出了声，他这才问她当时到底发生了什么事。她闭上眼睛，继而又睁开，好像刚从噩梦中醒来一样，缓缓说道："他当时跑出来追我，我们争吵了两句，没想到突然他就倒下了，我走近才看到他额头上正在流血……当时怕得要命，本来打算回家去，但最后还是跑了回来。"

叶成文在脑子里极力想还原当时的画面，她又悲伤地说："都怪我，其实我跟邓秘书根本就没事儿，我们只是普通朋友。邓秘书邀请我来参加舞会，我怕正豪多想，所以没告诉他，没想到他也受到了邀请……"

叶成文看着她的眼睛，从她的讲述中没发现任何破绽，可他又感觉所有的说辞天衣无缝，好像是事先都安排好了一样。

"正豪在哪里？我要去看看他。"她翻身坐起，他忙按住她，劝道："大少爷走了，请弟妹节哀顺变。"

安子淇又失声痛哭起来，喃喃地说："正豪没了，这往后的日子可怎么过啊？"

"弟妹，有些话本来不该这时候问你，但为了查明到底是谁杀了正豪，我必须知道以下细节。"安子淇点了点头，叶成文接着问，"当时你跟正豪正在争吵，路上有其他人经过吗？"

她摇头道："没有，当时路上只有我们俩。"

"那么你看到正豪被杀之后，有没有试图去寻找凶手所在的方位？"

她连连摇头道："没有，我当时很害怕……"

"很好，我明白了。快天亮了，你休息会儿，我得走了，有什么事我会再次跟你联系。"叶成文走到门口时，身后又传来低低的抽泣声。在回秘要室的路上，他感觉全身无力，他们对何正豪的怀疑还没找到证据，现在人一死，线索可能全无。回想起刚才跟安子淇的谈话，他感觉这个女人的表情虽然无比悲痛，可眼神里好像飘浮着一层薄薄的雾气，那种感觉太奇怪了。他一遍又一遍地问自己：安子淇这个女人和何正豪一样也有问题吗？

"到底怎么搞的？怎么会发生这种事？"陈希平也是一大早才得知何正豪被刺杀的消息，顿时又惊又怒，愁眉苦脸地来回踱步，"何正豪一死，现在情况变得越来越复杂了。"

叶成文又何尝不明白这个理儿，可事已至此，他只能边走边看，看着陈希平那张布满阴云的脸，不得不说："何正豪的死存在太多可疑的地方，虽然他妻子表现得很悲伤，而且当场晕了过去，但我发现这个女人不简单。何正豪的死，跟她应该有脱不了的干系。"

陈希平立即说："那就给我查清楚那个女人的底细，看来何寿亭之死还只是开始，如果真是如此，这一切就太诡异，太可怕了。"

"政东还不知道他大哥的事，真不知该怎么跟他说。"叶成文无奈叹息，"从何正豪回来，短短的时间里，何家发生了这么多事，仔细一想，看似都是偶然，偶然中却又太蹊跷了。"

"你说得对，这一切绝非偶然，这个世界上从来都不会有无缘无故的事。"陈希平重重地说，"日本人步步紧逼，要占领恩市，逼近陪都，情报战是决定双方输赢的重要因素。好了，接下来给我盯紧那个女人。"

《 19 》

饮马池，破败的庙宇，残缺的夕阳。

何政东在小旅馆藏了两天，好不容易盼到见面的时间，早就迫不及待地先到了约定地点。

"久等了。"叶成文从背后出现，把正在发呆的何政东惊得赶紧转身，迫不及待地问："外面有什么消息？"

叶成文已经决定把何正豪的死讯告诉他，可话到嘴边又变了样："政东啊，这两天憋坏了吧？"

"是，我想回秘要室。"何政东急促地说，"这样暗无天日地躲下去，我都快疯了。"

叶成文抬头望着远处的残阳说："有件事我必须告诉你，但是你必须跟我保证，不管发生什么事，你都要挺住。"

何政东听了这话立马变得紧张起来，慌忙问发生了什么事，叶成文沉着脸说："你看你这样，我哪还敢跟你说。"

"好、好，我答应您，不管发生什么，我都忍住，绝不冲动。"何政东看似平静的外表下，隐藏着一颗波浪翻滚的心。叶成文其实早看出来他在极力掩饰自己的紧张，不禁长长地吐了口气，叹息道："这事儿你早晚都会知道，虽然一开始我打算暂且瞒着你，可想来想去，还是决定告诉你。"

何政东巴望着，等待他继续说下去。

叶成文憋了许久，好不容易把何正豪的死讯说出来，何政东已经瘫软了下去，蹲在地上，所有的悲痛被压抑在心底，那种撕心裂肺的痛楚几乎把他撕成碎片。

叶成文期待看到何政东大哭一场，可他只是蹲在地上不停地颤抖，许久都没有起身。

"政东，我知道谁碰上这种事都会很难过，但我要你坚强，赶紧从悲痛中走出来。"叶成文按着何政东的肩膀劝道。何政东终于站了起来，他眼睛是血红的，可不见一滴泪水，就这样安静地看着残阳缓缓消隐在天边，然后自己也陷入了黑暗的包围中。

就在今夜，当世间所有的一切都陷入黑暗中时，医院窗口透射出来的灯光就显得格外刺眼。

安子淇所在的病房外有四个秘要室的人把守，就算一只蚊子都休想飞出去。

护士查房时间是固定的，每天晚上十二点准时，所以守卫没有阻拦。

安子淇假装睡着，却早就暗中做好准备，等护士进来后，她突然起身，一手捂住她的嘴，然后一用劲，只听见咔嚓一声响，护士就没了声息。她换上护士服，不慌不忙地打开门，可刚走几步，身后就传来一声冷喝："站住！"

身着护士服、戴着白口罩的安子淇停下了脚步，身后的脚步声慢慢接近，那个低沉的声音说："转过身来，摘下口罩。"

午夜时分的走道很静，安子淇驻足没动。

"我让你转过身来，摘下口罩。"那个声音再次重复道。安子淇装作伸手去摘口罩，但突然间闪电般出手，身后男子的瞳孔瞬间放大。当他倒下去时，另外三人刚想拔枪，安子淇人已到了近前，手中锋利的刀片将三人的喉管相继割破。

满眼凶光的安子淇，脸上露出一丝残忍的笑，然后离开医院，迅速遁入夜色之中。

叶成文得到消息赶到医院时，见到的只是四具冷冰冰的尸体。他不用问都知道发生了什么事，也不用再怀疑安子淇的身份，很明显，她跟何正豪一样，也是为日本军部服务的。

安子淇失踪了，好像人间蒸发。

"不对，这个女人不会凭空消失，她一定有更大的阴谋，对了，绝对是蜂鸟计划，轰炸恩市机场的蜂鸟计划。"陈希平用一种不容置疑的口气说道，"传我的话，全城搜捕，必须把这个女人找出来。"

何家散了，何家也败了，所有的下人都被遣散回家去了。

何政东站在漆黑的院子里，看着熟悉的一切，周围静悄悄的，不再有一个亲人，也不再有那些熟悉的声音。突然间，他好像听见何正豪在叫他，猛一回头，却不见人。原来这一切都是幻听，瞬间心情又跌入谷底。

好好的何家就这样家破人亡，何政东成了名副其实的孤儿。回到家里，本来不喝酒的他，在院子里喝了个烂醉如泥，边喝还边傻笑，呼喊着亲人的名字。他忘了自己到底喝过多少酒，昏昏沉沉睡去的时候，像一摊烂泥躺在地上，想哭却哭不出来。也不知过了多久，耳边传来人语声，何政东睁开眼，发现自己正躺在医院的病床上。

"醒了？"叶成文问。何政东头痛不已，疑惑地问："我怎么会在这儿？"

"我也不知道你怎么会在这里，有人给我打电话，我过来的时候你已经躺在这里了。"叶成文说，"怎么会喝成这样？不能喝就不要逞能。"

何政东揉着额头，依稀记得自己是在家里喝酒的，再次追问自己是怎么到的医院。叶成文叹息道："你自己都不知道，我怎么会知道？兴许是好心人吧。怎么样，洗了胃，现在舒服了吗？"

何政东正想说什么，突然又差点呕吐，叶成文见他如此难受，只好说："看来你得继续躺着休息，我得回去了，还有很多事要处理。"

何政东慌忙拦着他说："我没事了。"

"真没事？"

何政东已经起身，虽然胃里仍然难受，可比起心里的痛苦却轻多了。

在回去的车里，叶成文沉吟了许久才说："有些事恐怕还是要让你知道，因为你有权知道。"两人下车后，他带何政东慢慢步行到龙波跟他见面的地方。

何政东本来以为亲人一个个离开自己已经是对自己最大的打击，可是当他知道何正豪居然真的为日本人做事的消息时，瞬间感觉天崩地裂，那种难受的心情甚至比听闻何正豪被杀更要痛苦。他呆了许久，喃喃地说："不可能，不可能，我大哥怎么可能帮日本人做事？怎么可能？"

叶成文叹息道："本来打算找到安子淇再告诉你实情，但目前情势非常紧急，就算知道你会很难受，很难接受这个事实，也不得不告诉你。"

"大嫂？她也帮日本人做事？"何政东诧异不已，在他心里，漂亮的安子淇根本不会是那样的人。他不禁苦笑道："您别再编故事骗我了，我知道您怕我难受，说这些话就是为了让我恨他们，让我不再痛苦。可您知道吗，我现在更难受了。"

叶成文无奈地叹息道："我知道你不会相信我的话，那是因为你不愿意相信你大哥和大嫂是那样的人，可事实就是如此。还有件事，虽然之前还只是我们的猜测，但现在有理由相信你大哥就是死在日本人手里，而执行暗杀任务的人，也许跟安子淇有关。"

何政东的身体在颤抖，叶成文一系列的话语就像针刺在身上，那种痛得想哭却又哭不出来的感受，仿佛要把他的身体撑破。

"政东啊，你大哥和安子淇回来并非偶然，日军想要占领恩市然后攻打山城，但恩市地势险峻，易守难攻，日本人只能无休止地轰炸，可轰炸行为又遭到我方空军反击，这才决定执行一项名为'蜂鸟'的计划，而执行这项计划的人正是你大哥和安子淇。"叶成文缓缓道来，他决定让何政东知道一切，"现在想来，你爹的死恐怕也与日本人有关，因为刘培原也是日本人暗杀的，当我们发现你大哥给日本人做事后，决定利用你来揭破他的身份，迫使他现形。你不是一直想知道我们的终极目标吗？这就是我一直没告诉你的原因。而你大哥良心没有完全泯灭，为了救你，跟日本人决裂，日本人这才杀了他。这一切的一切，都是日本人在暗中操纵。其实我早该告诉你这些，对不起。"

何政东明白他没有骗自己，这些都是真实的，可他却不愿面对，做梦都没想到的事，居然发生在自己头上，想起儿时跟大哥一块儿玩耍的情景，眼圈不禁又红了。

叶成文看了他一眼，继续说道："很多事的发生，我们没有办法预知，所以也没办法阻拦。现在，既然事情已经发生，为了不造成更严重的后果，就必须阻止事情进一步恶化。"

何政东明白了他的意思，可他感觉自己似乎毫无办法，甚至于全身无力，有种不想继续掺和的无奈。

叶成文似乎看穿了他的心思，声音凝重地说："之前一直没告诉你实情，是担心你承受不了，但是今儿又选择告诉你这些事，是因为我知道你有权利知道真相，更相信你能承受得起。从你进秘要室起，我就相信你能成长，能经受考验。现在日本人已经在恩市制造了破坏和混乱，作为中国人，我们不能袖手旁观，在国家生死存亡的阶段，要不惜生命啊。"

何政东缓缓地摇头道："家没了，都没了！"

"不，国未破，家也还在，只要你有信心，就一定能赶走小鬼子，重建家园。"

"我爹、我大哥，谁能还给我？"

叶成文盯着他的眼睛说："这世间还有千千万万的中国人，如果我们的死能换来更多人的活路，我们还有理由不继续战斗吗？为了胜利，牺牲是在所难免的。"

何政东没吱声，他的心好像已经封闭，沉吟了许久才说："我不想了，我想离开秘要室，请您批准。"

"你说什么？"叶成文大惊，声音也抬高了许多，"就算不为他人，难道你不想为你爹、你大哥报仇？"

何政东听了这话，心中的火焰才继续燃烧。

"他们都是日本人害死的，所以你责无旁贷。"叶成文重重的话语像锤子锤在他心上，"安子淇，当然，这个名字肯定是假冒的，这个女人或许就是日本人。日本人派这个女人来恩市，一方面是为了执行蜂鸟计划，另一方面是为了监视你大哥。这个女人失踪了，不过她绝没有离开恩市，恩市已经布下天罗地网，你难道不想亲手抓她？"

何政东长长地吐了口气，终于问："您怎么确定她还在恩市？"

"因为她的任务还没完成。"叶成文道，"而且我们刚刚接到新的命令，委员长恩市之行已经确定时间表，日本人认为这是暗杀委员长的大好机会，所以绝对会蠢蠢欲动，不择手段。"

这是一九四三年六月，恩市的天空显得异常沉闷，加上战争阴影的笼罩，恩市就像裹着一件大棉袄，令人喘不过气，近乎窒息。

老蒋恩市之行的时间已大致确定，就在本月底，日军情报部门在山城的间谍绞尽脑汁弄到了这个时间，狂喜不已，密令潜伏在恩市的间谍抽取所有力量刺杀老蒋。

就在何正豪出事后，老高也连夜失踪，但药材铺并未关门，现在的接手人是化名为邵云帆的龙波，陈英达被组织派去山城后，又派了个新人来协助他。

龙波已将药材铺建成新的联络点，聘请的伙计就是他之前说的自己的妹妹，化名叫龙英的地下党。

叶成文这两天带着何政东每天在大街上闲逛，实则是为老蒋的恩市之行规划安全线路。这日来到药材铺，龙波出门相迎道："哎呀，什么风把您二位吹来了，快请坐。"

"邵老板，您忙吧，我们路过这里顺便来看看，最近生意可好？"叶成文笑呵呵地问。龙波回道："生意倒是不错，只不过很久不见老友，甚是想念。"

这是他们之间的接头暗语，表示一切正常。

何政东自然是不懂这暗语的意思。

"对了，政东，去车里把那条'哈德门'拿来。"叶成文回头跟何政东说。何政东转身去拿烟时，龙波眼睛看着别处，低声说："上面已经批准了你的行动方案，放手去做吧。"

何政东把香烟拿来递给叶成文，叶成文又递到龙波面前，爽朗地说："老朋友，前段时间我老是头晕，还是您给开的药有效，有好些日子没发作了，这条'哈德门'可是我花了九牛二虎之力才弄到的，现在拿来孝敬您。"

"哎呀，您太客气了。"龙波拿着烟啧啧地称赞道，"真是好东西，那我可就不客气了。"

"应该的，应该的。"叶成文忙说。

龙英跟在一边的何政东说："何少爷，我看你气色不怎么好，倒不如我给你开服药调理调理身体？"

何政东确实感觉不怎么好，遭遇一连串的打击，差点把他给击倒。他听了龙英的话，笑道："多谢你的美意，不过还是算了，我从小就怕喝药，那苦味儿不好受。"

"良药苦口利于病，药苦才有效。"龙英苦口婆心地说，"我大哥这方子可是老方子，效果绝对好，要不要试试？"

何政东难却盛情，加上叶成文也说："既然小妹有如此美意，你就别推辞了，我见你这段日子精神也不好，先开一服中药喝喝，万一有效呢？"

龙波在开药时，声音低沉地说："大少爷就这么走了，我现在把这个店子盘下来，没事儿的时候总是想起大少爷生前的样子。唉，造化弄人啊！"

何政东在何正豪出事后只来过药材铺一次，就是免得自己睹物思人，此时听他这么一说，心里也酸酸的，半天没吭声。可突然之间，他一直望着外面的眼睛亮了，好像看见了什么似的，双腿不由自主地往外挪去。

"政东，你怎么了？"叶成文诧异地问，顺着他的目光望出去，却什么都没看到。

何政东往外走了几步，又使劲揉了揉双眼，这才摇头道："兴许是看花眼了。"

"少爷是不是太想念大少爷了？"龙波叹息道。何政东却摇了摇头，脸上现出一丝疲惫的笑。

"肯定是她，明明就是她，怎么会看花眼？"何政东在回去的路上，心里不住地问自己。叶成文看穿了他的心思，却没点破，只是说："邵老板开的药挺有效的，别浪费了。"

何政东一路沉默到了秘要室，下车后，他突然说："我请假出去一趟。"

"这才刚回来，又出去？"叶成文问。他说："刚想起有点私事，必须出去一趟。"

"好吧，快去快回，我马上去开会，散会后会安排一些重要事。"叶成文说完就进了大门。何政东转身快步离去，叶成文刚进门却又从门后出现，他盯着何政东远去的背影，眼里现出一丝担忧。

何政东再次回到了药材市场，就在他之前看到顾雅婷的地方逗留了许久，又到处转悠起来。他期待奇迹发生，证明自己不是看花眼，可结果却令他失望了。但他不知道的是，就在他寻找顾雅婷时，顾雅婷却在暗中跟随着他，此时此刻，她多么希望自己能走出去跟他相见，但她明白还不是时候，所以只能把这份相思深藏在心底。

何政东垂头丧气地回到秘要室时，遇上了苏晓蔡，苏晓蔡也知道何家的遭遇，此时又见他脸色如此苍白，忍不住多关心了几句，这一切却又被张振轩偶然撞见，等她回到办公室，难免被奚落了几句。她不敢顶撞，却不快地说："大家共事一场，何家遭了这么多事，我关心关心总该没错吧？"

"当然没错，可我发现你对这小子有种特别的关心，你是不是喜欢他？"张振轩直言不讳。苏晓蔡不屑地笑道："您别忘了，何政东可是已经婚娶的人。"

"那又如何？他妻子不是已经被我亲自送出恩市了吗？你以为自己有机可乘，所以……"张振轩没说完的话不言而喻。苏晓蔡的心思被人看穿，嘴上却固执地说："张副主任，我虽然是您的属下，却是为党国效劳，我的私事还轮不到您来管吧？"

张振轩没料到她会说出这样的话，不禁脸上一热，怒目而视，骂道："没大没小，信不信……"他正骂着，叶成文突然推门而入，他顿时更是火大，不快地说："叶副主任，不知道进来要敲门吗？"

叶成文根本不吃他这一套，反而笑嘻嘻地说："怎么这么大火气，吃火药了？"

张振轩闷声不响地坐了下去，苏晓蔡正要出门，却被叶成文叫住："先别走。张副主任，我今天是跟你要人来的。"

"什么人？"张振轩没好气地问。叶成文看着苏晓蔡说："还能要什么人？当然是要回我自己的人。"他转向苏晓蔡，张振轩立马就明白了他的意思，随即冷笑道："这人是你想要就能要回的？苏晓蔡现在可是我机要室的人了。"

叶成文笑着说："振轩兄，我明白你的意思，你不舍得晓蔡姑娘离开机要室，这情有可原。可大家抬头不见低头见，你想见她不是随时随地的事吗？主要是我那边现在人手紧缺，不得不把她抽调回去。"

张振轩确实是不舍得苏晓蔡离开，不过嘴上却说："你要人没问题，我这儿多得是人，除了她，随便你调配。"

"报告，我申请调离机要室。"苏晓蔡突然说。张振轩瞪着眼睛，正要骂人，叶成文制止了他："别这样，晓蔡姑娘留在你这边，对你没什么好处。"

张振轩脸上现出一丝疑惑的表情，叶成文突然从口袋里掏出一个黑色的小东西丢在他面前，他一看就傻了眼，但立即装出一副事不关己的样子，问："这不是监听器吗？哪儿来的？"

"哪里来的，你难道不知道？"叶成文似乎一点也不生气，"要想人不知，除非己莫为。既然做了，就不要试图隐瞒，因为总有一天会露馅。算了，我也不想再追究，不说这事儿了，我今天过来不是跟你商量的，放人吧。"

张振轩还想说什么，叶成文转向苏晓蔡说："以其人之道还治其人之身，这话你应该很耳熟吧？"

"什么意思？"

叶成文冲苏晓蔡使了个眼色，苏晓蔡无奈地走到书柜前，然后取出了一个一模一样的监听器放在了桌上，张振轩的两只眼珠子差点掉出来，拿着监听器看了又看，眯缝着眼睛叹息道："没想到，没想到螳螂捕蝉黄雀在后，但让我更没想到的是，你居然在我身边放了个炸弹，我还以为自己捡了个宝，真是可笑至极啊。"

"这都是跟你学的，没办法，常在河边走，怎能不多学两招？"叶成文起身笑道，"好了，我想你也不愿意身边放个整天盯着自己的人吧？"

张振轩无力地挥了挥手，叶成文笑道："那我们可真走了。"

一月咖啡屋，弥漫着淡淡的咖啡香。

何政东面前坐了个女人，女人是苏晓蔡，她今晚特意约他出来坐坐，只是为了宽慰宽慰他的心，可他只是埋头喝咖啡，一言不发。

"政东，如果你觉得闷，要不我们出去走走？"她问。他却说："天儿不早了，你先回吧。"

"那你呢？"她问，"我不回，还是陪你坐会儿吧。"

"我想一个人静静。"他的声音很冷。她却毫不在意，又沉默了一会儿才说："我知道家里发生了这么多事，换作是谁心情也不好受，可事已至此，你也不能老这样下去吧。"

何政东仍然没吱声，突然起身向外走去，她急忙跟了出去，一直陪在他身边走了很远，他才停下脚步说："我真不用你陪，你回去吧。"

"都这么晚了，我还是先送你回吧。"

"真不用，我一个人走走。"何政东说完这话，把苏晓蔡一个人晾在那儿就走了，但苏晓蔡不放心他，远远地跟在他身后，看着他脚步缓慢地在大街上游走。其实，他只是很怕回家，每次回去望着孤零零的房间，心里就涌起莫名的伤感。

苏晓蔡小心翼翼地跟在何政东身后不远处，可突然感觉自己被人尾随了，训练过反跟踪技巧的她在确定自己的感觉没错后，脚步也慢了下来，可当她猛一回头，身后却连一个活物都没有。她没有怀疑自己，而是相信尾随者是个高手，在心里忖度此人的来意，不知是为她而来，还是为何政东而来。

何政东知道苏晓蔡一直跟着他，他也知道不管自己说什么她都不会离开，走了很远一段路，不得不停下来，转身看着她，待她走近后说："我准备回去了，你也回吧。"

苏晓蔡摇头道："还是让我陪你回吧，你这个样子，我不放心。"

"晓蔡，你的好意我心领了……"

"我有话跟你说。"她打断了他，"走吧，边走边说。"

何政东无可奈何，只好顺了她。她低声说道："别回头，听我说，我们被人跟踪了。"

"什么？"

"不知道是冲你还是冲我来的。"苏晓蔡说，"来者不善，我还是先送你回去。"

何政东想起之前见到的那个貌似顾雅婷的身影，心里不禁微微动了一下，暗自猜想尾随者会不会就是她。可苏晓蔡在身边，他不敢冒险，只好随她而去。

顾雅婷回去时，房里的灯已熄灭，她以为王成已经睡了，正蹑手蹑脚准备上楼梯时，突然灯亮了，他的声音从背后传来："回来了？"

顾雅婷只好收回脚步，望着他，点了点头。

"又找他去了？"王成问。她没想隐瞒，却也不想回答这个问题，所以选择了沉默。

王成叹息道："如果真想见他，没必要躲躲藏藏的。毕竟一夜夫妻百日恩，何家又遭了难，我想你应该回去见见他。"

顾雅婷默不作声，她何尝不想跟他见面，可也知道还不是时候，如果此时再露面，秘要室的人又会将他二人赶出恩市。睡下后，想起陪同何政东回家的那个女孩，她心里就涌起一股酸涩的味道。这是人之天性，他们虽然分离，却还是夫妻。她只是担心这样的关系不能维系更久，只能期待这场风雨尽快过去。

六月二十八日，恩市全城戒严，而且实施了宵禁，街上到处都是荷枪实弹的士兵，虽然百姓不知将发生什么事，可都感觉如临大敌，以为要跟日军开仗。

这一夜，秘要室的人全都无法入睡，因为他们明白日方派来刺杀老蒋的刺客此时肯定躲在某个地方蠢蠢欲动，所以他们不能合眼，一旦发现任何风吹草动，必须立即行动，先发制人，将所有的阴谋扼杀在摇篮之中。

陈希平亲自督阵，偌大的会议室里，秘要室所有骨干成员都严阵以待。

突然，一阵刺耳的电话铃声响起，叶成文接过电话，冷冷地问："找谁？"

"我要见陈希平。"对方是个男人。叶成文把电话递给了陈希平，陈希平拿起电话说："我是陈希平。"

"我知道有人想刺杀老蒋，你马上派人去一个地方……"

陈希平听见对方挂断电话，心里却七上八下。叶成文见他脸色不对，忙问发生了何事。

陈希平沉重地说："刚才有人在电话里说有人要刺杀委员长，传我的话，马上行动！"

"等等！"叶成文慌忙阻止了他，"可信吗？"

陈希平摇了摇头，却说："宁可信其有不可信其无，非常时期，必须采取非常手段。"

"万一有诈，该怎么办？"

"那就给我小心点儿。"陈希平下达了命令，"廖队长，你打前站；成文，你带人支援；振轩，你跟我留守秘要室。记住，这一次，我要活的。"

廖楚山带人赶到"喝二两"时，夜色已经很深，他们将酒馆围了个严严实实，然后派人敲门，敲了半天才有人应："谁呀，大半夜的，还让不让人睡？"

"老板，快开开门，我们路过，有事相求……"

当男子打开门时，面对一个个黑洞洞的枪口，顿时就泄了气，举着双手不敢说话。

廖楚山用枪抵着他下巴，低声问道："这儿除了你，还有别人住吗？"

男子颤抖着连连摇头，突然猛地往前扑去，现场顿时大乱。男子被按在地上，还在用力挣扎。

廖楚山大声呵斥道："给我搜，不许放过任何角落！"几个手下噌噌噌地沿着木板楼梯冲上去时，最前面的兄弟突然大叫一声："卧倒！"话音刚落，一声巨响响彻夜空，一股巨大的热浪迎面扑来，廖楚山和众手下被掀翻在地。

在附近等候支援的叶成文听见爆炸声，又看见冲天的火光，随即开始行动，当他到达酒馆近前时，只见廖楚山和几个人影正从硝烟中狼狈而出，忙问："抓到了吗？"

"快，人还在里面。"廖楚山捂着嘴，剧烈地咳嗽着，叶成文带头冲了进去，但屋子里烟雾弥漫，一团漆黑，什么都看不见，他不得不又撤了出去。

廖楚山见他也撤了出来，大声说道："那小子跑不了，你带人守着前门，我带人去后面。"说话之间，酒馆后面突然枪声大作，二人对视了一眼，来不及多想，撒腿便冲了过去。

此时，枪手正躲在墙角还击，已经干掉了他们的好几个人。

"看你还往哪儿跑！"廖楚山怒喝道。叶成文提醒他："主任说要活的。"

"不管死的活的，先放倒再说。"廖楚山不管三七二十一，拔枪便射。

一个人面对数十人的火力封锁，想活着逃跑是万万不可能的事，而且子弹快打光了，他深知自己的处境，于是举枪瞄准了太阳穴……

枪声骤停之后，廖楚山和叶成文带人围了过去，看见死者正在流血的太阳穴，脸上全都露出了失望的表情。

"没想到会是他！"叶成文自言自语道。廖楚山诧异地问："见过？"

叶成文缓缓点头道："岂止见过！"

何政东看清楚死者的面孔时，也怔住了。

二人带着自杀身亡的日方间谍回到秘要室时，陈希平并没有责怪他们，反而说："早料到了，日本人行动失败，就算不死，回去后也绝对活不了！"

"主任，有件事要跟您汇报。"叶成文来到陈希平办公室说。陈希平道："说吧。"

"我认识死者，他姓高，都叫他老高，就是何正豪以前药材铺的伙计。"叶成文说，"这个人在何正豪死后就失踪了。"

陈希平没有过分吃惊，顿了片刻才说："看来日本人这次是下足了血本，不达目的是不会罢休的。明日委员长开始恩市之行，压力太大了，但绝对不容许出半点差错，否则你我都得完蛋。"

"明白！"叶成文说，"今晚的行动恐怕也惊动了另外的日本特务，他们应该不敢再轻举妄动。"

"你们出发后，我一直在想究竟是何人打来的电话。"陈希平又说。叶成文沉吟了一会儿才说："这个神秘人很狡猾，我感觉他不是我们的朋友，反而是敌人，但究竟出于什么目的，暂时还没想到。"

熬过了漫长的一夜，天还未亮，所有人就按照原计划离开秘要室，分布到了街头的各个角落。大清早，街上全都是带枪的便衣，当然也有不少军警，整个恩市的警察和城防队员，还有特务，倾巢而动。

何政东跟叶成文坐在车里，透过车窗观察着街上的动静。

叶成文一夜未合眼，此时正好借机眯会儿，可心里并不踏实，一个小时以后，老蒋的专机将降落在恩市机场，然后接送他的专车将从这条道路直接去位于龙洞湾的住所。那是一栋临时搭建的木架钉木条再粉刷石灰的房屋，与周围泥墙草顶的农舍相比，透着几分洋气。屋旁的龙洞水为罕见的间歇泉，子时和午时来潮，形成瀑布奇观。瀑布旁有陈镜岳为迎接老蒋到来日夜赶建成的风景亭，加之四周翠竹拥抱，好似仙境琼楼一般。更重要的是，这里背靠陡山，日军飞机怎么投炸弹也炸不到，十分安全。

何政东也很疲劳，可无半点睡意，他明白日本人，准确地说，应该是安子淇此时正藏在黑暗中预谋刺杀老蒋，他想抓活的，亲口从她嘴里问清楚何正豪的事。

"差不多了，下车吧。"叶成文突然睁开了眼，此时离老蒋专机到达恩市机场还有二十分钟。

何政东下车后，仰望着浑浊的天空，不知何时竟然现出一丝阳光，他被刺了一下眼，眯缝着眼睛，半天没睁开。

"按照原计划，分开行动。"叶成文说完这话，和何政东分道扬镳，二人各自负责的范围在相反的方向，各自的人马也已经就位。

"如果要完成刺杀任务，有两个位置最合适，不仅好藏身，完成任务后也能顺利逃脱，你我各自负责一个位置，一旦发现目标，格杀勿论。"何政东脑海里浮现出叶成文在路上跟他说的话，此时站在大街上，看着其中一个狙击点的位置，没有发现任何异常。

"报告，没有发现异常。"何政东走到路边的电话亭，打电话向叶成文汇报情况，叶成文道："严密监视，有什么情况及时汇报。"

随着专机抵达恩市的时间越来越近，何政东感觉自己的情绪越来越焦躁，脊背上开始冒冷汗，头脑一阵昏沉，险些站立不稳摔倒。

就在此时，前方传来一阵机器的轰鸣声，紧接着映入眼帘的便是几辆黑色的轿车，轿车过后是一辆军车，军车上全都是握着美式冲锋枪的士兵，一个个面无表情，眼神毒辣地扫视着周围。

何政东打起精神，注视着车辆从面前快速冲了过去。他担心的事没发生，这才松了口气，却又因为安子淇没露面而耿耿于怀。虽然日本人暂时没有采取任何行动，但是危险仍然存在。他站在原地没动，继续打电话向叶成文汇报情况。

叶成文守住的狙击点视野相对开阔，从常理上说更适合执行狙击任务，当他听过何政东的汇报后，心里不免捏了把汗，再次向周围的高空地带搜寻了一阵，对着电话大声说道："车队马上过来了，全都打起精神。"

谁都没想到，老蒋也担心此行的安危，居然临时改变主意，没亲自来恩市，而是派出了特派员江培德。此事事先没有通知恩市方面的任何人，故陈镜岳也不知情。

此时，陈镜岳陪同江培德乘坐专车，江培德对陈镜岳的部署很是满意，还嘉奖了他几句。

"日本人在恩市安插了不少奸细，想要挑起事端，太天真了。"江培德不屑地说，"你现在坐镇恩市，给我汇报一下目前的局势吧。"

"是！"陈镜岳毕恭毕敬地说，就在二人谈话之时，叶成文却抓了个携带炸药包的日本人。

《 20 》

　　叶成文也是偶然发现了这个鬼鬼祟祟的男子，本来大街上戒严之后就没多少人，此人在离叶成文不远的地方，两只眼珠滴溜溜地到处乱转，再配上那冷峻的表情，很快就引起了他的怀疑。

　　眼看车队就要过来，所有人都翘首以待。

　　叶成文偷偷打量着路边的男子，只见那双眼里溢满了凶残的光。他感觉就要出事，不敢再观望下去，对身边的人使了个眼色，附近的人全都装作若无其事地向目标围了过去。

　　男子似乎发现了异常，正要起身，却被人架住了双臂，慌乱之中挣扎着，喉咙发出狼一般低沉的号叫。

　　叶成文冲过去一把扯开男子的衣服，只见他腰上缠着炸药，顿时大惊失色，众人把男子按在了地上。

　　此时，江培德的专车刚好从此经过，他也恰好看到了不远处的动静，叹息道："看来日本人是真想要委员长的脑袋啊。"

　　陈镜岳大略明白发生了何事，忙说："请放心，恩市的情况全在我们掌握之中，纵有牛鬼蛇神，也休想翻起大浪。"

　　"委员长自然放心，恩市交给你是最稳妥的了。"江培德愤然道，"日本人以为能长驱直入至山城，简直就是痴心妄想。"

　　叶成文看到车队顺利通过，然后吩咐手下将人提起来，可发现这人已经口吐白沫，用手指探了一下鼻息，懊恼地骂道："断气了，带回去验明正身。"他回头时已经不见车队的踪迹，心里异常压抑，大声命令道："所有人注意，车队已经穿过主街，马上进入龙洞湾。"

　　何政东此时正急匆匆赶去跟叶成文会合，可突然一声枪响，让所有人都呆在了原地，顷刻间又是枪声大作。叶成文反应过来后，惊恐地叫了一声："不好，出事了，快跟我走！"

所有人都听出枪声来自龙洞湾方向，但是当他们赶到现场时，却只看到荷枪实弹的军队，空气中还飘荡着硝烟的味道。叶成文虽然出示了证件，但仍被拦在了外面。

"我们是秘要室的，请通融一下……"叶成文拿着证件近乎哀求，可对方厉声吼道："管你是谁，没有主席的批文，谁都不许进去！"

叶成文只好退一步说："那我想知道刚才的枪声是怎么回事。"

"不该问的别问。"

叶成文只好带着众兄弟退了回去，无奈地看着远方，叹息道："回吧。"

"就这么走了？您不想知道发生了什么事？"何政东问。叶成文不屑地说："委员长平安无事就好了。"

一场暗流汹涌的暗杀行动就此结束，山口杏子还以为枪手得逞，正打算向日本军部汇报，却不料很快就得到消息，立马变了脸色，怒骂道："怎么会失手？这个老头子居然没死。"

"只要目标没离开恩市，我们就还有机会。"说话者是由内云子，她也亲自参与了刺杀任务，正开枪时，突然一只鸽子从旁冲了出来，她失去了开第二枪的机会，让目标躲过一劫。

江培德早料到此行一定会波折重重，所以并不恼火，只是责令陈镜岳尽快查明凶手。

"什么，日本人竟然还真派出了枪手？"叶成文从陈希平这里得到了准确的信息，才知道来恩市的不是老蒋，"幸好特派员平安无事，要不然麻烦就大了。"

陈希平却说："日本人不会善罢甘休，特派员一日没离开恩市，我们就不能掉以轻心。"

"必须在日本人再次动手之前找到他们的老窝。"叶成文说，"这个安子淇，隐藏得可真深，何正豪虽然死了，但她一定还有其他帮手，到底会躲在什么地方？"

"恩市不大，特派员下令，就算挖地三尺也要将他们找出来。"陈希平面色冷峻，"如果再出事，不只你我，主席也难辞其咎。"

叶成文心事重重地回到办公室，松开衣领上的纽扣，喘着粗气，恨不得立即把那些日本人挖出来碎尸万段。

闭上眼，仰面躺下，全身无力。

一阵敲门声将他从假寐中惊醒，睁开眼，拉开嗓门喊道："进来！"

苏晓蔡推门而入，手里拿着一沓卷宗，急匆匆走到叶成文面前，叶成文莫名其妙地看着她，她打开卷宗说："您让我暗地里调查的事有了眉目。"

叶成文接过卷宗看了一眼，神情凝重地说："果不其然，还真让我猜中了。这件事暂时要绝对保密，不要对任何人说起。去，把政东叫来。"

何政东进来的时候叶成文还在看案卷，放下案卷后说："你大哥死后，我们在他身上找到一样东西。"

何政东一惊，他从未听说过这事。

叶成文看出了他的心思，带着歉意道："之所以一开始没告诉你，是担心……"他没有继续说下去，而是把案卷递给了何政东，何政东瞪着眼睛一个字一个字看完，而后紧张地问："这个真是我大哥留下来的？"

"当然，我没必要骗你。"叶成文说，"你大哥留下来的线索对我们来说非常重要，我一直怀疑有内奸，没想到这个内奸居然隐藏在警察局。"

何政东的目光仍然停留在那些文字上，过了许久才问："既然已经找到内奸，为什么还不行动？"

叶成文却摇头道："还不是时候，我要利用这个内奸将日本特务一网打尽。"

"可是委员长还在恩市，如果不尽快将他们找出来，我担心……"来恩市的不是老蒋而是特派员的事，知道的人并不多，叶成文也没有告诉何政东。

"没什么可担心的，这个内奸一定会向日本人通风报信，只要盯住他，那些日本特务就一个也别想跑。"叶成文接着说，"叫你来，就是让你去盯住这个人。"

"我？"

"怎么，有问题？"

何政东忙摇头，道："保证完成任务。"

这个被秘要室盯上的嫌疑人叫孙东海，而且还是警察局的一个队长，经查阅资料，发现此人进入警察局之前的经历一片空白。但越是如此，便越有鬼。这是叶成文长期做特务工作积累的经验，所以他认为这个人并不简单。

何政东接下这个盯梢的任务后，每日化装成车夫守在警察局外，只要孙东海一出门就跟上去，可一连两天也没发现他有跟陌生人接触。何政东有些灰心丧气，眼看"老蒋"快要结束恩市之行，却仍没发现任何线索，他开始怀疑何正豪留下来的线索是否真实可信。

日本特务仍在藏匿，危险仍然存在。

江培德在恩市待了三天，陈镜岳就担惊受怕了三天，冥思苦想，最终想出了个诱敌现身的法子，他放出消息，声称两日后会在飞行大队驻地表彰为抗战做出重大贡献的恩市空军飞行员。

之前被戒严的大街解除戒严之后，喜欢看热闹的百姓纷纷拥上街头，街头顿时像炸开锅了似的变得热闹起来。

山口杏子刚刚接到了日本军部的指令，此次如果刺杀失败，便要以死谢罪。她知道自己没了退路，打算孤注一掷，选了一处非常隐蔽的阁楼潜伏下来，但该地方想要撤退却很难，一旦被发现，只有死路一条。

两天之后，陈镜岳安排的专车缓缓出现在人们的视野中时，车窗竟然摇了下来，车里的人还冲着街边的百姓挥手致意。

何政东清楚地看到了车里的人，两只眼睛迅速向周围搜索，可突然间，围观的百姓纷纷发出惊恐的叫声。他的目光落在专车上，只见风挡玻璃上多了个小孔，靠在座椅上的人，额头上黑色的窟窿正在汩汩地流血。

在那一瞬间，几乎所有人的脸上都写满了惊恐和不可思议的表情。

"不好，有刺客！"不知谁叫了一声。何政东很快清醒过来，又不知谁叫了一声："刺客在东面的阁楼！"

卡车上的士兵纷纷开枪射击，专车被团团围了起来。

何政东放眼望去，果然看到个黑影正从阁楼上匆忙逃跑，他想都没想便撒腿冲了过去。

山口杏子亲眼看到目标被击毙，丢了狙击步枪便跑，子弹在身边像跳舞，可硬是没能伤到她。她按照原定好的路逃进了一片丛林，把追兵远远地抛到了身后。

何政东带人追到丛林边时，已经不见了人影，忍不住怒骂道："居然又让刺客给跑了。"转而又想到被子弹击中的"老蒋"，转身便折了回去，在现场遇见叶成文，却见他全然像什么都没发生似的。何政东又看了一眼被团团包围的车辆，脑子里一片混乱。

"别有气无力的，委员长改变了行程，替他来的是特派员，而且特派员已经登机了，这会儿已经在回山城的路上。"叶成文此言一出，何政东还以为自己听错，慌忙往车里张望，却被挡住视线，张了张嘴，无言以对。

叶成文又轻描淡写地说："别看了，让弟兄们收工吧。"见他没动，又道："上车，大家都被耍了。"

何政东此时已明白事情真相，恍然大悟地说："好一个偷天换日，原来被刺杀的是替身。"

叶成文讪笑道："你终于明白了，人死之后才明白啊，不过我也比你好不到哪儿去。"

何政东惊诧之余舒了口气，虽然他明白自己的身份，可在当前国共合作抗战的大环境下，所有人都要摒弃隔阂一致对外的。

叶成文叹息道："只可惜又让刺客给跑了。"

"我带人追进丛林就不见了人影……"

"没关系，只要他们以为已经成功完成了刺杀任务，那我们的工作就没白做。"叶成文扭头看了他一眼，"我知道你很想找到那个叫安子淇的女人，想问清楚你大哥身上到底发生了什么事……别太心浮气躁，沉住气方能成就大事。很多事，老天想让你明白，就一定会告诉你答案。"

何政东收回心思，冷冷一笑，道："我想找到那个女人，不仅为了查明发生在大哥身上的事，还要亲手为我爹和大哥报仇。"

山口杏子和由内云子今日是务必要置老蒋于死地的，二人制订了两个计划，如果山口杏子未能成功刺杀目标，混在人群中的云子会再次出手。

由内云子亲眼看到车内人被击中额头，然后才悄然离去。

山口杏子随即向日本军部发去电报，没想到军部给了她一个致命的打击：老蒋根本没来恩市，替代老蒋来恩市的江培德也已经安全回到山城。

"什么，不可能，怎么可能？"山口杏子非常确定自己将目标一枪毙命，看到日本军部的回电，整个人几乎崩溃，双目失神地愣了许久，闭上眼，脸颊滚落两行热泪，仰天叹息道，"为什么，为什么会这样？"她明白自己回不去了，突然拔枪在手，对着太阳穴扣动了扳机，在鲜血喷洒出去的那一刻，脑海中浮现出一张熟悉而又陌生的面孔，那是何正豪的。

夜色寂寥，连续奋战了许久的何政东终于可以躺下来喘口气了，可眼前全都是那些让自己无比怀念的面孔，他们好像近在眼前，可一切又都触不可及。

"咔嚓"，一声脆响惊扰了他的思绪，他持枪在手，突然推开门，门外却空空如也。他不相信自己听错，一定有什么东西进了大院。他于是小心翼翼地沿着走廊往前移步，可陡然出现在走廊尽头的人影惊得他不禁倒吸了一口凉气，定了定神，慌忙喝问道："什么人？"

对方没吱声，但也未动。

何政东沉沉地吸了口气，再次厉声喝道："到底什么人？再不说话我开枪了。"

沉寂的夜色让人心慌不已，就好像恶魔要吞噬人的灵魂。

何政东突然对那个身影的轮廓充满了熟悉感，一种异样的情愫忽地冒上心头，顿时惊喜地叫了起来："雅婷，是你吗？雅婷……"

"政东！"顾雅婷听见爱人呼唤她的名字，终于没能按捺住压抑了许久的情愫。何政东听见那个日思夜想的声音后，收回枪奔了过去，紧紧地搂着她，声音沙哑地呢喃道："雅婷，真的是你吗？我还以为这辈子再也见不到你了。"

顾雅婷啜泣道："是我，真的是我。"

二人在走廊上拥抱了许久，久久不愿放开对方，可终究还是分开了，回到房里，彼此深情地凝望着对方，眼里柔情似水。他们聊了许多，关于分开后的事。

"我在街上看到了你，还以为自己眼花了，可我再次折回去想找你时，却又不见了。"何政东诉说着自己的相思之苦。顾雅婷无奈地摇头道："我想见你，可我又不敢见你，只能远远地、偷偷地看你一眼。"

何政东问："张振轩为什么要送你们离开恩市？"

顾雅婷怔住了，她不是不想说，只是怕他误会她一直在欺骗他，可事到如今，她也明白无法继续隐瞒，只好自责道："其实很多事，我也是身不由己，如果你知道了原因，也许会怪我……"

"不，事情都过去了，我不会怪你，半点都不会，只要你对我坦白，不要再让我继续活在猜忌中。"何政东诚心诚意地说，"你知道吗？我一直在想，不管你是什么人，什么身份，只要你能回来，就算要我拿任何东西，包括命来交换，我都愿意。"

顾雅婷内心一阵颤抖，终于缓缓道出了自己的身份，他听说她跟自己一样也是为特务机关服务，在那一瞬间确实有被惊到，但很快缓过神来，抓着她的双手说："其实我早该猜到。对不起，这段日子，让你受苦了。"

"都怪我不好，我早该告诉你，可……可我……"

"别再说了，我理解你，虽然我们各为其主，可都是为了效忠党国。"何政东说这话的时候，心里无比苦涩，其实自己又何尝没有骗她？他能说出自己的真实身份吗？答案是否定的。可在抗日这件事上，二人的立场高度一致，聊着聊着就聊到了此次特派员的恩市之行。

"原来'喝二两'酒馆里的那个电话是你打的，要不是你，我们也不可能抓到躲在那里的日本特务。"何政东说，"此事我要上报，要嘉奖你。"

"不要！"顾雅婷慌忙阻拦道，"我这次是偷偷回来的，不能曝光，要不然又会被赶出恩市。"

何政东恍然明白了她的意思，不禁叹息道："都是为了抗日，何必呢？"

就在今夜，两颗年轻的心重又碰到了一起，他们紧紧相拥，发誓再也不会分离。

第二天，何政东兴高采烈地来到秘要室，打算迎接新的一天的到来，可刚坐下，双目却像见鬼似的，突然就盯着案面的一本书不动了。他觉得诧异的是这本书根本就不是他的，如此说来，有人进来过？他缓缓地拿起书来，刚翻开一页，就再也合不拢嘴，呆呆地盯着扉页上的"沉睡者"三个字，脑子里瞬间浮现出万千种可能。

空气仿佛停止了流动，周围的一切也都变得寂静无声。

何政东过了很久才无力地坐下，然后翻开第二页，只见上面写着："南门清江，夕阳归去，不见不散。"

他慌忙合上书页，喘着粗气，用尽全身气力令心情平静下来，脸上终于现出一丝耐人寻味的笑容。

太阳落山之时，清江河的水温柔地流淌，沉沉地笼罩在夜色之中。

何政东带着书闲庭漫步般来到了南门边，远远地看到一个正背着自己的人影，那个背影让他有种熟悉的感觉，可因为心中有事塞满，故不敢妄自猜测。可离那个背影越来越近时，那种熟悉的感觉越来越强烈，不禁停下了脚步。

"来了？"一个浑厚的声音突然响起，把何政东惊得打了个寒战，好像有一种力量强迫他转身离开。他像被定在那里，而就在此时，那个背影转了过来。他看见了那张脸，终于看清了那张脸，不禁退后了两步，瞠目结舌，一句话也说不出来。

叶成文取下了帽子，似笑非笑地看着惊恐万状的何政东，问："没想到吧？"

何政东还是不敢相信自己的眼睛和耳朵，感觉拿在手上的不是书，而是沉甸甸的炸药。

叶成文的目光落在书上，眯缝着眼睛说："南门清江，夕阳归去，不见不散。"

何政东的手颤抖了一下，此时复杂的心情可想而知。叶成文往日在他心目中的形象一一浮现眼前，虽然近在咫尺，可仍难以相信他就是自己一直在试图联络的"沉睡者"。

"你呀，就别胡思乱想了，跟了我这么久，也瞒了你这么久，真是难为你了。"叶成文笑道，"以前一直不敢向你表露身份，是因为有使命在身。其间发生了很多事，我一直在暗中考验你，发现你是个有信仰的人，刘慧沁没有看错人啊。"

何政东亲耳听见他说出"刘慧沁"这个名字时，内心突然抽搐了一下，几乎就要张口时，叶成文又说："你是想知道我为什么不救她？"

何政东没有否认。

"实话告诉你吧，慧沁在秘要室里是插翅也难逃的，她也做好了赴死的准备。我不得不借厨师的手帮了她。"

"是你杀了厨师？"何政东惊呼道。

"这个叫乔云峰的厨师是个赌徒，欠了赌场很多钱，后来被日本人收买，做了日本人的帮凶。"叶成文苦笑道，"这种人为了钱不择手段，出卖国家，死有余辜。"

何政东叹息道："原来如此。"

叶成文感慨道："在国民党内部潜伏了这么多年，每日如同在刀尖上行走，而每一步都得万分小心，万一出了纰漏，恐怕死的不是我一个人，而是许许多多在暗夜里为了国家和民族奋战的同志。"

何政东将所有事串联到一起，终于淡定了，无力地说："没想到聪明反被聪明误，我一直寻找的'沉睡者'，居然就在身边，而且每天都会见面。"

"干我们这个的，一旦暴露就意味着死路一条。"叶成文道，"今后的行动中，你我的关系不变，千万不要露出马脚，否则会惹祸上身。"

何政东沉吟了许久，突然问："您怕死吗？"

叶成文笑道："谁不怕死？可我们纵然怕死，也绝不能退缩，绝不能当叛徒。我的任务就是渗透，我们每个人都为抵御外敌、维护民族大义而活着。活着，比什么都重要。"

"我算是明白了。"何政东想起自己进入秘要室之前受的那些苦，不禁哑然失笑。

叶成文笑道："之前对你做过很多事，不管是诬蔑还是惩罚，那都不仅仅是考验，也是磨炼。如果一开始你都经受不住，恐怕这辈子都别想知道'沉睡者'是谁了。"

何政东脑子里浮现出许多共产党人的形象，不知不觉就想到了徐少同。

"你不说他我还差点忘了！"叶成文叹息道，"这个人的行为太反常，他两次被捕，第一次被救出去后我怀疑他背叛了组织，可他又救过我们的同志，所以我不敢确定他是否背叛过组织。后来我试探过他，很幸运，他没出卖我……"

何政东很是吃惊，问他是否还被关在大牢。

"知错能改，善莫大焉，我也是后来才知道，他和其他一些同志已经被秘密处决！"叶成文表情凝重，"自始至终，他都没出卖过我，虽然也许他的思想曾经动摇过，可我想他后来是真心悔改了。"

何政东把所有的事联系在一起，试图让自己的思维变得清晰，可想得越多，便越感觉迟钝。夜色在他眼前变得越发厚重，好像永远也挥之不去。

几天以后，山口杏子的尸体被发现，虽然全身腐烂，但何政东仍然一眼就认出了她，想起曾经还在一个屋檐下生活过，心里竟然多了些伤感。

　　就在很多人以为日本人的阴谋被彻底粉碎时，山城方面再次传来密电，督促恩市尽快追查在山城制造刺杀事件的凶手。

　　陈希平眉宇紧锁："山城方面看了这个女人的照片，非常肯定她不是在山城制造刺杀事件的真凶。"

　　"如此说来，如果之前得到的消息并无错误，那么这个凶手很可能还在恩市。"叶成文刚刚沉下来的心又悬了起来。

　　"是啊，也就是说，日本人并未放弃蜂鸟计划，而留在恩市的这个日本特务，将成为日本人最后的砝码。"陈希平道，"看来小鬼子对恩市没死心啊。"

　　"前线的战斗依然在继续，小鬼子空袭吃了几次亏，不敢再轻举妄动，所以接下来最好最快进入恩市的办法，还是炸毁机场和军机。"叶成文若有所思，"主任，我有个不情之请。"

　　"说！"

　　"我想去机场看看。"

　　"机场？你没去过？"

　　叶成文摇头道："我不是这个意思。"

　　陈希平一下就明白了，但说："绝大多数军机都藏在另一个隐蔽的地方，除了飞行大队队员，恐怕只有少数几个人知道。"

　　"连您也不知道？"

　　陈希平摇头，接着说："这是机密，要不然日本人怎么会使出吃奶的力气都未能找到隐形机场所在地？所以去机场看看就暂且别指望了。"

　　"可我的意思是日本人万一改变策略，我们岂不是很被动？"

　　"很有这个可能，不过前提是他们能找到机场。"陈希平脸上露出了久违的笑容，"这个隐形机场可不会被轻易找到。不过就算被找到，机场的安防也非常严密，一般人很难靠近。"

　　叶成文没再说什么，埋藏在心底那些奇怪的想法却越放越大，他告诉自己，必须尽快找到那个留在恩市的日本人，以绝后患。

　　顾雅婷自从回到何家后，就再没出过门，每日在家做好饭等何政东回来。这段时间里，何政东重新感受到了爱情的温暖，每日出门，心却好像留在了家里，每日归来，见到她还在，还有热气腾腾的饭菜，就感觉这个世界还是挺美好的。当然，除了战争。对他而言，战争没有结束，虽然从未经历过真正的枪林弹雨，可战争给他和这个家庭带来的创伤却永远挥之不去。

顾雅婷许久未曾做东北菜，可是今日，桌上却多了一道小鸡炖蘑菇。

何政东久久没有动筷。

"怎么不吃呀，不合胃口？"顾雅婷全然没想到何政东的心思，何政东舒了口气，说："挺香的，只是这个菜让我想起了……"

顾雅婷顿悟，忙说了些抱歉的话。

"不说这个了，反正该死的不该死的全都死了。"何政东说这话时伤感不已。顾雅婷半晌没吱声，过了片刻才轻言絮语地劝慰道："要不是这场该死的战争，一家人又怎会弄成这样？一个好好的家又哪能说散就散了呢？"

何政东对日本人充满了恨，是那种刻骨铭心的恨，一想到家人和朋友的死，就没了一点食欲，紧咬着牙关，陷入思念中。

"政东，不要再想了好吗？我明白你的心情，我又何尝不想爹和大哥起死回生，如果有机会，真恨不得亲自上战场杀敌，也算是为那些被日本人害死的无辜者报仇。"顾雅婷的声音轻飘飘地钻入他耳中，他能感受到她内心的真诚，抬头看着香气扑鼻的饭菜，拿起筷子说："不说不开心的事了，吃饭吧。"

顾雅婷突然又说："大哥还在的时候，你记得他给……找了个丫鬟吗？"

何政东意识到她差点说出"大嫂"，可又咽了回去。

"就是那个哑巴，大家都叫她哑姑。"

何政东点了点头，问："怎么突然问起这个？"

"不是突然，是想了很久，我总觉得那个哑姑不是一般人。"

"什么意思？"何政东看着她问，她迟疑了一下，继而却又摇头道："也许是我想多了。"

何政东怔住，一本正经地说："不对，不是你想多了，而是我想得太少了。"哑姑的样子在他脑海里越来越清晰，他突然瞪大了眼睛，缓缓地说："幸好你提醒了我，既然安子淇是日本人，那个哑姑就不是没有来由找来的。让我想想，让我好好想想……"他的思维高速运转起来，猛地站了起来，喘息着说，"我明白了，她不是哑姑，绝不是哑姑，装哑巴只是为了掩人耳目，是因为她不会说中国话，或者说得太烂担心穿帮，所以才装哑巴。好啊，我们都被骗了，哑姑是安子淇的帮手，也是日本特务。天哪，我们何家到底造了什么孽？为什么老天爷要如此折磨我们？"

顾雅婷见他眼中噙着泪，心里也是不忍，更不知该如何安慰。

叶成文开始暗地里排查跟山口杏子接触过的人，理所当然，排在首位的应该是何政东。但他又担心何政东误解，只好采取迂回战术：在下班后径直去何家登门拜访。

何政东刚回家不久，正要开饭时，外面突然传来敲门声。他和顾雅婷面面相觑，然后示意她去里屋，走的时候还没忘记收了碗筷。

叶成文等了很久才终于见他开门，一脸笑意地说："还以为白跑一趟！"

何政东看到是他，也很惊讶，不明白他为何会突然登门拜访。

叶成文进门后老远就闻到了饭菜的香味儿，顿时开心地说："来得早不如来得巧，看来晚饭不愁了。"说完这话，突然又打住，回头看着何政东问："有客人？"

"没，没客人！"何政东试图掩饰。

叶成文对何家轻车熟路，看着桌上几个香气扑鼻的菜，笑嘻嘻地说："手艺不错嘛，今儿有口福了。"看他愣着，又问："怎么，看样子不怎么欢迎我呀。对了，一个人怎么吃得了这么多菜？是不是早就猜到我要来？"他在说这话的时候，两只眼睛已经在到处张望，何政东知道自己藏不住了，只好故意咳嗽了两声，大声说道："出来吧！"

顾雅婷出现在叶成文面前时，叶成文眨了眨眼，惊道："我没看错吧，竟然是金屋藏娇。"

二人没说话，叶成文笑着说："别怕，我只不过来跟政东说说话，不介意多双筷子吧？"

顾雅婷听他如此一说，眉开眼笑道："您坐，我去拿碗筷！"她离去后，叶成文打趣道："就说你小子这段时间像变了个人，原来这就是原因所在。"

"您就别取笑我了，这不是还没来得及跟您汇报吗？"

"跟我汇报？要不是我今儿偶然撞破，我看你一辈子都不想让我知道吧。"

何政东讪讪地笑了起来。

"要不喝点？"何政东问正吃得津津有味的叶成文，叶成文摇头道："今儿不喝酒。"

"这不是也没什么正事儿嘛，就算醉了也不要紧。"何政东劝道，叶成文却很固执地拒绝了他，然后问顾雅婷什么时候回来的，她说刚回来不久。

何政东一时半会儿搭不上话，好不容易逮住一个机会说："咱们不是在一个叫'喝二两'的小酒馆抓了个日本人吗，之前的电话就是她打来的。"

"是吗？不过据我所知打电话的是个男人。"叶成文看着她说。她看了何政东一眼，何政东忙解释道："打电话的是王成。"

"就是假扮你父亲的那个人？"叶成文明知故问，却又笑着说，"多亏你们那个电话呀，要不然还真不知会发生多少凶险之事。"

顾雅婷听他这么一说，也放心不少。

"不过凶险的事还没完。"叶成文这话又让二人的心悬了起来，他看着二人狐疑的表情，轻笑道，"别这么紧张，其实我今儿过来是为另外一件事。"

何政东说："只要您不把雅婷交出去，什么事我都答应您。"

"我像是那种人吗？"叶成文又吃了口菜，夸奖道，"孤家寡人一个，很少能吃上这么可口的饭菜啊。政东，你小子可真有福气，要好好珍惜呀。"

"我会的，一定会的！"何政东忙不迭地应道，叶成文这才言归正传："雅婷不是外人，虽然咱们各为其主，但也都是为了民族大义，所以这件事也就没必要瞒着你了。"

"您放心，出卖国家的事我是不会干的。"顾雅婷重重地说。叶成文接着说道："刚刚接到山城方面的密电，几个月前在山城制造刺杀事件的凶徒早已逃到恩市，而且很可能参与和策划了恩市的刺杀行动，上面要求我们尽快找到这个人。"

何政东和顾雅婷听了他的话，不约而同地露出了惊异的表情。

叶成文最善于察言观色，见他二人如此表情，便明白了几分，继续说："看来我今儿是来对了，不仅吃上了可口的饭菜，还得到了想要的答案。"

何政东沉吟了一会儿说："有个人，有重大嫌疑。"他说的这个人就是哑姑，也就是由内云子。

"对呀，我们太粗心了，大少爷出事后，何家的人都散了，完全没想到要清查……"叶成文懊恼不已，"政东，你们提供的这个线索非常重要，我有预感，这个哑姑很可能就是我们要找的人。"

　　"可她现在已经不知去向，怎么才能找到她？"

　　"山口杏子一死，留在恩市的日本特务恐怕就剩下那个哑姑了，日军还未完成蜂鸟计划。这个计划事关日军今后的行动，我想他们不会轻易放弃，而这个哑姑就是日本人目前唯一可以利用的棋子。"叶成文说到这里，突然大喊道，"我突然好想喝酒。"

　　何政东和顾雅婷相视而笑。

《 21 》

  邓辉煌几乎每日都会去一月咖啡馆喝杯咖啡，听听舒缓的音乐，然后直到咖啡馆快要打烊时才离开。

  从咖啡馆回去，行程大约半个时辰。邓辉煌来的时候没开车，回去自然也是步行，踏着凉风，哼着小曲儿，好不惬意。回到家里，偶尔还是会感到孤独，这么多年一直未娶，心里自是有些空虚，可为了党交付的任务，他多年来像一根钉子钉在国民党内部，辛辛苦苦爬到现在的位置，虽然身心疲惫，可从未想过要放弃。他非常清楚自己目前的使命，那就是依然按兵不动，密切监视陈镜岳的一切动作，所以一直只跟上级单线联络。

  邓辉煌身在这个位置，当然知道日本人在执行蜂鸟计划，自然也很清楚目前的情况。两天前，接头人给他带来了上级的最新指示，要他配合地下党摧毁日军炸毁恩市机场的计划。

  "这藏在恩市的日本人应该剩得不多了，剩下的蚂蚱能藏在哪里？"邓辉煌这两天冥思苦想，想要找到答案。

  喝了不少咖啡的邓辉煌很难这么早就睡觉，就算是躺在床上，也是翻来覆去无法入眠。他躺在沙发上看了会儿书，终于迷迷糊糊地闭上了眼，可做梦都没想到的是，有人偷偷地闯了进来。他感觉不对劲时，枪口已经对着了他脑袋。

  "你、你是什么人？"邓辉煌猛然清醒。来者是由内云子，她不慌不忙地说："我是你朋友的朋友，是她让我来见你的。"

  邓辉煌更是莫名其妙，由内云子收回枪，转身坐到他对面，环视了房屋，轻蔑地说："不错嘛，不愧是陈镜岳的第一秘书，蛮会享受生活的。"

  邓辉煌可没心思听她胡诌，反唇相讥道："我不认识你，更不喜欢主动送上门来的女人。"

云子张狂地笑道："没想到邓秘书还挺有幽默感，不过，我来找你，可不是投怀送抱的。"

邓辉煌突然冷冷地问："你是日本人？"

"算你识相！"云子也收敛了笑容，"听说邓秘书是聪明人，所以我也就不拐弯抹角了。"

"安子淇，哦，不对，应该是山口杏子，不过听说她好像已经死了，你就是来恩市接替她的人吧？"邓辉煌继续讥讽道，"如果我猜得没错，是因为她曾经跟你提起过我，所以你才来找我？你很大胆，不知道全城都在搜捕你吗？"

由内云子狂笑道："就凭你们也想抓我？"

"山口杏子不一样把命留在了恩市？"

"她是自裁，为天皇尽忠。"云子眼里露出骇人的寒光，"如果不是因为这样，恐怕你们永远也别想抓到她。"

邓辉煌深吸了一口气，定定地说："人都死了，多说无益，还是说说咱们的事吧，为什么找我？"

"我喜欢跟聪明人打交道。"云子得意地说，"身为陈镜岳的第一秘书，想必你应该了解很多我们迫切想要得到的机密。"

"你想知道恩市机场的位置？"邓辉煌毫不掩饰地发问，倒让由内云子暗暗吃惊，却立即说："看来我没找错人。"

邓辉煌冷眼看着她，缓缓地说："如果我给了你想要的东西，你是不是会连我的命一块儿带走？"

"我只想知道恩市机场的位置。"由内云子重复道。邓辉煌叹息道："你还真是找对了人，机场的地图共有三份，一份在我手里，另外两份，一份在机场，一份在主席手中，找到我，算你幸运。我可以把地图交给你，但你必须保证留下我的命，而且不能让任何人知道是我给了你恩市机场的地图。"

由内云子眼里闪着贪婪的光，说道："这是当然，我说过，只要你把恩市机场的位置告诉我，我马上离开。"

"我凭什么相信你？"

"你有得选吗？"

邓辉煌无奈地说："也罢也罢，命终归是自己的，我可不傻，你等等，我去拿给你。"

"坐着别动！"由内云子厉声呵斥道，"告诉我地图在什么地方，我自己去取。"

邓辉煌笑着说："在我房间一个非常隐蔽的地方，你跟我进去取吧。"

"千万别耍花样，否则我会毫不犹豫地开枪。"由内云子站了起来，跟着他往卧室走去。

邓辉煌用余光瞟了她一眼，走到书桌边，说："就在第二个抽屉里。"

"你不是说很隐蔽吗？"

"打开抽屉，最里面有个夹层，地图就在那里。"

由内云子示意他往后退去，然后按他所说打开抽屉，伸手往里面摸去，果然有个夹层。她很快就取出一个油纸袋，慢慢打开，露出了她梦寐以求的地图。望着地图，她两眼流露出惊喜的光，啧啧地说："终于让我拿到了，天皇万岁！"

邓辉煌趁着这个机会突然冲向床边，从枕头底下抽出一支枪，可由内云子扣动了扳机，子弹射中了他，他趴在床上，瞪着双眼，很快就没了动静。

由内云子盯着他的尸体骂道："蠢货！"

邓辉煌之所以为由内云子准备了这份假地图，是因为上级截获了她跟日本军部汇报的电文内容，而此时以死护图，是为了让她更加相信这张地图是真的。由内云子见他以死相搏，果然中计，随即带着假地图兴高采烈地离去，心里奏响了胜利的凯歌。

陈镜岳没想到自己的秘书都被人杀害，恼羞成怒，很少骂人的他竟然破口大骂。

"邓秘书被人杀害？"叶成文获知邓辉煌被杀害的消息时同样相当震惊，只是他还不知道邓辉煌居然是自己的同志，在跟龙波接头时才得知真相，整个人都傻了，却仍不相信自己听到的事实。

龙波感到十分心碎，悲伤地说："辉煌同志潜伏在国民党内部十余年，将生死置之度外，利用一月咖啡馆作为掩护搜集情报，此次为了迷惑日本特务，竟然以身犯险，付出了宝贵的生命。想想我为国家又做了多少事？

实在是汗颜得很啊。"

"他跟我一样也是'沉睡者',还有无数个'沉睡者'战斗在敌人心脏,很多人都已经牺牲了,我们这些活着的,算是幸运者。杀害辉煌同志的凶手,已经抢去假的恩市机场地图,我想她应该很快会出现在地图所在的位置。"叶成文说。龙波却道:"万一凶手带着地图离开恩市,然后将地图交给日本军部,那我们就无能为力了。"

叶成文胸有成竹地说:"小鬼子自以为找到恩市机场的位置就能直接轰炸,他们太天真了。这里是恩市,崇山峻岭,迷雾重重,尤其六七月份,更是雨水纷纷,小鬼子就算找到了机场的位置,也不可能准确投弹。"

龙波不解,问:"依你所言,小鬼子的蜂鸟计划岂不是破产了?"

"日军要想尽快进入恩市,现在唯一的办法,恐怕就是利用潜伏在恩市的特务直接找到机场所在,然后炸掉它。"叶成文道。龙波恍然大悟道:"对呀,瞧我这个死脑筋,居然没想到这茬,看来接下来得全力以赴追查那个哑姑的下落了。"

叶成文却轻笑道:"不急,咱们来个守株待兔。"

"那我马上召集弟兄们做好准备!"龙波说。叶成文却说:"人多眼杂,容易暴露。你出面不合适,此事你就不用管了,我来安排。"

何政东一听有了哑姑的行踪,异常兴奋,忙主动请缨参加行动。叶成文说:"这个哑姑是日本人留在恩市最后的砝码,我们的目的是除掉她,如果你想一起行动,必须答应我,千万不能感情用事,这是民族之仇,不是个人之仇。"

何政东重重地点了点头,之前没能亲手杀了山口杏子为父亲和大哥报仇,现在老天爷总算是把仇人送到面前,他岂能错过这个机会?

由内云子拿到地图后第一时间向日本军部做了汇报,结果果然如叶成文所料,日本军部声称恩市山大雾大,就算找到机场位置恐怕也难直接轰炸,命令她亲自前往机场所在地,务必炸毁机场。

云子接到命令之后血液沸腾,她很清楚这是自己最后的机会,要是无法完成任务,其结果会跟山口杏子一模一样,所以她决定孤注一掷。

何家掩映在朦胧的夜色中,略显孤独,孑孓而立。

何政东接到叶成文安排的任务后,内心久久无法平静,所有的心情都写在了脸上。

顾雅婷偎依在他怀里，轻声问："能跟我说说发生了什么事吗？"

何政东也很纠结要不要告诉她，此时听她问起，不免一笑，说："没什么，都是秘要室的事。"

"是不是有了哑姑的消息？"顾雅婷一针见血地问。何政东见瞒不住，只好承认："听说这个日本特务就是当初在山城犯下一系列刺杀事件的凶徒，后来逃窜到了恩市。我在想，也许我大哥的死都是她造成的。"

"像他们这种人，都不会束手就擒。"顾雅婷说，"如果任务失败，最后一定是以死谢罪。"

他心事重重，欲言又止。

顾雅婷仰头看着他的眼睛，担心地说："我怕她会伤害你。"

何政东安慰道："放心吧，到时候叶副主任会一块儿去，我们对付她一个人够了。"

这是个多雨的季节，树林里无比潮湿。

全副武装的由内云子拿着地图，背着背包，包里全是炸药，她不熟悉路况，好几次都差点迷路，全身上下湿透，可她告诉自己必须尽快赶到目的地。

这座山叫龙门山，过了屯堡，再继续前行十来公里便到了。

何政东和叶成文带着几个弟兄埋伏在地图上所标注的位置，如今已经是第二天，却仍然没见由内云子的踪影。直到快要天亮时，山口把风的兄弟带来了好消息。

"一个女人？八成就是她了。记住，能抓活的尽量抓活的！"叶成文欣喜不已，随即让大伙儿做好战斗准备。他们在山里发现了一座猎人废弃的木房，正好能作藏身之用。

由内云子终于到了目的地附近，此时已是饥肠辘辘。她找了一处平地，摊开地图，确信前面不远处便是自己千方百计想要找的机场，不由得加快了脚步。

叶成文和手下埋伏在各个角落，很快就发现了目标。

由内云子非常机警，审视着周围的环境，突然怎么看都觉得不像是机场，一股寒意瞬间涌上心头。可为时已晚，她忽听耳边一股冷风袭来，旋即转身躲闪，反身一脚，正中对方肚子，对方顿时发出一声惨叫。

"不好，中计！"由内云子感觉到巨大的危险正在向自己逼近，拔枪在手，啪啪开了两枪，拔腿便往山下跑去。

叶成文大喝一声："抓住她！"所有人伺机而动，由内云子目光所及已经看到了好几个人影，又是两枪，正中两个目标。

何政东一马当先，却差点被子弹击中，脑袋撞在树上，一阵眩晕，可他来不及多想，起身又追了上去。

由内云子不愧是一流的杀手，枪法极准，就算是这样的夜里，也几乎是枪枪致命。很快，地上便留下了好几具尸体。

叶成文深吸一口气，三步并作两步冲到何政东身边，正要拉住他时，被一颗子弹击中了手臂，顿时一个趔趄栽倒在地，沿着山坡滚了好几米才被一棵大树拦住。

何政东听见了他的惨叫，慌忙回身扑到他身边，紧张地问："您受伤了？"

"不要管我，快去追！"叶成文推了他一把，他只好起身继续追去。

由内云子确实不是等闲之辈，叶成文带来的几个人全被她干掉，此时找了棵大树藏了起来。

何政东没看见由内云子的人影，又见所有人都死在敌人手中，顿时也很是紧张，握着枪小心翼翼地往前摸索，突然身后传来一声冷喝："放下枪！"

何政东背后一凉，只好把枪扔在地上，缓缓举起了手。

"没想到我们这么快又见面了。"由内云子绕到他面前，终于看清了他的脸。

何政东怒视着她，冷冷地问："我大哥是不是你杀死的？"

"嘿嘿，他死有余辜。"由内云子毫不掩饰地说，"你想替他报仇吗？"

何政东知道了答案，仇恨的火焰在胸中越烧越烈，突然怒吼道："我要杀了你。"

"别动！"由内云子挥动着枪说，"我还要告诉你一个秘密，除了你大哥，还有你爹的死，也是我干的。"

"刘培原也是你杀死的？"何政东咬牙切齿地骂道，"不杀了你，我誓不为人！"

由内云子不屑地笑道："你有这个本事吗？我马上就要送你去跟你爹

和你大哥团聚了。"

"开枪吧。"何政东一声怒吼,准备以死相搏,突然又一个声音传来:"不许动,把枪放下!"

何政东听见这个熟悉的声音,瞬间就呆了,看着突然现身的顾雅婷,又惊又喜,但随即又惶恐地问道:"雅婷,你怎么来了?"

"没想到又有老朋友加入进来,好玩!"由内云子被人拿枪指着脑袋,却毫无惧色。

顾雅婷呵斥道:"放下枪,不然我就开枪了。"

"好,开枪吧,只要你敢,这辈子都别想再见到他了。"由内云子反过来拿何政东威胁她。这确实也是顾雅婷所担心的,她不得不说:"放下枪,我让你走!"

"不行,不能放她走,替我杀了她,替我爹和我大哥报仇!"何政东厉声吼道。由内云子狂笑道:"你敢开枪,大家就一起死。"

顾雅婷左右为难,何政东再次催促道:"杀了她,不能放她走。"

"开枪吧!"由内云子咆哮起来。顾雅婷呵斥道:"别开枪,我让你走!"

由内云子得意扬扬地说:"很好,这样大家谁都不吃亏。"她慢慢地往后退去,枪口却一直未曾离开过何政东,何政东知道这次机会来之不易,一旦放过她,要想再找到她就太难了,所以他瞬间做了个决定,打算以命换命。

由内云子脸上始终挂着阴笑,但万万没想到脚下不稳,就在这个空隙,何政东飞身冲了过去。

顾雅婷也没料到何政东突然会有如此举动,但她的目光落到了由内云子的枪口上,由内云子在倒下的瞬间扣动了扳机,子弹出膛的时候,顾雅婷冲上去挡在了何政东面前……

何政东抱着表情渐渐僵硬的顾雅婷,喉咙被堵住,想叫却叫不出声来。

由内云子远远地盯着这边,突然举起了枪,可右前方出现的人影惊扰了她,慌忙之中掉转枪口。可对方先开了枪,子弹从她眼前掠过,惊得她出了一身冷汗,加上何政东也拿起了顾雅婷的枪,她只得转身逃走。

被子弹击中的顾雅婷福大命大,要是再偏一点,恐怕就无力回天了,但此时仍在昏迷之中,何政东陪在她身边,隔壁就躺着受伤的叶成文,他两边跑来跑去,心一直悬着。

"雅婷姑娘还没醒吗？"缠着纱布的叶成文问。何政东无声叹息，走到窗边，遥望着远处的大山，久久没回过神。

叶成文盯着他的背影看了许久，叹息道："没想到那个日本女人枪法如此好，咱们带去的兄弟一个也没留下，更没料到雅婷姑娘也会跟上山来。她那是担心你才上的山啊。"

"都怪我，真不该把这事说给她听。"何政东懊悔不已。叶成文笑道："要不是发生这个事，我还真不知道雅婷姑娘对你如此情真意切。对了，你想过没有，万一哪天她要是知道了你的真实身份，你打算怎么办？"

何政东早想过这个事，不过也未放在心上，此时听叶成文说起，无奈地笑道："也只能走一步看一步了。"

"车到山前必有路，你的想法也对。"叶成文道，"不说这个事了，快过去看着雅婷姑娘，万一她醒来见不到你，又要担心了。"

由内云子被骗之后怒火中烧，可又不得不面对现实，日本军部得知真相后随即下令对恩市展开新一轮狂轰滥炸，飞行大队奉命还击。

飞行大队接到命令之后，五架军机迅速升空，正在向城区投弹的日机受到攻击，也立即掉转枪口疯狂还击。

带领执行此次还击任务的是周志凯，他驾驶着飞机穿梭在枪林弹雨中，很快一架敌机便冒着黑烟掉进了大森林里。其他敌机见状，只好夹着尾巴逃窜，周志凯哪能放过如此大好的机会，随即追了上去。其他的战友也紧随其后，日本人惊慌失措，早已乱了阵脚。周志凯杀得兴起，眼里闪烁着激动的光芒。

可谁能想到，周志凯正对其中一架敌机紧追不舍时，突然有战友呼叫，提醒他注意侧翼。周志凯刚一晃眼，两架敌机从左右夹击而来，他不慌不忙，瞅准时机迅速降低飞行位置，然后一梭子弹射出去，刚才夹击他的其中一架敌机被击中，晃晃悠悠地撞向了前方的山峰，然后发出一声巨响，一股黑烟冲天而起。

周志凯看到了那股黑烟，眼角流露出一丝轻蔑的笑容，随即呼叫战友："跟我继续追击敌机，这一次要让小鬼子有来无回。"

恩市新塘上空枪声不断，无数的飞机像密密麻麻的蜻蜓穿梭来回。很快，天空就变得灰蒙蒙一片，浓黑的烟尘将整个新塘大地罩得严严实实。

日本人受到飞行大队的猛烈还击，加上损失了三架飞机，此时哪里还有心思应战，只想赶紧攥着命逃窜，可身后的飞行大队穷追不舍，不得不命令几架飞机断后。他们死死咬住了周志凯的飞机，周志凯试图摆脱，几次都没成功。

　　突然，周志凯感觉到机身一阵颤抖，顿时也明白自己的飞机被击中损坏，此时已经开始下降，他紧紧抓着操纵杆，试图让飞机保持平稳。

　　新塘大地几乎全是丛林，一眼也望不到尽头的丛林。

　　周志凯曾经来此查探过地形，对这一带还算熟悉，可因为烟雾太浓，加上飞机颠簸得厉害，也很快失去了方向，不久之后，他眼前一黑失去了知觉。

　　周志凯失踪了，当他的战友找到他的飞机时，只看到飞机的残骸，却不见尸体。

　　"周志凯是党国嘉奖过的飞行员，现在活不见人，死不见尸，万一上面怪罪下来，可怎么交代啊？"陈镜岳既为周志凯的失踪担心，又怕上面怪罪，所以得到消息后愁眉不展。恩市航空站站长沉重地说："我们派去的人还在搜山。"

　　"都一天一夜了，还没有消息吗？"陈镜岳问。站长摇头道："我猜测志凯坠机后昏迷，有可能是被人救走了。"

　　"那就到附近村里挨个找，一定要把人给我找到。"陈镜岳吩咐，"要是人手不够，城里的警察、秘要室的人全都可以调用。"

　　陈希平很快接到命令，要秘要室配合找人。

　　何政东听到周志凯坠机失踪的消息时非常吃惊，连连说道："怎么可能？怎么可能？"

　　"是啊，周志凯可是飞行大队的英雄，是受过国民党嘉奖的飞行员，现在人失踪，麻烦大了。"叶成文叹息道，"你带队，让所有人出去找，有什么发现立即向我汇报。"

　　周志凯大难不死，昏迷之后被附近的村民救起来，然而就在当天晚上，救他的村民就被杀了。

　　周志凯睁开眼时，发现自己被紧紧地绑在木桩上，当他看到面前的女子时，无力地问："你是谁？"

"我是救你的人。"由内云子轻描淡写地说，周志凯反问道："为什么要绑着我？"

由内云子干笑了两声，轻蔑地说："因为你是国民党空军的抗日英雄。"

周志凯好像陡然明白了她的话，突然聚集全身力气怒喝道："你是日本人！"

由内云子狂笑道："看来你还没糊涂。对，我就是日本人，而你，现在已经落到了日本人手里。"

周志凯挣扎了两下，动弹不得。

"别白费功夫了，没用。"由内云子冷笑道，"看来你是个重要人物，要不然你的政府就不会派那么多人搜山找你了。"

周志凯怒喝道："你想干什么？"

"跟我合作，告诉我你们在恩市的隐形机场在哪，我就放了你。"

周志凯恍然大悟，大笑道："原来你抓我就是为了这事儿，不过我可以送给你四个字：痴心妄想！"

由内云子怒火中烧，拔枪在手，指着他额头怒骂道："想死我马上成全你。"

"开枪吧，落到你手里，我就没打算活着回去。"周志凯闭上了眼睛，"你们日本人是被我们打怕了吧？想找到机场，然后炸毁，这样你们就可以长驱直入直取恩市。哈哈，你们的如意算盘也打得太好了，不过我可以明确告诉你，趁早死了这份心，从哪里来回哪里去。"

由内云子安静地听他说完这些话，放下了枪，皮笑肉不笑地说："都死到临头了，嘴还挺硬。不过本小姐没时间跟你废话，先自个儿待着吧，好好想想怎么跟我合作。"

周志凯闭上眼不再看她，心里盘算着该如何逃出去。

何政东带人在新塘附近的山里展开了地毯式搜查，最后在一间破破烂烂的屋子里发现三具尸体。他打量着屋子，又看着三具尸体被割断的脖子，不禁叹息道："太狠了，居然连孩子都不放过。"

叶成文听了何政东的汇报后，狠狠地骂道："王八蛋，让我逮着非剥了他的皮不可。"

"据我在现场察看推测，周队长很可能是被这一家人所救，但后来又被赶来的凶手带走。"何政东接着说，"如果凶手是日本人，麻烦就大了。"

"很有这个可能，你忘了蜂鸟计划吗？如果这件事能确定是日本人所为，那一定还是冲着恩市机场来的。"叶成文说完这话，起身道，"但愿周队长能顶得住严刑拷打，要不然恩市机场危矣！"

何政东却说："我跟周队长有过一面之缘，我相信他绝不会做叛徒。"

"世事难料啊，万一他没有挺住，日本人一旦摸清了恩市机场的位置，那恩市就危险了，恩市一破，山城也会危在旦夕。不行，我必须马上告诉陈希平。"叶成文越想越担心，陈希平听了他的汇报之后瞪着眼睛半天没开腔。

叶成文接着说道："周队长一定被日本人藏在某个地方，当务之急，是要赶紧找到他们的藏身之处。"

"好，传我的命令，在找到人之前，继续搜山。"陈希平神情冷峻地拍着桌子说，"我不相信他们带着一个大活人，竟然能从恩市就这么消失了。"

何政东十分苦闷，刚从医院回家的顾雅婷一眼就看穿了他的心思。她也听说了周志凯失踪的事，沉默了许久，安慰道："周队长是抗日英雄，定然不会有事的。"

"是啊，记得第一次见到周队长，也是他跟鬼子交火之后，从高空迫降，周队长大难不死，这次也一定不会有事。"何政东嘴上这么说，心里却依然担心得不得了，深深地叹了口气，"可是都过去这么多天，一点音信都没有，唉！"

顾雅婷说："周队长是聪明人，一定懂得周旋。再说潜伏在恩市的日本人和外界联系，一定会使用电台，如果能找到电台，不就可以找到周队长了。"

"电台？你说得没错，谢谢你提醒了我。"何政东兴奋不已，随即起身，"你别等我，先睡，我得马上回秘要室一趟。"他连夜去向叶成文汇报自己的想法后，叶成文笑着说："张振轩已经在严密监听可疑电台了。对了，不是让你回去好好睡一觉，多陪陪雅婷吗？怎么这天还没亮又回来了？"

"这不是刚好想到这个，就回来跟您汇报来了。"

叶成文却说："是雅婷姑娘跟你说的这些吧？"

何政东没有否认，却松了口气，暗自叹服。

"雅婷姑娘可是军统情报人员，对这些事轻车熟路，她能想到我们所想的，这不为怪。"叶成文笑着说，"好了，跟我去机要室看看吧。"

张振轩命令手下每天二十四小时监听恩市周边电台。

"有什么发现吗？"叶成文问。张振轩无奈地说："暂时还没有，也许日本人跟我们想到一块儿了。"

何政东说："日本人在恩市的行动已经受挫，我想他们这一次一定会更加谨慎，最保险的办法就是把周队长从恩市运出去。"

张振轩不解地问："你的意思是日本人很可能会把飞行员运到位于五峰的日军驻地？"

"政东说得对，这是目前对他们而言最理想的办法。"叶成文话音刚落，何政东抢过话道："叶副主任，日本人一定会以最快的速度把周队长带离恩市，我请求立即封锁去五峰的所有路口。"

"好，我立即给警察局打电话，让他们配合行动。"叶成文说，"张副主任，你继续监听，在找到周队长之前，一切可能的线索都不能放过。"

"放心吧，陈主任已经吩咐过，要是我这儿出了问题，那可是要掉脑袋的。"张振轩一脸严肃地说。叶成文笑了笑，然后带着何政东离去。

叶成文回到办公室后，让何政东关上门，然后跟他打听孙东海的情况。

"这两天一直在搜山，但我安排了晓蔡监视孙东海，这个人很狡猾，至今为止表面一切正常。"何政东说。叶成文若有所思地说："我突然想到，日本人要把周队长弄出恩市，很可能会让孙东海帮忙。要不然，要弄一个大活人出去，谈何容易？"

何政东眼前一亮："我明白了，您放心，我知道该怎么做了。"

孙东海也参与了此次搜山行动，可他带领的小分队就像进山旅游一样，东走走西看看，就这么走了一遭，然后打道回府。

向吉群召见几个队长询问搜山情况，大家你看我我看你，全都无言。

"一个个灰头土脸，别以为我不知道你们在想什么。"向吉群骂道，"失踪者可是飞行大队长、抗日英雄，杀敌无数，主席下令活要见人死要见尸，你们这些浑球，就是这样执行主席的命令吗？"

仍旧无人吱声。

向吉群气得暴跳如雷，吼道："孙东海，你跟我说说，到底有没有尽心尽力去找人？"

孙东海忙说："有、有。只是那新塘的山太大，弟兄们没日没夜地找，也没有结果呀。"

"你扪心自问，真的尽力了吗？"向吉群瞪着眼睛，"再说了，如果人被我们警察局的弟兄先找到，我在主席面前脸上也有光，难道还会少了你们的好处？别一个个傻站着，滚出去！"

向吉群刚把手下赶出去，电话响了，拿起电话一听，立马换了副笑脸，涎着脸说："对、对，是我，请问陈主任有何指示？"

"是这样的，飞行大队的周队长不是还没找到吗，我怀疑有人打算把他从恩市运出去。所以刚刚已经向上峰请示，上峰命令警察局派人支援。"

向吉群连连说道："原来是这事儿啊，这是我们应该做的，请陈主任吩咐。"

"好，你派人守住进出恩市的各个路口，尤其是往五峰方向去的，对过往行人严密检查，发现可疑者，立即带来见我。"陈希平放下电话，冲叶成文说："都安排妥了，警察局会全力配合，这一次，务必抓到日本特务，救出周队长。"

"是！"叶成文急匆匆离去，在门口又被陈希平叫住。他收回脚步，重新走到陈希平面前，陈希平说："让小何放几天假吧。"

叶成文不解地愣在那里，陈希平摆了摆手说："我听见有人在背后议论，说起何家的事，这不是为了避嫌嘛。"

"主任，我拿脑袋担保，政东绝不会跟日本人同流合污。"叶成文道，"他大哥的事跟他没有任何关系。从某种意义上来说，他也是受害者，是被日本人给利用了。"

陈希平露出一丝笑容，沉吟了片刻，才又说："你之前跟我汇报过的那个日本女特务，会不会就是这个人带走了周队长？能不能找人画像然后分发到各个关口？这样一来，我们的胜算是不是就更大了？"

"这我还真没想过，不过幸好您提醒了我，我马上找小何，让他帮忙画像。"叶成文道。陈希平又说："你可是秘要室的元老了，为了党国的利益，做任何事之前都得好好想想，切忌意气用事。"

叶成文明白他的意思，满怀心事地退了出去。

《 22 》

从恩市到五峰有一条大路，先到鹤峰，过去便是五峰。

这段时间，恩市城区各个出城的位置都设了关卡，关卡前有重兵把守，过往行人统统要接受检查。

何政东根据叶成文的吩咐，找画师画出了由内云子的头像，在各个关口张贴、分发。

由内云子原本确实打算把周志凯从恩市带出去，可发现各个关口都有重兵把守，要运送一个大活人出去简直比登天还难，不得不改变了主意。

何政东在等待的日子里，内心无比焦灼，一连三天也没有传来消息，他渐渐有些失望，不禁问自己："难道我们的方向错了？"

"兄弟，都站了一整天，累了吧，来，抽根烟。"一个陌生的声音在耳边响起，何政东侧脸一看，见是孙东海，当即一愣，但随即摆了摆手，说："不好那口！"

孙东海笑了笑，骂道："可恶，都好几天了，连个鬼影都没见着，这样下去，老子都快顶不住了。"

何政东看了他一眼，顺着他的话说："兄弟，别唉声叹气，上面要我们查，你能不照做吗？"

"是啊，要不是局长有命令，老子早撤了，累得像孙子似的！"孙东海吐着烟圈，满脸享受的样子。

何政东眼珠一转，故意问他："我说兄弟，你说这日本人要真想把一个大活人运出去，咱们这么守着，他们能冒险吗？"

孙东海迟疑了一下，但随即咋咋呼呼地说："瞧你说的，日本人贼着呢，他们要想做什么事，你我这种小角色能猜到？"

何政东笑了笑，说："小鬼子做梦都想不到，主席为了营救被俘的飞行员，已经从山城调集重兵，决定对五峰的小鬼子发动一次大规模打击。"

"这、这个消息是真的吗？"孙东海愣头愣脑地问。何政东不屑地说："你知道我是干什么的？秘要室是干什么的？那可是情报的集中地，没这回事，我能瞎说吗？对了，这话我可只跟你说，千万别跟任何人提起。"

"这是当然，放心，绝不会有第三人知道。"孙东海忙不迭地应道，心里却在盘算自己的小九九。

乔装打扮后的由内云子混进了城里，跟孙东海在一个偏僻的地方接上了头。这是一处吊脚楼，站在楼上，可以将周围来往的人群看个清清楚楚。她特意选在这个地方，也是方便自己随时脱身。

孙东海戴着一顶鸭舌帽，帽檐压得很低，垂眼站在云子身边，低声说："恩市各关口都被封锁，人是很难运出去了。"

"这我已经很清楚，不用再说。"由内云子不快地说，"希望你这次给我带来了更有价值的情报，要不然我会扣除给你的经费。"

孙东海忙说："放心，这次的情报一定准确，而且来源也非常可靠。"

由内云子冷笑道："但愿如此，说吧。"

"西线战区目前正从山城往恩市调兵。"孙东海两只眼珠滴溜溜地转，"皇军不正驻扎在五峰吗？其余的话不用我再说了吧。"

由内云子沉默了许久，说："国军妄想把大日本皇军阻拦在恩市以外，这真是个天大的笑话。继续盯紧，有什么消息及时告诉我。"

二人分道扬镳，向着相反的方向而去。

孙东海不知道有人跟踪他，在他跟由内云子接头的时候，苏晓蔡跟丢了目标，直到他再次出现。

由内云子明白自己在这个时候使用电台很可能会被发现，但为了将如此重要的情报传递给日本军部，她只能铤而走险。

"报告，发现可疑电波。"张振轩正在假寐，突然门被推开，他急匆匆地走了出去，拿起耳机，清晰的电波声嘀嘀地钻入耳中。他屏住呼吸，指示手下跟踪电波位置。

房间里的空气几乎停止流动，大家都能听见彼此的心跳声。

张振轩听懂了这些电波的异常，脑子里一片空白，当电波声停止时，他大声问道："追到来源了吗？"

"很奇怪，这组电波好像在移动。"

"什么？"张振轩不解。监听者说："是的，电波一直在移动，无法定位。"

张振轩双眉紧锁，陷入沉思，继而命令道："马上破译！"

机要室里忙成了一锅粥，也乱成了一锅粥，所有人都在忙碌，可最后的结果却让人失望了。

陈希平听了张振轩的汇报，也是百思不得其解，吐着粗气问："你说电波始终在移动，而且根本无法破译，难道见鬼了？"

"是啊主任，我也觉得奇怪，您说这电波怎么会移动？"张振轩作为一个资深的情报技术人员，也从未遇到过这种情况。

陈希平沉思良久，说："这个情况相当重要，敌人为了对付我们的监听人员，可谓煞费苦心。这样吧，你那边不要停，我马上向山城汇报，看能否找到相关方面的专家。"

苏晓蔡一连跟了孙东海好多天，却没料到跟丢了。她在附近转悠了一会儿，再次看到他的身影时，欣喜地跟了上去，他却径直回了警察局。

叶成文听了她的汇报，笑着说："没事，丢了就丢了，只要人还没离开恩市，就一定会再次露出狐狸尾巴。"

"多可惜啊，他一定是去跟什么人接头了，要是我没跟丢，就有机会见到跟他接头的人。"苏晓蔡还在自责时，突然叶成文桌上的电话响了，他放下电话后说："主任让我过去一趟，待会儿就能验证你的猜测是否正确了。"

苏晓蔡在回去的路上正好碰见何政东，她把事情的原委告诉了他，他也叹息道："太可惜了，孙东海这个人潜伏得太深，他去见的一定不是普通人，很可能跟这次绑架周队长的事情有关。"

"对不起，都怪我疏忽。"

"算啦，既然事情已经过去，就没必要再自责了。"他说，"对了，这件事跟叶副主任汇报了吗？"

她点了点头。

"行了，继续盯着吧，我相信很快就会有收获。"何政东充满信心地说。苏晓蔡望着他的眼睛，他躲闪开去。

周志凯一直在寻找机会逃出去，可由内云子绑住了他的手脚，而且有一天当她回来时，发现他有想要逃跑的迹象，于是把他痛打了一顿。

　　由内云子给日本军部发完电报，得到了军部的高度表扬，她低迷的心情终于再次放晴，走到周志凯面前，看着奄奄一息的他，说："大日本帝国的军队即将开赴恩市，到时候，整个中国都将变成帝国的土地。而你，如果跟我合作，便是帝国的功臣，不仅会留你一条命，而且会大大有赏。"

　　周志凯眯缝着眼睛，冷声骂道："痴心妄想，你们日本人不仅打不进恩市，而且很快会滚回老家。"

　　由内云子正要发怒，却忍住了，面带笑容说："今儿我高兴，不跟你计较，不过我得提醒你，要是你执迷不悟，等待你的将是死路一条。"

　　"少废话，要杀便杀。"周志凯多少次死里逃生，早就把生死置之度外。

　　由内云子把玩着一把袖珍手枪，突然转身瞄准周志凯的脑袋，并扣动扳机，周志凯沉沉地闭上了眼睛，才发现枪里没子弹。

　　山城方面打算派一名美国专家到恩市。

　　陈希平又惊又喜，喜的是有了美国专家的帮助，日军的电报破译在望，惊的是一旦此事被日本特务所知，他们势必会采取一系列措施加以阻拦，所以他接到电话后，只将此消息告诉了叶成文，要他派人暗中接美国电信专家到秘要室。

　　狡猾的由内云子为了避免被跟踪，居然把简易电台搬到了一辆车上，所以张振轩追踪到的电波随时都在变换位置。

　　当移动电波再次出现时，张振轩心跳瞬间加速，可结果照样如前，虽然截获了密电，却无法破解。

　　由内云子收到来自山城的密电后，立即和同伙密谋阻止美国电信专家到恩市，决定不惜一切手段让这个专家消失。

　　张振轩万分无奈，他组合了多种破解方式依然无法破解日本特务的密电，那一串串诡异的符号简直让他头昏脑涨。

　　"看来必须得等山城方面派来的专家了。"叶成文放下写满密电的图纸，去跟陈希平汇报新的情况。陈希平告诉他美国专家已经在来恩市的路上，估计明天晚上到。

　　"不乘坐专机过来？"叶成文相当吃惊，陈希平说："日本人肯定也以为美国专家会乘坐专机过来，既然他们都已经猜到，那我们就更不能冒险，干脆换一种他们意想不到的方式。"

"我明白了，马上去安排。"叶成文说。陈希平叫住他说："美国派来的专家叫洛丽亚，是个女人，你去接应时最好带上苏晓蔡。"

叶成文吃惊不已："怎么会是个女人？"

陈希平笑道："一开始我也感觉奇怪，但后来想通了，女人怎么了？女人心细如发，世界上很多高级破译人员都是女人。"

送洛丽亚到恩市的黑色轿车经过一路的颠簸，终于到达恩市境内，护送她的除了一名身手不错的保镖，还有山城机要局副局长胡冠文。

"终于到了，洛丽亚小姐，一路辛苦了！"胡冠文道，"真想好好地洗个热水澡。

"到处都在打仗，可恩市山清水秀，只闻枪炮声，不见硝烟，等你忙完，有机会再带你到处看看。"胡冠文打趣道，又转头看了一眼满脸严肃的保镖，笑着说："大雷，别紧绷着脸，这里又没有敌人。"

史大雷仍然不苟言笑，两眼望着车窗外深邃的夜色，满脸警惕。

洛丽亚也笑了笑，说："大雷兄弟的脸可比外面的夜黑多了。"

胡冠文大笑起来，史大雷突然严肃地说："别出声！"

二人的脸色瞬间变了。

"怎么了？"胡冠文担心地问。史大雷沉声说："我有一种不好的预感！"

"哎，我还以为出什么事了。大雷啊，别疑神疑鬼的，这都快到了，一路上平平安安的，哪会出什么事？"胡冠文话音刚落，史大雷突然大喝一声："趴下！"一声枪响过后，司机额头上多了个血窟窿，他猛地踩下刹车，车里另外三人因为惯性而不由自主地往前撞去。

枪声大作，周围好几个人影边开枪边往这边围了过来。

"洛丽亚小姐，待在车里别动。"胡冠文叮嘱了一声，开始拔枪射击，史大雷打开车门，躲在车门后一枪撂倒一个，而后回身大喊道："赶紧带着洛丽亚小姐离开。"

胡冠文冒着枪林弹雨把洛丽亚带下了车，可子弹压得他们抬不起头。

史大雷见二人一时半会儿脱不了身，心里一急，干脆不再躲闪，连开数枪，好几个杀手被击毙。

胡冠文趁着这个机会才终于带着洛丽亚脱身，然后沿着崎岖不平的公路往恩市方向飞奔而去。

　　带头执行此次刺杀任务的是由内云子，她见目标想要逃跑，于是命令其他几人掉转枪口追去。

　　洛丽亚边跑边惊呼，甚至感觉一颗子弹从耳根射了过去，吓得她腿都软了。

　　胡冠文回手还击，可火力太弱，无法阻止敌人追赶的脚步，只好让洛丽亚先走，自己蹲下身找了一块石头作为掩体还击。

　　洛丽亚跑着跑着，突然脚下一滑，栽倒在地，但她哪里顾得上疼痛，随后又起身高一脚低一脚地奔跑起来。

　　史大雷躲在车后，发现杀手此时跟他交火，只是为了拖住他。他无心恋战，却又无法脱身。他清楚得很，另外两人，其中任何一人出事，他就算活着回去也定然会吃不了兜着走。

　　想到这里，史大雷再也顾不上自身安危，就地一滚，又连开数枪，终于逃了出去。

　　杀手正在冲胡冠文开枪，就在他快要支撑不住时，所有的杀手突然之间变得惊慌失措。他定睛一看，只见史大雷杀了过来，心里一喜，于是就站了起来，可顿时感觉胸口一凉，眼前一黑，然后栽倒在地。

　　由内云子心不在此，她要的是洛丽亚的命，所以在击毙胡冠文后，又命令杀手去追洛丽亚。

　　史大雷见胡冠文中弹，心中大骇，可他没时间多想，刚一抬脚，一颗子弹击中了他右臂，紧接着又有无数子弹向他射来，他卧倒在地，心想洛丽亚肯定是完了。

　　洛丽亚慌不择路，眼看着追兵将至，她自知无路可逃，正感绝望之时，一束刺眼的光亮从不远处射来，紧接着传来一阵汽车的轰鸣声。

　　躲在暗处的由内云子看见救兵来了，瞪着眼睛，恼怒不已，不得不放弃此次刺杀行动。

　　何政东听见枪声，带人及时赶来，这才救了洛丽亚一命。洛丽亚见到他们时，不禁喜出望外，激动地喊道："上帝保佑！"

　　叶成文得知何政东把洛丽亚安全带回来后，吩咐加强对她的保卫工作。

"一定是日本人干的，这些日本特务还真是神通广大，居然连美国专家来恩市的时间和路线都摸得清清楚楚，要不是你们及时赶去，恐怕日本人就得逞了。"叶成文恨得牙根直发痒，"政东啊，这个洛丽亚可千万不能出事，要是在恩市出了事，你我都无法向上面交代。"

"洛丽亚现在非常安全，不过我担心日本人不会罢休。"何政东说，"洛丽亚的到来，会让日本人非常恐慌，还真难保证他们不会继续展开刺杀行动。"

叶成文点头道："加派人手，督促洛丽亚尽快破解日本人的密电。"

洛丽亚下榻在恩市最好的招待所，何政东和苏晓蔡亲自带人负责安保工作，早上护送她进入秘要室，晚上又护送她回招待所，这让由内云子完全没机会动手。

"这种密码很复杂，是日本非常古老的一种文字。"洛丽亚忙碌了许久，起身对张振轩说。张振轩担心地问："难道无法破译？"

洛丽亚笑道："虽然很难，不过还是被我破解了。"

张振轩大喜，立即要求查看电文内容，洛丽亚却说："这可不行，叶副主任交代过，破译出来的内容必须先给他审查。"

"这个……"张振轩差点破口大骂，但随即换了副笑脸，"既然如此，那我就不看了。"

洛丽亚一离开，张振轩就骂道："老子可是机要室的头，你叶成文凭什么非要插上一脚？"

叶成文查看电文内容后大惊失色，慌忙去向陈希平汇报，陈希平看着电文内容也是相当吃惊，疑惑地说："如此绝密的消息，日本人怎么可能会知道？"

"是啊，我也觉得奇怪，如果消息是真的，那实在是太可怕了。"叶成文接过话道，"主任，可否马上向上峰求证？"

陈希平想了想，却摇头道："不行，此事事关重大，我必须亲自跑一趟。"

药材铺，龙英看到叶成文进来，忙说："叶副主任，您坐，我过去叫哥出来。"

"哎呀，叶兄，好久不见，什么风把您给吹来了？"龙波正在里屋算账，出来后热情地把他迎了进去，他笑着回应道："我这不是刚巧出来办点事儿，顺便过来看看。怎么样，生意还好吧？"

"生意还行，现在正是旺季，就是太忙了。"

"生意好是好事儿，要是我是生意人，那可是求之不得。"叶成文大笑道。龙波让人看着店子，自己带着叶成文去了里屋，叶成文这才说明来意。龙波也是万分惊讶，但随即说："好事啊，国民党往恩市调兵打鬼子，小鬼子要想进入恩市可就更难了。"

"要真是这样，那确实是好事，我现在担心的是到底是谁把这个消息泄露出去的。"叶成文说，"陈希平去核实消息的真实度了，如果消息真实准确，我们下一步的工作，就是必须尽快把这个内奸找出来。"

"有什么事需要我去做？"

"暂时没有，不过麻烦你吩咐弟兄们做好准备，等那边有准确消息，我会再来通知你，到时候，血刺行动队轰轰烈烈地大干一场。"叶成文的话惹笑了龙波。

陈希平刚从外面回到办公室，眯缝着眼睛说："没想到情报居然是假的，真不明白究竟发生了什么事。"

"难不成是日本人又在搞什么阴谋？"叶成文百思不得其解。陈希平摇头道："种种迹象表明，潜伏在恩市的日本特务是相信了这条情报的真实性，要不然也不会派人半路刺杀洛丽亚了。"

叶成文和何政东在清江河边漫步，何政东说："洛丽亚昨天跟我说，打算两天后离开恩市，也就是明天走。"

"事情也完成得差不多了，多留一天，就多一分危险。"叶成文说。何政东又问破译的结果，叶成文说："叫你出来就是为了告诉你这件事。结果出来了，日本人传递出去的情报是错误的，山城方面根本就没有继续增兵恩市的计划，也不知道他们从什么地方弄到的消息。"

何政东一愣，停下脚步问："您是说日本人传递出去的情报内容是山城方面打算继续往恩市增兵？"

"是呀，怎么了？"

"我明白了，都怪我，都怪我没及时跟您汇报，要不然也不会如此麻烦了。"何政东恍然大悟，却又愧疚不已。叶成文莫名其妙地看着他，不知道他说这话是什么意思。

何政东这才说出实情："这话其实是我传出去的，那天遇到了孙东海，他找我搭讪。我猜他是故意接近我，于是我就临时编造了这个谎言，没想到他还真把这个消息传给了日本人。"

叶成文先是感到震惊，继而却大笑道："好你个何政东，这查来查去，还费尽心思从山城方面请来了美国专家，没想到这……唉，万万没想到居然是你小子策划了这么一出戏。"

"实在抱歉，我是真没想到孙东海把情报给了日本人。"何政东大为叹息。叶成文却摇头道："虽然你一句话给我们带来了不少麻烦，可利大于弊。首先，我们现在可以非常明确孙东海那浑蛋玩意儿跟日本人勾结出卖国家利益；其次，既然孙东海可以把情报传递出去，说明他知道日本人躲在什么地方，那我们不就可以通过他找到绑走周志凯的日本特务了？"

何政东赞同道："接下来是不是可以对孙东海实施抓捕？"

叶成文沉吟了一会儿说："孙东海是警察，身份特殊，这件事我必须得先跟陈希平请示，如果要对他动手，还得秘密进行。"

"我明白，日本人在暗处，我们在明处，如果闹得动静太大，恐会打草惊蛇。"何政东应道，"我会让晓蔡继续盯着，有什么异常立即跟您汇报。"

"本来打算先稳住孙东海，看来得提前动手了。"叶成文说，"对了，雅婷在家里还好吧？"

何政东点了点头。

"现在是国共合作时期，雅婷姑娘虽然身为军统的人，可心地善良，她来恩市的时间也不短了，虽然嘴上没跟你提起自己的任务，可心里肯定在想。"

"我不明白，她从来没跟我提起过自己的任务，难道您知道？"何政东大惑不解。叶成文笑了笑说："很多话她是不可能跟你说的，也是怕你担心。军统对付日本人也有自己独到的一套，尤其是在跟日军的情报战中，他们很有手段。"

"您的意思是？"

"目前是非常时期，我打算跟陈希平提提这个事，希望他能允许雅婷加入我们，一起对付日本人，尽快找到周志凯。"

何政东眉开眼笑，问道："您真的认为这个办法可行？"

"不管可不可行，总得试试才知道吧。"

何政东却又叹息起来，说："我还是担心，将来一旦她知道我的真实身份，这日子该怎么过呀？"

叶成文淡然一笑，道："车到山前必有路，到时候，也许国共之间的关系会是另外一种局面。退一万步讲，如果实在是两人的身份不同导致你们无法继续在一起，你可以做做她的工作，也许能让她改变立场。"

"这倒是个好办法，如果她也加入了我们的组织，那我们岂不是可以并肩作战了？"何政东大喜。叶成文却又泼了他一瓢冷水："别高兴得太早，先抓住日本特务救出周队长再说吧。"

就在此时，他们身后很远的地方突然传来一阵激烈的枪声，二人转身望去，顿时双双露出惊恐的表情。叶成文说："不好，枪声好像是从洛丽亚下榻的招待所方向传来的。"

他们急急忙忙地赶回招待所，现场已经被秘要室的人控制，地上躺着两具尸体，血流了一地。

"怎么回事？洛丽亚呢？"叶成文喝问手下。手下说："刚刚遭到袭击，两名枪手被击毙，洛丽亚已经被我们的人带去了秘要室。"

二人松了口气，又让他们清理现场，然后匆匆忙忙驱车回到秘要室，见洛丽亚安然无恙，这才完完全全放下了心。

"洛丽亚小姐，让你受惊了。"叶成文见她脸色苍白，于是安慰道。

洛丽亚强挤出一丝笑容说："虚惊一场，多谢你们的人保护了我。"

"这件事百分之百是日本人派人干的，就是跟上次袭击你的是一伙人。"叶成文说。洛丽亚感慨地说："看来日本人不杀我是不会停手的。"

"你放心，日本人杀不了你，只要他们还敢来，那就是死路一条。"何政东抢过话道，"洛丽亚小姐不能继续住在招待所了。"

叶成文缓缓点头道："是啊，外面太危险了，日本人随时可能再次向她下手。"

"我不怕死，再说有你们的人保护我……"洛丽亚固执地说，"他们杀不了我。"

"洛丽亚小姐，你的命对我们来说非常重要，不是你怕不怕死的问题，而是你根本就不能死。"

洛丽亚于是闭口不言了。

何政东脑子里突然蹦出一个想法，附在叶成文耳边嘀咕了一阵，叶成文瞪着眼睛问："你确定这是个好主意？"

何政东说："您放心，日本人做梦都想不到洛丽亚小姐会住在何家，而且有我，还有……总之您放心好了，我保证洛丽亚小姐明天安全离开恩市。"

叶成文沉默了一会儿，说："如果真要这样，我还是多给你派几个人手吧。"

"不用，人多眼杂，反而不好。"何政东说。洛丽亚问道："何家？何家是什么地方？"

叶成文若有所思，继而说道："好，那就按你说的办。"

何政东和洛丽亚被一辆车秘密送进了何家，顾雅婷见到她时很是吃惊，当她明白了是怎么回事时，立即把她当成了座上宾，还亲手弄了几个好菜。

"你真美。"洛丽亚夸她。她礼貌地回敬道："谢谢，很高兴认识你，非常欢迎你来家里做客。"

洛丽亚非常开心，连连称赞她做的饭菜好吃，还说："只可惜明天就要离开恩市了，要不然我一定会经常过来。"

"没关系，以后有机会再来恩市。"顾雅婷笑着说道。何政东说："为了保险起见，今晚你们住一个房间，我就住隔壁，有什么事随时叫我。"

洛丽亚笑道："日本人还敢来这里吗？再说，他们也不会知道我今晚就住在这里。"

"那可不一定，日本人非常狡猾，我担心今天晚上会是个不安静的夜晚。"何政东说这话的时候见二人都匪夷所思地看着自己，忙又换了副笑脸说，"我的意思是不要放松警惕，敌人在暗处，我们在明处，还是小心点好。"

夜色寂寥，除了偶尔传来几声犬吠，其他的一切全都陷入了深不可测的深渊。

何政东躺在床上，却难以入眠，他深知日本人不会善罢甘休，虽然这是洛丽亚在恩市的最后一个夜晚，可在她离开恩市之前，一切不好的事都可能发生。

洛丽亚心里一直有个疑问，此时躺在床上跟顾雅婷聊天才没忍住打探。顾雅婷迟疑了片刻才说："都是日本人惹的，何家原本人丁兴旺，可自从日本人来后，所有的事都变了。"

"是……是出事了吗？"洛丽亚小心翼翼地问。顾雅婷叹息道："不瞒你说，爹和大哥的死都与日本人有关。"

"对不起！"洛丽亚抱歉地说，顾雅婷苦笑道："自从小鬼子来以后，每个人都深受其害，你刚到恩市，不也已经领教日本人的手段了吗？"

"是的，日本人想杀我，想阻止我破译他们的密电。"洛丽亚说，"可是他们的阴谋失败了。我现在还活着，而且明天就要活着离开恩市。"

顾雅婷听她说完这话，心里却隐隐有一丝担忧，突然之间，也感觉似乎有什么不好的事即将发生。

何政东听见一阵激烈的犬吠，再也睡不着，干脆翻身坐起，打算去院子里透透气。

夜空很寂寥，不见一丝光。

又是一阵犬吠，由远及近而来。

何政东已经很久没听见犬吠得如此凄厉，上一次还是日军对恩市轰炸前夕，所以极度警觉，想要出门探个究竟，可就在此时，突然一声枪响打破了这个寂静的夜晚，他慌忙回屋去拿枪。

顾雅婷和洛丽亚也听见了枪声，洛丽亚正要起身出门，却被顾雅婷拦住，让她待在房里别动。

何政东取到枪后再次来到院子里，然后对着大门方向，他心想只要有人破门而入就开枪，可传来的却是咚咚咚的敲门声。

"有人吗？我们是警察局的，快开门。"一个沉闷的声音叫嚷起来。何政东这才舒了口气，大声问道："何事？"

"警察公干！"门外的人回应道。何政东感到疑惑，又问："大半夜的，有什么事不能明日再说吗？"

"执行紧急公务，请配合！"

何政东无奈，只好开了门，当他看到站在面前的人时不禁吃了一惊："原来是孙队长，不知大晚上的有何公干？"

孙东海朝屋里看了一眼，问："屋里还有人吗？"

"有！"

"让所有人到外面集合。"

何政东强硬地回绝道："他们都睡了，有什么事明日去秘要室找我。"

"这可不行，我们正在追捕要犯。刚才追到这儿便不见了人影，我的人明明白白看见有人进了何府，你难道想窝藏要犯？"孙东海口气也变得强硬起来。何政东挡在门口说："孙队长，你的人肯定是看花了眼，我一直在屋里，从来没看有人进来，麻烦你带人回吧。"

孙东海冷笑道："敢阻挠本队长执行公务，那就别怪我不客气了。"

何政东看他是铁定要进屋搜查的，而且目标一定是洛丽亚，冷笑道："孙队长，如果你真打算进屋搜查，没问题，不过请出示搜查令。"

"什么狗屁搜查令？本队长这张脸就是搜查令。"孙东海被激怒，冲手下嚷道："给我进屋去搜，我倒想看看谁敢阻拦。"

"我看谁敢！"何政东突然拿枪指着孙东海的脑袋。孙东海没料到他会来这一招，不得不怔怔地往后退去，他的手下也全都举枪瞄准了何政东。他扫了一眼身后的弟兄，嗫嚅地说："何少爷，这是何必呢？大家都是自己人，不见得非要刀枪相见吧？"

"这可是你先动手的。"何政东逼着他往后退去，"带着你的人赶紧滚蛋，要不然我一枪打爆你的头。"

孙东海本来就是假借局长之令前来寻找洛丽亚，先前开枪也只是为了掩人耳目。此时听何政东如此一说，不得不谄笑着说："何少爷，小心别走火，既然你不让我进去搜查，那就不进了，不进了！"

"真的不进去了？"何政东气不打一处来。孙东海慢慢推掉他对着自己脑袋的枪口，皮笑肉不笑地说："误会、误会，我的手下八成是看花了眼。"

何政东放下枪，却没料到孙东海一转身就怒喝道："把人给我抓起来！"

何政东被一群警察缴械，还被压在地上动弹不得，忍不住破口大骂："孙东海，你个王八蛋，我要杀了你。"

孙东海压根儿不搭理他，一挥手说："给我进去搜，一个角落都不许放过。"

顾雅婷和洛丽亚在屋里听清了外面发生的事，突然又听见何政东提醒她俩赶紧跑，谁知刚开门，警察就出现在走道另一头，身后也传来了吆喝声。

顾雅婷带着洛丽亚飞奔起来，她知道何府有个后门，可不知怎么被锁上了，正感到无措时，追兵到了近前，一个个虎视眈眈地举枪瞄着她们，无路可走。

"跑啊，怎么不跑了？"孙东海随后赶到，得意扬扬地大笑道，"洛丽亚小姐，乖乖地跟我回去，也少受皮肉之苦。"

"你们是什么人？"洛丽亚质问道，"我是山城派来的专家，你们凭什么抓我？"

孙东海趾高气扬地说："知道你是专家。可我抓的就是你，带走！"

顾雅婷突然横在他面前厉声呵斥道："洛丽亚是美国专家，是主席请来的客人，她不能跟你走。"

"我劝你少管闲事。"孙东海厉声呵斥道，"带走！"

顾雅婷还想阻拦，但被人给推开了。她再次冲上前时，孙东海拔枪指着她恶狠狠地骂道："找死吗？想死的话我成全你。"

"不要，雅婷，我不会有事的。"洛丽亚说。顾雅婷被人拿枪指着，只好眼睁睁地看着洛丽亚被带离何府。

《 23 》

　　顾雅婷冲到院子，见何政东躺在地上，慌忙扶起他。他摸着流血的额头，看着门外洛丽亚被带走的方向，无奈地捶打着地面，满脸痛苦，龇牙咧嘴地喘息道："我要出去一趟……必须立即向叶副主任汇报……"

　　"你都这样了，还能走吗？"顾雅婷无比担心。何政东说："我走后，你关上门，不管谁来都不要管。"

　　"不行，我得陪你去！"顾雅婷固执地说。何政东推开了她："这件事不能把你扯进去，你别忘了自己的处境，要是被外人发现你又回来了，定会节外生枝。"

　　"可你自己出去，我担心……"

　　"没什么好担心的，放心吧，不会有事。"何政东说完就出了门，顾雅婷呆愣住，考虑了一下，却还是紧随其后，悄然跟了上去。

　　孙东海成功抓到洛丽亚，心想日本人这下该开心了吧，可他万万没料到，就在他兴高采烈打算去邀功领赏时，突然从周围冲出来一群人，把他们团团围了起来。

　　"你们想干什么，干什么？"孙东海装模作样地吼道，"瞎了你们的狗眼，老子可是警察局……"他话没说完，只见一个陌生男子从人群中走了出来，他便是洛丽亚的保镖史大雷，史大雷绷着脸问："你叫孙东海？"

　　洛丽亚看到史大雷时，脸上立马溢满了惊喜的笑容，正想说话，却被他的眼神给制止了。

　　"你、你是谁呀？敢直呼老子的大名……"孙东海瞪着眼睛骂了起来，"小子，老子这是在执行公务，你们从哪儿冒出来的？识相的赶紧滚。"

　　史大雷带来的人本就是叶成文派给他的，秘要室一向凌驾于警察局之上，加上自己的特殊身份，所以根本就没把孙东海放在眼里。他缓缓走到孙东海面前，拿枪指着他的脑袋瓜，冷冷地说："信不信我一枪崩了你？"

孙东海骨子软，见吓唬不到对方，只好涎着脸说："大哥，我算是看出来了，你们跟咱们一样，也是兵。既然是兵，那就是一家人，既然是一家人，就没必要舞刀弄枪嘛。"

史大雷冷笑道："没想到还是个识相的主，那就乖乖回答我几个问题。我满意了，立马放了你和你的人，要是回答得不好，我这把枪可就不认人了。"

被逼无奈的孙东海心里有鬼，加上对方的人比自己的多，只好硬着头皮应下。

"为什么要带走这位小姐？"史大雷问。孙东海"嗯"了半天才说："这是上面的命令，我只是奉命行事。"

"奉命行事？"史大雷冷笑了一声，又举枪抵着他脑袋怒喝道，"想死吗？"

"别、别……我、我……"孙东海支支吾吾的，被人拿枪指着脑袋，他吓得腿肚子直打战，却依然嘴硬着，"真是局长吩咐我抓人的，其他的事我都不知道，我只是奉命行事。"

史大雷把洛丽亚拉到自己身边，怒喝道："把枪给我下了，所有人带回去。"

孙东海不敢乱来，被逼着缴了枪。

史大雷转身问洛丽亚："小姐，你没事吧？"

"我很好。"洛丽亚轻松地说。史大雷道："让你受惊了，现在安全了。"

何政东急急忙忙回到秘要室，正想去给叶成文打电话，却发现他房间的灯亮着，迟疑着走过去，正要敲门，叶成文却头也不抬地说："来了！"

何政东不明白叶成文怎么知道他会大半夜回来。

"这么晚了，您怎么还在？"何政东张口问道。叶成文这才停下手上的活儿，一脸笑容地看着他说："让你受惊了，没事儿吧？"

"洛丽亚小姐被警察局的人带走了。"何政东想起了要紧事。

叶成文却不急不躁地说："坐吧。"

何政东心急如焚，哪有心情坐？

叶成文看见他受伤的额头，接着说："看来还是受了些皮肉之苦。"

"洛丽亚被人带走了。"何政东再次重复道。叶成文依然不紧不慢地说：“别急，我问你，雅婷还好吗？”

“雅婷她没事，可是洛丽亚……”何政东话未说完就被叶成文打断："雅婷没事就好，别的事你就不用担心了！”

“我……”何政东被哽得说不出话来。可就在此时，身后传来一个熟悉的声音：“何少爷，你好！”

何政东回头一看，只见洛丽亚在史大雷的陪同下安然无恙地站在身后，顿时就傻了眼，还以为自己眼花，忙不迭地问：“你不是被抓走了吗？”

“好了政东，实话告诉你吧，洛丽亚小姐确实被孙东海抓走，可半路上被我们的人给劫了。”叶成文面带笑容。何政东听他如此一说，脑袋迅速转了个弯，很快便明白了怎么回事，不禁哑然失笑，说：“原来您早就安排好了。”

叶成文起身说道：“其实我早就发现有形迹可疑的人在秘要室外面晃悠，于是导演了这场戏。表面上让你带洛丽亚回家，暗地里却安排了人手在何府外待命。果不其然，狐狸忍不住了，但我没想到的是，此人居然是孙东海，他假借向吉群之令带走了洛丽亚，正好被我派去的人给拦下来。”

“叶副主任，你什么都没跟我说，我都被你给骗了。”洛丽亚嘴上这么说，可全然没有责怪之意。

何政东望着面前这个看似弱不禁风的书生模样的男人，终于明白他能在国民党内部潜伏这么多年而始终没暴露的原因了。

叶成文讪讪一笑，道：“此计对我们没有任何损失，还让孙东海露出了狐狸尾巴，两全其美啊。”

“他人现在在什么地方？”何政东问。叶成文说：“当然是他该去的地方。”

孙东海虽然心怀鬼胎，可还以为自己的面目没有被扒开，此时和他一干手下被关在大牢，叫破了喉咙也没人理会，慢慢地就规矩多了。

叶成文让人把孙东海带到审讯室，孙东海看了他一眼，目光随即转向何政东，冷笑道：“你们这是干什么？凭什么抓我？秘要室就可以无法无天吗？”

叶成文冷声回击道：“无法无天的是你孙东海。”

孙东海脸色一僵，继而说道：“我这是秉公行事。”

“秉谁的公？”叶成文厉声喝问道。孙东海趾高气扬地说：“当然是咱们局长。"

"嘿嘿，孙东海，看来你是不见棺材不掉泪，给我用刑。"叶成文一声吩咐，孙东海就被吊了起来，他使劲挣扎也无济于事，只好死死地盯着叶成文骂道："你敢动我，我跟你没完。"

"不想受皮肉之苦，那就老老实实回答我的问题。"叶成文毫不理会他的反抗，"为什么要抓走美国专家？"

"局长的命令。"孙东海怒吼道，"我要见局长。"

叶成文道："很好，第二个问题，你知道洛丽亚是美国来的专家吗？"

"不知道！"孙东海说，"我就知道她是个女人，至于局长为什么要抓她，我没有过问。"

站在一边的何政东从他脸上似乎看不出说谎的表情，但被他的言语给激怒了，想起他冲进何家的所作所为，顿时就没忍住，狠狠地给了他一拳，咬牙切齿地骂道："不知死活的东西，看来不用点刑你是不会说实话了。"

"你敢！"孙东海怒目相向。何政东不屑地冷笑道："还记得我吗？故意跟我搭腔，然后从我嘴里套取情报，再传递给你勾搭的日本人，日本人信以为真，继而将情报传达出去……我没说错吧？"

孙东海的脸色变得越来越僵硬，最后却露出冰冷的笑容："你在说什么？我怎么完全听不懂？"

"听不懂没关系，现在我认定你就是勾搭日本人的奸细，你说或者不说，结局都一样，死定了！"何政东退了回去，正要吩咐用刑，良久不语的叶成文却起身说："孙队长，好好睡一觉吧，有什么事咱们明儿再聊。来人，先把他弄下来。"

何政东不知他葫芦里卖的什么药，露出极不情愿的表情。

孙东海见他们要走，慌忙大声嚷道："放了我，我要你马上放了我！"

"我会放你的，但不是现在。"叶成文丢下这句话就离开了。一出门，何政东便问："为什么不接着审？不用刑，那小子不会说实话。"

叶成文道："你没听见他交代都是向吉群指使的吗？"

"我觉得不太可能，如果真是这样，那向吉群不就成了勾结日本人的幕后黑手？"何政东疑惑不解。叶成文道："既然孙东海主动咬出了向吉群，那我们就不能不查。"

"向吉群可是警察局局长，怎么查？"

"该怎么查就怎么查。"叶成文笑道，"明天一早等着看好戏吧。"

大牢里寒气逼人，一如既往地沉闷。

折腾了大半宿，孙东海想起自己的所作所为，更加无法入睡，他不知道天亮以后会发生什么事，更不敢预测等待自己的是什么结局。

说实在的，他此刻已经后悔帮日本人做事，但一旦上了贼船，想要下船可就不那么容易了。现在日本人拿他家人的性命相威胁，他不得不铤而走险。

叶成文请来向吉群当面对质，他知道只有这样做，孙东海才会无路可走说出实情。

"向局长，孙东海说是您派他去抓走洛丽亚的，我想知道原因。"叶成文开门见山。向吉群皱着眉头骂道："臭小子居然敢诬蔑本局长，洛丽亚小姐是美国派来的专家，专程过来帮我们对付日本人，我为什么要抓她？"

"如此说来，孙东海在说谎？"

"说谎没说谎，让我们当面见见不就什么都清楚了。"向吉群淡然说道。

何政东跟在他们身后，忖度着二人的对话。

"不好了，来人啦，死人了！"突然，一个凄惨的叫声传遍了整个大牢，正在匆忙赶来的几人停下脚步，惊恐地对望了一眼，然后小跑过去。

孙东海已经断气，可身上并没有明显的伤痕。

"叶副主任，这……"向吉群一脸为难，"这到底是怎么回事啊？"

叶成文也很诧异，无奈地说："这人好好的，怎么突然就死了？"

何政东盯着孙东海的尸体，回想着孙东海昨夜的供词，目光又转向向吉群，向吉群唉声叹息道："难道他真是勾结日本人的奸细？如此一来，岂不成了畏罪自杀？"

叶成文想着好不容易找到的证据又没了，无力地对何政东说："先查明死因吧，其他的人放了。"

"不能放！"何政东一脸冷峻地说。二人双双盯着他，想知道他的想法。他重重地咽了口唾沫，说："孙东海死无对证，而且死因不明，所以这些人必须接受审查。"

向吉群板着脸质问道："你的意思是孙队长是他杀？而且凶手就在这些人中？"

"很有这个可能！"何政东话一出口，其他的警察纷纷叫嚷起来。

向吉群冷冷一笑，道："看来你是硬要把这个屎盆子扣在我向某头上了。"

叶成文见此情景，只好打圆场："政东，放人吧。有向局长担保，没事儿的，待查明死因再定夺也不迟。"

向吉群带着他的手下离开了秘要室，何政东跟着叶成文回到办公室，这才把憋了一肚子的话一股脑儿全倒出来："我看孙东海并没有撒谎，向吉群很可能就是帮凶，而他的死也是向吉群指使的。"

叶成文不声不响地坐了下去，何政东见他不开口，接着又说："我怀疑凶手就在刚刚被放走的那些人中，为什么要放他们走？"

"如果向吉群也是日本人的帮凶，目前我们也没有证据锁定他，当下查明孙东海的死因才是关键。向吉群身为堂堂的警察局局长，身份不一般，就算想跑也不是那么容易的事。如果他真是勾结日本人的幕后黑手，现在放了他，也能让他放松警惕。"叶成文缓缓说道，"本以为事情到孙东海这儿就结束了，可没料到真相比我想象中更加复杂，所以我们必须放长线钓大鱼。"

回到家里的何政东陷入放空状态，他担心的事没发生，没想到的事却发生了，这让他心力交瘁。

顾雅婷太了解面前这个男人了，他把所有的心事都写在脸上，尤其是面对她，从不隐瞒什么，所以她很心疼他，抚摩着他额头上的伤痕问："还疼吗？"

何政东捉住她的手，摇了摇头，叹息着告诉她孙东海死了的消息。

顾雅婷停下了所有动作，吃惊地问："怎么会突然死了？"

"我不知道，但可以肯定的是他杀。"何政东说，"而且死在牢里，凶手也许是警察。"

顾雅婷露出惊恐的表情，瞪着眼睛说："太可怕了，为什么会这样？"

何政东握着她的手说："这件事太复杂，也许还会牵扯更多人，我是越想越害怕啊。"

"没想到日本人竟然可以收买这么多人替他们卖命，那些狗汉奸，全都不得好死。"顾雅婷恶狠狠地骂道，"政东，我不能继续躲在这里无所事事，我也是中国人，必须做点事。"

"可你……"

"我受过训练，可以保护自己。"顾雅婷说，"我打算今天晚上就走，如果有什么事，会及时跟你联系。"

何政东没料到她如此快就要跟自己分开，她知道他舍不得，不禁叹息道："日本人太猖狂了，一天不将他们赶出去，咱们就一天不得安生。你我都是党国培养出来的，我不能眼睁睁地看着你每天为了国家而四处奔忙，而我什么都帮不了你……"

"你要去什么地方？"

"去该去的地方。我走以后，你要自己保重，相信我们很快就会见面。"顾雅婷说完这些话，从他掌心狠狠抽回手，然后走到门口，临出门又回头看了他一眼，投以不舍的微笑，然后大踏步离去。

顾雅婷离开之后，何政东的心又陷入无边的孤寂之中，独自身处偌大的何家老宅，仿佛一瞬间又苍老了许多。

顾雅婷已经很久没跟王成联系，当她突然出现在王成面前时，王成紧张地问："你怎么来了？是不是出什么事了？"

"局长让我们暗地里调查潜伏在恩市的日本特务，有眉目了。"顾雅婷说。王成惊喜地催她赶紧说。

"昨天晚上，一个叫孙东海的警察在秘要室大牢被杀，我怀疑他的死跟向吉群有关。"

王成疑惑地问："你说的是警察局的局长向吉群？"

顾雅婷点头道："我一直怀疑孙东海不是唯一一个帮日本人做事的，没想到我的猜测果然被印证了。"

"向吉群可是警察局局长，他这样做，到底图什么？"

"暂时还不清楚，但他绝对有嫌疑，接下来我们的任务就是要盯死他，我就不信找不到证据。"顾雅婷说完这话，王成又问："你离开何家，政东他同意了？"

"我都跟他说好了，时局艰难，我不能再做缩头乌龟。"

"可要是被秘要室的人发现我们的行踪……"

"小心行事吧，秘要室这两天忙得很，应该没空理会我们。"顾雅婷想起了还没被找到的周志凯，心情沉重。

奄奄一息的周志凯开始了绝食，他想利用这种办法迫使由内云子铤而走险，可由内云子似乎一点也不着急，她在盘算着如何好好利用最后一张王牌。

　　一个月前，向吉群在城里买了一座金屋，金屋里藏着个如花似玉的大姑娘。他身为恩市警察局的局长，尤其是在当下抗战的紧要时期，自然不敢明目张胆地金屋藏娇，所以每次都是偷偷摸摸地来，偷偷摸摸地去。

　　"丽华，这两天可太忙了，没时间过来陪你，你可别怪我啊。"向吉群甚是疼爱这个女人，因为她不仅模样好，而且每次都能把他伺候得舒舒服服，让他不由得为她魂不守舍。

　　叶丽华趴在他身上，乖巧地说："知道您是大忙人，哪敢烦扰您啊，只是丽华每日一个人待在这屋子里，也怪闷的，就算想出去走走，这恩市巴掌大的地儿，也不知往哪里走。"

　　"哎哟，我的心肝宝贝儿，你快别说这些丧气话，我答应你，等过了这段日子，陪你的时间就多得多了。"向吉群还畏惧家里的母老虎，叶丽华是知道这个的，所以又娇滴滴地说："谁不知道您惧内，就算是每日来陪我，时间一到还不是要走的？你不知道，每天晚上我一个人的时候……呜呜……"

　　向吉群见她眼泪汪汪的，早就心痛不已，慌忙赔罪，直到她破涕为笑，这才舒了口气，刮着她的鼻梁说："我的小祖宗，你到底想让我怎样啊？我就差脱下这层虎皮跟你厮守终身了。"

　　"那可使不得，您要是不当这个局长了，那这恩市还有谁比您更有资格啊？"叶丽华的话说得他心里舒坦不已，大笑道："这个局长不当也罢，有了你，神仙我也不稀罕做呢。"正要动手动脚，却被叶丽华拦住，她神情凝重地说："她又找了我。"

　　向吉群一听这话，全身立马就软了，无精打采地问："说什么？"

　　"她让你做一件事。"叶丽华顿了片刻才继续说，"她想知道恩市机场的位置。"

　　向吉群大张着嘴，半天没说话。他跟那个神秘人已经有过几次交易，而且得到不少好处，当然，也包括杀孙东海。他明知这是个陷阱，可面对金钱和女人，他没法让自己全身而退，不知不觉间越陷越深。

　　叶丽华见他如此表情，忙笑着安慰道："反正不过是桩生意，她给您那么多好处，只让您帮忙做一件事，您也没什么损失嘛。"

"你不明白……"向吉群叹息道，"唉，算啦，不说这个了，拿人钱财，替人消灾，何况还有你这个心肝宝贝儿，我豁出去了。"说完又把她压在了身下，房内随即传来淫邪的呻吟。

当晚，向吉群离去之后，叶丽华接待了一个神秘来客，来人揭下礼帽，露出了真面目，赫然便是由内云子。

"做得不错，看来你已经完全俘获了这个男人的心。"由内云子奸笑道，"不枉我栽培你，风流快活够了，该是为我做事的时候了。"

"请吩咐！"叶丽华之前是个风尘女子，被由内云子看中，这才帮她赎身，而且派她接近向吉群。当然，她从不知道由内云子的真实身份。

由内云子冷冷一笑，一手抬起她的下巴，嘴唇凑到她嘴边，暧昧地说："向吉群是块肥肉，你可要好好把握。你需要他，我也需要他，下次他出现的时候，你好好伺候着，我会安排一场精彩的节目。"

叶丽华对这个女人的身份充满了猜疑，可从不敢过问，每次看着她离去的背影，心里便不由得发凉，这一次，更是心惊胆战。

由内云子丢下一沓钱，走到门口时又停下了脚步，头也不回地说："记住我的话，好好伺候他，这可是他最后一次风流快活的机会了。"

叶丽华不禁打了个寒战，目送她离去之后，无力地瘫坐了下去。

顾雅婷和王成一直跟踪向吉群到了这里，后来又看到一个装扮神秘的人进了屋子，二人于是分工，王成继续跟踪向吉群，而顾雅婷等神秘人离开之后才敲响了门。

正在发呆的叶丽华被敲门声惊得站了起来，她不明白为何今晚如此热闹，小心翼翼地靠近门后，低声问："谁？"

顾雅婷听见是个女人的声音，沉声回应道："是我。"

叶丽华听见是个陌生女人的声音，仍没开门。

顾雅婷灵机一动，说："局长忘了东西在你这儿，派我来取。"

叶丽华虽然疑惑，却放松了警惕，当她打开门看到门外人时，狐疑地看着对方，问："什么东西？"

顾雅婷往屋里瞅了一眼，道："我自己进去找。"

叶丽华感觉不妙时，对方手中已经多了把枪，她不得不退后。

顾雅婷关上门，呵斥道："坐下！"她环视了一眼整个房间的布局，带着戏谑的口吻说："不错啊，看来这儿是向局长常来的地方。"她进门看到这个女人时就明白了二人之间的关系。叶丽华不敢吱声，战战兢兢地看着她。

"告诉我，向吉群离开之后，又有人进了这个屋子，到底是什么人？"顾雅婷问。叶丽华心里一怔，面对枪口，只好说："我不知道，不知道……"

顾雅婷冷笑道："想活命就老实点。"

"我真不知道……"叶丽华说的是实话。顾雅婷只好又问："既然不知道，为何放她进这屋子？"

"她……"叶丽华欲言又止，顾雅婷晃了晃枪口，她只好从实招来。顾雅婷大吃一惊，还以为那是个男人，不禁惊愕地问："原来是个女人，你说她付钱让你缠住向吉群，她的目的是什么？"

叶丽华伤心地摇头道："我什么都不知道，她只让我好好伺候那个男人，还说如果我不听话就活不成，我不敢不听……"

"他们俩认识吗？"

"向……向吉群从没见过她。"

"向吉群一般什么时候过来？"

"有空就来。"

"我是问他下次什么时候过来。"

"也许明天……"叶丽华说，"他很忙，从不告诉我什么时候过来。如果哪次来见我不在，就会不高兴！"

顾雅婷联想到之前发生的事，似乎已经理顺了整件事，为了稳住这个女人，亮明了自己的身份，继而说道："我今天来的事，你要全部忘了，就当从没见过我，如果敢透露半个字，别想活到明天。"

"是、是！"叶丽华忙不迭地点头，此时更加后悔当初的选择了，即使仍在青楼，至少不会有性命之忧。

顾雅婷大略猜到了那个女人的身份，回去跟王成一说，王成也大喜，忙说："如果向吉群果真是日本人在恩市培养的帮凶，那么随后进入那个屋子的女人可能就是日本特务。"

"我也这么想，这样吧，从明天起，你继续盯着那个屋子，只要向吉群再去，我们就把他堵在屋里。"顾雅婷说。王成却反对："我觉得还是要找到他跟日本人合谋的证据再说，要不然可能会白忙活一场。"

"但是我们无法接近他。"

"有个办法，你回去找政东……"

顾雅婷想来想去，目前也只有这个法子了，于是连夜回到了何府。何政东不在，她只好等着。不久之后，前面传来说话声，她正要迎上去，却看到他身边还有另外一个女人，两人有说有笑，聊得很欢。

顾雅婷躲在暗处，把二人的谈话听得清清楚楚。

"你看吧，说了不让你送我，现在又想让我送你回去？"何政东笑着说。苏晓蔡问："那你愿意吗？"

"别闹，不早了，这一来一回的多麻烦，反正你就住前面不远……"

"哼，你就这样没绅士风度啊，让我一个人回去，你就放心吗？"

"这有什么不放心的，你虽然是个女子，可身上带枪，一般人可不敢欺负你。"

苏晓蔡笑道："算了，不为难你，明天见！"

顾雅婷看到苏晓蔡走之后，才从暗处出来。何政东看到她时，眼珠子都差点掉出来，又惊又喜地问："你怎么回来了，回来多久了？"

"不想让我回来呀？"顾雅婷故意生气地问。何政东知道她已经看到刚才的一幕，只好讪讪地笑着说："别误会，她只是……"

"我可全都看到了。"

"千万别误会，我们只是同事……"

"好了，你就不要再解释了，反正我都听到了，人家姑娘对你有情，这你还看不明白吗？"

何政东拉着她的手说："雅婷，在你心里，我就是这种人吗？"

"我都看到了，要不你赶紧去送送人家？"

何政东叹息道："看来是真完了，如果你不相信我，我就只能以死澄清了！"说完就做出要拔枪的动作，顾雅婷忙拦着他说："算了，还闹，快进去，我有要紧事找你。"

何政东进屋后紧紧地搂着她说："你走的这两天，可想死我了。"

"我走了，不是有人替我陪你吗？"顾雅婷又提起这茬。何政东苦笑道："你就别拿我开涮了，你又不是不知道，一直以来，我心里就只有你一个人。"

顾雅婷听了这话心里美滋滋的,这才言归正传:"你们必须马上对向吉群展开调查。"

"你发现什么了?"

顾雅婷如此这般把事情和盘托出,何政东讶异不已,沉重地说:"没想到向吉群还真是这种人。叶副主任向陈主任汇报此事后,陈主任担心把事情闹大,要我们暂时不要打草惊蛇,只是暗中调查,已经派晓蔡去查阅向吉群的档案。"

"有发现什么吗?"

"暂时还没有,既然你这边已经找到线索,明天我亲自去查阅档案。"何政东说。

顾雅婷其实很想告诉他自己今晚发现了日本特务的踪迹,可想了许久,担心他控制不住节外生枝,最终还是决定先隐瞒下来。

何政东第二天醒来时,顾雅婷已经不在身边,看着空荡荡的床,他不禁陷入了沉默。他来到秘要室时,在走道里撞见了叶成文,叶成文急匆匆地说:"跟我去机要室。"

何政东不明白发生了何事,一进门,见大伙儿都在紧张忙碌地工作着,顿时就感觉一阵压抑。

"那个电波又出现了。"张振轩说,"还是跟以前一样,一直在移动,不断地变换位置,但是这次定位到了大概的一个区域……看,还在移动……"

"走,跟我出去,这次一定不能让它给溜了!"叶成文大声喊道。他和张振轩各自带着几个人开车直扑目标而去,大街上有几辆人力车,还有一辆马车从不远处缓缓驶来。

张振轩命司机拦住马车,然后派人下去盘问,马车夫战战兢兢地下了车,然后打开帘子,只见车上一女子抱着个孩子。他们把人都赶下车后,将马车翻了个底朝天,可一无所获。

张振轩骂骂咧咧地走了,让手下开车继续找。

叶成文乘坐的汽车穿过了几条街,他大略能猜到发送和接收电报的人会使用什么交通工具。他和手下的人仔细搜索着每一个角落,当穿过一条街道时突然又退了回去,只见街道的另一头,一辆黑色汽车急匆匆而去。

"快追！"叶成文顿时像打了鸡血似的，他感觉那辆车就是他们寻找的目标。

前面的车里果然是由内云子，她知道秘要室的特务正在追她，所以开始跟他们捉迷藏。此时被发现后，她拔枪在手，冲着司机厉声呵斥道："给我冲过去！"

前面就是菜市场，人很多。

叶成文心里一惊，沉声说道："不好，要出事！"

由内云子脸上掠过得意的笑容，她知道身后的人害怕什么，所以更加有恃无恐。当车辆冲进菜市场时，两边的小摊被撞得乱七八糟，好几个没来得及躲闪的路人也跟着被撞飞了出去。

"畜生！"何政东大骂道。可他们谁也不敢开枪，担心伤着路人。

菜市场乱糟糟一团，后面的汽车根本无法再通过，叶成文只好命令大家下车步行。由内云子趁着这个机会逃之夭夭。

大伙儿看着绝尘而去的汽车，全都愤然大骂，再一次空手而回。

"太可惜了！"何政东在回去的路上愤愤不平道。叶成文脸上布满阴云，一句话也没说。

很快，所有人都回到了秘要室。

"能破译吗？"叶成文问。气喘吁吁的张振轩说道："洛丽亚小姐教会了我们破译办法。"

叶成文拿过来一看，只见上面写着："七日之内如无法完成蜂鸟计划，恩市便是你们长眠之地。"回复的内容是："放心，盗火者会帮我们完成任务。"

"看来日本人迟迟无法向恩市推进，已经急了。"叶成文说，"这是要狗急跳墙啊，当务之急是要找到接收电波的人，这个人一定就是执行蜂鸟计划的日本特务，还有这个'盗火者'究竟是什么人？为什么电波位置一直在移动？"

"以前确实不行，不过现在可以了。我们派专人进行了解析，这门技术刚刚被德国人发明，没想到日本人这么快就用上了。"张振轩说。

叶成文双眉紧锁，苏晓蔡突然进来，让他去接个电话。他回到办公室，听见电话对面是龙波的声音，不禁暗自吃惊，但随即装作若无其事地说："哎呀，怎么是您啊邵老板，最近生意可好？找我有事？"

"生意不错，多谢关心。"龙波在那边说着要求见面的暗语。叶成文忙说："那就好，那就好。"

"我托朋友特意给您带了点好东西，您有空过来一趟吧，咱们也好久未见，总得找个时间聚聚啊。"龙波笑着说。叶成文说了些感激的话，然后挂断了电话，转身对何政东使了个眼色，何政东心领神会，转身出门，径直往药材铺而去。

龙波把何政东请进屋里，而后问："你们最近是不是截获了日军情报？"

"对！"

"但无法定位？"

何政东点头，龙波又问："具体内容是什么？"

"刚刚截获了一封电报，日本军方要求恩市日本特务尽快完成蜂鸟计划。"何政东如实相告。龙波若有所思地说："日本人太狡猾了，我们的技术根本无法破译其密电内容，不过经过仔细分析，得出一个结论，那就是日本人为了不被追踪到，很可能将电台设置在移动的平台之上，这个移动的平台，除了汽车之外，我们实在想不出是什么东西。"

何政东说："是的，汽车，我们也想到了，只可惜又让她给跑了。"

廖楚山一个月前被陈希平派往夷陵执行一项秘密任务，今天刚回来便急匆匆地去见陈希平。陈希平不知道他今天回来，在见到他时微微愣了一下，随即问："回来了？"

"是，主任！"廖楚山说，"您派我执行的任务已经顺利完成。"

陈希平点了点头，道："说吧。"

"日军在夷陵建立了生化研究实验室，专门研究细菌武器，很多人都在活体实验中死亡。"廖楚山说，"留守夷陵的是日军第十二中队，队长叫盛田，是个非常难缠的对手，而且为了确保实验成功，日军多次在周边地区使用毒气武器，咱们的人损失惨重。"

这个是陈希平早有耳闻的，但还是忍不住骂道："丧心病狂！"

廖楚山继续说道："日军在夷陵的布防图我也带回来了，请过目。日军直属连队全都上了前线，所以我认为这是最好的时机。"

陈希平接过图纸一看，顿时眉开眼笑道："很好，有了这张图纸，我飞行大队征战夷陵势必全胜而归。"

《 24 》

　　向吉群大略已经猜到那个神秘人的身份，可自己有把柄被人攥着，他无路可走，只能以身犯险。为了弄到恩市机场的地图，他不得不去找一个老朋友。

　　"哎呀，老向，什么风把你给吹来了，你这个大局长日理万机，还能有空想到我？"说话者叫陈克来，恩市机场后勤部的副主任，两人是老乡，平日里有些往来，但在此之前已经很久没见面。

　　向吉群提着两瓶花雕，笑着说："知道你好这一口，特意托人给弄来的。"

　　陈克来一见花雕，忙吧唧着嘴说："到底是老乡。来，赶紧进来，待会儿弄两个菜，咱俩就着这花雕好好喝两盅。"

　　"好啊。"向吉群一点也没推辞，不大会儿菜上来后，两人便喝开了。

　　"真是好东西。"陈克来赞叹道，"大局长，你是无事不登三宝殿。说吧，找我什么事？"

　　向吉群轻笑着说："能有什么事？不就来看看你嘛。"

　　陈克来也笑道："咱俩就别绕弯子了，有什么话直说。"

　　"行，这可是你让我说的。"向吉群踩着这个台阶就上去，"其实也不是什么大事儿，就是想让你帮个小忙。"

　　"嗯，说！"

　　向吉群憋了一会儿才继续说："我有个朋友，刚从国外回来，是个工程师，他想在机场谋一份差使……"

　　"这样啊，工程师，修飞机的？"陈克来问。向吉群道："也可以这么说吧，这个人是我一远房亲戚，跑来找我，我就只能麻烦你了。"

　　陈克来应道："这倒不是大问题，目前这种人吃香啊，不过也有麻烦的地方……"

"你说吧，只要人能进来，麻烦不麻烦的倒无所谓。"向吉群哈哈大笑，"你有这个能耐，我相信你！"

陈克来叹息道："关键是现在对人员的审核非常严格，你也知道，非常时期，非常手段。何况是机场，事关抗战大局，可不是随便什么人都能进的。"

"这个我清楚得很，全民抗战嘛，日本人三番五次轰炸恩市，要不是飞行大队，那日本人一来，恩市人民就遭殃了。"向吉群口若悬河，"我这个警察局局长无奈只能干干维持治安的小事儿，要说打日本人，也轮不到咱们呀。"

陈克来赞许地说："你这话倒是说对了，日本人可是吃过飞行大队的亏，但也只能眼巴巴看着。"

"是、是，所以我敬仰空军战士们。"向吉群拍着胸脯说，"我那个远房亲戚也是抱着一颗爱国之心回来的，你说他既然如此有心，我不能坐视不管吧？"

"行，就冲你这句话，这件事就算包在我身上了，尽快让他过来，我先给上面汇报一声。"

"来，我敬你！"向吉群举杯畅饮，可眼神里不经意间闪过一道冷光。

王成一直跟着向吉群，回来跟顾雅婷一说，她愤怒地骂道："果不其然，他这是去帮日本人找关系去了。"

"我发现秘要室的人也在盯梢。"

"这个不管，总之我们要盯紧他。"顾雅婷说，"局长对此事非常重视，关系到局长在委员长面前的荣耀，所以我们绝不能让秘要室抢了头功。"

王成当然明白这话的含义，可他不知道接下来该怎么做。

"很简单，秘要室正在全力调查向吉群，以及他今天去见的人，然后……"顾雅婷眼中流露出得意的笑容，"然后我们就等着坐收渔翁之利。"

何政东把向吉群的行踪报告给叶成文后，叶成文惊呼道："大事不妙，这个人必定是去执行日本人给他安排的任务去了。不行，必须立即跟陈希平说。"

"向吉群可是警察局局长……"

"大敌当前，管他局长不局长。"叶成文去跟陈希平一汇报，陈希平大骂道："他娘的，国家就是要毁在这些人手里，不毙了他，我誓不为人！"

叶成文听了这番话，也吃了定心丸。

陈希平那边向上面汇报之后，上面派给他一支秘密小队，然后径直把警察局围了起来。

"你们是干什么的？"门口一群持枪的警察怒道。叶成文说："秘要室的，要见你们局长！"

"带这么多人来见我们局长？"

"马上让开，否则别怪我不客气了。"叶成文厉声呵斥道。身后的士兵往前一蹿，那些警察全都吓得脸色煞白，纷纷开始往后退。

叶成文冷眼扫视着那些警察："我劝你们赶紧闪开，咱们可是奉命行事，违了军法，可不是闹着玩的。"

就在此时，向吉群已经接到汇报，急匆匆地从办公室冲了下来，一见这阵势，当即就大感不妙，可他仍装作若无其事，面不改色心不跳地说："我道是谁，原来是叶兄。这是怎么了？有什么事不能好好说，带这么多人怕会伤了感情吧？"

"你跟他说！"叶成文看向何政东。何政东大声说："向局长，让你的人把枪收起来，跟我们走一趟，有些事想跟你聊聊。"

"那又何必跑那么远？有什么事到我办公室说。请吧！"向吉群说着还让开了路。何政东冷声呵斥道："别敬酒不吃吃罚酒，你也看到了，今天过来就是要请你过去，别逼我们动粗。"

向吉群也终于明白自己凶多吉少，但他咧嘴一笑，说："叶副主任，请等等，我还有点事处理，马上就跟你走。"

"可以，不过得让我的人跟着你。"叶成文话音刚落，向吉群突然怒吼道："叶成文，这儿可是警察局，是我的地盘，难不成你非要弄得鱼死网破？"

"你是死到临头还不知认罪？"叶成文厉声质问道。向吉群张狂地回击道："我何罪之有？"

"等你去了秘要室，自然就清楚了。"叶成文横眉冷对，"别做无谓的反抗，让你的人全部后退，要不然我这些兄弟可就……"他话未说完，向吉群突然迅速往后退去，大声嚷道："给我挡住这些人，谁敢后退，绝不轻饶！"

两边的人瞬间形成剑拔弩张的局面，互不相让，硝烟味十足。向吉群趁着这个机会逃进了办公楼。

"都给我让开！"何政东挥舞着枪怒吼道，那些警察虽然也很害怕，可谁也不敢先退。

叶成文深吸了口气，瞪着一双鹰似的眼睛，缓缓说道："你们都给我听好了，你们的局长，也就是向吉群，这个人勾结日本人，出卖国家。鄙人今日奉上峰之命前来兴师问罪，捉拿此人归案，如果你们是中国人，还是一个有良知的中国人，就赶紧让开。"他顿了顿，继续道："但是，如果你们一定要包庇那个卖国贼，那就别怪子弹不长眼。"

那些警察一个个大眼瞪小眼，已经有人开始动摇。

"再不闪开就开枪了。"何政东吼道，这时候，其中一人放下了枪，其他人也迟疑着放弃了抵抗。

叶成文松了口气，大手一挥，吼道："抓活的！"

向吉群冲进办公室，从抽屉里拿出枪后正要逃跑，门口却被堵住。他惊慌失措，晃动着枪口，脸上露出绝望的表情。

叶成文和何政东刚进门，向吉群手中的枪立马就对准了二人，还威胁让他们滚出去。

"向吉群，你明白自己的处境，除非你死，否则今天一定要跟我们回去。"叶成文不急不慢地说，"我们盯了你很久，你干了什么事心里该清楚得很吧？"

向吉群惊恐万状的样子实在是可笑至极，像条发疯的狗，威胁要杀光他们。可叶成文毫不畏惧，说："我说你这个人啊，怎么就不知道掂量掂量自己的斤两？要不是看在咱们都是老相识的分上，这会儿早就一枪崩了你。现在跟你好好谈，就是为了保你一条命。把枪放下，跟我们回去好好聊聊吧。"

"我、我什么都没干！"向吉群依然硬挺着。叶成文勃然大怒道："你勾结日本人，还强词夺理，该当何罪？把枪给我下了。"

向吉群面对一群荷枪实弹的军人，只能乖乖地放下枪，然后跪在地上，双手抱头，凄凉地叫了一声："完了！"

向吉群被带回秘要室，毫无抵抗就全招了。

　　"这个向吉群，真是个软骨头，还没用刑就一股脑儿全吐了。"叶成文说，"可他说自己根本不认识什么日本人，只是有人，准确地说是一个女人让他去弄恩市机场的地图。"

　　陈希平冷冷一笑，大声说道："那就把这个女人找出来。"

　　"主任，我有个计划……"叶成文如此这般一说，陈希平点头道："就按你说的办。这一次，一定要把潜伏在恩市的日本特务挖出来，彻底粉碎蜂鸟计划。"

　　叶成文等这一天已经很久了，得到命令后，马上去安排行动，可向吉群一听要他当卧底，顿时就傻了眼。

　　"怎么着，不愿意？"叶成文对他那种表情嗤之以鼻，"敢给日本人做事，就不要怕背负汉奸罪名，现在让你戴罪立功，你却贪生怕死，推三阻四。你根本就不配做一个中国人，我随时可以枪毙你。"

　　向吉群耷拉着脑袋，想着自己的处境，心想：还有得选吗？不得不应了下来，无力地说："我不想死，只要能活命，你们让我做什么都行。"

　　"放心吧，只要你合作，我担保你不死。"叶成文长吁了口气。为了摧毁日军的阴谋，他必须从长计议。

　　何政东听了叶成文的计划后很是吃惊，他没料到叶成文居然要如此铤而走险，万一向吉群临阵变卦，或者他被抓的消息走漏，那可就功亏一篑了。

　　"你说得对，这也是我所担心的，不过警察局所有人都已经被控制，相信风声暂时无法传出去，但是为了保险起见，行动就定在今晚，速战速决！"叶成文双目定定地说，"输赢马上就要揭晓了，不管结局如何，必须赌一把。"

　　一场大雨突然倾泻而来，恩市城被煮沸了似的，昏黄的灯光照在湿漉漉的地面，仿佛一面能照人的镜子。

　　就在夜色之中，廖楚山和叶成文各自带一队人马隐藏在暗处，每个人都身着雨衣，而雨衣下是已经上弹的枪械。

　　乘坐汽车的向吉群按照原计划上路了，一路上心情忐忑不安，种种不祥的预感萦绕心头，腿肚子也不停地颤抖，感觉半只脚已经踏进了鬼门关。

　　当向吉群下车时，叶成文的心也跟着揪了起来，看着他的背影慢慢走近那扇门时，紧握的拳头才慢慢松开。

"这雨好像没有要停的意思啊。"何政东紧握着枪，他等这一刻已经很久了。

叶丽华不知道向吉群今晚会不会来，可她多么希望他不会来，淅淅沥沥的雨声，令她的心情越发烦躁不安。她刚起身走到窗边，突然一辆汽车闯入了视线中。她的心开始哆嗦，往后退了退，却又不知该如何是好，只好稳定心绪，然后等待敲门声响起。

向吉群敲门之前犹豫了，回身看了一眼，虽然没见人，却知道此时定然有许多双眼睛正在暗处盯着自己。他沉沉地吐了口气，缓缓抬起手，轻轻地敲了三下。

屋里的叶丽华正如坐针毡，敲门声陡然响起，把她惊得一颤，然后步履沉重地走向门口，当她打开门看到向吉群那张无比阴沉的面孔时，不由自主地倒退了好几步。

向吉群转身关上门，面对心爱的女人，却全然没有心情和兴趣，酝酿了许久，才沉闷地喊了一声："丽华……"然后就哽咽着没了下文。

叶丽华本想安慰安慰面前这个对自己一往情深的男人，可想起自己的使命，不得不问："东西带来了吗？"

向吉群从口袋里摸出一个信封，叶丽华眼前一亮，但那束光瞬间熄灭。

"你把东西给她吧。"向吉群把信封递到她手上，正要转身离去，身后却传来一个冰冷的声音："这就走了？"

向吉群感觉自己被人从后背插了一刀，慢慢转过身去，战战兢兢地盯着另外一个女人，张了张嘴，却欲言又止。

"向局长，我们终于见面了！"由内云子皮笑肉不笑地说。向吉群顿了半晌才微微点了点头，对这个女人，他有一种发自内心的恐惧感。

由内云子见他不说话，于是从叶丽华手上拿过信封，然后打开，取出地图，脸上现出了得意的笑容。

"我现在可以走了吧？"向吉群问。由内云子收好地图，笑着说："不用，该走的是我。"

向吉群和叶丽华同时愣住。

"这是大日本帝国送给你的礼物，以后我们不会再见面了。"由内云子看着叶丽华，"祝福你们！"然后打开门款款离去。

在外面焦急等待的人全神贯注地盯着，可始终未见可疑者，当由内云子出现在门口时，何政东惊讶地瞪大了眼睛。

"抓活的！"叶成文一声令下，就在此时，一声巨响响彻全城，一片火光冲天而起，瞬间映红了半边天，"盗火者"向吉群和他喜欢的女人也在爆炸声中化为灰烬。

何政东明显感受到一股巨浪迎面扑来，然后被高高地掀起，又重重地跌落在地，溅起了一身泥水。

"不好！"叶成文大叫一声，一阵眩晕，看着飘摇的火光，转身却不见了先前从屋里出来的那个人。

由内云子趁着混乱逃之夭夭，在很远的地方又回头看了一眼被映红的天空，眼中闪过一道阴冷的笑容，然后消失在夜色之中。可她不知道，黑夜中有另一双眼睛正死死地盯着她，然后循着她的背影追了上去。

陈希平了解情况后大怒，连声责备。

叶成文站在他面前，瞪着眼睛半天没说话。

"现在人死了，要抓的人也逃之夭夭，你让我怎么跟上面交代？"陈希平骂累了，口气也终于软了下来，"幸好日本人拿走的是假地图，要不然，我飞行大队就全暴露在了日本人眼皮底下。"

由内云子是个极度狡猾和谨慎的对手，她知道自己被跟踪后，故意选了一条狭窄的巷子快速穿了过去，待跟踪的人到了近前，突然出手，用匕首割断了对方喉咙。

被割断喉咙的王成倒在血泊中，死前甚至都没来得及看清杀害自己的人。

顾雅婷抱着已经没了声息的王成，泪水在眼中打转，她满腔怒火地冲出巷子，却不见半个人影。此时，脑海里只剩下复仇的欲望。

由内云子带着地图喜滋滋地出现在周志凯面前。瘦骨嶙峋的周志凯蓬头垢面，根本就不睁眼看她。她看了一眼地上没动筷子的饭菜，只是冷冷一笑，接着一脸兴奋地打开地图，仔仔细细地看了一遍，疯了似的大声笑道："终于让我拿到了，终于让我拿到了。"

周志凯缓缓睁开眼，当他看到地图时当然万分惊讶，不可思议地连连摇头道："不可能，不可能，绝对不可能……"

由内云子猛然回头盯着他的眼睛，仰头冷笑道："你以为不跟我合作，我就不能完成任务了？笑话，我由内云子就没有不能完成的任务。"

"不可能是真的，一定不是真的……"周志凯脑门上的青筋都冒了出来，他的心在滴血，一想到日本人马上会利用这张地图对机场发动攻击，就用尽全身力气挣扎起来。

由内云子在他面前来回踱步，冷笑道："现在留着你的命也没什么用了……"她说着拔出枪，枪口抵着他脑门。周志凯早已把生死置之度外，此时不禁闭上眼，等待枪响的那一刻，可不知为什么枪没响。由内云子收回枪，说："我现在改变主意了，暂时不杀你，但你必须带我去找到机场。"

周志凯缓缓睁开眼，冷冷地吐出两个字："休想！"

由内云子直视着他的眼睛说："为了一个即将灭亡的国家卖命，值得吗？你难道还对这个残破的国家抱有希望？"

"当然值得。"周志凯不屑地回击道，"像你这种冷血的畜生，根本就不会明白，你最好杀了我，否则我一定不会放过你。"

由内云子大笑起来，反唇相讥："你还有这个本事吗？"

周志凯又挣扎了几下，眼中闪着怒火。

"跟我合作吧，我保证你活命，而且下半辈子衣食无忧。"由内云子继续威逼利诱，"有了这张地图，大日本帝国的军队很快会占领恩市，紧接着大军压境山城，后果就不用我说了吧。所谓识时务者为俊杰，不识时务者，最后就一个下场！"

周志凯没有说话，一脸视死如归的表情。

"终于要结束了，可以回家了。"由内云子异常兴奋地盯着地图，想起上一次被骗的经历，她决定这次要带着周志凯一同前往，把他当成人质，以求自保，待核实地图真伪后，再向主子复命。

叶成文傍晚时分出现在药材铺，龙波正要打烊，两人一块儿沿着街道边走边聊。

"一切都在我们掌控中，但愿不会出差错。"叶成文说。龙波道："有什么需要我们配合的，尽管开口。"

"这个计划最关键之处就在于引蛇出洞，所以只要演好这场戏就够了。"叶成文笑着说，"日本人这会儿应该拿着地图向她的主子领赏去了吧。"

龙波深有感触地说："日本人在恩市折腾了这么久，为了完成蜂鸟计划干了多少伤天害理的缺德事。君子报仇十年不晚，我每天都在想着把小鬼子赶出去，总算是等到这一天了。"

"对了，等完成这次的任务，你们也可以全身而退了。"叶成文说。龙波看了他一眼，问："那你呢？上级有什么新的指示？"

叶成文沉默了片刻，道："暂时没有，但小鬼子还没有被赶出咱们的土地，就不能说任务完成了啊。这么多年，每天身在曹营心在汉，做梦都想着胜利的那一天。"

"胜利一定会到来的。"龙波说，"现在只是黎明前的黑暗。"

"是啊，我仿佛已经看到了胜利的曙光。"叶成文轻笑道，"话说回来，我还要感谢你啊，政东那小子是你们发展起来的。要不是你们，我也不会有这么一个得力的助手，在这次的任务中，他可是功不可没。"

"我打算正式介绍他加入组织。"龙波说，"等任务结束，我会向上级如实汇报同志们在恩市的战斗情况，你们可都是战斗在敌人心脏的无名英雄啊。"

"什么无名英雄，那些在前线打鬼子的才是真正的英雄，跟他们比，我们差远了。"叶成文想起了周志凯，又眼神暗淡地说，"都过了这么久，周队长消息全无，也不知是生是死。"

"是啊，日本人抓了飞行大队的战斗英雄，恐怕是凶多吉少。"龙波深沉地说，"这些日本特务臭名昭著，对中国人民犯下了累累血债，早晚会跟他们一一清算。"

恩市全城戒严，进出城的路口布满重兵。

由内云子在周志凯身上绑了炸弹，在要出城的时候再次叮嘱道："不想死的话就给我老实点。"

周志凯对自己的性命早就无所谓，可明白炸弹一响，势必会伤及无辜百姓，只好配合。

"干什么的？"守卫问。由内云子忙说："我丈夫腿受伤了，带他回老家去！"

"怎么受伤的？"守卫问。

"干活儿时不小心。"由内云子说，周志凯也附和着点了点头。

守卫见二人没带行李，很快放行。

由内云子一直扶着周志凯，虚弱的周志凯一瘸一拐，看着熙熙攘攘的路人，心里像压着块石头。

由内云子挟持着周志凯离开恩市，然后在城外驾驶事先准备好的马车直奔来凤而去，马不停蹄地赶了两日，终于在傍晚时分赶到了目的地。

来凤机场虽然已经被恩市机场取代，但为了演好这场戏，叶成文特意将废弃的机场重新进行了布置，还用油布将已经废弃的飞机罩了起来。

由内云子远远地看着机场上的战机轮廓，不禁兴奋莫名，叹息道："本来以为来凤机场已经停用，没想到你们太狡猾，居然暗度陈仓，将这里变成了一个大仓库。"

周志凯一开始看到地图时也很是吃惊，但心里清楚这个机场早已停用，而且绝大多数军机为了躲避日军轰炸藏在了另一个非常隐蔽的地方，所以也就猜到这是有人故意设了一个局。

由内云子放下望远镜，那张美丽的脸突然变得无比狰狞，拿枪指着周志凯的脑袋说："你已经没有用途了。"

"你不敢开枪，因为只要你一开枪，机场的士兵就会冲过来。"周志凯说。由内云子冷笑道："虽然我很感谢你带我来到这里，可我不能留下你。你死后，我就带着地图远走高飞……"

"我死不足惜，但你的奸计永远无法得逞。"周志凯冷冷地闭上了眼。

由内云子听了他的话，果然也担心枪声引来敌人，所以慢慢收回枪，打算一刀结果他。可就在这时，不远处突然传来一声枪响，然后无数个身影往这边冲了过来。

由内云子大吃一惊，来不及多想，拔出匕首就刺向周志凯，被绑着双手的周志凯此时却就地一滚，滚到了一个小土坑里，幸运的是只被刀锋刺中了手臂。

枪声越来越近，由内云子眼见无法杀死周志凯，愤然之下只好转身逃跑。

在望远镜里看到如此惊险一幕的叶成文见周志凯逃过由内云子的刺杀，这才松了口气。

何政东带人赶到，看到只受了点轻伤的周志凯时，紧握着他的手说：

"周队长，受苦了！"

周志凯也一眼就认出了何政东，两人紧紧地拥抱在一起。

"兄弟，没想到会是你来救我。"周志凯非常开心。

何政东笑道："你不是也救过我的命吗？现在算是还给你了吧。"

两人开怀大笑。

叶成文见到周志凯时，激动地说："周队长，说句实话，我是真担心这辈子再也见不着你了，可没料到老天有眼，让你活着回来了。你这可真叫作大难不死必有后福啊！"

"阎王爷不收我，那是因为我还有很多事没做。"周志凯说这话时脸色变得无比冷峻，"叶副主任，我知道是您制订了这个完美的计划，日本人还真把这个机场当成了他们梦寐以求的目标，一旦拿到地图，也许很快就会对来凤机场实施轰炸。"

"没想到这一切都被周队长看了个清清楚楚，只可惜日本人太心急，做梦都想踏着恩市进入山城，所以这是他们付出代价的时候了。"叶成文重重地说，"这一仗，将会成为整个鄂西会战的转折点。周队长，你功不可没啊！"

何政东赞叹道："周队长，我算是再一次认识了你，要不是你看穿了我们的计划，小鬼子也不会如此轻易上当。"

周志凯叹息道："只可惜为了国家大计，不得不放虎归山。"

何政东对此也心有不甘，无奈地说："没能亲手杀了这个日本女人，我大哥，还有许许多多被她害死的人都死不瞑目啊！"

叶成文安慰道："别灰心，躲得过初一躲不过十五，由内云子可是上峰钦点要取下脑袋的，她跑不了。"

由内云子带着地图一路奔向五峰，然后将地图交给了日本军部，日本军部的人拿到地图后大喜不已，随即准备组织空军向来凤进发。

刚刚在石臼吃了败仗的日本联队主力正在返回夷陵的途中，为了报复，共派出十余架轰炸机对来凤实施轰炸。可日本人做梦都没想到的是，就在轰炸机起飞后不久，飞行大队的三十架飞机对夷陵发动了猛烈的攻击。

当时留守夷陵的是日军第二十中队，他们正在做欢迎联队归来的准备，突然间，一阵阵巨大的轰炸声响彻上空。队长盛田还没明白怎么回事，一颗炸弹在他身边炸开……

这当然不是在梦中，骤然响起的凄厉的爆炸声和随之而来的冲击波一下震聋了耳朵。

盛田捡了条命，又急忙赶到小队宿舍，宿舍正好被击中。那里留下一个直径约十米、深几米的大坑。当然，建筑物也都成了木头碎片，尘土飞扬，到处都是。

周志凯破敌心切，驾驶着轰炸机在距离地面七百米的高度飞行，突然遭到炮弹还击，他驾驶的飞机被击中，机体被打成两截，冒着红红的火焰坠落……他在这次的任务中壮烈牺牲，但也正是这次轰炸，摧毁了日军在夷陵的重要攻防设施。

另一方面，日本人派往来凤执行轰炸任务的飞机遭到飞行大队伏击，损失惨重，死伤无数。

何政东获知周志凯牺牲的消息后把自己关在房里两天两夜没有进食。顾雅婷在外面跟他说了许多话，可他就像没听见似的。

何政东知道她在门外，虽然心有不忍，可还是没开门。

直到一天，一大早，顾雅婷正迷迷糊糊地睡着，突然外面一阵激烈的敲门声把她惊醒。门外的叶成文焦急地问："政东呢？他人呢？"顾雅婷开门后，他又去敲何政东的房门："政东，是我，快开门，有个重大的消息要告诉你。"

何政东听到是叶成文的声音，这才把门打开。叶成文一把拉着他往外走去，嘴里说道："快跟我走，出大事了。"

何政东几天没合眼，精神萎靡不振。

叶成文拉着他走出何府后才说："由内云子又在恩市出现了。"

"什么？"何政东立即来了精神。叶成文点头道："消息非常可靠……"

"她居然还没死，又想干什么？"

"暂时还不清楚，日本人吃了败仗，损失不小，我想她这次回来，一定带着更大的阴谋。"

何政东咬牙切齿地骂道："这次我一定要亲手杀了她！"

由内云子带回假地图导致日军惨败，因此受到日本军部的严厉惩罚，在她准备自杀谢罪时，有人给她指了条明路。她再次折返恩市，便是为了完成刺杀指挥此次轰炸行动的最高统帅、西线战区司令长官陈镜岳的任务。可她没料到自己的行踪很快就被秘要室的特务发现。

化装后的由内云子不断变换藏身之处，她在寻找时机执行刺杀任务，可她不知道秘要室已经派出所有人员到处找她。

为了慎重起见，陈希平把此事专程跟陈镜岳做了汇报，陈镜岳冷笑道："日本人吃了败仗，想取我的命，我倒要看看小鬼子有没有这个能耐。"

石臼保卫战凯旋，空军成功轰炸夷陵日军驻地，西线战区因此受到山城方面高度嘉奖，陈镜岳非常高兴，于是打算借着这个机会在恩市公开举行联欢活动，另一方面也是为了引出预谋刺杀他的人。

《 25 》

廖楚山手上沾满了共产党人的鲜血，叶成文接到上级命令，务必要除掉此人。

叶成文想到了廖楚山从黑市购买春田式 1903 步枪的事，决定利用此事置他于死地。

"主任，我查到一些新的线索。"叶成文故意脸色黯淡地说，陈希平头也不抬地问："什么事，说吧。"

"是关于廖楚山的。"

陈希平这才停下来看着他，他继续说："我之前跟您汇报过，我曾查到他从黑市购买枪支，最近我才查到，那枪支最后落到了共产党手里。"

"什么？"陈希平大惊，叶成文接着说："此事千真万确，不久前山城方面捣毁了共产党的一个情报站，同时缴获了那支步枪。"

"千真万确？"

"绝对可靠！"叶成文说这话时，眼皮微微下垂，"当然了，虽然确定是廖楚山购买的那支枪，但不能确定就是他直接跟共产党交易，也许还有中间人。"

"这个浑蛋！"陈希平破口大骂，但没做进一步指示。

联欢活动当天，陈镜岳站在车上向两边的群众缓缓挥手致意，秘要室的人穿插在人群中，仔细搜寻每一个可疑者。

由内云子在人群中显得毫不起眼，她已经决定今日舍命刺杀，不成功便成仁。

叶成文派出何政东等得力人士一直跟随陈镜岳的车辆移动，突然一声枪响，陈镜岳中弹倒下，街上大乱。

由内云子成功击中陈镜岳，看着陈镜岳倒下的方向，她脸上现出一丝胜利者的微笑，所有人都在四散逃跑，她也趁乱逃之夭夭。

秘要室在周围做了严密部署，很快就发现了由内云子的踪迹。此时由内云子已按照既定计划逃进了一栋吊脚楼。

秘要室的人循着由内云子的踪迹追了过来，而她也没打算继续撤退，拔枪便射，地上很快就留下了几具尸体。

何政东冲上前去，任凭子弹在身边掠过，正要开枪，可发现目标的子弹打光了，于是下令停止射击。

由内云子丢下枪，脸上露出毫不畏惧的笑容。

何政东一步步逼近，想要看清这个杀死他大哥的凶手。

"何少爷，很久不见，别来无恙？"由内云子轻蔑地笑起来。何政东眼中闪着怒火，恨不得一枪崩了她。她继续挑衅道："你就不想杀了我，替你何家的人报仇？"

"你欠下的血债可不只是何家的。"何政东一字一字地说，"不杀你，天地难容……"

由内云子却狂笑起来，继而说道："你过来，我有话跟你说，我要告诉你一个天大的秘密，是关于你大哥的……"

何政东听罢微微一愣，他太想知道关于他大哥的事了，所以慢慢走了过去。

"不要……"突然一个声音从背后响起，何政东停下脚步回头一看，只见顾雅婷正向他冲了过来，他正不知所措，由内云子厉声咆哮道："天皇陛下万岁！"

一声巨响，由内云子被炸成了碎片。

何政东感觉脑袋里嗡嗡作响，又感觉很多声音在耳边叫他，他缓缓睁开眼，发现自己身上趴着个人，当他被扶起来，看见倒在血泊中的顾雅婷，声嘶力竭地叫了起来……

顾雅婷为了救何政东而死，何政东抱着她逐渐冰冷的身体，多么希望这只是做了个梦而已。

陈镜岳并没有死，他从美国人手中高价购买的防弹衣救了他一命，但他在得知后续的事情后感慨道："烈女子，虽是舍命救夫，却也是抗战巾帼！"

清江河边，久违的宁静。

"你的入党申请书已经递上去了，相信组织很快就会批准。"叶成文说。何政东良久无言，自从顾雅婷为救他而死后，他感觉自己的心已经封闭。

叶成文看着静静流淌的清江水，叹息道："这清江河里流淌的可不只是清江水，还有英雄儿女的鲜血啊！"

何政东的目光投向很远很远的地方，那一刻，像被鲜血染红的太阳，在他眼眶里变得越发炽热。

"有些话一直埋在我心里很久了，是时候告诉你了。"叶成文又道，"多年前，上面看清了老蒋的真实面目，知道国共之间早晚会决裂，于是实施了一个叫'沉睡者'的渗透计划。记得当时一共派出了十几个人，分散渗透到了国民党各个部门，我、邓辉煌都是其中之一。当然了，每个人都不知道彼此的身份。所以说'沉睡者'不是指哪一个人，而是很多名同志。"

何政东第一次听说邓辉煌也是"沉睡者"，可他的心情已经沉静下来，并不感到多么惊讶。

"政东啊，'沉睡者'计划还没结束，等赶走了小鬼子，国共之间的较量势必升级，到时候，'沉睡者'们将成为潜伏在国民党心脏的一支秘密武器，一支不可替代的强大力量。你有兴趣加入进来吗？"叶成文此言一出，何政东瞬间瞪大了眼，望着远处的山峦，问："从今以后，我到底是010，还是'沉睡者'？"

叶成文大笑道："不管叫什么，你都将有个不变的身份，那就是共产党人！"

何政东心中涌起一股莫名的感动，继而又问："可以告诉我飞行大队的隐形机场究竟藏在什么地方吗？"

叶成文笑道："别忘了我当初跟你说的话，不该问的千万不要问！"

"同志们为了粉碎日军的计划，牺牲太大了，我觉得我有必要知道！"

"实话告诉你吧，我也不清楚！"叶成文揽过他的肩膀，"不过有个好消息，组织上给我们下达了新的任务，除掉廖楚山！"

两人的背影在天际之下合在一起，像一座伟岸的大山。

（全书完）

图书在版编目（ＣＩＰ）数据

沉睡者 / 老谭著 . — 贵阳：贵州人民出版社，
2024.9

ISBN 978-7-221-18021-6

Ⅰ . ①沉… Ⅱ . ①老… Ⅲ . ①长篇小说 – 中国 – 当代
Ⅳ . ① I247.5

中国国家版本馆 CIP 数据核字 (2023) 第 208078 号

CHENSHUIZHE

沉睡者
老谭　著

出 版 人	朱文迅
策划编辑	王晓坤
责任编辑	张　晥
装帧设计	王照远
责任印制	蔡继磊

出版发行	贵州出版集团　贵州人民出版社
地　　址	贵阳市观山湖区中天会展城会展东路 SOHO 公寓 A 座
印　　刷	三河市嘉科万达彩色印刷有限公司
版　　次	2024 年 9 月第 1 版
印　　次	2024 年 9 月第 1 次印刷
开　　本	880 毫米 ×1230 毫米　1/32
印　　张	10.5
字　　数	336 千字
书　　号	ISBN 978-7-221-18021-6
定　　价	49.80 元